MW01707845

Une passion brûlante

Cette délicieuse tentation

YVONNE LINDSAY

Une passion brûlante

Traduction française de
FRANÇOISE HENRY

PASSIONS

HARLEQUIN

Collection : PASSIONS

Titre original :
ARRANGED MARRIAGE, BEDROOM SECRETS

Ce roman a déjà été publié en 2017

HARPERCOLLINS FRANCE
83-85, boulevard Vincent-Auriol, 75646 PARIS CEDEX 13
Service Lectrices — Tél. : 01 45 82 47 47 - www.harlequin.fr
ISBN 978-2-2804-6963-0 — ISSN 1950-2761

Composé et édité par HarperCollins France.
Imprimé en février 2022 par CPI Black Print (Barcelone)
en utilisant 100% d'électricité renouvelable.
Dépôt légal : mars 2022.

FSC
www.fsc.org
MIXTE
Papier issu de sources responsables
FSC® C159065

Pour limiter l'empreinte environnementale de ses livres, HarperCollins France s'engage à n'utiliser que du papier fabriqué à partir de bois provenant de forêts gérées durablement et de manière responsable.

- 1 -

— Mais… C'est toi ?

Mila repoussa une longue mèche brune tombée sur son visage et leva avec irritation les yeux de ses notes.

— Comment ça, c'est moi ?

— Là ! A la télé !

Elle tourna son attention vers l'écran plat où était diffusée la bande-annonce de l'émission qui captivait son amie et eut l'impression de recevoir un coup de poing dans le ventre. En effet, les clichés de ses fiançailles avec le prince Thierry de Sylvain, sept ans plus tôt, s'étalaient à la vue de tous, autant de photographies peu flatteuses d'une maladroite princesse de dix-huit ans, affligée de quelques kilos en trop et d'une coiffure qui lui avait semblé très seyante sur un modèle parisien, mais l'était beaucoup moins sur elle. Malgré — ou à cause de — ses efforts désespérés pour paraître sophistiquée, elle avait fini par avoir l'air d'un clown.

Le souvenir la fit frissonner.

— Ça ne te ressemble pas complètement, mais c'est bien toi, n'est-ce pas ? demanda Sally, un doigt pointé sur l'écran tout en fixant sur Mila un regard interrogateur. Princesse Mila Angelina d'Erminia ? C'est vraiment ton nom ?

Il était inutile de nier. Réprimant une grimace, elle esquissa un bref hochement de tête et retourna à sa thèse, mais sa concentration s'était envolée. Comment son amie allait-elle réagir à cette nouvelle ?

— Tu vas épouser un *prince* ? lança Sally d'un ton scandalisé.

Mila ignorait si l'indignation de sa meilleure amie était due au fait qu'elle soit fiancée à un prince ou bien qu'elle ne l'ait pas mise dans le secret de sa véritable identité. Avec un soupir, elle posa son stylo. Obscure princesse d'un minuscule royaume européen, elle s'était faite discrète depuis son arrivée aux Etats-Unis, sept ans plus tôt, mais le passé semblait la rattraper, et le moment était venu d'affronter la situation.

Elle avait fait la connaissance de Sally au cours de sa première année à l'institut de technologie du Massachusetts et, si son amie avait parfois paru surprise que Mila — ou plutôt, Angel, comme elle se faisait appeler aux Etats-Unis — ait un chaperon, ne sorte jamais avec un garçon et soit accompagnée d'un garde du corps où qu'elle se rende, elle avait pris son parti de ces bizarreries sans poser de questions. Après tout, bien que plus libre, Sally était elle-même héritière d'un père milliardaire et vivait dans des conditions assez similaires, ce qui avait beaucoup rapproché les deux jeunes filles.

Le moment de vérité était arrivé, et elle lâcha enfin le soupir qu'elle avait jusqu'à présent réprimé.

— Oui, je suis Mila Angelina d'Erminia et, oui, je suis fiancée à un prince.

— Et tu es princesse ?

— Je suis princesse.

Elle retint son souffle en attendant la réaction de Sally. Celle-ci allait-elle lui en vouloir ? Si son mensonge par omission ruinait une amitié à laquelle elle tenait beaucoup, elle en serait très peinée.

— J'ai l'impression de découvrir une inconnue, mais franchement c'est trop cool ! s'exclama enfin Sally avec un large sourire.

Soulagée, Mila éclata de rire. Durant ces dernières secondes, elle avait imaginé toutes sortes de scénarios de la part de Sally, qui avait son franc-parler, mais celui-là ne lui était pas venu à l'esprit.

— J'ai toujours eu l'impression que tu faisais des cachotteries, poursuivit son amie en s'affalant à côté d'elle sur le canapé, éparpillant par la même occasion ses documents par terre. Alors, à quoi ressemble-t-il ?

— Qui ça ?

Sally leva les yeux au ciel.

— Le prince, bien sûr ! Allez, Angel, tu peux bien me le dire. Tu sais qu'avec moi ton secret sera bien gardé, même si je suis furieuse que tu ne m'aies jamais parlé de lui !

Malgré le sourire qui adoucissait ses propos, il était visible qu'elle était froissée. Mais Mila ignorait comment lui expliquer que, bien que promise à un homme depuis des années, elle le connaissait à peine. Elle ne l'avait vu qu'en une seule occasion, lors de la rencontre officielle qui avait scellé leurs fiançailles et au cours de laquelle elle s'était montrée d'une telle timidité qu'elle n'avait même pas réussi à croiser son regard. Ensuite, il y avait bien eu un échange de lettres, acheminées par valise diplomatique, mais celles-ci s'étaient révélées si formelles et sporadiques qu'elles n'avaient guère pu leur en apprendre beaucoup l'un sur l'autre.

Elle prit une profonde inspiration.

— Ecoute, je… Je ne sais pas vraiment à quoi il ressemble, avoua-t-elle. J'ai fait quelques recherches sur Internet, mais…

— Tu te rends compte que tu vis un conte de fées ? protesta Sally en riant. Une princesse européenne promise depuis l'enfance, enfin depuis l'adolescence, au prince d'un royaume voisin !

Dans un geste mélodramatique, elle porta une main à son cœur.

— C'est si romantique… Et tout ce que tu trouves à dire le concernant, c'est que tu as fait des recherches sur Internet ?

— Ne t'emballe pas, Sally ! Je l'épouse par devoir envers ma famille et mon pays : depuis des années, nos deux nations sont en conflit ; le mariage entre le prince Thierry et moi est censé unir Erminia et Sylvain et mettre fin à ces tensions, c'est aussi simple que ça.

— Mais… Et l'amour dans tout ça ? Tu y renonces ?

— Bien sûr que non.

Un silence écrasant emplit la pièce après cette réponse. L'amour ; évidemment qu'elle voulait connaître l'amour, c'était son rêve le plus cher. Cependant, elle savait depuis toujours qu'elle n'était guère plus qu'un atout politique pour défendre les intérêts de son pays et elle ne se faisait pas d'illusions : ce sentiment ne faisait pas bon ménage avec le devoir. En ce qui concernait son mariage, on n'avait pas sollicité son avis ; on lui avait expliqué qu'il s'agissait d'une responsabilité qu'elle devait accepter et n'avait pas le droit de refuser.

A l'époque, la perspective de rencontrer le prince l'avait terrifiée. De six ans son aîné, cultivé, séduisant et sûr de lui, il était son opposé. Et, quand ils avaient été présentés, elle avait remarqué l'expression d'incrédulité qu'il avait en hâte dissimulée sous le masque de la politesse. Pour être honnête, elle avait douloureusement conscience de ne pas être à son avantage, mais le souvenir de son humiliation au moment ou elle s'était rendu compte qu'elle n'était pas la fiancée de ses vœux n'en demeurait pas moins cuisant. Et ce n'était pas comme si le prince pouvait tranquillement déclarer qu'il avait changé d'avis ; lui aussi n'était qu'un pion dans l'histoire, manipulé pour tenter de calmer l'animosité toujours présente entre leurs deux nations.

Elle massa ses tempes soudain douloureuses.

— Naturellement que je veux l'amour, répéta-t-elle avec lassitude.

Sally posa une main sur son épaule.

— Désolée, je ne devrais pas plaisanter sur ce sujet.

— Pas de problème, dit-elle en lui serrant les doigts pour la rassurer.

— Mais comment se fait-il que tu sois venue faire tes études ici ? demanda Sally. Si le but était de ramener la paix dans vos pays, pourquoi ne pas vous être mariés le plus tôt possible ?

Elle revit l'expression du prince Thierry quand il avait posé les yeux sur elle ; une expression qui lui avait fait comprendre que, si elle voulait être autre chose pour lui que l'image du devoir, il fallait qu'elle s'efforce de devenir une compagne digne de lui. Heureusement, son frère, le roi Rocco d'Erminia, avait également surpris la grimace du prince, et plus tard dans la soirée, quand, en larmes, elle lui avait fait part de son désir d'étudier et de se cultiver, il l'avait approuvée.

— Il était convenu que nous nous marierions pour mon vingt-cinquième anniversaire.

— Mais c'est à la fin du mois !

— Je sais.

— Tu n'as pas achevé ton doctorat !

Elle pensa aux sacrifices consentis pour accomplir son

devoir. Ne pas terminer sa thèse compterait parmi les plus douloureux. Alors que son frère insistait pour qu'elle suive des cours de science politique, elle s'était fixé pour objectif les sciences de l'environnement, un sujet qui, savait-elle, tenait à cœur à son fiancé. Après des années d'études, elle s'y était également attachée, et ne pas se présenter devant Thierry de Sylvain avec son diplôme en poche la contrariait beaucoup. Malheureusement, elle n'avait pas prévu que sa dyslexie lui compliquerait considérablement la tâche, et qu'elle devrait redoubler un certain nombre de cours pour valider ses acquis.

Elle en était là de ses réflexions quand une exclamation de Sally la fit sursauter.

— Dis donc, il est franchement craquant !

Elle rit.

— Je sais. Je l'ai traqué sur Internet, rappelle-toi.

— Regarde ! Il passe à la télé ! Il est à New York pour assister à ce sommet sur l'environnement dont nous a parlé le professeur Winslow.

Mila leva si rapidement les yeux qu'elle frôla le traumatisme cervical.

— Le prince Thierry est aux Etats-Unis ?

Elle reporta son regard sur l'écran, et, oui, son fiancé était bel et bien là. Plus âgé que dans son souvenir et, si possible, encore plus séduisant. Son cœur se mit à battre à tout rompre, et elle sentit une avalanche d'émotions lui contracter la gorge. Crainte, attirance… Désir.

— Tu ignorais sa visite ?

Elle s'arracha à sa contemplation des images et s'efforça de prendre un ton dégagé.

— Oui, mais il n'y a pas de problème.

— Comment ça, il n'y a pas de problème ? fit Sally d'une voix stridente.

— Ce type traverse l'océan pour se rendre dans le pays où tu vis depuis des années et il n'est pas capable de te téléphoner ?

— Il n'est que de passage à New York, et je suis sûre qu'il a un programme chargé. De plus, j'habite Boston ; il peut difficilement faire un crochet pour me dire bonjour.

Elle haussa les épaules.

— De toute façon, ça n'a pas d'importance, je t'assure. Nous nous marions dans un peu plus d'un mois.

Sur ces derniers mots, sa voix se fêla. Malgré la désinvolture qu'elle affichait, le voir sur l'écran lui faisait un choc. Cela aurait-il beaucoup coûté à Thierry de l'avertir de son voyage aux Etats-Unis ?

— Je n'arrive pas à croire que vous ne vous rencontriez pas pendant son séjour, poursuivit Sally, qui ne semblait pas avoir l'intention de changer de sujet. Tu n'as pas envie de le voir ?

— Je te dis qu'il n'a sûrement pas une minute à lui !

Elle ne voulait pas réfléchir à ce qu'elle souhaitait ou pas concernant le prince Thierry. Ses sentiments envers lui étaient trop déroutants. A plusieurs reprises, elle avait essayé de se convaincre que le coup de foudre était une invention de cinéastes ou d'auteurs de romances mais, depuis le jour de leurs fiançailles, elle ne pensait jamais à lui sans éprouver un pincement au cœur. Etait-ce l'amour ? Elle l'ignorait ; elle n'avait pas eu sous les yeux de fabuleux exemples de ce sentiment durant sa jeunesse.

— En tout cas, même s'il ne m'avait pas fait part de sa venue, répliqua Sally, si c'était mon homme, je m'arrangerais pour le voir, moi !

Elle se força à rire et lança le genre de commentaire qu'attendait son amie.

— Eh bien, il n'est pas à toi, mais à moi, et je ne partage pas !

Comme prévu, Sally joignit son rire au sien. Pendant tout le temps de l'émission consacrée au prince Thierry, Mila ne quitta pas l'écran des yeux tout en essayant d'ignorer les commentaires la concernant. Les journalistes spéculaient sur l'endroit où elle se cachait, lieu tenu strictement secret au grand public. Encore que, se rendit-elle compte, si Sally l'avait reconnue, peut-être n'était-elle pas la seule…

Elle s'accrocha à l'espoir que personne ne ferait le rapprochement entre le vilain petit canard de la photographie de ses fiançailles et la jeune femme qu'elle était devenue. Disparue la timide adolescente à la bouche trop grande, aux joues et aux cuisses trop rondes. Quelque part entre dix-neuf et vingt-cinq ans, elle avait subi une tardive et miraculeuse métamorphose. Ses kilos superflus s'étaient envolés, son visage et sa silhouette affinés, et elle portait maintenant ses cheveux bruns longs et lisses. L'horrible coupe courte accompagnée d'une permanente qu'elle avait réclamée dans l'espoir de paraître élégante pour sa rencontre avec le prince n'était plus désormais qu'un humiliant souvenir. De plus, une fois son apparence disgracieuse envolée, elle avait fini par développer l'assurance qui lui manquait cruellement à cette époque.

Son futur mari la trouverait-il séduisante aujourd'hui ?

Elle détestait penser qu'elle avait déplu à Thierry alors qu'elle-même était fascinée par lui.

Sally avait bien raison de craquer sur lui et, tout au long de l'émission, elle reçut la preuve de ce charisme qu'il exsudait inconsciemment. Elle voyait la façon dont les gens s'immobilisaient pour fixer le prince, attirés par lui comme de la limaille de fer face à un aimant. Elle connaissait très bien la sensation : elle l'avait éprouvée dès leurs fiançailles, sans parler des rares fois, depuis, où les médias diffusaient des photos de lui ou que, à l'occasion de vacances à Erminia, elle tombait sur un reportage à son sujet.

Dans quelques semaines, d'ailleurs, elle rentrerait à Erminia. Le moment était venu d'endosser la chape de responsabilités temporairement rejetée et de jouer son rôle pour son pays.

Elle aurait dû attendre cet instant avec impatience, à cause de l'attirance qu'elle éprouvait pour le prince, mais aussi de la signification que revêtait leur mariage pour leurs deux nations : la paix fragile entre Erminia et Sylvain avait été rompue des années plus tôt, quand la reine de Sylvain avait été surprise en flagrant délit d'adultère avec un diplomate erminien.

Lorsque les amants avaient trouvé la mort dans un accident de voiture, des doigts avaient pointé la responsabilité des deux gouvernements, et les forces armées postées aux frontières depuis cet incident n'avaient fait qu'accroître un climat de tension. Et, tout en comprenant qu'une union avec le prince Thierry réconcilierait les peuples, Mila n'imaginait pas se satisfaire d'un mariage de raison. Etait-ce trop demander que d'espérer que son époux l'aime en retour ?

S'emparant de la télécommande, elle coupa le son et essaya de revenir à son travail. Cependant, Sally n'en avait pas terminé.

— Tu devrais aller le voir à New York, surgir à la porte de sa suite d'hôtel et te présenter.

Mila émit un rire un peu forcé.

— Même si je pouvais quitter Boston sans escorte,

je ne passerais pas sa sécurité, tu peux me croire ! C'est l'unique héritier de Sylvain, autrement dit un personnage important.

Sally leva les yeux au ciel.

— Parce que, toi, tu n'es pas un personnage important ? Tu es sa fiancée, bon sang ! Il trouvera sûrement du temps à te consacrer. Quant à Bernadette et aux armoires à glace, ajouta-t-elle, faisant référence à son chaperon et à ses gardes du corps, j'ai ma petite idée pour les neutraliser ; si tu acceptes de tenter le coup, bien sûr.

— Impossible. Et puis imagine que mon frère découvre…

Si Sally ignorait que Rocco régnait sur Erminia, elle savait qu'il lui tenait lieu de tuteur depuis la disparition de leurs parents.

— Et alors, que va-t-il se passer ? Il va te priver de sortie ? Allons, tu as presque vingt-cinq ans et tu en as vécu sept en pays étranger à acquérir des diplômes que, entre parenthèses, tu n'auras probablement jamais l'occasion d'utiliser. Tu as devant toi une existence de dîners officiels incroyablement ennuyeux et tout un tas d'obligations aussi peu folichonnes. Tu as bien le droit de t'amuser un peu, non ?

— Tu marques un point, concéda Mila avec un petit sourire.

Même si la remarque de son amie la froissait, elle était bien forcée d'admettre que celle-ci avait raison.

— Que suggères-tu ?

— Facile : le professeur Winslow a proposé de nous procurer des places pour la série de conférences sur la durabilité, qui a lieu pendant le sommet. Pourquoi ne pas profiter de son offre ? La convention débute demain, et il y a une conférence à laquelle nous pourrions *assister* le jour suivant.

Elle accentua le mot *assister* en dessinant des guillemets dans l'air avec ses doigts.

— Nous ne trouverons jamais un hébergement de dernière minute, fit remarquer Mila.

— Aucun problème, mes parents disposent d'une suite à l'année dans un hôtel proche de celui où le prince est descendu. Nous pouvons prendre l'avion demain après-midi pour New York ; je suis sûre que papa me permettra d'utiliser son jet privé, surtout si je lui dis que c'est pour mes études. Après quoi, nous nous rendrons à l'hôtel, et c'est là que tu te sentiras subitement malade. Bernadette et les gardes ne resteront pas à ton chevet si tu es clouée au lit avec une migraine, non ? Nous nous munirons d'une perruque blonde qui te permettra de te faire passer pour moi. Après un délai raisonnable, j'annoncerai que je vais me promener en ville et j'irai te dire au revoir dans ta chambre. Nous échangerons nos vêtements et, pendant que tu te glisseras dehors, je me mettrai au lit et remonterai mes couvertures sur ma tête, comme ça, si Bernadette vient prendre de tes nouvelles, elle supposera que tu dors bien sagement. Qu'en penses-tu ?

— Ils ne se laisseront jamais berner.

— Possible, mais ça ne coûte rien d'essayer. Et puis, sinon, quand trouveras-tu une chance de revoir le prince ? Le jour de votre mariage ? Tu ne crois pas que c'est le pire qui puisse arriver ?

Le pire serait qu'elles se fassent prendre. Mais au fond, quelle importance ? Elle subirait de nouveaux sermons sur sa position et son devoir envers son pays. Son enfance et son adolescence en avaient été submergées.

Cependant, son séjour aux Etats-Unis et la fréquentation de l'université lui avaient permis de goûter — quoique sous surveillance étroite — à une liberté dont elle ignorait jusque-là l'existence.

Elle soupesa l'idée. Après tout, le plan de Sally était d'une telle simplicité qu'il pouvait fonctionner. Toujours très occupée, Bernadette était débordée de travail depuis qu'elle préparait le retour au bercail de Mila. Elle se plaindrait qu'une excursion improvisée à New York allait bouleverser son organisation, mais Mila s'appuierait sur le mail du professeur Winslow les encourageant vivement à assister à ces conférences. Et puis elle savait pouvoir jouer sur la corde sensible de son chaperon, devenue pour elle une figure maternelle, et la convaincre de la laisser y aller.

— Alors ? insista Sally.

— D'accord.

Elle n'arrivait pas à croire qu'elle avait acquiescé, mais, en même temps, tout son être vibrait d'une excitation fébrile. Elle allait rencontrer le prince Thierry ! Ou, du moins, tenter de le rencontrer.

— Parfait, dit Sally, se frottant les mains, telle l'abominable conspiratrice qu'elle était dans l'âme. Réglons les détails. Oh ! que j'ai hâte ! Nous allons nous amuser comme des folles !

- 2 -

Mort.

Le roi est mort, vive le roi.

Indifférent à la vue panoramique sur New York qui étincelait de toutes ses lumières en dessous de lui, Thierry arpentait la salle de séjour de sa suite d'hôtel, dans un état de totale incrédulité.

Il était devenu roi de Sylvain à l'instant où son père avait rendu le dernier soupir, et cette idée l'emplit une fois de plus de rage. Son père n'aurait-il pas pu attendre son retour pour trépasser ? Mais qu'espérer d'autre d'un homme qui avait passé sa vie à empoisonner celle de son rejeton ? Bien que se sachant mourant, il l'avait expédié à New York, peut-être même dans l'espoir que son fils unique ne reviendrait pas au pays avant son décès, afin d'éviter tout débordement sentimental.

Pourtant, Thierry ne risquait guère de se laisser submerger par l'émotion : leurs rapports avaient toujours été distants et consistaient essentiellement en rappels de ses devoirs envers son pays et son peuple, et de semonces pour la moindre transgression, réelle ou imaginaire. Malgré tout, à travers la frustration et la colère qui l'agitaient, il ressentait du chagrin. C'était fini. Cette relation qu'il n'avait jamais eue avec son père, il ne l'aurait jamais. Il ne lui restait que le souvenir d'un homme qui ne l'avait pas aimé.

— Sire ?

La formule employée le fit tressaillir. Il n'était plus *Votre Altesse* ou *Monsieur.*

— … Y a-t-il quelque chose…

— Non, coupa-t-il.

Il n'avait pas envie d'entendre son conseiller lui demander une fois de plus en quoi il pourrait l'aider.

Depuis que la nouvelle leur était parvenue, son équipe s'était resserrée autour de lui, ses membres conscients d'être désormais responsables non plus du prince héritier de la Couronne, mais du souverain de Sylvain. Les murs de sa prison se refermaient sur lui. Il fallait qu'il sorte prendre l'air, qu'il savoure ses derniers instants de liberté avant que la nouvelle fasse les gros titres de la presse internationale, ce qui, sans aucun doute, allait se produire dans les prochaines heures.

Il se tourna vers son conseiller.

— Veuillez excuser ma rudesse, Pasquale. La nouvelle… Même si nous nous y attendions…

— Bien sûr, Sire. C'est un choc pour nous tous. Nous espérions qu'il se rétablirait une fois encore.

Thierry hocha la tête.

— Je sors.

Une expression horrifiée passa sur les traits de l'homme.

— Mais, Sire…

— J'en ai besoin. Juste ce soir, avant que mon univers bascule.

La réalité de sa nouvelle existence l'écrasait déjà. Bien qu'il y ait été préparé depuis le berceau, il avait l'impression de se retrouver brutalement projeté dans la peau d'Atlas portant le poids du monde sur ses épaules.

— Vous prendrez votre garde rapprochée avec vous, dit Pasquale.

Il hocha la tête. C'était non négociable, il le savait, mais il savait aussi que ses gardes du corps se montreraient discrets. Sa visite aux Etats-Unis n'avait pas été claironnée sur les toits et, de toute façon, il n'était que du menu fretin comparé aux chefs d'Etat convergeant vers la ville pour assister au sommet. Mais bien sûr, dès le lendemain, la situation se retournerait quand la nouvelle de la disparition de son père serait annoncée dans la presse. Néanmoins il espérait bien, à ce moment-là, être déjà à bord de l'avion qui le ramènerait chez lui.

Il se rendit dans sa chambre et arracha de son cou la cravate qui menaçait de l'étrangler. Son valet, un homme d'un certain âge, se précipita vers lui.

— Un jean et une chemise propre, Nico, s'il vous plaît.

— Certainement, Sire.

Encore une fois ce titre ronflant qui créait un gouffre entre son personnel et lui, et, sans nul doute, le reste de l'univers. Durant un bref instant, il souhaita pouvoir exprimer sa rancœur devant la vie à laquelle il était condamné, mais, comme d'habitude, il domina ses émotions. S'il ne se contrôlait pas, il n'était rien.

Un peu plus tard, prêt à sortir, il attendait sa garde rapprochée dans le vestibule de sa suite.

— Il fait froid ce soir, Sire, dit Nico. Vous aurez besoin de ceci.

Les mains du vieil homme tremblaient tandis qu'il aidait Thierry à passer une veste, un bonnet et des lunettes noires. Devant la visible détresse de son valet, il eut à nouveau le sentiment d'être étouffé par le changement d'existence qui lui était imposé. A présent, il n'était plus seulement confronté à sa propre émotion causée par la mort de son père, mais aussi à celle de son peuple. Ses gens lui avaient présenté leurs condoléances ; il était temps de leur rendre la pareille.

Il se retourna, et son regard engloba Pasquale et Nico.

— Messieurs, je vous remercie pour votre soutien. J'ai conscience que vous subissez également une grande perte ; vous servez notre famille d'aussi loin que mes souvenirs remontent, et je vous en suis reconnaissant. Si vous avez besoin de temps pour faire votre deuil, sachez que vous serez libres dès que nous serons rentrés à Sylvain.

Les deux hommes éclatèrent en protestations, assurant qu'ils ne prendraient aucun congé, que c'était un honneur de le servir. Il s'y attendait, mais n'en oubliait pas qu'ils éprouvaient un profond sentiment de perte, peut-être encore plus que lui.

— Je suis sérieux, insista-t-il. Nico, pouvez-vous vous occuper des bagages ? Notre avion décollera demain matin à 8 heures.

Armaund, le responsable de la sécurité, entra dans la pièce.

— Quand vous voulez, Sire.

Après avoir salué Pasquale et Nico d'un signe de tête, Thierry se dirigea vers la porte. Trois gardes l'escortèrent tandis qu'un autre les précédait vers l'ascenseur privé qui desservait la suite.

— Mieux vaudrait éviter le hall et passer par l'entrée secondaire, Sire. La sécurité de l'hôtel s'occupe déjà des paparazzis.

— Merci. C'est parfait.

Il avait l'impression d'être un mouton encadré par une meute de chiens de berger tandis que, parvenus au rez-de-chaussée, ils quittaient l'ascenseur.

— J'ai besoin d'un peu d'espace, s'il vous plaît,

messieurs, dit-il d'un ton ferme tout en accélérant le pas pour les distancer.

Il sentit leur désapprobation. En réalité, dans une métropole comme New York, tant que ses gardes du corps ne se collaient pas à lui, il pouvait espérer passer pour une personne lambda déambulant sur le trottoir parmi la foule.

Il se dirigea vers la sortie. Encore quelques pas et la chape de plomb qui lui comprimait les poumons depuis qu'il avait appris la nouvelle disparaîtrait peut-être enfin.

— Ah, pour s'amuser, on s'amuse ! marmonna Mila tout en entamant pour la sixième fois le tour du pâté de maisons où se trouvait l'hôtel du prince.

Une fois surmontée la frayeur qui l'avait saisie au moment où elle s'était échappée de la suite des parents de Sally, elle avait ressenti une joyeuse excitation. Sauf que l'amusement promis par Sally se faisait attendre. S'évader avait été éprouvant : elle était sûre que Bernadette ou un des gardes remarquerait sa perruque blonde et se rendrait compte du subterfuge, mais tous s'étaient contentés de lui jeter un bref regard.

Le trajet à pied jusqu'à l'hôtel du prince ne s'était pas trop mal passé, mais il lui avait permis de réfléchir à sa machination. Et l'idée d'aller frapper de but en blanc à la porte de Thierry lui était apparue pour le moins téméraire, mais peut-être avait-elle une chance de le croiser par hasard dans la rue… D'où ses tours de pâté de maisons. Sous peu, on allait trouver son attitude suspecte, et elle serait arrêtée, c'était certain. Déjà, plusieurs personnes l'avaient dévisagée avec étonnement et méfiance.

Elle but une gorgée de café au gobelet acheté au passage

dans une boutique et se réfugia sous le porche d'une entrée latérale de l'hôtel au moment où le ciel déversait une subite ondée printanière. *Parfait*, songea-t-elle. La contemplation des rues trempées et des nuages bas accentuait son sentiment de solitude malgré les dizaines de milliers de personnes qui allaient et venaient autour d'elle. Et soudain, un de ces inconnus surgissant derrière elle la bouscula, envoyant valdinguer son gobelet de café sur le trottoir. Elle poussa un cri en sentant le liquide brûlant lui éclabousser la main.

— Regardez-moi ça ! grommela-t-elle en se secouant, avant de s'essuyer sur le devant de sa veste, rectification, de la veste de Sally.

Pour ce qui était de faire bonne impression, c'était raté. Une perruque trempée sur la tête, les vêtements tachés de café, il ne lui restait plus qu'à rentrer à l'hôtel. C'était une idée ridicule et qui lui coûterait cher si quelqu'un la surprenait.

— Je vous présente toutes mes excuses, fit une voix masculine derrière elle.

Un timbre profond et caressant qui fit courir un frisson le long de son dos. Elle se retourna brusquement et se pétrifia en manquant heurter de nouveau l'inconnu, très proche d'elle.

— Je suis déso…

Elle s'interrompit en levant les yeux. L'homme se tenait devant elle, un sourire d'excuse sur ses belles lèvres. Un bonnet de couleur sombre dissimulait ses cheveux, et il portait des lunettes de soleil, détail bizarre étant donné l'heure tardive, mais après tout, à New York, tout était possible. Cependant, quand il ôta ses lunettes, exposant d'épais sourcils bruns et des yeux couleur ardoise, toute pensée raisonnable la fuit instantanément.

Elle ne voyait plus que lui.

Le prince Thierry.

Devant elle, en chair et en os.

Elle s'était souvent demandé si les gens n'exagéraient pas quand ils évoquaient son magnétisme physique. Peu à peu, elle s'était convaincue que sa première réaction face à son fiancé, des années auparavant, avait été en grande partie due à sa nervosité et à une bonne dose d'hormones adolescentes bouillonnantes. Mais aujourd'hui, elle avait sa réponse : sa réaction n'avait rien eu d'exagéré puisqu'elle avait exactement la même à présent. Sa bouche se dessécha, les battements de son cœur s'accélérèrent, ses jambes se mirent à trembler, et elle écarquilla les yeux sous le choc. Bien qu'elle soit venue avec la ferme intention de le rencontrer, le passage à l'acte se révélait plus difficile que prévu.

En le trouvant séduisant, Sally était très en dessous de la vérité : il était sexy en diable.

Une veine battait au creux de son cou découvert par la chemise ouverte. Fascinée, elle la contempla. Il était donc humain.

Une bouffée de désir la fit trembler.

— Je vais vous offrir un autre café, proposa-t-il.

— N… Non, merci. T… Tout va bien.

Réfléchis ! s'ordonna-t-elle. *Présente-toi ! Fais quelque chose, n'importe quoi.* Mais à ce moment, elle croisa son regard et se figea sur place.

Ses yeux étaient tels que dans son souvenir, d'un gris qui rappelait la couleur des flancs dc montagne d'où l'on extrayait une ardoise pâle, à la frontière nord de son pays et de celui du prince Thierry. C'était un gris qui semblait donner à son regard le pouvoir de percer les secrets de son âme. Ses iris cerclés de noir étincelaient de paillettes d'argent, délicatement mis en valeur par de longs cils sombres.

Se rendant compte qu'elle le dévisageait, elle baissa les yeux sans retrouver son calme.

Soudain, un homme surgi de l'obscurité s'interposa entre le prince et elle.

— Si…

Thierry l'interrompit brusquement dans sa langue natale, et l'autre recula. Mila comprit qu'il s'agissait de l'un de ses gardes du corps, plutôt mécontent que son suzerain se mêle à des gens du cru. Sauf qu'elle n'était pas new-yorkaise, n'est-ce pas ? Et elle se rendit compte avec un choc qu'il ne l'avait pas reconnue.

Le prince reporta son attention sur elle.

— Etes-vous sûre que ça va ? s'inquiéta-t-il. Vous avez une brûlure à la main.

Elle tressaillit quand il saisit ses doigts et les souleva pour examiner la rougeur laissée par le café. Et, comme son pouce en traçait avec délicatesse le contour, elle sentit l'air lui manquer. Le contact était doux et, même s'il la tenait assez légèrement pour qu'elle puisse se libérer, une chaleur se diffusait sur sa peau, qui n'avait rien à voir avec le café et tout avec l'incroyable charme de cet homme.

— Ce n'est rien, assura-t-elle.

Rien ? Ce qui lui arrivait n'était pas *rien*. Comme tout un chacun, elle ne pouvait résister à son magnétisme ; elle ne parvenait même pas à arracher sa main à la sienne.

— S'il vous plaît, dit-il en lâchant ses doigts pour désigner la rue, permettez-moi de vous offrir un café.

Elle leva les yeux, cherchant sur son visage un signe de reconnaissance et lutta contre la déception en n'en lisant aucun. Bien sûr, il n'avait aucune raison de s'attendre à se trouver face à une princesse dans les rues de New York, encore moins à celle qui lui était destinée, néanmoins, malgré elle, la déception fit place à l'agacement. Se désintéressait-il d'elle et de leur future union au point qu'elle soit complètement absente de son esprit ?

Mais pourquoi ne pas retourner la situation à son avantage ? Le plan conçu par Sally avait pour but de les remettre en contact, mais qu'importait qu'elle se présente ou pas ? Pourquoi ne pas être une jeune new-yorkaise anonyme ? Délivré du poids de leurs fiançailles qui les confinait dans des attitudes stéréotypées et inconfortables, il se montrerait à elle sous son vrai jour, et elle pourrait jauger par elle-même l'homme qu'elle allait épouser.

— D'accord, dit-elle, faisant appel à la force intérieure que l'on avait instillée en elle depuis sa naissance.

Il esquissa un sourire qui, de nouveau, l'hypnotisa. Il semblait content et, au coin de ses yeux brillants de satisfaction, de fines ridules apparurent. Elle se força à détourner le regard vers la rue, vers la pluie, vers n'importe quoi qui ne soit pas *lui*.

Il la guida au-dehors. Devant eux, après avoir examiné la petite boutique où elle avait acheté son café, un garde du corps fit signe que la voie était libre, si discrètement que, si elle n'avait pas vécu dans cet univers, elle n'aurait rien remarqué.

Ils y pénétrèrent et se dirigèrent vers le comptoir pour passer leur commande. La situation lui parut totalement surréaliste. Le prince Thierry agissait comme s'il déambulait chaque jour dans les rues et entrait dans des bars pour boire un café ; ce qui n'était certainement pas le cas. Son équipe de sécurité occupait déjà le terrain : il y avait deux gardes près de la porte et un à côté de la table où le prince l'entraîna quand ils eurent obtenu leur commande.

— Des amis à vous ? demanda-t-elle d'un ton innocent en les désignant de la tête.

Il émit un son entre rire et grognement.

— Quelque chose comme ça. Leur présence vous gêne ? Je peux leur dire de partir.

— Oh ! non. Ils ne me dérangent pas.

Elle s'assit et examina le plateau que le prince posait sur la table, notant qu'il avait également réclamé un petit bol de glaçons. Interloquée, elle le regarda sortir un mouchoir monogrammé d'un blanc immaculé de sa poche et y placer un morceau de glace.

— Donnez-moi votre main, dit-il.

— Voyons, ce n'est pas douloureux ! protesta-t-elle.

— Votre main, répéta-t-il en la fixant de ses iris d'acier.

Elle accéda à sa demande, et il posa le petit paquet sur sa brûlure. Elle observa ses gestes précis en contenant les battements de son cœur.

— Je vous prie encore une fois d'excuser ma maladresse ; j'avoue que je ne regardais pas où j'allais.

Elle sourit.

— Il n'y a pas de problème, je vous assure.

— Permettez-moi d'en juger, répliqua-t-il d'un ton ferme.

Puis un sourire vint adoucir son propos.

Thierry était visiblement un homme accoutumé à commander. L'idée fit courir un frisson d'excitation dans ses veines. Se montrait-il aussi dominateur dans tous les domaines ? Surprise par le trouble que cette perspective engendrait en elle, elle croisa les jambes, serrant ses cuisses l'une contre l'autre.

Il leva les yeux.

— Je me prénomme Hawk. Et vous ?

— An… Angel, bredouilla-t-elle, gênée de se présenter sous un faux nom.

Pourtant, s'il s'affublait avec tant de naturel d'un pseudonyme, pourquoi n'en ferait-elle pas autant ? Pourquoi ne seraient-ils pas deux inconnus se rencontrant dans une rue, comme n'importe qui ?

— Etes-vous à New York pour affaires ? s'enquit-elle.

— Oui, mais je rentre chez moi demain matin.

La réponse la surprit. Le sommet durait quatre jours et il ne commençait que le lendemain. Dans ces conditions, à quoi bon arriver hier et repartir pour Sylvain avant même le début de la convention ? Etrange mais, naturellement, impossible d'approfondir la question alors qu'elle était censée être une anonyme croisée dans la rue.

Il enleva le paquet de glaçons et inspecta sa main en hochant la tête d'un air satisfait.

— C'est mieux.

— Merci.

Quand il la lâcha, elle éprouva un étonnant sentiment d'abandon. Privée de son contact, elle avait l'impression de partir à la dérive.

— Et vous ? demanda-t-il.

— Comment ça, moi ?

— Etes-vous de passage à New York ou bien y vivez-vous ?

De nouveau, de petites rides de gaieté se formèrent au coin de ses yeux. Il se moquait d'elle, mais gentiment. L'espace d'un instant, elle fut rattrapée par l'affreux sentiment de malaise ressenti au cours de leur première rencontre. Elle se souvint de sa gêne d'alors, de son impression d'être indigne d'un homme aussi brillant et assuré.

Elle n'était plus cette jeune fille, se rappela-t-elle fermement. Et ce soir, évoluant incognito, elle pouvait s'inventer la vie d'une femme capable de séduire quelqu'un comme le prince Thierry de Sylvain. L'idée ranima sa confiance en elle et son courage.

Elle pouvait y parvenir.

— Oh ! désolée, dit-elle en riant. Je suis parfois si distraite. Vous m'aviez perdue.

— Mais je vous ai retrouvée.

A ces mots, une vague de chaleur l'envahit.

— Oui, souffla-t-elle. Vous m'avez retrouvée.

- 3 -

L'atmosphère s'alourdit tandis que, les yeux dans les yeux, ils s'abandonnaient à leur contemplation mutuelle.

Thierry se sentait irrésistiblement attiré par le regard de la belle inconnue. Ses sourcils dessinaient deux arcs parfaits au-dessus d'yeux d'une teinte ambrée peu courante et agrémentés d'épais cils bruns. Cette couleur était en totale opposition avec ses longs cheveux blonds sans que cela altère sa beauté. La jeune femme possédait des pommettes hautes et joliment modelées, un nez court et droit, mais c'étaient ses lèvres qui attiraient le plus souvent son regard ; des lèvres pleines qui s'écartaient lorsqu'elle reprenait sa respiration, vision qui le troublait au-delà de toute expression. Il avait l'impression d'être victime d'un sortilège que, par ailleurs, il n'avait aucune envie de briser.

Ce ne fut que lorsque quelqu'un heurta leur table au passage et renversa la tasse d'Angel que l'enchantement se rompit.

En riant, elle épongea le gâchis avec une serviette en papier.

— Il semble que je sois condamnée à ne pas terminer un café ce soir ! Et en réponse à votre question, non, je ne vis pas à New York, mais à Boston.

— Vous n'avez pas l'accent d'ici.

De ses doigts élégants, elle fit une boule de la serviette

et avala le fond de sa tasse. Tous ses mouvements le captivaient. Elle lécha un reste d'écume qui s'attardait sur ses lèvres, et il eut la sensation que son cœur se logeait dans sa gorge.

Il n'aurait pas dû se trouver là, avec cette femme. Il était fiancé à une autre qu'il connaissait à peine bien qu'il doive l'épouser à la fin du mois. C'était étrange, car, pas une fois durant ses années de célibat il n'avait recherché la compagnie d'une femme comme il désirait celle de la délicieuse créature assise en face de lui. C'était comme s'il la connaissait déjà, ou qu'il aurait dû la connaître. Quoi qu'il en soit, il voulait en savoir davantage sur elle.

Angel reposa sa tasse.

— Je suis à New York pour assister à une conférence sur les initiatives concernant le développement durable.

Son intérêt s'accrut.

— Pas possible ! Il était prévu que j'assiste demain à cette conférence.

— Et vous ne pouvez différer votre retour ?

La sombre réalité se rappela brutalement à lui. Une dure journée l'attendait le lendemain : huit heures et demie de vol pour rejoindre l'aéroport de Sylvain et une demi-heure dans son hélicoptère privé pour gagner le palais, le tout suivi d'entretiens avec son personnel pour organiser les funérailles de son père et son investiture, et de réunions avec les chefs de cabinet. Il n'aurait pas une seconde de libre tant que son père ne serait pas installé dans le caveau familial, et il n'était pas du tout certain qu'il en dispose ensuite.

— Hawk ? souffla doucement Angel.

Il écarta ses pensées pour lui redonner toute son attention.

— Non. Je dois absolument regagner mon pays ; un

problème urgent. Mais laissons ça de côté. Dites-moi plutôt, que va faire une charmante jeune femme comme vous dans une antique et poussiéreuse salle de conférences ?

Elle fit la grimace.

— C'est un peu sexiste comme question, non ? commenta-t-elle d'un ton offensé.

— Pardonnez-moi, s'empressa-t-il de répondre. Je n'avais pas l'intention de sous-estimer vos capacités intellectuelles ni de jouer les machos.

Il s'en voulait de sa remarque. Au fond, la pomme n'était pas tombée si loin de l'arbre : selon la vision étroite et dépassée de son père, le rôle des femmes se résumait à donner des héritiers, être fidèle et jouer les potiches décoratives toutes dévouées à leur seigneur et maître. Sa mère, d'ailleurs, avait lamentablement échoué sur le deuxième point mais, au lieu de s'interroger sur sa conduite vis-à-vis d'elle, son père s'était accroché encore plus férocement à ses conceptions passéistes, et l'on sentait bien au palais que le machisme régissait affectations et nominations.

Thierry avait récemment commencé à se demander si l'infidélité de sa mère n'avait pas été une conséquence directe du manque total de considération de son époux ; peut-être l'avait-il contrainte à chercher un sens à sa vie hors du mariage. Mais tout cela importait peu désormais. Son amant et elle étaient morts dans un accident de voiture des années plus tôt, et le scandale qui en avait résulté avait laissé leurs deux nations au bord de la guerre.

C'était pour cette raison qu'il s'était interdit toute relation sexuelle jusqu'au mariage et avait juré de rester ensuite fidèle à son épouse… Et il attendait la même chose d'elle. Agir ainsi, c'était mettre toutes les chances de leur côté pour que leur union perdure, même s'ils ne se mariaient pas par amour. Il fallait absolument se débarrasser de la malédiction qui voulait que les couples royaux de leur famille ne puissent être heureux en ménage.

De l'autre côté de la table, Angel hocha la tête.

— Je suis ravie de l'entendre. Je supporte suffisamment de réflexions de ce genre de la part de mon frère.

Elle adoucit ses paroles d'un sourire.

— En réponse à votre question, mon professeur m'a recommandé cette conférence.

Durant l'heure qui suivit, ils discutèrent des études d'Angel, en particulier de son intérêt pour le développement durable, de l'égalité des chances pour tous et des initiatives en matière d'énergies renouvelables. Thierry la trouvait fascinante ; son enthousiasme à défendre des causes qui lui tenaient à cœur la soulevait, et il adorait voir le rouge de l'excitation colorer ses joues. Ces sujets lui importaient tout autant, et il comptait bien agir dans le sens de la protection de l'environnement avec son gouvernement.

Son père n'avait pas jugé opportun de rompre avec les méthodes en usage depuis des siècles à Sylvain, mais Thierry était très conscient de la nécessité d'une planification à long terme afin de s'assurer que les générations futures continueraient à profiter des nombreuses ressources et de la beauté de leur pays. Leur discussion se révéla aussi intéressante que stimulante.

Durant cette conversation, la clientèle de la boutique s'était dispersée, et il se rendit compte que ses gardes du corps commençaient à s'agiter à leurs tables. Angel s'en aperçut au même instant.

— Je suis désolée d'avoir monopolisé votre temps, s'excusa-t-elle. Quand j'enfourche mes dadas, j'ai tendance à perdre le sens des réalités !

— Pas du tout ! se récria-t-il. J'ai beaucoup apprécié votre conversation. Je n'ai pas souvent l'occasion d'échanger avec quelqu'un qui connaît aussi bien le sujet et qui s'exprime avec autant de clarté et de précision.

Elle consulta sa montre. Le bracelet de platine délicatement travaillé et, s'il ne se trompait pas, incrusté de diamants attira son attention. Ce signe de richesse, discret mais bien réel, l'intrigua encore davantage sur son compte.

— Il se fait tard. Je ferais mieux de rentrer à mon hôtel, ajouta-t-elle avec une visible réticence. Merci pour ces agréables moments.

Non ! Tout son être se refusait à dire adieu à Angel. Il lui prit la main.

— Ne partez pas tout de suite, plaida-t-il, les mots sortant de sa bouche sans qu'il ait eu le temps d'y réfléchir, à sa propre surprise.

— A moins que vous ne deviez absolument rentrer, bien sûr, ajouta-t-il en constatant l'air étonné de la jeune femme.

Bon sang ! Il s'en voulait d'avoir adopté un ton suppliant. Cependant, alors qu'il était confronté aux nouvelles reçues ce soir, Angel lui semblait une délicieuse distraction. Il la scruta dans les yeux, de nouveau frappé par la beauté de leur inhabituelle couleur café. Il avait déjà vu cette teinte, se rappela-t-il, mais il ne se souvenait pas en quelles circonstances. Il baissa le regard sur leurs mains toujours jointes. Elle n'avait pas retiré la sienne. Un bon signe, non ? Enfin, il l'espérait de tout son cœur. Il n'était pas encore prêt à renoncer à sa compagnie.

— Non, rien ne me presse…

La voix d'Angel traîna, et elle jeta un coup d'œil à sa montre avant d'ajouter d'un ton plus ferme :

— Non, rien.

— Pas de petit ami qui vous attend ? interrogea-t-il en caressant ses doigts du pouce.

— Non.

— Très bien. Si nous marchions un peu ?

— Bonne idée.

Elle se leva avec une grâce qu'il admira, prit sa veste et son sac. Il s'empara du vêtement et l'aida à l'enfiler, effleurant sa nuque dans le geste. Il avait ressenti une sorte de picotement électrique en touchant sa main, mais ce n'était rien en comparaison du choc qui le traversa à ce moment-là. Il grimaça. C'était franchement déplacé d'éprouver une telle attirance alors qu'il était fiancé à une autre. Ressemblait-il donc à sa mère, qui n'avait pas su demeurer fidèle ?

Il laissa retomber ses mains et serra les poings, honteux de son comportement. C'était pure folie ; dans quelques semaines il épouserait la princesse Mila et il était là, avide, presque désespéré, de passer un peu plus de temps avec une jeune femme dont il ne connaissait que le prénom. Enfin, le prénom et sa vive intelligence dès lors qu'il était question de sujets chers à son cœur.

Mais évidemment, cela ne justifiait pas sa conduite.

Et puis elle se retourna et lui sourit, et il comprit que, quoi qu'il arrive par la suite, ces instants resteraient à tout jamais gravés dans sa mémoire et qu'il profiterait au maximum de cette oasis de sérénité qu'elle lui offrait involontairement.

Ils sortirent du bar et se dirigèrent vers la Septième Avenue, ses gardes du corps mêlés à la foule qui les environnait, vigilants bien qu'invisibles. La pluie avait cessé, et il sentait son humeur s'alléger. Cette aventure semblait si naturelle, si imprévue ; un grand souffle d'air frais dans sa vie quotidienne.

— Parlez-moi de vous, dit-il. De la famille ?

— J'ai un frère. Il est actuellement en Europe.

Elle se mordit les lèvres et, malgré la légèreté de son ton, il comprit que le sujet la perturbait.

— Et vous ? enchaîna-t-elle.

— Je suis fils unique.

— N'avez-vous pas souffert de solitude, enfant ?

— Parfois, bien que j'aie été très entouré.

Il désigna ses gardes du corps.

— De gens comme eux ? demanda-t-elle.

— Entre autres.

Ils s'arrêtèrent à un feu rouge, et elle regarda droit devant elle en redressant le menton.

— Quelquefois, on se sent d'autant plus seul qu'on est entouré.

La remarque d'Angel toucha un point sensible. Quelque chose dans son ton lui fit comprendre qu'elle parlait d'expérience. L'idée l'attrista, et il souhaita pouvoir chasser la froideur désabusée de son timbre si chaleureux quelques instants plus tôt et la réconforter.

Et puis quoi encore ? fit une petite voix. Il écarta cette pensée. Il ne se passerait rien de plus entre eux. Demain, il appartiendrait à son peuple, il deviendrait un roi. Cet interlude de normalité resterait un souvenir qu'il chérirait éternellement.

— Que faites-vous ? demanda Angel quand ils eurent traversé la rue.

— Comment ça ?

— Eh bien, dans la vie. Je suppose que vous travaillez ?

Oui, il travaillait, mais certainement pas au sens où elle l'entendait.

— Je m'occupe de gestion, éluda-t-il.

Une réponse à mi-chemin de la vérité et du mensonge.

— C'est vaste, dit-elle, une lueur malicieuse dans ses beaux yeux d'ambre.

— J'ai effectivement un large éventail de responsabilités. Et vous, à quel métier vous destinez-vous, quand vous aurez terminé vos études ?

L'expression d'Angel se transforma, passant de mutine à grave. Mais soudain elle sourit, et son sérieux s'envola.

— Oh ! ceci ou cela, répondit-elle d'un ton léger.

— Et vous m'accusez d'être vague !

Il savourait leur petite joute verbale.

— Puisque vous posez la question, je rentrerai chez moi et jouerai un rôle dans la préservation de l'environnement. Je veux que les gens m'écoutent, m'écoutent vraiment, et prennent en compte ce que je dirai sans balayer mes arguments d'un geste, sous prétexte que je suis une femme.

— Parce que c'est parfois le cas ? s'étonna-t-il.

— Vous-même ne vous êtes pas conduit autrement, lui rappela-t-elle.

— C'est vrai, et je vous prie une fois encore de m'excuser. J'espère que vous pourrez réaliser vos vœux.

Il s'arrêta près d'un camion restaurant.

— Avez-vous dîné ?

— Non, mais…

— Il paraît qu'on n'a pas été à New York tant qu'on n'a pas goûté un sandwich au faux-filet.

Elle inspira profondément.

— Ils sentent divinement bon, vous ne trouvez pas ?

— J'imagine que ça signifie : « J'en prendrai volontiers un. »

Il se tourna vers le responsable de sa sécurité et lui donna un ordre dans leur langue. Avec un sourire, celui-ci se plaça dans la file d'attente.

Une fois leur repas en main, ils se remirent à marcher tout en dégustant leur sandwich, riant entre deux bouchées de leurs efforts pour contenir la garniture dans le pain.

— J'aurais dû vous emmener au restaurant, commenta-t-il en la voyant grimacer devant ses doigts pleins de sauce.

— Oh non ! C'est bien plus amusant comme ça, c'est juste que je m'en suis mis partout.

En riant, elle tira un paquet de mouchoirs de sa poche et s'essuya. Il sourit, comme de nombreuses fois depuis leur rencontre. Qu'y avait-il chez cette jeune femme qui semblait si juste alors que tout ce qui l'entourait dans sa vie « normale » sonnait faux ?

— Je ne me lasserai jamais de cette ville ! s'exclama-t-elle. Elle vous réserve sans cesse de bonnes surprises.

— Entièrement d'accord. Dansez-vous ?

Angel éclata de rire.

— Vous me demandez si je sais danser ou si j'en ai envie ?

Il haussa les épaules.

— Les deux.

Peu lui importait. Tout ce qu'il voulait, c'était la tenir dans ses bras, et il ne voyait pas d'autre moyen d'y parvenir sans enfreindre ses règles morales.

— Je n'ai pas précisément la tenue qui convient, protesta-t-elle.

— Mais si, vous êtes très bien. J'ai entendu parler d'un endroit proche d'ici, tranquille et sympathique.

On peut danser, ou bien juste s'asseoir et discuter, ou regarder les autres danser si on préfère.

— C'est tentant.

— Alors, vous m'accompagnez ?

Elle lui sourit.

— J'en serais ravie.

Il lui prit la main, encore une fois surpris par la délicatesse de son ossature et la finesse de sa peau.

Que ressentirait-il si ces mains le touchaient intimement ? Ses doigts seraient-ils fermes ou légers comme la plume ? Caresseraient-ils son corps avec une subtilité aguichante ou seraient-ils plus directifs ?

Il claqua la porte à de telles pensées. Vraiment, il tenait plus de sa mère qu'il ne le croyait. D'un autre côté, qu'y aurait-il de si répréhensible à danser avec une autre que sa fiancée ? Il le faisait tout le temps lors de réceptions officielles.

Il entraîna Angel vers le club qu'il avait visité lors de son dernier séjour à New York et envoya Armaund en éclaireur pour s'assurer qu'ils puissent entrer. La soirée ne faisait que commencer, et il n'avait pas la moindre envie d'y mettre fin.

Il avait cru qu'attirer Angel dans ses bras sur une piste de danse suffirait à son bonheur, mais il se trompait. A présent, il en voulait davantage. Le problème était qu'il avait juré de ne partager l'acte sexuel qu'avec son épouse, et son épouse uniquement. Il ne s'était pas tenu à l'écart des femmes par plaisir. Parfois, refuser de céder aux exigences de son corps s'était révélé un véritable calvaire, mais il s'était promis très jeune de ne pas être le genre d'homme à laisser ses besoins physiques tout empoisonner autour de lui. Au cours des siècles, à plusieurs reprises, sa famille avait failli tout perdre à cause des frasques sexuelles de certains de ses membres.

Il avait toujours considéré l'attrait exercé par les plaisirs de la chair sur ses ancêtres comme un signe de faiblesse et, en trente et un ans, rien n'avait pu le faire changer d'avis. Sauf, peut-être, cette jeune femme avec qui il dansait ce soir. Malgré tout, il se contenterait de la tenir dans ses bras. Le frôlement de ses seins contre sa poitrine quand il resserrait légèrement son étreinte, l'effleurement de son souffle tiède dans son cou représentaient une provocation à laquelle il ne répondrait pas et quand il embarquerait dans quelques heures dans l'avion qui le reconduirait à Sylvain, il le ferait en sachant qu'il n'avait pas rompu la promesse faite à lui-même et à celle qu'il allait épouser.

Mais jusque-là, il savourerait sa soirée volée dans les limites que son devoir et son honneur lui permettraient.

La soirée avait été magique. Des instants qu'elle n'aurait jamais cru pouvoir vivre, même dans ses rêves les plus fous. En réalité, Mila doutait que même Sally, avec son âme romanesque, ait pu imaginer quelque chose approchant de tels moments. Elle se sentait dans la peau de Cendrillon, sauf que son prince charmant la raccompagnait chez elle et qu'il était minuit largement passé. Alors que la limousine qui était venue les chercher s'arrêtait devant son hôtel, elle se tourna vers Thierry — enfin, Hawk. Ce soir, elle avait découvert de surprenantes et très sympathiques facettes de sa personnalité.

Peut-être le champagne bu au club en était-il responsable, à moins que ce ne soit simplement le fait de savoir que, à la fin du mois, elle se tiendrait près de lui sous les plafonds voûtés de la cathédrale de Sylvano et qu'elle lui vouerait sa vie ; quoi qu'il en soit, elle flottait sur un petit nuage.

A présent, elle savait à quoi ressemblait le prince Thierry loin des pompes et du cérémonial attachés à sa position et elle croyait possible que, dans le secret de leur vie privée, leur mariage de raison se transforme en véritable histoire d'amour. Ce soir, elle avait eu l'occasion de découvrir l'homme qui se cachait derrière le souverain et qui, devenu son époux, partagerait ses jours et ses nuits. Et, étant donné l'attirance qu'ils éprouvaient l'un pour l'autre, elle attendait avec impatience de le connaître dans tous les sens du terme.

Durant toute la soirée, il s'était comporté en parfait gentleman, et, pour la première fois de sa vie, elle se sentait désirable et capable de rendre cet homme heureux.

— Merci pour cette soirée, Hawk, dit-elle. Je ne l'oublierai jamais.

Il lui prit la main, la porta à ses lèvres et effleura ses doigts d'une caresse qui l'émut infiniment.

— Moi non plus.

Il se pencha dans l'intention manifeste de l'embrasser sur la joue, mais au même instant Mila tourna la tête, et leurs lèvres se rencontrèrent. Bien qu'il s'agisse d'un baiser fugace et innocent, elle sentit quelque chose s'épanouir dans sa poitrine et menacer de l'étouffer.

Les mots lui manquèrent, et elle tâtonna à la recherche de la poignée. En descendant de voiture, elle trébucha, mais ne regarda pas en arrière. Si elle agissait ainsi, elle désirerait davantage, et ce n'était ni le lieu ni le moment pour ça.

Elle franchit la porte de l'hôtel, gagna l'ascenseur et glissa sa carte magnétique dans l'encoche. Dans la cabine qui la menait à leur suite en terrasse, elle ôta sa perruque blonde et examina son reflet dans le miroir. Ce soir, Thierry avait apprécié la compagnie d'une inconnue. Mais l'apprécierait-il autant quand il rencontrerait Mila ou se rappellerait-il l'adolescente joufflue et maladroite qu'il avait dédaignée ?

Seul le temps le dirait.

- 4 -

— Franchement, comme écervelée, tu te poses là ! Et si les médias ont vent de cette histoire ? Y as-tu réfléchi ? Tu seras vouée aux gémonies, et tout Sylvain te rejettera avant que tu aies seulement franchi la frontière.

Mila se renfonça dans son fauteuil en attendant que son frère en finisse avec sa diatribe. Hélas, le supplice ne semblait pas près de s'achever : Rocco, faisant toujours les cent pas sur le luxueux tapis persan de son bureau, avait entamé une nouvelle tirade. Elle gardait la tête baissée et ne répondait pas. Ce qui lui demandait des efforts, car elle se rendait compte qu'elle s'était habituée à exprimer ses opinions et à les voir respectées.

— Tu as pourtant été éduquée mieux que ça ! Qu'est-ce qui t'a pris d'aller rôder autour de l'hôtel du prince comme une vulgaire clocharde ? Est-ce une idée de ton amie américaine, Sally je-ne-sais-quoi ? ajouta-t-il d'un ton plein de mépris.

La remarque l'agaça.

— Sois poli ! protesta-t-elle.

Mais, d'un regard, Rocco la réduisit au silence.

— Tu es princesse d'Erminia, et les princesses ne se glissent pas incognito hors de leur chambre d'hôtel à la nuit tombée pour traîner dans des bouges jusqu'à l'aube avec des étrangers !

A moins de vivre un conte de fées, rectifia Mila en

son for intérieur, se rappelant son histoire préférée, dont les héroïnes étaient douze princesses dansantes. Mais son aventure n'avait rien d'un conte de fées ; en outre, le prince, non, le *roi* Thierry n'était plus un étranger. Enfin, pas complètement. Elle supporta néanmoins bravement la réprimande de son frère. Pour le moment, elle préférait ne pas lui dire avec qui elle avait réellement passé la soirée, sachant qu'il s'inquiéterait des retombées politiques de ce rendez-vous imprévu.

Rocco se dirigea vers la vaste fenêtre voûtée, enchâssée dans le mur du palais et offrant vue sur la campagne environnante. Elle laissa son regard dériver, au-delà de lui, vers une liberté dont elle ne goûterait plus jamais la saveur.

L'anonymat de sa vie aux Etats-Unis avait été une bénédiction mais, à présent qu'elle était de retour pour de bon, on attendait d'elle qu'elle courbe l'échine devant le protocole, autrement dit, qu'elle obéisse en tout à son aîné. A peine rentrée, elle regrettait déjà ce fabuleux intermède qui lui rendait d'autant plus pénible le fait de retomber sous le joug de son rang.

— Alors, Rocco, que vas-tu faire, me jeter au cachot ?

Quand son frère se retourna, elle fut surprise de constater à quel point il avait vieilli depuis la dernière fois qu'ils s'étaient vus, comme si le stress et l'inquiétude devenus ses compagnons habituels creusaient son visage et parsemaient ses tempes de fils d'argent. Dire qu'elle était la cause d'une partie de cette tension et de bon nombre de ses cheveux grisonnants ! prit-elle soudain conscience avec un choc. Elle aimait tendrement son frère mais, tout en détestant l'idée de lui faire du mal ou de lui causer des soucis, elle aurait apprécié qu'il l'écoute pour une fois, qu'il l'écoute vraiment, en considérant qu'elle avait des choses sensées à dire.

— Ne t'imagine pas que j'en suis incapable, gronda-t-il. Une telle légèreté est probablement tout ce que je pouvais attendre de toi après t'avoir laissé la bride sur le cou pendant si longtemps. Je n'aurais jamais dû être aussi tolérant. Nos conseillers préconisaient un mariage entre le prince et toi dès tes dix-huit ans, mais non, il a fallu que je me laisse persuader de t'envoyer faire des études à l'étranger. Faire des études, Mila, pas jeter le déshonneur sur notre famille !

Il pinça l'arête de son nez aquilin avant de reprendre :

— A l'époque, je te plaignais. Tu n'étais qu'une écolière fiancée à un quasi-inconnu plus vieux que toi. Je comprends que tu te sois sentie opprimée et, oserais-je dire, terrifiée à la perspective de ce qui t'attendait. Tu étais tellement jeune, tellement naïve.

Il se détourna en soupirant tandis que Mila serrait les mâchoires pour réprimer son irritation. Elle était mortifiée de la vision qu'il avait d'elle. Comment aurait-elle pu être autre chose que naïve et innocente compte tenu de l'éducation stricte qu'elle avait reçue, qui ne lui avait rien appris sur le monde et les êtres humains ? C'était d'ailleurs pour cette raison qu'elle avait supplié son frère de l'autoriser à aller étudier à l'étranger, avec comme principal argument : quel genre de dirigeante serait-elle si elle ne comprenait pas son peuple ni les épreuves et difficultés qu'il rencontrait quotidiennement ?

— Et j'ai accepté, poursuivit Rocco, de te laisser du temps, jusqu'à ton vingt-cinquième anniversaire. J'espérais que ce séjour te ferait du bien et te permettrait d'envisager le mariage sous un angle positif. J'aurais dû me douter que le manque d'encadrement de ta vie à l'étranger te corromprait et te ferait sortir du droit chemin.

Le manque d'encadrement ? Elle se mordit la langue pour contenir son indignation. Si son quotidien à Boston avait en effet été plus libre que celui qu'elle aurait mené au palais, comment Rocco s'imaginait-il qu'elle ait réussi brillamment ses études sans discipline stricte ? Et, sans parler de ses succès universitaires, la compagnie constante de son chaperon et de ses gardes du corps avait limité le développement de ses relations sociales.

Cependant, maintenant que son frère était lancé, il aurait été vain d'essayer d'argumenter. Elle laissa son discours glisser sur elle comme la pluie sur les gargouilles ornant le toit du château.

— Mais il est inutile de se lamenter sur le passé. A présent, te voilà de retour chez toi, et tu dois te préparer à ton mariage, qui aura lieu dans moins d'un mois. Je ne veux pas le moindre faux pas, la moindre attitude déplacée ou rumeur de scandale de ta part, est-ce bien clair ? La stabilité politique de notre pays repose sur ta capacité à assumer le rôle pour lequel tu as été élevée.

Quelle jolie façon de lui signifier qu'elle n'avait aucune valeur à part pour devenir l'épouse convenable d'un homme puissant !

— Et les funérailles du roi de Sylvain, cette semaine ? Y assisterai-je avec toi en signe de respect ?

— Non, tu resteras ici.

Elle aurait voulu lui expliquer que sa présence au côté de son fiancé, pendant qu'il rendrait ses derniers hommages à son père, aurait été plus que légitime, mais elle savait que ses revendications tomberaient dans l'oreille d'un sourd. Elle se contenta donc de contempler son frère, désolée de lui voir une expression si préoccupée, et dit ce qu'il voulait entendre.

— Je comprends. Je ferai ce que tu souhaites.

Il aurait mieux valu dire ce qu'il *exigeait* d'elle. Pas une fois au cours de l'audience qu'il lui avait accordée, car elle n'arrivait pas à donner un autre nom à leur entrevue, elle n'avait eu l'impression qu'il était content d'accueillir sa petite sœur à la maison. Elle le décevait et représentait juste un fardeau dont il fallait se débarrasser au plus vite.

Pas un mot de félicitations sur ses succès universitaires, pas un compliment pour son traité sur l'Egalité des chances et le développement durable dans les nations européennes. Pour lui, sa seule valeur était son aptitude à jouer convenablement son rôle de fiancée et d'épouse ; elle ne représentait qu'un pion sur l'échiquier du roi d'Erminia.

Mais, alors qu'elle fixait Rocco, elle vit l'expression de ses yeux d'ambre, semblables aux siens mais d'une nuance légèrement plus soutenue, s'adoucir un peu.

— Merci. Tu comprends, n'est-ce pas ? lança-t-il soudain. Je ne te demande pas de t'assagir pour moi, mais pour notre peuple. Et pour ton salut aussi. Je refuse de te voir gâcher tes chances de gagner la confiance et le respect de ton mari.

Mila comprit que c'était là toute l'affection qu'elle recevrait de cet aîné qui l'avait protégée toute son enfance, mais que l'exercice du pouvoir avait endurci.

— Je comprends, répondit-elle en inclinant la tête.

Et c'était vraiment le cas. Même si, intérieurement, un tumulte d'émotions l'agitait. Sa valeur aux yeux de son frère et de son futur mari dépendait uniquement de sa chasteté et de sa réputation. Tout le reste, sa culture, ses connaissances, ses projets pour une société plus juste et de meilleures conditions de vie pour son peuple, l'assurance et la confiance en elle gagnées au cours de son séjour à l'étranger, tout cela n'avait que peu d'importance au regard de l'honneur.

Les mœurs n'avaient pas évolué en son absence. En même temps, elle ne voyait pas comment cela aurait pu se produire : Erminia était figée dans un passé où la place d'une femme n'était pas à côté, mais derrière l'époux, le père, le frère, ou la figure mâle jouant le rôle de chef de famille, et où on ne prenait jamais en compte ses opinions et ses idées.

Même au parlement d'Erminia, la majorité était masculine. Mila voulait faire évoluer cet état d'esprit, faire reconnaître l'intelligence des femmes et leur valeur en tant que membres à part entière du tissu social, mais elle avait durement conscience que ce changement serait lent à venir… S'il venait jamais.

— L'approche de ton mariage ne semble guère t'émouvoir, reprit Rocco. Je m'imaginais que tu te montrerais un peu plus enthousiaste à ce sujet.

Elle soupira.

— Ecoute, Rocco, je ne suis plus une petite fille surexcitée à la perspective de se rendre à une fête dans une belle robe neuve. Je suis une femme adulte avec un cerveau et des idées bien à elle, à l'aube d'un mariage arrangé avec un quasi-inconnu ; ne me demande pas de sauter de joie.

Il s'approcha et, d'un doigt sous son menton, lui leva la tête.

— Dis-moi, tu as changé.

— Encore heureux ! En tant d'années, le contraire eut été étonnant.

— Non, c'est autre chose.

Son front se barra d'un pli, et il étrécit les paupières.

— Es-tu encore… Enfin, as-tu…

Cette fois, Mila eut beaucoup de mal à réprimer sa colère.

— Quoi ? Tu veux savoir si je suis toujours vierge ? Tu crois vraiment que je compromettrais la Couronne en perdant ma virginité pour une aventure d'un soir ?

Rocco en blêmit d'indignation.

— Je t'interdis de me parler sur ce ton ! Je suis peut-être ton frère, mais je suis d'abord et avant tout ton roi.

Elle fit une révérence.

— J'implore votre pardon, Sire.

— Ne te moque pas de moi, Mila !

Elle se redressa, mais en gardant les yeux baissés.

— Je ne me moque pas de vous, Votre Majesté, je suis bien consciente de ma position dans ce monde. Je ferai mon devoir, et vous pouvez dormir sur vos deux oreilles : aucun homme ne m'aura touchée avant le jour de mon mariage, ni même embrassée. Mais, si vous mettez ma parole en doute, faites-moi examiner par le médecin du palais, vous serez ainsi assuré que je n'ai pas déshonoré notre nom.

— Mila…

— J'ai rendez-vous avec la couturière pour un essayage, le coupa-t-elle d'un ton neutre. Si vous voulez bien m'excuser ?

Elle recula avant que la main de son frère se pose sur elle.

Au fond d'elle-même, elle savait qu'il souffrait encore plus qu'elle de cet échange, mais quels que soient leurs sentiments, désormais, le devoir et les intérêts du pays passaient avant tout. Rocco ne pouvait plus se permettre d'être le grand frère attentionné qui l'avait protégée toute son enfance. Pourtant, cela faisait longtemps qu'il portait le fardeau du pouvoir. De dix ans son aîné, il avait été contraint de monter prématurément sur le trône après l'assassinat de leur père, lorsqu'il n'avait que dix-neuf ans. Depuis, elle avait du mal à se rappeler une époque où le poids des responsabilités ne l'avait pas écrasé. Presque du jour au lendemain, il était passé de l'aîné taquin et protecteur qu'elle adorait au souverain autoritaire d'aujourd'hui, un homme qui ne montrait jamais de signes de faiblesse, aucune faille dans l'armure qui dissimulait ses sentiments.

Comme elle sortait de son bureau et se retenait de remonter à grands pas furieux le couloir richement décoré menant à ses appartements, une partie d'elle-même regrettait celui qu'il avait été tandis qu'une autre continuait de pester contre la façon dont il venait de la traiter. Il voyait toujours en elle une enfant insouciante et irréfléchie et, quoi qu'elle dise ou fasse, cela ne changerait jamais. Elle devait l'accepter, comme elle devait accepter beaucoup de choses dans sa vie. Elle espérait néanmoins être en position de modifier les mentalités une fois mariée.

Plus tard, alors qu'elle s'agitait sous le poids de l'élégante robe de soie sauvage et dentelle que l'on ajustait à ses formes, elle repensa au moment où, à New York, Thierry et elle s'étaient embrassés pour se souhaiter une bonne nuit, et elle ne put retenir un sourire en se rappelant l'exquise pression de ses lèvres sur les siennes. Si elle fermait les yeux et se concentrait, elle réussirait peut-être à raviver la sensation, à sentir le subtil parfum de son eau de toilette, un mélange de bois et d'épices qui avait produit un curieux effet sur elle.

Un frisson d'excitation la parcourut, vite chassé par la douleur d'une piqûre d'épingle dans la cuisse.

— Je suis navrée, Votre Altesse, mais si vous vouliez bien rester immobile encore quelques instants…, la tança la couturière.

— C'est à moi de vous présenter des excuses, assura-t-elle. Je ne suis pas concentrée. Vous n'y êtes pour rien.

Elle focalisa son attention sur un tableau suspendu au mur et obéit aux indications de la couturière, se tournant, levant et baissant les bras telle une marionnette. Exactement ce qu'elle était pour son frère, se rendit-elle compte avec un serrement de cœur. Un pantin que l'on manipule pour le salut d'Erminia.

La pression aurait été moindre si Rocco avait été marié. Malheureusement, quand il avait demandé la main de la jeune fille qu'il aimait depuis toujours, celle-ci avait décidé qu'elle n'était pas faite pour mener la vie d'une reine et, depuis lors, son frère ne s'était plus jamais investi sentimentalement.

Si la couronne de Rocco pesait lourdement sur ses boucles brunes, la sienne n'en était pas moins un fardeau, pensa-t-elle tristement. Mais il fallait voir le bon côté des choses : la soirée avec Thierry avait démontré qu'ils étaient compatibles, et qu'il était capable de respecter ses opinions et d'apprécier son avis.

S'il pouvait prêter l'oreille à une inconnue, il ferait sûrement preuve de la même courtoisie envers son épouse, non ?

Il était 2 heures du matin, et Mila tournait et se retournait toujours dans son lit. Elle souffrait encore des effets du décalage horaire et, alors que les bonnes gens d'Erminia dormaient profondément, son corps restait à l'heure de Boston où il n'était que 19 heures. Bien sûr, après cet interminable voyage en avion, suivi de l'éprouvant entretien avec son frère, elle aurait tout de même dû trouver le sommeil, mais l'énervement et la fatigue avaient eu raison de son besoin de repos. Repoussant ses couvertures, elle ramassa le peignoir abandonné au pied de son lit.

Une bonne tasse de lait chaud, comme Cookie lui en préparait quand elle était enfant, l'aiderait peut-être à se calmer. Après avoir passé sa robe de chambre, elle se dirigea vers l'escalier menant aux quartiers des domestiques, situés à l'arrière du château. Bien sûr, il aurait suffi qu'elle appuie sur une sonnette pour que quelqu'un lui apporte sa boisson, mais elle avait très envie de retrouver la chaleur accueillante et les odeurs qui imprégnaient les cuisines et participaient à ses souvenirs d'enfance les plus heureux.

Ses pieds en pantoufles glissaient en silence sur les vieilles dalles de pierre de l'escalier. En contraste avec l'agitation qui régnait dans cette partie du château en pleine journée, l'atmosphère était paisible, ce qui lui fit le plus grand bien.

Cependant, alors qu'elle parvenait en bas des marches, un bruit de voix provenant du couloir résonna dans la pénombre. Etrange, le personnel chargé de l'intendance était rarement debout à cette heure-là. Alors qu'elle s'apprêtait à continuer son chemin, elle reconnut le timbre grave de Gregor, le majordome du château, et celui d'une femme, plus jeune, et se retrouva soudain aux aguets quand elle entendit prononcer le nom de Thierry.

Elle approcha tout doucement de la porte ouverte du bureau de Gregor.

— Vous êtes sûre ? dit celui-ci.

La sévérité de son ton la surprit, car, tout en occupant un poste à responsabilité, il était connu pour son grand cœur et sa bienveillance, ce qui avait toujours assuré un service sans heurts. Sa brusquerie présente ne lui ressemblait pas du tout.

— Oui, monsieur. Mon cousin est assistant du secrétaire privé du roi de Sylvain. Il a vu le document sollicitant les services…

La jeune femme hésita un peu avant de poursuivre :

— … Les services de cette femme.

— Et qu'est-ce que votre parent envisage de faire de cette information qu'il a si volontiers partagée avec vous ?

— Il ne l'a pas partagée avec plaisir, monsieur. Enfin, je veux dire qu'à ses yeux cela n'a rien d'un ragot qu'il pourrait vendre à des journalistes, ce n'est pas du tout son genre.

— Comment donc en a-t-il parlé ?

Elle entendit la voix de la jeune femme se fêler comme si elle retenait ses larmes.

— Oh ! je vous en prie, monsieur, je ne voudrais pas qu'il ait des ennuis à cause de moi. Il est soucieux parce qu'il trouve étrange que le roi recherche les services d'une courtisane à quelques jours de son mariage, d'autant plus qu'on sait au palais que le prince se garde, enfin, se gardait pour sa femme.

Une *courtisane* ? Un bourdonnement dans ses oreilles l'assourdit tandis que son univers basculait. Son estomac se souleva, et elle lutta contre la nausée.

Un bruit parvenant du bureau du majordome l'avertit qu'un mouvement s'y produisait. Vite ! Il ne fallait surtout pas qu'on la surprenne ! Pas dans cette position, pas maintenant. Elle fit demi-tour, se glissa dans une pièce inoccupée et plongée dans l'obscurité, et s'enferma dedans. Les bras serrés contre la poitrine, l'esprit en déroute, elle fixa la porte close encadrée par un rai de lumière.

Ainsi donc, Thierry se cherchait une maîtresse professionnelle ? Comment avait-elle pu se tromper à ce point sur son compte ? Les heures passées avec lui à New York avaient été magiques… Et totalement chastes. A aucun moment elle n'avait senti qu'il espérait un contact physique ni la moindre pression de sa part pour pousser les choses plus loin. Et de penser qu'il se gardait pour elle, comme elle se gardait pour lui, l'avait transportée de joie. Ce qui faisait qu'à présent elle ne comprenait plus. Cela n'avait aucun sens.

Elle se raidit en entendant des pas pressés dans le couloir, sans doute ceux de la domestique quittant le bureau de Gregor. Elle attendit, se demandant si celui-ci était également sorti, et, pendant ce temps, son esprit se remit à tourbillonner.

Comment réagir à ce qu'elle venait d'apprendre ? Refuser d'épouser Thierry créerait un fâcheux incident diplomatique et causerait de l'agitation des deux côtés de la frontière. Non, c'était hors de question. Mais comment envisager l'avenir avec un homme qui, juste avant son mariage, installait une maîtresse dans la demeure conjugale ? Elle s'était efforcée de devenir une épouse digne de Thierry, mais ne s'était-elle pas trompée sur son compte depuis le début ? N'était-il qu'un despote de plus, ne voyant dans le mariage qu'une commodité comme l'avaient été tant d'unions royales par le passé ? Il semblait qu'il ait déjà abandonné l'idée qu'elle puisse le rendre heureux.

Son union avec le prince Thierry ne serait-elle donc qu'un traité de paix entre deux nations voisines ? Ne connaîtraient-ils jamais la communion des cœurs de deux êtres partageant espoirs et rêves d'avenir ?

Elle refoula avec rage les larmes qui lui brûlaient les paupières. Elle ne se laisserait pas abattre, il existait sûrement un moyen d'empêcher Thierry de commettre une telle ignominie.

Elle s'exhorta à réfléchir. Bien qu'instruite, sensible aux problèmes des femmes et désireuse d'améliorer leur statut, confrontée à une situation épineuse, n'était-elle donc capable que de se cacher et de pleurer ? C'était pathétique. Elle laissa retomber ses bras et redressa le menton. Elle était princesse, et il était temps qu'elle se mette à penser et agir en tant que telle.

Une idée jaillit dans son esprit enfiévré. Une idée si absurde, si folle, que son audace lui coupa le souffle. Même Sally en aurait été fière. Mais parviendrait-elle à la réaliser ? Réfléchir était une chose, passer à l'acte une autre. En outre, elle devrait impliquer des tiers.

Jusqu'à quel point tenait-elle à son rêve de mariage heureux ? Etait-elle prête à accepter une union dans laquelle elle ne serait qu'une épouse fantoche et mènerait une vie séparée, ou voulait-elle Thierry comme mari dans tous les sens du terme, sentimentalement et physiquement ? La réponse était d'une limpidité criante. Elle le voulait, *lui*, tout entier.

Elle tendit la main vers la poignée de la porte, sortit dans le couloir et se dirigea résolument vers le bureau de Gregor.

- 5 -

— Mais, Votre Altesse ! protesta Gregor. Ce que vous suggérez… Enfin… L'enlèvement est un acte criminel !

Elle s'était attendue à ce que le majordome du château résiste, mais avait espéré ne pas être obligée de faire appel au serment archaïque d'obéissance absolue prêté à tout membre de la famille royale par quiconque entrait à son service. Qui de nos jours, possédant toute sa tête, jurerait de servir aveuglément quelqu'un, même s'il devait pour cela aller jusqu'au crime ? Cependant, l'entière structure sociale d'Erminia reposait sur la tradition et, dans son cas, la fin justifiait les moyens. Elle devait agir, son bonheur et celui de ses futurs enfants en dépendaient. Elle ne permettrait pas à Thierry d'installer une maîtresse sous leur toit, en tout cas, pas sans avoir auparavant tenté de gagner son amour.

— Gregor, c'est votre princesse qui vous l'ordonne, dit-elle avec autorité.

Elle détestait se comporter ainsi. Jusqu'à aujourd'hui, elle n'avait jamais utilisé sa supériorité hiérarchique pour ployer les autres à sa volonté et s'était juré de ne jamais en arriver là. A vrai dire, elle ne se croyait tout simplement pas capable d'user de son pouvoir, mais il semblait que, quand nécessité faisait loi, elle n'était pas si différente de ses ancêtres.

— Je n'ai aucune envie de récupérer les restes d'une

autre lorsque je rejoindrai mon futur mari devant l'autel, dit-elle, décidant d'aller droit au but.

Gregor rougit ; ce n'était pas le genre de choses dont on discutait devant un membre de la famille royale et surtout pas devant une princesse. Le voyant sur le point d'émettre de nouvelles protestations, elle le fixa droit dans les yeux, bien décidée à ne pas céder. Il soutint son regard, espérant sans doute lui faire entendre raison, mais après quelques instants il parut sentir qu'elle mettrait son plan à exécution, avec ou sans son aide.

— Je comprends, madame.

Elle lut dans ses yeux une réelle compassion et sut qu'elle avait gagné. Personne dans ces murs ne pouvait mieux que lui percevoir sa détresse car, avec son ancienneté à ce poste, il avait vu une génération après l'autre arranger des alliances conjugales qui s'étaient révélées alternativement médiocres et désastreuses — ce qui n'avait rien de surprenant : à quoi s'attendre quand les couples se formaient en fonction des origines des gens et non de leur compatibilité ?

Dans la famille de Thierry, les choses ne différaient guère, même si ses parents s'étaient soi-disant mariés par amour, mais on savait comment cela avait fini. Au fond de son cœur, elle était sûre que Thierry et elle pouvaient faire mieux. Ils le méritaient.

— Vous m'aiderez donc ? insista-t-elle.

— Votre sécurité avant tout, madame. Si à un moment vous vous retrouvez sous la menace…

— Je ne me mettrai pas en danger, coupa-t-elle. Tout d'abord, il nous faut découvrir l'identité de cette *courtisane*…

Elle prononça le mot avec une moue méprisante.

— … Et quels sont ses projets. Tout mon plan en dépend.

— Ce ne sera pas facile, madame.

— Rien de ce qui en vaut la peine n'est facile, dit-elle avec un pincement au cœur. Merci, Gregor.

— Vos souhaits sont des ordres, madame, répondit-il en s'inclinant devant elle. Vos gens ne désirent que votre bonheur.

Son bonheur. Serait-elle heureuse ? Elle n'en avait aucune idée mais, en tout cas, elle se serait battue pour l'être. Son plan d'enlever la courtisane pour prendre sa place avait une chance de fonctionner et, s'il ne marchait pas, le résultat ne laisserait rien présager de bon pour personne.

Thierry détacha de sa hanche la ceinture de son épée de cérémonie et jeta le fourreau sur le lit où il atterrit dans un bruit de ferraille peu révérencieux.

— Nico ! Aidez-moi à m'extirper de cet accoutrement !

Son valet accourut du dressing et l'aida à se débarrasser de l'uniforme militaire qu'il avait endossé pour les funérailles de son père. Le poids du drap lourd dont était fait le vêtement, auquel s'ajoutaient décorations et tresses, était écrasant, et il ne désirait rien tant que de quitter cet instrument de torture — et par la même occasion tout ce qui annonçait sa vie future.

Il avait cru ne jamais voir la fin de la cérémonie. D'abord, l'interminable procession du palais à la cathédrale derrière le cercueil de son père à travers les rues où se massaient ses bons et loyaux — et moins loyaux — sujets, ensuite, il y avait eu l'indécent déploiement de faste durant le fastidieux service funèbre et, finalement, l'inhumation dans le caveau royal. L'événement marqué au sceau d'un apparat grandiose et lugubre lui avait donné un bon aperçu des longues années de stricte observance du devoir qui l'attendaient.

Pourtant, c'était ce pour quoi il avait été élevé, et ce pour quoi ses enfants seraient élevés après lui. Ses enfants. A quoi cela ressemblait-il d'être parent ? Il se rappela les personnages distants de ses premières années, envers qui il n'avait éprouvé, au mieux, que du respect, mais aucun autre sentiment. Il n'avait eu aucun adulte ni compagnon avec qui entretenir de relation proche, pas même avec sa mère, qui avait rejeté son rôle et ses responsabilités bien avant de se lancer dans sa dernière et fatale liaison.

— Désirez-vous autre chose, Sire ? demanda Nico, emportant le lourd vêtement sur son bras.

— Pas pour ce soir, merci, Nico. Je vous prie de me pardonner de m'être montré aussi sec avec vous tout à l'heure.

— Vous n'avez pas à vous excuser, Sire, la journée a été éprouvante.

Eprouvante, c'était le mot, songea-t-il en se dirigeant vers son immense salle de bains de marbre. Il ôta son caleçon et se glissa sous la douche à jets multiples. Dans une heure, il avait rendez-vous avec le roi Rocco d'Erminia. Encore une formalité dictée par le devoir. Quoique cet entretien pourrait se révéler fructueux puisque tous deux tendaient vers le même but : la paix entre leurs pays et l'ouverture des frontières, qui donnerait un coup de fouet à leurs économies.

Bien sûr, il restait dans leurs gouvernements respectifs des gens de la vieille école, qui souhaitaient maintenir le statu quo et dont la devise était « Ne faire confiance à personne ». Il était pourtant grand temps de débloquer la situation afin de ne pas reproduire éternellement les querelles d'un autre âge.

Il laissa les jets d'eau masser ses muscles et les détendre peu à peu. Ce soir, il aurait aimé s'échapper dans son pavillon de chasse niché dans les montagnes, mais il devait se conformer aux protocoles décidés par d'autres avant lui. Le rendez-vous avec le roi Rocco devait être productif, ne serait-ce que parce que, après tout, ce dernier deviendrait son beau-frère dans trois semaines.

Plus tard, alors qu'ils s'étaient installés dans sa bibliothèque, il ôta le lourd bouchon de cristal d'une carafe et se tourna vers l'homme brun à la carrure impressionnante confortablement assis dans un fauteuil près de la fenêtre.

— Cognac ? proposa-t-il.

— A vrai dire, je rêve d'une bière, répondit son invité, le roi d'Erminia, avec un grand sourire qui adoucit la sévérité de son expression.

Thierry lui rendit son sourire.

— Verre ou bouteille ?

— Ma foi, la bouteille est en verre, non ?

Un homme selon son cœur, décida-t-il en ouvrant la porte du réfrigérateur, déguisé en placard du XIVe siècle. Il en tira deux bouteilles à long col. Il s'amusa à l'idée que leurs chefs du protocole respectifs en auraient fait une attaque s'ils les avaient vus en cet instant. Eh bien, grand bien leur fasse !

Après avoir fait sauter les capsules, il tendit une bière à Rocco. Ils portèrent en même temps le goulot à leur bouche et poussèrent le même soupir de satisfaction après la première gorgée.

— Production locale ? s'enquit Rocco.

Thierry hocha la tête.

— Nous n'importons pas de bière à Erminia… C'est le genre de détail auquel nous pourrions remédier.

Ensuite, ils abordèrent le sujet brûlant de cette entrevue, son mariage avec la sœur du roi. Il s'efforça d'y apporter tout l'intérêt qui lui était dû. Il souhaitait faire preuve de bonne volonté, mais des années s'étaient écoulées depuis sa rencontre avec la princesse Mila, et il n'en gardait pas un souvenir impérissable, la malheureuse avait eu l'air sur le point de restituer son repas sur ses chaussures pendant toute la durée de leurs présentations.

Puis il se réprimanda mentalement. C'était injuste ; elle n'était alors qu'une enfant, élevée dans un milieu protégé et nerveuse à l'idée de faire la connaissance de son futur mari. Qu'espérait-il découvrir ? Une belle jeune femme rompue au monde ? Quelqu'un avec qui entretenir une conversation sur les sujets qui lui importaient ?

L'image d'une telle femme jaillit aussitôt dans sa tête, et il se remémora ces brefs moments avec Angel. Bien qu'ils ne datent que de quelques jours, il avait l'impression qu'une existence entière s'était écoulée depuis. Il repoussa le souvenir sans pouvoir contrôler la réaction de son corps. Rien que de penser à Angel, il sentit ses sens entrer en ébullition. Si seulement il avait été un homme ordinaire, un homme qui aurait pu la courtiser et l'entraîner au lit…

Mais ce n'était pas le cas ; il n'était pas un homme ordinaire, il n'avait pas le droit de se conduire ainsi et il allait épouser une princesse.

L'idée doucha le feu qui le consumait. Après avoir bu une gorgée de bière, il se tourna vers son invité.

— Comment va Mila ? A-t-elle apprécié son séjour aux Etats-Unis ?

Et brusquement, ce fut là, de nouveau. Le souvenir

de son propre voyage outre-Atlantique remonta, dominé par les moments passés avec Angel, l'odeur de sa peau quand ils dansaient, le goût si doux de ses lèvres quand il lui avait donné un baiser d'adieu.

Soudain, il se rendit compte que Rocco avait parlé et qu'il attendait sa réponse.

— Désolé. Pouvez-vous répéter ?

— Vous rêvez déjà à votre promise, dit Rocco avec un sourire narquois. Un bon présage pour vos noces à venir. Mila a acquis là-bas de l'instruction et des manières, et je suis persuadé que si vous prenez soin d'elle elle fera la plus convenable des compagnes.

Il entendit dans la voix du roi une mise en garde voilée et comprit que celui-ci tentait de protéger sa petite sœur. Qu'il se rassure, Thierry n'avait pas l'intention de faire souffrir sa jeune épouse. Bien au contraire, il prenait même des mesures pour la satisfaire dans tous les domaines. Bien que ce ne soit pas le genre de détail à partager avec le frère de votre fiancée, se dit-il en cherchant une réponse appropriée au commentaire de Rocco.

Très vite, leur conversation s'élargit à des sujets concernant leurs deux nations et à leur espoir de combler le fossé entre elles. Lorsque Rocco se retira, trois heures plus tard, ils étaient parvenus à un accord. Thierry avait compris que si, pour le roi d'Erminia, le bonheur de sa sœur était de la plus haute importance, le bien-être de leurs pays respectifs pesait également dans la balance. Ils allaient donc travailler main dans la main à la réconciliation de leurs peuples et à l'avènement d'une nouvelle ère de croissance et de prospérité. Et, pour être honnête, il se demandait même si Rocco d'Erminia n'accordait pas plus de poids à la seconde partie de l'équation…

Les deux allaient peut-être de pair, se raisonna-t-il.

Un point avait été particulièrement limpide, cependant : si les relations entre son épouse et lui tournaient au vinaigre, la paix fragile entre leurs pays exploserait, provoquant un retour à une instabilité économique néfaste et de possibles menaces de guerre, idée qui n'avait rien de joyeux.

La porte se refermant sur son visiteur, il tendit la main vers la carafe de cognac et s'en versa une rasade. Puis, emportant son verre vers une des fenêtres profondément enchâssées dans le mur, il laissa son regard dériver vers Erminia. Que faisait sa fiancée en ce moment ? Rafraîchissait-elle ses connaissances du protocole en usage à Sylvain ?

Il espérait qu'elle était bien préparée à l'existence qui l'attendait, car il ne pourrait pas la protéger de tout : dès leur retour de voyage de noces, elle serait confrontée à un emploi du temps chargé, et il lui faudrait accepter d'être le point de mire des médias. Malgré tout, se dit-il en buvant une gorgée de l'alcool savoureux qu'il fit rouler quelques instants sur sa langue, il disposait d'une excellente équipe qui, si cela s'avérait nécessaire, assisterait Mila au cours de sa métamorphose de princesse en reine consort. Et lui-même réfléchissait sérieusement aux moyens de la rendre heureuse.

Son expérience l'avait persuadé d'une chose : si le couple royal n'était pas totalement uni, tout le pays souffrait. C'était pour cette raison qu'il avait décidé de s'instruire sur les délices du lit conjugal. Avant le soir de son mariage, il apprendrait, loin des médias, comment satisfaire sa femme. Naturellement, son serment d'arriver vierge devant l'autel impliquait que ces leçons seraient d'ordre strictement théorique, sans aucun contact physique entre son « enseignante » et lui, mais elles lui profiteraient quand même, car il savait qu'il lui restait beaucoup de choses à apprendre s'il voulait mettre toutes les chances de son côté. Il espérait de cette « formation » qu'elle lui enseigne comment rendre sa femme heureuse, pas seulement au lit, mais également dans tous les autres aspects de leur relation, pour que celle-ci perdure.

Ni l'exemple de ses parents ni celui des générations passées ne lui avaient été utiles s'agissant du genre d'avenir qu'il désirait construire avec son épouse. Il voulait être heureux, parvenir à une forme d'harmonie conjugale, et que ses enfants profitent du même bonheur et de la même stabilité. Etait-ce trop demander ? Sûrement pas. Mais bien sûr, l'objectif ne serait pas forcément facile à atteindre étant donné que sa fiancée et lui étaient de quasi-inconnus.

D'où son recours aux services d'une discrète professionnelle du sexe. Qui d'autre saurait mieux l'instruire des subtilités permettant à une femme d'accéder au plaisir suprême ? Etre préparé avait toujours été un impératif vital pour lui. Il détestait les surprises et tenait à s'engager dans le mariage en toute connaissance de cause. Grâce à ces leçons, il se ferait suffisamment aimer de sa femme pour qu'elle lui rende la pareille.

Il avait pris la bonne décision, il en était certain.

- 6 -

— C'est inadmissible, je voyage sous protection diplomatique ! Pourquoi m'arrêtez-vous ?

De la pièce où elle se dissimulait, Mila entendait la jeune femme protester devant le responsable du contrôle des frontières erminien. Elle leva les yeux lorsque Gregor apparut à la porte de son refuge.

— Vous avez ses papiers ? demanda-t-elle en se mettant debout.

— Les voici.

Il esquissa le geste de les lui tendre, mais hésita quelques instants.

— Etes-vous toujours sûre de vous, madame ? Les risques…

— Nécessité fait loi, répliqua-t-elle sans attendre.

Elle prit les documents et examina la photographie de la jeune femme. Heureusement, la « courtisane » lui ressemblait beaucoup : longs cheveux bruns coiffés comme les siens, même forme de visage… Tant qu'on ne regardait pas de trop près la couleur des yeux, la taille ou le poids, ça pouvait passer. Des éclaireurs l'avaient déjà renseignée sur les vêtements que portait la dénommée Ottavia Romolo, et elle s'était habillée à l'identique, jusqu'aux grosses lunettes de soleil qu'elle tenait à la main et à l'écharpe Hermès nouée autour du cou. Et, grâce aux papiers qu'elle venait de faire confisquer, elle pouvait franchir directement la frontière pour Sylvain. Cependant, même si cela l'arrangeait, ce n'était guère surprenant : le prince désirait sans nul doute que rien ne retarde l'arrivée de sa maîtresse.

D'une main nerveuse, elle jucha les lunettes de soleil sur son nez.

— Souhaitez-moi bonne chance, Gregor.

— Bonne chance, madame, répéta-t-il d'une voix troublée, en accord avec son expression emplie de désarroi.

Elle lui sourit gentiment.

— Ne vous rongez pas les sangs, Gregor. Il ne s'agit pas d'une incursion en territoire ennemi en temps de guerre !

— Vous n'allez peut-être pas vous mettre en danger, mais soyez assurée que je passerai un sale quart d'heure si votre frère découvre vos agissements et mon rôle dans cette mascarade.

— Il faudra donc faire en sorte qu'il n'en sache jamais rien ! La suite d'hôtel et les gardes du corps ont bien été réservés pour Mlle Romolo ?

— Oui, elle sera très confortablement installée durant votre escapade.

— Parfait.

Elle redressa les épaules avant d'ajouter d'un air bravache :

— Je suis prête.

— Comme nous avons convenu, je me tiendrai à votre gauche pendant que nous franchirons l'accueil. Avec un peu de chance, les douaniers seront trop occupés dehors pour nous prêter attention.

— Vous êtes certain que le garde-frontière se montrera compréhensif ?

— Absolument, madame.

— Très bien, allons-y.

La traversée du hall se déroula sans encombre jusqu'à ce qu'ils atteignent la porte principale. A cet instant, un homme venant de l'extérieur heurta si rudement Mila que ses lunettes de soleil faillirent tomber. Elle les rattrapa d'une main et les remit immédiatement en place tout en acceptant les excuses du maladroit. Elle était si pressée de sortir sans nouvel incident qu'elle ne remarqua pas qu'il restait figé devant elle quelques secondes, avant d'esquisser une légère courbette, son geste attirant l'attention de la jeune femme qui protestait toujours au comptoir.

Dehors, l'air frais exhalait une odeur de pin. Elle en inspira une grande bouffée et se dirigea d'un pas assuré vers une limousine qui attendait à proximité. Gregor adressa un discret signe de tête au fonctionnaire supervisant l'examen du véhicule. Celui-ci aboya alors un ordre aux gardes-frontières, qui annoncèrent au chauffeur qu'il pouvait reprendre sa route et s'écartèrent aussitôt après.

Elle se laissa aller sur la vaste banquette de cuir et attacha sa ceinture, surprise de constater que ses doigts ne tremblaient pas, ce qui était un petit miracle compte tenu de la vitesse à laquelle battait son cœur. Elle leva les yeux sur Gregor et, avec un sourire, ôta ses lunettes de soleil.

— Merci, Gregor. Je n'oublierai pas, dit-elle à mi-voix.

Il inclina brièvement la tête avant de refermer la portière.

— Je vous prie d'excuser ce retard, mademoiselle Romolo, déclara le chauffeur dans l'interphone. On ne peut jamais faire confiance à ces Erminiens. Vous pouvez être sûre que cet incident aura des conséquences.

Refoulant l'envie de défendre son peuple, elle se contenta de murmurer :

— J'espère que non.

— Je vais essayer de rattraper le temps perdu, ajouta l'homme. Nous devrions arriver vers 19 h 30, ce soir.

— C'est parfait, je vous remercie. Maintenant, je vais me reposer.

— Bien sûr, mademoiselle Romolo. Je vous préviendrai quand nous approcherons du but.

Ces derniers jours, elle avait fait de son mieux pour localiser le pavillon de chasse de Thierry, mais ce secret était bien gardé, ce qui servait son dessein puisque, de ce fait, il était peu probable qu'ils soient dérangés. D'un autre côté, qu'aucun des participants au complot ne sache exactement où elle se trouvait l'inquiétait un peu mais, au fond, cela n'avait guère d'importance. Comme elle l'avait dit à Gregor, ce n'était pas comme si elle s'introduisait dans un pays en guerre.

Cependant, la remarque du chauffeur méritait réflexion. Il avait clairement exprimé ses sentiments vis-à-vis des habitants d'Erminia. Cet état d'esprit reflétait-il celui de la majorité des Sylvanos ? Si oui, son rôle de reine serait encore plus difficile. Non seulement elle devrait se concilier son mari et le peuple de celui-ci, mais elle devrait en outre protéger le pays qu'elle laisserait derrière elle. Une énorme responsabilité reposait sur ses épaules. Peut-être n'aurait-elle pas dû séjourner aussi longtemps aux Etats-Unis : ce faisant, non seulement elle s'était éloignée de son propre peuple, mais elle s'était également privée de l'occasion d'établir des liens avec celui de Thierry.

Elle se mordillait pensivement la lèvre en regardant le paysage se dérouler derrière la vitre. Elle avait été si déterminée à s'améliorer pour devenir la personne qu'il fallait à son futur époux qu'elle en avait perdu de vue des points tout aussi importants et, malgré son impression de faire son devoir, s'était montrée négligente. Toutefois, il était trop tard pour y remédier ; maintenant, tout ce qu'elle pouvait faire, c'était prendre de sages décisions pour aller de l'avant.

Mais pouvait-on qualifier de sage le plan concocté dans l'immédiat ?

Elle souhaitait établir son mariage sur des bases solides, et pour cela, évidemment, il valait mieux pour commencer qu'elle soit la seule et unique femme que son époux veuille dans son lit. Malgré tout, elle prenait un risque terrible en agissant ainsi et, si son plan échouait, elle ne pourrait plus revenir en arrière. Il fallait donc qu'il fonctionne. Elle serait la courtisane que Thierry attendait et elle se débrouillerait pour qu'il tombe amoureux d'elle et ne regarde plus jamais ailleurs. Sa résolution était inflexible ; elle ne deviendrait pas une victime du passé.

Mais devenir une victime de l'avenir ne serait pas un sort plus enviable.

Depuis un certain temps déjà, l'étroite route sinueuse qui grimpait toujours plus haut dans la montagne longeait un épais mur de pierre. Mila avait sommeillé par moments mais, depuis la dernière demi-heure, elle était bien éveillée, trop nerveuse pour fermer les yeux. Sa bouche était sèche et ses tempes douloureuses, mais elle espérait que tout cela s'arrangerait quand elle retrouverait Thierry. C'était possible, non ?

Bien sûr, se dit-elle fermement. Elle était venue se mettre à l'entière disposition de Thierry. Aucun homme ne saurait rester indifférent à cette idée, n'est-ce pas ? La perspective l'échauffa. Etant ignorante dans le domaine des relations sexuelles, elle avait dû longuement étudier le sujet afin de pouvoir prendre la place de la courtisane engagée par Thierry sans éveiller ses soupçons.

Elle se remémora soudain le contenu de certaines de ses leçons, et le désir afflua en elle, faisant naître une chaleur intense entre ses cuisses et durcir la pointe de ses seins, comprimés dans la dentelle de son soutien-gorge ; elle éprouva l'envie subite de sentir des doigts forts les pétrir et les titiller.

Le rouge lui monta aux joues. Si elle réagissait ainsi juste en repensant à ce qu'elle avait appris, ses recherches n'avaient pas été vaines. La lecture de romans d'amour comme d'ouvrages sérieux sur la sexualité et le visionnage de films sentimentaux et érotiques avaient occupé ses jours et ses nuits depuis qu'elle avait pris sa décision ; elle avait étudié la sexualité avec la même assiduité qu'elle avait mise à potasser ses cours à l'université, mais sans tenir compte de la frustration physique engendrée par ces recherches. Et c'était un euphémisme de dire que l'idée de passer à la pratique avec Thierry pour explorer tout ce qu'elle avait découvert la mettait dans tous ses états. En cet instant, elle avait la sensation d'être une bombe fragile, instable, susceptible d'exploser à la moindre provocation.

Lorsque la voiture commença à ralentir, les battements de son cœur s'accélérèrent. Devant eux s'élevait un portail de fer forgé haut d'au moins trois mètres cinquante et encadré par deux guérites. Un garde en uniforme de l'armée sylvano s'approchant de la voiture, elle se recroquevilla sur son siège. Le chauffeur baissa sa vitre, échangea quelques mots avec l'homme, et les grands battants métalliques s'ouvrirent avec lenteur. Quelques minutes plus tard, alors qu'ils remontaient une allée raide et sinueuse, elle regarda en arrière et, en voyant les portes se refermer, elle frissonna. De peur ou d'attente fébrile ? Elle n'aurait su le dire. Elle se força donc à se retourner et garda les yeux fixés droit devant elle, espérant faire face à son avenir et non à une monstrueuse erreur.

Thierry se redressa dans le profond fauteuil de cuir de son bureau quand Pasquale entra dans la pièce et se racla la gorge.

— Sire, la sentinelle du portail nous avertit que la voiture de Mlle Romolo vient d'arriver.

— Merci, Pasquale. Ce sera tout.

Pendant que son assistant faisait demi-tour, il contempla encore quelques instants les flammes du feu de bois qui flambait dans l'ancienne cheminée de pierre avant de se lever.

— Une dernière chose, Pasquale, dit-il alors que l'homme s'apprêtait à refermer la porte derrière lui. Veillez, s'il vous plaît, à ce que nous ne soyons pas dérangés à partir de maintenant. Renvoyez le personnel jusqu'à nouvel ordre.

— Tout le personnel, Sire ?

— Tout le monde, y compris vous.

— Mais… Vos repas ?

— Je pense réussir à survivre une semaine ou deux, répliqua-t-il avec un sourire teinté d'ironie. Nous sommes bien approvisionnés, n'est-ce pas ?

— Comme vous voudrez, Sire. Mais j'insiste pour que l'équipe de sécurité continue de monter la garde autour et sur le terrain.

Il hocha la tête.

— Bien sûr. Et, Pasquale…

— Oui, Sire ?

Son conseiller lui décocha un regard le suppliant presque explicitement de ne pas ajouter de requêtes scandaleuses à celles déjà exposées.

Il se força à sourire et choisit prudemment ses mots, sachant que Pasquale n'apprécierait pas ce qu'il allait dire.

— S'il vous plaît, que toutes les formes de communication avec le pavillon soient désactivées. Je ne veux plus ni Internet, ni téléphone, ni télévision. En résumé, aucune distraction.

Pasquale pâlit.

— Même le téléphone, Sire ?

— Oui, j'insiste. Bien sûr, pour la sécurité, les radios continueront à fonctionner.

— Je dois vous mettre en garde, Sire. C'est de la folie de vous exposer ainsi.

— Je ne m'expose pas. Comme je viens de vous le dire, les soldats restent en poste, mais plus ils se montreront discrets, mieux ce sera. Et pour moi-même, je souhaite être hors réseau. J'exige mon intimité pendant les huit prochains jours. Si nécessaire, vous ferez une déclaration expliquant que je désire m'isoler pour pleurer mon père.

Son aide demeura muet quelques instants, la mine accablée.

— Comme vous voudrez, Sire, répondit-il enfin d'un ton morose.

— Merci. Ce sera tout. Profitez de cette période de congé.

Son assistant se retira avec l'air de souffrir d'une rage de dents plutôt que de se voir offrir des vacances imprévues. Après une brève révérence, il quitta la pièce.

Thierry se dirigea vers les fenêtres à meneaux surplombant l'allée. Le rez-de-chaussée était le siège d'un véritable remue-ménage. Même s'il ne disposait que d'une équipe réduite depuis son arrivée, son départ causait une agitation momentanée. Il voyait même, de là où il se trouvait, l'expression réprobatrice de Pasquale guidant le personnel pour lui laisser place nette.

Enfin, le silence régna. Il était seul. C'était si exceptionnel que cela paraissait étrange. Et de savoir l'arrivée de sa visiteuse imminente mettait ses nerfs à rude épreuve. Son éducation allait commencer dans une intimité absolue — juste eux deux, et rien ni personne pour les observer.

Il se détourna de la fenêtre et descendit au rez-de-chaussée afin d'attendre Mlle Romolo. L'ordre avait été donné au chauffeur de la déposer avec ses bagages près de la porte d'entrée, car il comptait s'occuper en personne de son installation. Il retint un sourire. Quelle aventure !

Un feu de bois crépitait, haut et clair dans l'immense cheminée de la grande salle. Bien que ce soit le printemps, à cette altitude l'air gardait la morsure du froid. Il tendit les mains vers les flammes et fut surpris de constater qu'elles tremblaient légèrement. Anticipation ou appréhension ? Probablement un peu des deux.

L'espoir passa sur lui comme une vague. Cette semaine était censée déterminer son avenir… Pas étonnant qu'il soit nerveux.

Dans un crissement de pneus, une voiture s'arrêta devant le pavillon. Il y eut un claquement de portière, suivi du martèlement de chaussures sur le gravier, et une deuxième portière s'ouvrit. Quelqu'un gravit l'escalier du porche. Puis, de nouveau, il entendit un bruit de pas qui s'éloignaient et celui du véhicule qui redémarrait.

L'heure fatidique avait sonné. Des coups furent frappés à la porte. Le corps tendu comme s'il se préparait pour un combat, il alla ouvrir et resta un instant ébloui par l'éclat du soleil couchant auréolant une silhouette féminine. Sa vision s'ajusta comme la jeune femme levait la tête et plongeait son regard dans le sien. Alors, il la reconnut et demeura frappé de stupeur.

— Angel ?

- 7 -

Son pouls s'accéléra. Les quelques jours écoulés depuis qu'ils s'étaient dit adieu semblaient une éternité. Il pensait ne jamais la revoir, encore moins dans son pavillon de chasse perdu au fond des montagnes de Sylvain et auquel on n'accédait que sur invitation expresse. Il n'en croyait pas ses yeux, et pourtant c'était bien Angel, debout, là devant lui.

Il ravala les questions qui lui brûlaient les lèvres. Qui était-elle vraiment ? Avait-il devant lui l'Angel rencontrée à New York ou la courtisane dont il avait réclamé les services pour la semaine à venir ?

Puis il se rendit compte qu'elle n'avait pas encore prononcé un mot et semblait anxieuse, hésitante. S'était-il trompé ? Et si ce n'était qu'une ressemblance, qu'elle n'était pas la jeune femme rencontrée dans une ville lointaine ? Il nota quelques différences : les cheveux bruns au lieu de blonds, les vêtements en totale opposition avec ceux qu'elle portait à New York. Même son attitude avait changé ; plus provocante, bien que l'innocence de son visage soit en complète contradiction avec sa tenue moulante qui dissimulait ses formes tout en les soulignant ; une robe destinée sans aucun doute à affrioler un homme et des chaussures à talons vertigineux qui accentuaient le galbe du mollet et faisaient paraître ses jambes racées encore plus longues et attrayantes.

Puis elle ôta ses lunettes de soleil, et il retrouva les yeux d'ambre qui l'avaient tant intrigué. C'était bien elle.

Mais quelle complication ! Il avait requis les services d'une professionnelle pour qu'elle l'éduque, imaginant qu'il séparerait facilement affect et apprentissage, et honorerait sa promesse de rester fidèle à sa fiancée jusqu'à leur première nuit, mais à en juger par le désir qui le bouleversait à la seule vue d'Angel il risquait d'avoir beaucoup de mal à s'en tenir à sa résolution.

Il s'avança et lui tendit la main.

— Bienvenue dans mon pavillon de chasse ; j'espère que vous y passerez un séjour agréable.

La froideur distante de son accueil était aux antipodes du tumulte d'émotions qui se déchaînait en lui. Angel… Il n'arrivait toujours pas à croire qu'elle soit là, devant lui.

— Merci, Votre Majesté. J'attendais cet instant avec impatience, répondit-elle avec une révérence.

Quand elle se redressa, il s'aperçut qu'il tenait toujours sa main.

— Entrez, dit-il en la lâchant et en s'effaçant pour la laisser passer.

Quand elle le frôla, il perçut une bouffée de son parfum et fut aussitôt traversé d'une étrange déception : cette fragrance lourde et capiteuse, évocatrice d'expérience et de nuits voluptueuses, ne ressemblait en rien à la subtile senteur de l'Angel de New York. Il lui allait et, en même temps, pas du tout, comme si Angel était deux personnes différentes et, bon sang ! Les deux lui plaisaient terriblement.

Pourquoi réagissait-il avec tant d'intensité à son charme ? Pourquoi elle ? Il avait rencontré nombre de femmes attirantes au fil des ans, qu'elles soient de naissance aristocratique ou royale comme d'origine plus modeste.

Beaucoup avaient essayé de le séduire, mais il n'avait jamais ressenti l'attraction qu'il éprouvait aujourd'hui, c'était aussi déroutant que perturbant.

— M... Mes bagages. Puis-je les mettre dans ma chambre ?

Elle se pencha pour saisir la poignée d'une grosse valise.

— Je m'en occuperai dans un moment, ils ne craignent rien là où ils sont.

— Vous vous en chargerez v... Vous-même ?

A nouveau, ce léger bégaiement. Sa courtisane serait-elle nerveuse ? L'idée le fascina. Pourquoi une femme comme elle serait-elle nerveuse ? Elle avait forcément l'habitude de ce genre de situation. Etait-il possible que son trouble soit réciproque ?

Avec un sourire, il l'invita à le précéder dans la grande salle.

— Je crois être en mesure de porter quelques valises, répliqua-t-il.

Bien qu'il ait juste voulu plaisanter, il la vit se crisper d'appréhension. Ce n'était pas ainsi qu'il avait imaginé sa rencontre avec une professionnelle. Elle était vêtue comme une sirène, transpirait le péché et la séduction, et cependant son expression recélait toujours une pointe d'innocence. Mais après tout, peut-être était-ce son fonds de commerce : vu son métier, il semblait peu probable qu'elle soit réellement inexpérimentée, mais certains clients appréciaient peut-être cette feinte naïveté.

Il referma la porte et remarqua son tressaillement quand le battant claqua derrière eux. Il en ressentit un certain agacement qui s'entendit dans sa voix.

— Pourquoi ne m'avez-vous pas parlé de votre métier quand nous nous sommes rencontrés à New York ?

— A ce moment-là, v… Vous n'aviez pas encore fait appel à mes services. Quand je ne travaille pas, je préfère me montrer discrète sur mes activités. Et, si vous vous souvenez, c'est vous qui m'avez heurtée et avez engagé la conversation. Je ne recherchais pas votre compagnie, nous étions de simples inconnus en visite dans une ville étrangère, rien de plus. Je suis désolée si me revoir vous perturbe, ajouta-t-elle d'une voix presque inaudible.

Elle fixait le bout de ses chaussures exquises, ses cheveux masquant en partie son visage.

Il se rapprocha et lui souleva le menton.

— Vous ne me perturbez absolument pas, mentit-il.

Hors de question de lui avouer le trouble qu'elle jetait en lui. Bon sang, il était roi de Sylvain et sur le point de se marier ! Il ne céderait pas une once de son pouvoir à quiconque ; trop de gens mal intentionnés n'attendaient que la moindre occasion d'exploiter ses faiblesses, et il ne donnerait à personne la satisfaction d'avoir barre sur lui, ce qui risquerait d'élargir les failles d'une monarchie qu'il tenait à préserver et à restaurer dans toute sa splendeur.

— Tant mieux, dit-elle en le regardant de sous ses cils.

— Il n'en reste pas moins que j'aimerais savoir si nous nous sommes rencontrés par hasard ou à dessein, la semaine dernière. Auquel cas, je devrai vous faire immédiatement reconduire à la porte par mes gardes.

Cette menace voilée lui porta un rude coup. Il voulait déjà la renvoyer ? Non, elle ne pouvait permettre qu'une telle chose se produise. Elle avait rencontré Thierry à dessein, mais pas pour les raisons qu'il soupçonnait. Et au fond, que représentait un nouveau mensonge ajouté à la gigantesque comédie qu'elle avait mise en œuvre ?

Elle se redressa et plongea son regard dans le sien.

— Je ne me doutais guère que nous nous reverrions, assura-t-elle, ce qui n'était après tout que la simple vérité, en ce qui concernait Angel, et non Mila.

— Mais vous m'aviez reconnu, n'est-ce pas ?

Comme elle acquiesçait de la tête, il ajouta :

— Et vous n'avez pas jugé bon de vous présenter sous votre vrai jour ?

— Non. Tomber sur vous par hasard était une telle chance. Imaginez ! J'avais l'occasion de découvrir qui vous étiez quand vous ne jouiez pas votre rôle, de comprendre l'homme sous le titre, si vous voulez.

Cela, du moins, n'était pas un mensonge.

— Et ce prénom, Angel ? Pourquoi changer le vôtre ?

— C'est un prénom que j'utilise parfois.

Encore une fois, ce n'était que la pure vérité.

Il l'étudia attentivement, et elle fit de son mieux pour ne pas se tortiller de gêne sous son regard d'acier. En même temps, elle le trouvait si beau… Dès l'instant où il avait ouvert la porte, elle avait été subjuguée.

Alors même qu'il était vêtu de façon décontractée, on devinait la puissance des épaules sous le pull blanc cassé qui accentuait le hâle de sa peau et, soulignant sa barbe naissante, lui donnait un air sombre et dangereux. Thierry était-il un loup se dissimilant sous une apparence d'agneau ? L'ironie de sa comparaison faillit faire éclater Mila de rire. Quant à son jean, il épousait la forme de ses hanches et son entrejambe, vision qui la poussa à s'interroger sur ce que cachait le tissu.

De nouveau, un éclair de chaleur la traversa, ainsi qu'un étrange ressenti ; conscience physique mêlée à un mélange d'appréhension et de désir de découvrir comment ce serait de faire l'amour avec cet homme.

Seule son éducation lui permettait de dissimuler son bouillonnement intérieur sous une apparence sereine. Elle brûlait d'envie d'inhaler son odeur au creux de son cou, de sentir sa barbe sur la peau tendre de sa gorge, de ses seins et ses cuisses…

Il fallait qu'elle arrête de fantasmer, sinon, elle risquait de s'effondrer devant lui en l'implorant de la déshabiller. L'espace d'un instant, elle maudit le feu qui l'embrasait, puis elle se souvint de la raison de sa présence, pourquoi elle avait monté ce plan et les enjeux. Alors, rassemblant tant bien que mal son courage, elle s'efforça de devenir la jeune femme expérimentée qu'elle était censée être et le regarda dans les yeux. Apparemment parvenu à une décision, il lui adressa un bref hochement de tête.

— Je suis bien obligé de vous croire.

Il hésita, comme s'il attendait une réponse, mais elle garda le silence. Elle avait appris dès son plus jeune âge qu'il valait souvent mieux se taire que d'ouvrir la bouche pour dire des sottises. C'était apparemment le bon choix, car il n'insista pas.

— Vous devez être fatiguée après ce voyage, reprit-il. Voulez-vous vous rafraîchir avant le dîner ?

A son tour, elle inclina la tête.

— Volontiers. Merci.

— Je vais vous montrer vos appartements.

Mila éprouva un instant de confusion, car elle s'était attendue à ce qu'il l'installe dans sa chambre, dans son lit. N'était-ce pas pour cette raison qu'il avait engagé une professionnelle du sexe ? Tout en gravissant à son côté le vaste escalier de bois, ses pensées tourbillonnaient dans sa tête. Peut-être préférait-il garder son domaine privé et rendre visite à sa maîtresse quand l'envie lui en prendrait ? Ce n'était pas du tout ce qu'elle avait imaginé mais, après tout, seul le résultat comptait. Et elle était décidée à parvenir à son objectif par n'importe quel moyen.

Thierry la précéda le long d'un large couloir lambrissé aux murs décorés de tableaux représentant des scènes de chasse et des trophées de même nature. Elle frissonna en passant devant le dernier, impressionnée par les bois de la tête du cerf qui, tendus vers elle, semblaient la menacer.

— Vous n'appréciez pas la chasse ? demanda-t-il soudain, après avoir remarqué sa réaction.

— Pas particulièrement ; je trouve assez horrible de tuer un animal juste pour en exhiber le corps.

— Est-ce un reproche que j'entends dans votre voix ?

Elle se raidit, ne sachant que répondre. Elle ne tenait pas à lui déplaire dès son arrivée.

— Il n'est pas question de critique, Votre Majesté. Je ne me permettrais pas.

— Cessez ! s'écria-t-il, le mot claquant entre eux tel un coup de fouet.

— Je vous prie de bien vouloir m'excuser, se hâta-t-elle de dire, paniquée.

— Pas de ça, s'il vous plaît, fit-il en se radoucissant. Ici, je suis Thierry, pas Votre Majesté. Un homme comme un autre.

Mila éclata de rire.

— Sauf que vous n'êtes pas un homme comme un autre. En réalité, vous êtes exceptionnel en tout.

Il la transperça d'un regard, mais elle tint bon. Puis il sourit, et ses yeux pétillèrent d'une gaieté qui tempéra son autorité naturelle.

— Vous avez sans doute raison, mademoiselle Romolo. Cependant, je préférerais que vous oubliiez mon titre pendant votre séjour. Si vous vous refusez à utiliser mon prénom, pourquoi ne pas m'appeler Hawk, comme lors de notre soirée new-yorkaise ?

— D'accord, du moment que vous m'appelez Angel !

— Angel, répéta-t-il en lui caressant la joue du revers de la main. Oui, cela vous va beaucoup mieux qu'Ottavia.

Mila se réjouit qu'il accepte, parce qu'elle n'aurait pas supporté de s'entendre appeler du nom d'une autre femme quand ils feraient l'amour.

— Alors, nous sommes d'accord ? demanda-t-il.

— Oui, dit-elle en lui offrant la main. Nous sommes d'accord.

Il prit ses doigts dans les siens et, quand elle sentit sa chaleur l'envelopper, la sensation lui coupa le souffle. Son imagination enfiévrée lui faisait anticiper ce qu'elle éprouverait lorsqu'il explorerait d'autres parties plus sensibles de son corps.

Thierry la lâcha et se tourna pour ouvrir la porte devant eux. Ils entrèrent dans un salon meublé avec un goût féminin et qui semblait avoir traversé le siècle intact.

— C'est superbe, s'exclama Mila avec admiration.

Elle se dirigea vers la fenêtre encastrée dans le mur qui surplombait pelouse et jardins. Pour autant qu'elle puisse s'en rendre compte, c'était la seule partie entretenue de la propriété, le reste étant laissé à l'état naturel de forêt. Le feuillage des arbres commençait à s'étoffer, donnant l'impression que le pavillon était enveloppé dans un cocon de verdure et que ses occupants étaient les seuls êtres humains sur Terre.

— Vous devez adorer cet endroit, reprit-elle. C'est tellement isolé.

— Je l'aime, confirma-t-il.

Il traversa le salon et ouvrit une porte.

— Voici votre chambre.

Quand elle passa le seuil de la pièce, elle demeura stupéfaite devant l'opulence et la beauté des meubles.

— Et vous appelez ça un pavillon de chasse, murmura-t-elle en s'approchant pour effleurer les tentures de soie de la fenêtre. Je croyais que ce genre d'endroit appartenait exclusivement au domaine masculin.

— Cette suite a toujours été réservée à la maîtresse des lieux.

Etait-ce un effet de son imagination ou bien les lèvres de Thierry s'étaient-elles pincées quand il avait prononcé le mot *maîtresse* ? Evoquait-il l'épouse légitime du maître de maison ou l'amante temporaire qu'elle était censée être ?

— C'est ravissant, je vous remercie. Je serai parfaitement installée ici.

— Très bien. Dans ce cas, je vais chercher vos bagages. Reposez-vous un peu et descendez me retrouver au salon quand vous serez prête.

Sans faire un bruit, il quitta la pièce. Pour un homme de sa stature, il se mouvait avec une discrétion étonnante. Profitant de sa solitude, Mila roula des épaules dans l'espoir de se détendre. Elle allait prendre une douche, décida-t-elle, et se changer. A condition qu'il monte ses bagages comme promis.

C'était curieux, car elle n'avait pas encore aperçu un seul membre du personnel. Pourquoi se donner la peine de porter ses valises quand il avait à sa disposition une armée de domestiques pour exaucer ses moindres vœux ?

La salle de bains faisait étalage du même luxe que le reste de la suite : marbre blond veiné d'or, carreaux au sol, chauds sous les pieds nus. La vaste douche à l'italienne comportait de multiples pommes et autres dispositifs de réglages. Elle se sécha ensuite avec une serviette-éponge épaisse et moelleuse, puis enfila le peignoir de bain d'une blancheur immaculée suspendu derrière la porte.

Si Thierry n'avait pas apporté ses bagages, elle attendrait l'heure du dîner dans cette tenue. A moins que cela n'ait été son intention depuis le début ? A cette idée, l'appréhension la saisit. Etait-elle prête pour cette mascarade ? Serait-elle suffisamment convaincante dans le rôle d'une professionnelle du sexe et de la séduction ? Il le fallait, se dit-elle en serrant la ceinture du peignoir autour de sa taille. Il n'y avait pas d'autre choix.

De retour dans la chambre, elle trouva ses bagages. Enfin, ceux d'Ottavia Romolo. Lorsqu'elle ouvrit une valise et en examina le contenu, elle se sentit l'âme d'une intruse : toucher les affaires personnelles d'une autre la mettait mal à l'aise, mais elle se raisonna. Elle n'aurait pas pu échanger les bagages de Mlle Romolo avec les siens sans attirer l'attention du chauffeur. *La fin justifie les moyens,* se répéta-t-elle. Et elle adressa un remerciement silencieux à Gregor qui avait proposé qu'elle dissimule dans son volumineux sac à main ses affaires intimes, autrement dit la lingerie fine achetée pour l'occasion, infiniment plus osée et suggestive que celle qu'elle portait d'habitude, parce que, si elle se glissait virtuellement dans la peau d'une autre, elle se refusait absolument à utiliser ses sous-vêtements.

Elle mit de côté la lingerie d'Ottavia et sortit le reste des habits des valises. Devant le volume de ses bagages, elle se demanda combien de fois par jour la courtisane avait prévu de se changer au cours de ces quelques jours. Plusieurs fois, en tout cas, à moins qu'Ottavia soit le genre de femme à aimer avoir le choix.

Elle souleva un pantalon couleur d'améthyste pourpre

à jambes amples et la tunique assortie, toute brodée et ornée de perles au col et en bas des manches trois-quarts. Cette tenue conviendrait pour le dîner, décida-t-elle. Elle s'habilla rapidement et frissonna quand la soie du pantalon effleura ses fesses. Elle n'avait pas l'habitude de porter de string, mais dut admettre que le contact du tissu aérien contre sa peau lui procurait un plaisir sensuel.

Ensuite, elle se maquilla. Fond de teint, mascara et rouge provocant sur les lèvres, puis elle se brossa les cheveux, qu'elle laissa cascader sur ses épaules, et glissa les pieds dans une paire d'élégantes sandales noires. Par chance, Ottavia faisait la même pointure qu'elle.

Elle consulta le miroir pour vérifier son apparence et croisa le regard d'une inconnue, dont la vision lui donna un sentiment de puissance. Elle pouvait se transformer à volonté en qui elle voulait et faire ce qu'elle voulait. En envisageant la nuit à venir, elle sentit un grand trouble l'envahir. Feraient-ils l'amour ce soir ? Tout commencerait-il ici et maintenant ? A cette idée, ses yeux brillèrent, et ses joues rosirent sous l'effet d'une délicieuse attente.

Elle était prête pour Thierry. Totalement prête.

- 8 -

Elle descendit l'escalier tout en s'efforçant de contrôler sa nervosité. « Qui ne risque rien n'a rien », disait le proverbe, et ce n'était pas faux mais, si sa tentative échouait, que ne perdrait-elle pas ? Elle crispa les doigts sur la rampe de bois poli. En un mot, tout. Raison pour laquelle elle devait réussir.

D'un pas résolu, elle pénétra dans la grande salle. Debout devant la cheminée, Thierry lui tournait le dos, apparemment absorbé par la danse des flammes. Elle en profita pour l'examiner subrepticement. Vêtu d'un simple jean et d'un pull, il se tenait néanmoins bien droit, ce qui lui conférait un air d'aristocratique autorité. Une fois de plus, elle se sentit irrésistiblement attirée par lui et se demanda comment créer le premier contact. Si, comme le colportait la rumeur, il n'avait connu aucune femme, ce serait une fantastique expérience pour tous les deux.

Elle examina le décor. De riches tapis aux couleurs chatoyantes revêtaient le dallage du sol, et l'ameublement confortable invitait à la conversation, à la détente ou à la lecture. Devant l'imposante cheminée qui dominait la pièce, une table basse et des canapés de cuir vieilli disposés en arc de cercle conviaient à s'installer.

Elle s'avança. Au bruit de ses pas, Thierry se retourna.

— C'est bien, vous avez retrouvé votre chemin, dit-il avec un sourire. Avez-vous faim ?

Sans prévenir, son estomac gronda.

— Je suppose que c'est la réponse à votre question, souffla-t-elle en rougissant.

Elle avait été trop nerveuse pour avaler une miette de la journée et, maintenant, elle mourait de faim. A moins que ce ne soit une réaction à la proximité de son futur époux.

— J'ai préparé un plateau, dit-il en désignant la table basse. Est-ce que ça ira pour commencer ?

— C'est très appétissant.

Il empila quelques coussins du sofa devant la table, et elle ôta ses sandales avant de s'y installer, aussi gracieusement que possible.

— On dirait un pique-nique, ajouta-t-elle.

— Vous préférez peut-être vous asseoir sur le canapé ?

— Oh non, c'est très bien comme ça. Moins formel.

— Tant mieux, dit-il en hochant la tête. Je veux que vous vous sentiez à l'aise.

Elle haussa un sourcil d'un air étonné.

— N'est-ce pas plutôt mon rôle de vous mettre à l'aise ?

Ce fut au tour de Thierry de paraître surpris, puis il éclata d'un grand rire.

— Vous avez de l'humour ; j'apprécie beaucoup cela chez une femme.

Ne sachant comment réagir, elle resta muette. D'ailleurs, il n'attendait pas de réponse, car il lui tendit une assiette et lui fit signe de se servir.

— Que préférez-vous ? demanda-t-elle, hésitant devant le grand choix de tranches de viande froide, fromages et légumes.

— Il ne s'agit pas de moi, protesta-t-il en l'observant d'un air perplexe.

Elle le regarda bien en face.

— Vraiment ? Permettez-moi de ne pas être d'accord : nos leçons peuvent très bien commencer au moment du repas. Quelqu'un vous a-t-il déjà offert à manger ?

— Pas depuis mon enfance.

— L'acte de nourrir quelqu'un recèle une grande intimité et nous apprend beaucoup de choses sur l'équilibre entre donner et recevoir qui doit exister dans une relation.

Elle choisit un cube de cœur d'artichaut qu'elle enveloppa d'une tranche de jambon sec et invita silencieusement Thierry à goûter. Après un moment de flottement, il se pencha et ouvrit la bouche. Son cœur battait si fort dans sa poitrine qu'elle craignit qu'il ne l'entende. Puis il prit le morceau qu'elle lui offrait, ses lèvres effleurant ses doigts au passage, et elle crut défaillir.

Une onde d'excitation la parcourut et fit légèrement trembler sa main. Thierry lui emprisonna doucement le poignet, et il la regarda, paupières mi-closes.

— Il me semble que cela vous affecte aussi. Que se passe-t-il ? Vous n'avez aucune raison d'être nerveuse en ma présence. Ici, je ne suis pas roi, je suis simplement… Hawk.

« Simplement », c'était vite dit. Il possédait une telle personnalité…

Elle lui retira sa main tout en acquiesçant. Ensuite, pour se donner une contenance, elle étala un peu de houmous sur une tranche de poivron rouge grillé et la lui offrit. Il eut un petit sourire, une légère incurvation des lèvres avant de les entrouvrir et de prendre la bouchée. Tout en hochant la tête, il manifesta son approbation, puis il chercha un morceau de nourriture à lui présenter. Elle trouva déconcertant d'être la cible de ses attentions mais, comme la saveur acide de la tomate relevait celle du pain à l'ail qu'il avait choisi, elle s'abandonna aux délices de la dégustation.

— Qu'aimeriez-vous boire ? demanda Thierry. Du vin rouge ou du blanc ? A moins que vous ne préfériez du champagne pour fêter nos retrouvailles.

Il y avait quelque chose dans la façon dont il prononça ces derniers mots qui l'échauffa.

— Du champagne me ferait plaisir.

Il se leva.

— Je reviens tout de suite.

Pourquoi n'appelait-il pas un membre du personnel pour qu'il les serve ? Son étonnement dut se lire sur ses traits, car Thierry hésita.

— Quelque chose ne va pas ?

— Non, non. Je me demandais juste où étaient vos domestiques. Ont-ils congé ce soir ?

— Ils sont purement et simplement absents.

— Je vous demande pardon ?

— J'ai renvoyé mon personnel pour la durée de votre séjour. Je suis sûr que vous comprendrez pourquoi : je ne désire pas de public ni de distractions lors des moments que nous passerons ensemble.

Ils étaient seuls ? Complètement seuls ? L'idée la ravit et l'effraya à la fois.

— Je pense être capable de faire mon lit, dit-elle avec un petit rire.

Rire qu'elle ravala en se rendant compte qu'elle avait d'elle-même amené la conversation sur les arrangements nocturnes.

— Je suis sûr que vous êtes aussi débrouillarde que belle. Maintenant, voyons ce champagne…

En un instant, il disparut et elle s'adossa aux coussins du canapé. Comment allait-elle se sortir de cette situation ? Il était logique qu'il ne veuille pas de témoins. En prenant une maîtresse, il reniait ses principes. Mais cela offrait aussi des avantages : ça diminuait le risque d'être reconnue. De toute façon, ce risque était minime : elle avait passé beaucoup de temps à l'étranger et, dans son enfance et son adolescence, n'étant que la petite sœur gauche et dépourvue de charme du roi d'Erminia, elle se fondait dans le décor. En repensant à ces années, elle avait parfois du mal à se reconnaître. Et pourtant, il restait en elle quelque chose de la fillette qui voulait simplement être aimée.

Thierry s'éprendrait-il d'elle ?

Une chose était sûre, elle lui plaisait. Il suffisait pour s'en convaincre de voir les regards enflammés qu'il lui jetait. Cette certitude lui donnait un sentiment de pouvoir. Quand allaient-ils donc passer à la pratique ? Il ne semblait pas pressé de l'emmener dans son lit, c'était le moins que l'on puisse dire ; quant à elle, elle voulait Thierry, mais tout entier, pas juste physiquement. Comment y parviendrait-elle ?

— Vous paraissez perdue dans vos pensées.

Un seau à champagne dans une main et deux flûtes de cristal dans l'autre, il l'observait.

— C'est vrai, reconnut-elle. Pour être honnête, je me demandais ce que vous attendiez de moi. Après tout, je suis ici pour vous plaire, n'est-ce pas ?

Occupé à défaire la feuille d'étain entourant le goulot de la bouteille, Thierry suspendit son geste.

— Bien sûr, et je crois vous avoir clairement exposé mes souhaits dans notre correspondance.

Evidemment ! Il y avait eu des échanges entre Thierry et Mlle Romolo. Pourquoi n'y avait-elle pas pensé plus tôt ?

Elle rassembla tant bien que mal ses idées et sourit.

— J'aimerais les entendre de votre bouche.

— Vous êtes ici pour m'instruire dans l'art de la séduction, car j'ai l'intention de satisfaire sexuellement ma future femme.

Sur ces mots, il remplit avec habileté deux flûtes de champagne.

Elle faillit ouvrir des yeux grands comme des soucoupes, car elle ne s'attendait pas du tout à cette réponse.

— C'est très noble de votre part, Hawk, dit-elle enfin en acceptant un verre.

Elle le leva pour porter un toast.

— Scellons notre promesse de faire de notre mieux pour que votre mariage dure et soit heureux.

Il fit s'entrechoquer leurs flûtes.

— A mon long et heureux mariage, dit-il.

Les bulles lui picotaient la langue, tout comme l'attente de ce qui allait se passer pétillait dans ses veines.

— Et en dehors de l'aspect sexuel ? Envisagez-vous de satisfaire votre épouse dans tous les domaines ?

Il but une longue gorgée de champagne avant de hocher la tête

— Si possible. Vous devez savoir que le succès de mon mariage revêt une grande importance à mes yeux. Je ne supporterais pas d'être un objet de pitié ou de bavardages ni de répéter les erreurs commises de génération en génération par mes ancêtres royaux.

Il s'exprimait avec fermeté, mais ses paroles étaient empreintes d'une émotion indéniable. Non, elle ne s'attendait pas à ça. Comme elle s'était trompée sur son compte ! En réalité, ils nourrissaient les mêmes attentes vis-à-vis de leur union.

— Je comprends, dit-elle.

Il se tourna vers elle.

— Vraiment ? C'est curieux. J'aurais pensé qu'une personne exerçant votre métier n'imaginerait pas que l'on puisse souhaiter un mariage heureux.

— Pourquoi pas ? J'aimerais croire que ce désir sommeille au fond de tout homme et de toute femme. Partager un jour une union épanouie avec mon époux est mon vœu le plus cher.

Sans répondre, il fixa les flammes, et elle observa leur reflet sur les lignes dures de son visage.

Elle posa une main sur son bras.

— Vous parlez de satisfaire votre femme. Dites-moi, Hawk, ce que vous entendez exactement par là. Et ce que vous espérez de moi pour parvenir à ce résultat.

— Je veux que vous m'expliquiez ce qui la rendra heureuse. Je veux pouvoir tout comprendre d'elle, ses humeurs, ses besoins, ses désirs. Tout.

— Est-ce que ça n'aurait pas été plus simple d'en parler avec elle ?

Il secoua la tête.

— Impossible. Elle vit à l'étranger depuis des années et elle était si affolée la première fois que nous nous sommes rencontrés que je doute fort qu'elle ait eu envie de me revoir avant notre mariage. Je crains qu'elle n'envisage celui-ci que comme un devoir auquel elle ne peut couper.

— Pourtant, vous vous mariez tous deux par devoir, si je ne me trompe ?

C'était vraiment étrange de lui parler ainsi d'elle, à la troisième personne.

— Oui mais, si nous ne voulons pas courir à l'échec, notre union ne doit pas être basée uniquement sur le devoir.

— Vous souhaitez donc établir une relation avec elle sans la brusquer ?

— Ce sera difficile étant donné que la cérémonie aura lieu à la fin du mois !

— Pourquoi ne lui feriez-vous pas la cour après votre mariage ?

Il secoua la tête.

— Des attentes pèseront tout de suite sur nous. Et j'aurai du mal à la séduire sous les regards de chaque homme, chaque femme, chaque enfant de Sylvain et d'Erminia réunis.

Mila comprenait très bien : depuis son retour, elle se sentait épiée en permanence. De ce fait, disparaître avait été compliqué, mais heureusement pas impossible. Son frère étant en déplacement officiel à l'étranger, elle avait informé son personnel qu'elle prenait un peu de temps pour elle avant l'épreuve de son mariage.

Personne ne l'avait questionnée plus avant et, tenus par le serment d'obéissance aveugle qu'ils avaient prêté, ses gens n'avaient eu d'autre choix que d'accéder à sa demande de la conduire à la résidence d'été de la famille royale, située au bord d'un lac, et de l'y laisser seule.

Qu'elle ait dû aller jusqu'à de telles extrémités la mettait mal à l'aise mais, à présent qu'elle était ici, avec Thierry, elle était certaine d'avoir pris la bonne décision. Sinon, quand aurait-elle eu l'occasion d'apprendre à le connaître ?

— Vous comprenez donc pourquoi je dois accélérer les choses entre nous, continua Thierry.

Il choisit un nouveau morceau de nourriture qu'il lui présenta.

— Commençons par les préliminaires, voulez-vous ?

Elle secoua la tête. Bien qu'elle ait été affamée tout à l'heure, elle se sentait maintenant incapable d'avaler une bouchée. Son esprit était en ébullition. Elle avait sous-estimé Thierry, l'accusant sans autre forme de procès d'avoir requis pour son plaisir les services d'une professionnelle du sexe. Pas un instant elle n'avait envisagé qu'il ait agi en pensant à son intérêt à elle. Elle n'en éprouvait pas moins un vilain sentiment de jalousie à l'idée qu'il ait renoncé à se garder pour elle et choisi d'apprendre la séduction avec une inconnue plutôt que peu à peu avec elle, sa femme légitime. Même s'ils n'avaient passé que peu de temps ensemble à New York et aujourd'hui, elle savait qu'elle voulait être la seule à lui donner du plaisir et à lui faire découvrir un amour physique qui unissait aussi les cœurs.

— Je crois que l'on peut affirmer sans se tromper qu'une femme désire se sentir spéciale tout le temps, pas juste au lit.

Thierry feignit d'être choqué.

— Pas possible ! s'exclama-t-il comme s'il venait de découvrir un secret d'une importance extrême.

Elle lui donna une petite tape.

— Allez-vous m'écouter sérieusement, oui ou non ?

— Naturellement, répondit-il en étendant paresseusement ses jambes devant le feu.

Elle ne put s'empêcher de l'observer. Il lui rappelait un chat sauvage, long, souple et musclé. Et cette force et ce pouvoir maîtrisés, combinés avec sa beauté, pouvaient faire perdre la tête à n'importe quelle femme. A elle, en premier lieu. Elle mourait d'envie de lui dévoiler sa véritable identité, mais craignait de le faire avant d'être certaine qu'il tenait à elle comme elle tenait à lui.

Tenir à lui… L'expression était bien faible pour décrire les émotions bouleversantes que la présence de Thierry déchaînait en elle.

Elle ramena son attention à la conversation.

— Il ne suffit pas de sourire lascivement à votre femme au moment du coucher et de lui dire combien elle est sexy.

— Je ne dois pas le dire ?

— Vous me comprenez mal. Ou plutôt, je m'explique mal.

Elle soupira tout en essayant de mettre de l'ordre dans ses idées. Pas facile alors qu'il s'allongeait devant elle dans toute sa grâce féline.

Elle toussota, fixa les flammes qui dansaient derrière lui.

— Ce que je veux dire, c'est que vous devez trouver à tout instant des occasions de séduire votre femme. Du réveil au moment de vous endormir, vous devez pimenter sa journée de preuves d'amour et de petites attentions qui lui montrent que vous pensez à elle.

— Je devrais profiter de chaque instant pour la peloter dans les coins ? demanda-t-il avec un sourire malicieux.

— Bien sûr que non ! En outre, vous savez bien que ce ne serait pas correct ! Non, je parle de replacer une mèche de cheveux, d'enlacer vos doigts aux siens lorsque vous vous promenez ensemble. L'intimité se nourrit de détails de ce genre. Tenez, par exemple, un échange complice de regards quand il se passe quelque chose que votre femme trouve amusant. Ou bien, quelque chose de plus concret : le petit mot que vous laissez sur l'oreiller, ou le texto que vous lui envoyez pour dire que vous pensez à elle, ou la photo que vous déposez sur son assiette au petit déjeuner parce que vous savez qu'elle l'appréciera. Ce sont de petites choses comme ça qui prouvent que vous tenez à elle.

— Vous voulez dire que je dois l'intégrer à ma vie quotidienne. Et, quand elle est avec moi, lui manifester que je suis heureux de sa présence. C'est ça ?

— Exactement, dit-elle en souriant d'un air approbateur. Vous devez lui montrer en permanence qu'elle a de l'importance à vos yeux, et pas seulement quand vous avez envie d'elle.

— Mais si j'en ai envie ?

— Je suppose qu'il y a un temps et un lieu pour ça. Je sais juste que pour beaucoup de femmes, dont je fais d'ailleurs partie, il est impossible d'éveiller sa libido comme on allume une lampe. Nous ne compartimentons pas tous les domaines de nos vies, et nos sens réagiront mieux aux sollicitations de nos partenaires si nous avons été cajolées toute la journée et si nous avons l'impression d'être appréciées.

— Je dois donc commencer par séduire l'esprit de ma femme ?

— Absolument. Quel dommage que vous n'ayez eu aucun contact depuis vos fiançailles !

Il se leva, s'étira et s'installa dans un profond fauteuil de cuir.

— Quel aurait été l'intérêt ? Je vous l'ai dit, notre union a été programmée. Ce n'était pas comme si j'avais dû la convaincre d'accepter.

— Mais, puisque vous voulez un mariage heureux, ne croyez-vous pas que votre fiancée méritait d'apprendre à vous connaître ?

— Elle ne semblait pas de cet avis : je n'ai reçu d'elle que des lettres impersonnelles et guindées, pas de photos ni d'appels téléphoniques. Pour se découvrir, il faut de la réciprocité, il me semble.

Mila pâlit en comprenant qu'il avait raison, bien sûr. C'était injuste de sa part de s'attendre à ce qu'il fasse tous les efforts. En réalité, elle était aussi ignorante dans le domaine des sentiments qu'elle l'était dans celui de la sexualité. Si elle avait jamais douté de sa décision d'entreprendre cette mission, elle pouvait se rassurer : ils avaient tous deux besoin de cet apprentissage.

— Parfaitement. Ce qui m'amène à un autre aspect du problème. Votre femme aussi voudra vous faire plaisir. Et il faudra que vous lui fassiez comprendre qu'elle est la bienvenue dans votre vie et dans vos affaires quotidiennes.

Il éclata de rire. C'était un son si chaleureux qu'il la baigna de félicité et lui arracha un sourire.

— Envisagez-vous d'éduquer aussi ma fiancée ? demanda-t-il.

Sa gaieté redoubla tant il semblait trouver l'idée ridicule.

— J'aimerais pouvoir, murmura-t-elle en évitant son regard. Croyez-vous que je pourrais m'établir conseillère conjugale ?

— Oh oui, définitivement.

Le sourire de Thierry s'effaça, et il reprit son sérieux.

— Seulement, la princesse et moi ne formons pas un couple ordinaire, voyez-vous. Nous sommes deux étrangers qui vont passer leur vie ensemble pour unir leurs deux pays.

Elle jouait avec le pied de sa flûte. Le fait ne lui avait pas échappé. Tant de choses dépendaient du succès de leur mariage : la reprise du commerce entre les deux nations, la détente des positions militaires à la frontière, de meilleures chances en matière d'éducation, sans parler de ce qu'ils pourraient accomplir dans le domaine de l'écologie grâce à la mise en commun des ressources de leurs pays. Tous les couples ne se trouvaient pas confrontés à de telles difficultés, évidemment, mais ils les vaincraient pour peu qu'ils soient unis par un lien plus fort qu'une simple cérémonie.

— Votre fiancée a fait des études universitaires, je crois ?

Elle en avait assez de feindre tout ignorer de la princesse Mila Angelina d'Erminia.

— Oui. Lors de notre récent entretien, son frère s'est vanté de ses succès, avant de me mettre en garde de ne pas heurter ses sentiments.

Elle ravala un sourire ravi. Rocco était fier d'elle, et il cherchait à la protéger. Elle ne s'en serait jamais doutée de la part de l'homme inaccessible et sévère qu'elle avait trouvé à son retour.

— Pensez-vous que vous serez compatibles intellectuellement ?

— Bien sûr. Pourquoi pas ?

— Qu'est-ce qui vous inquiète alors ? Pourquoi craignez-vous de ne pas établir des rapports harmonieux ? Elle n'est pas jolie ?

— Ce n'est pas la question.

— C'est donc le côté sexuel de votre relation qui vous préoccupe ? insista-t-elle avec curiosité.

— Seulement parce que je veux apprendre à lui plaire. Elle sera ma reine, la mère de mes enfants ; ma partenaire pour la vie, j'espère. Je tiens à éveiller son intérêt, que nous nous respections mutuellement et fassions ensemble des rêves d'avenir. Rien de très extraordinaire, je suppose, mais c'est important pour moi.

Comme ça l'était pour elle.

— Vous craignez qu'elle n'ait pas les mêmes priorités ?

— Impossible de le savoir, je la connais à peine. J'ai besoin d'apprendre à séduire ma femme ; et pas seulement physiquement, mais aussi affectivement. Je ne veux pas lire dans son regard quand il se posera sur moi la répugnance que j'ai vue dans celui de ma mère sur mon père. Et je ne veux pas la traiter avec le mépris dont il faisait preuve avec elle. A la fin, ils se supportaient à peine ; je ne veux pas d'un tel mariage.

Bien qu'il parle d'un ton mesuré, elle perçut son angoisse.

— C'est pourquoi j'ai requis vos services, reprit-il. Vous allez m'apprendre à rendre ma femme si amoureuse de moi qu'elle ne cherchera jamais le bonheur auprès d'un autre. En êtes-vous capable ?

- 9 -

Il fixait les beaux yeux d'ambre d'Angel en priant pour qu'elle lui donne la réponse qu'il espérait tant.

— Mettons les choses au point, dit-elle doucement. Vous voulez que je vous apprenne à séduire votre fiancée corps et âme, c'est ça ?

— C'est ça.

Elle marqua un instant d'hésitation, comme si elle était surprise, puis son visage s'éclaira.

— Ce n'est pas tout à fait ce à quoi je m'attendais, mais je ferai selon votre désir.

— Par quoi commençons-nous ?

— Eh bien, quand on cherche à conquérir quelqu'un, il est d'usage de lui poser des questions sur ses goûts et, à partir de là, de se trouver des points communs. Par exemple, qu'aimez-vous faire durant vos loisirs ?

— Mes loisirs ? A vrai dire, je ne connais pas vraiment le sens de cette expression.

Le son du rire d'Angel l'apaisa. Il n'avait pas été aussi serein depuis longtemps.

— Parfait ! s'exclama-t-elle.

— Comment ça, parfait ?

— Rien de tel que l'humour pour briser la glace entre deux personnes !

Sauf qu'il n'avait pas voulu être drôle : il avait toujours des occupations, sauf quand il parvenait à se réfugier ici, où il calmait l'effervescence de son esprit et le préparait aux exigences qui l'assailliraient dès qu'il referait surface.

— Je vois. Alors, imaginez que nous ne nous connaissions pas. Comment réagiriez-vous si je faisais tout de travers ?

Elle changea de position, prit appui sur un coude au bord du canapé et le regarda bien en face.

— Hawk, rappelez-vous notre rencontre à New York. A ce moment-là, vous n'éprouviez ni crainte ni sentiment d'échec.

— Je ne m'adressais pas à ma fiancée.

Il eut la surprise de voir une expression choquée se peindre sur le visage d'Angel et se demanda un instant s'il ne l'avait pas inventée. Mais non, elle battit des paupières et se ressaisit.

— Bien sûr. Maintenant, nous allons faire comme si j'étais la princesse. Que voulez-vous savoir de moi ?

Il demeura quelques secondes interdit, ignorant par où commencer. De nouveau, elle éclata de ce rire si plaisant et lui donna une légère tape.

— Allons ! Ce n'est pas si difficile. Qu'est-ce qui se passe ? Elle vous fait peur ? C'est un dragon ?

— Mais non !

Bon sang ! On aurait dit un de ces puritains coincés avec lesquels il détestait s'entretenir. Comment espérer que sa fiancée apprécie sa conversation et cherche à apprendre des choses sur lui alors qu'il supportait à peine le son de sa propre voix ?

— Dans ce cas, détendez-vous, Hawk. Elle ne va pas vous manger.

Un sourire éclairait le visage d'une exquise beauté d'Angel et découvrait des dents très blanches et bien plantées. Quel effet cela ferait de les sentir se promener sur son corps ? Il ressentit une brutale flambée de désir et en demeura stupéfait. Une telle attraction physique, si forte qu'elle en était presque irrésistible, lui paraissait étrange après des années de retenue soigneusement travaillée.

Son idée était inepte. Il voulait apprendre à connaître et à comprendre la princesse Mila, pas se sentir inexorablement attiré par une autre femme. S'il avait déjà expérimenté le désir, quoique cela n'ait aucune commune mesure avec ce qu'il ressentait aujourd'hui, c'était la première fois qu'il était tenté de le satisfaire.

Il se leva et s'approcha de la cheminée. Posant une main sur le manteau de celle-ci, il s'y agrippa comme si sa vie en dépendait. Bien que marquée par le passage du temps, elle demeurait inébranlable.

Comme il devait l'être.

— Désolé, je n'arrive pas à me détendre ce soir, annonça-t-il soudain. Il vaudrait mieux que nous reprenions cet entretien demain matin, quand nous serons frais et dispos.

Il perçut un mouvement derrière lui, puis sentit la jeune femme toute proche. Son parfum capiteux se faufila insidieusement à travers les barrières de protection qu'il s'acharnait à maintenir en place.

— Je suis désolée, Hawk. Je ne voulais pas…

Sa voix mourut.

— Vous n'y êtes pour rien. J'attendais trop de cette soirée. J'ai si peu de temps et…

— Et je constate à quel point c'est important pour vous, compléta-t-elle. Vraiment, je comprends. Demain, nous pourrons reprendre.

En la voyant se retirer, il dut se retenir pour ne pas la

rappeler, conscient qu'il avait besoin de temps et d'espace pour renforcer sa volonté contre son charme.

— Oui, demain. Montez-vous à cheval ? demanda-t-il à brûle-pourpoint.

— Il y a une éternité que je n'ai pas pratiqué, mais oui, je monte.

— Tant mieux. Nous ferons une promenade avant le petit déjeuner. Retrouvez-moi aux écuries quand vous serez prête.

— Je suis une lève-tôt. Et vous ?

Rien à faire, il soupçonnait des sous-entendus dans chacune des paroles qui tombaient des lèvres pleines et tentantes d'Angel et, que le ciel lui pardonne, il avait très envie de suivre son instinct. Une dizaine de pas les séparait ; en cinq enjambées, il l'aurait dans ses bras, il pourrait écraser sa bouche contre la sienne et goûter le nectar dont il n'avait eu qu'un aperçu à New York.

Il sentit son corps se mouvoir lentement. Il fit un pas, mais s'arrêta, s'interdisant d'aller plus loin.

— Oui, jeta-t-il. Je me réveille généralement avec les oiseaux.

Comme elle inclinait gracieusement la tête, ses cheveux glissant sur son épaule découvrirent la ligne pure de son cou. Ses doigts le démangeaient de caresser cette masse mouvante et pleine de vie, ses lèvres frémissaient de l'envie de poser un baiser sur cette peau offerte. Il enfouit les mains dans les poches de son jean pour se contenir.

Il la contempla alors qu'elle montait l'escalier, ses sandales se balançant au bout de ses doigts, ses vêtements amples flottant sur son corps et attirant ses yeux sur des endroits interdits. N'empêche qu'il regardait et qu'il se consumait de désir.

Tout en marmonnant un vague juron, il tourna les

talons, se dirigea vers la porte et sortit dans la nuit. D'une manière ou d'une autre, il devait se débarrasser de cet encombrant désir.

Un clair de lune inondait le paysage quand il revint au pavillon, et tout était plongé dans le silence, les oiseaux s'étant installés pour la nuit. Une seule fenêtre était éclairée à l'étage, constatation qui lui rappela qu'il avait congédié ses domestiques et qu'il ne restait qu'une personne à l'intérieur, une personne dont il avait réclamé les services sans savoir à quel point elle était séduisante.

Décidément, la stupidité du sexe masculin était insondable. Engager une courtisane sans se douter qu'il se retrouverait prisonnier des filets de la tentation était de la bêtise pure.

C'était simple, avait-il décrété durant sa promenade à travers bois, il la renverrait dès le matin. Oubliés la balade à cheval et son apprentissage de la femme. Il avait pris sa résolution.

Jusqu'à ce qu'il réintègre le pavillon. Ayant soif, il se rendit à la cuisine située à l'arrière de la maison. Et là, il découvrit, assise devant la table, celle qui était involontairement devenue son talon d'Achille. Vêtue d'un peignoir diaphane qui dissimulait à peine une légère tenue de nuit en satin et dentelle, elle mordait dans une tranche de pain sur laquelle elle avait étalé de la viande froide et du fromage, avec autant d'appétit que si elle n'avait pas mangé depuis une semaine.

Elle leva les yeux, surprise par son irruption, et avala avec difficulté sa bouchée.

Il lui fallut quelques instants pour comprendre la situation.

— Je vous prie de m'excuser, Angel. Je savais que vous aviez faim et je ne vous ai presque rien donné à manger. Je suis un hôte lamentable.

— Voyons, je suis une grande fille, capable de se débrouiller toute seule !

Il désigna le plateau qu'elle avait rapporté du salon.

— Cela sera-t-il suffisant ?

— Mais oui. Désirez-vous quelque chose ? Vous devez également avoir faim.

Il avait faim, certes, mais pas de nourriture. Tout en secouant la tête, il sortit un verre du placard et le remplit d'eau du robinet.

— Une source de montagne alimente la maison, expliqua-t-il en essayant de ne pas regarder la bouche d'Angel qui mordait dans sa tartine. Elle est délicieusement fraîche. En voulez-vous ?

Elle fit non de la tête tout en désignant un verre de lait posé devant elle. Il se surprit à sourire. Elle offrait un tel contraste, vêtue de soie raffinée et dévorant son repas avec l'ardeur d'un travailleur revenant des champs. Tout à l'heure, elle savourait son champagne avec une nonchalance élégante mais, à présent, elle buvait son lait avec l'enthousiasme d'une enfant. Son visage débarrassé de tout maquillage la faisait paraître plus jeune. Il la préférait ainsi — enfin, peut-être un peu moins déshabillée par égard pour ses sens constamment sollicités.

— Avez-vous apprécié votre promenade ? demanda-t-elle entre deux bouchées.

« Apprécié » ? Il était trop furieux contre lui-même pour apprécier quelque chose. Il avait passé son temps à refouler son torturant désir pour une femme qu'il découvrait, image même de l'innocence, dans sa cuisine. Et, lorsqu'il réussissait à juguler ses pulsions, il lui suffisait de se retrouver à proximité d'elle pour que cette torture exquise reprenne.

— La forêt est superbe à cette époque de l'année.

Tête penchée, elle l'examina avec attention.

— Vous éludez la question. Est-ce une habitude chez vous ?

— Possible, reconnut-il à contrecœur. C'est souvent plus facile que de donner une réponse franche et directe.

— Comptez-vous être aussi évasif avec votre épouse ?

— Non, je souhaite être honnête avec elle. La dissimulation est graine de discorde. Je ne veux pas de ça entre nous.

Elle hocha lentement la tête, préleva une olive sur le plateau et l'étudia scrupuleusement, comme si ça avait été d'une importance vitale. Enfin, elle la mit dans sa bouche et la mâcha pensivement.

— Ravie de l'apprendre, dit-elle quand elle l'eut avalée. Je vous repose donc la question. Avez-vous apprécié votre promenade dans les bois ?

Il poussa un soupir agacé.

— Non. Je suis sorti furieux et je ne me suis pas attardé à contempler la beauté du paysage. Ce qui m'aurait calmé. Et maintenant, je m'en veux encore plus d'être passé à côté.

Angel rit doucement.

— J'applaudis votre honnêteté. Cette soirée était donc si pénible ?

— C'était l'enfer.

Et soudain, de façon inattendue, il joignit son rire au sien.

— Il faut travailler votre anxiété, dit-elle. Vous ne croyez pas ?

Elle se leva et emporta son assiette qu'elle plaça dans

le lave-vaisselle avant d'entreprendre de nettoyer la table. Ses mouvements soulignaient les lignes de son corps, la plénitude de ses seins qui oscillaient doucement à chacun de ses gestes, la courbe de ses hanches et de ses fesses, la longueur de ses cuisses. Plus que son angoisse, c'était son honnêteté qu'il devait travailler.

Il alla se verser un nouveau verre d'eau. L'honnêteté, et la maîtrise de soi, se rendit-il compte en constatant que son jean le serrait désagréablement à l'entrejambe.

— Laissez, dit-il. Je rangerai. N'oubliez pas que je suis votre hôte.

Il avala quelques gorgées d'eau glacée. Si seulement elle avait pu éteindre le feu qui brûlait en lui…

— D'accord, acquiesça-t-elle. Je suis plus douée pour créer le désordre que pour ranger.

— C'est curieux, cela ne me surprend pas.

Le sourire d'Angel s'élargit.

— Je peux dire sans risque de me tromper que, vous-même, vous devez rarement ranger derrière vous, non ? Pourquoi le feriez-vous alors que vous avez d'habitude une armée de domestiques pour vous servir ?

— N'exagérons rien, j'ai parfois besoin d'intimité.

— Je vous crois, dit-elle, soudain redevenue sérieuse. Eh bien, à demain, Hawk.

— Faites de beaux rêves, Angel.

— Merci, vous aussi. Bonne nuit.

Elle quitta la cuisine, et il se rendit compte que, pour la troisième fois depuis leur rencontre, il la regardait s'éloigner de lui. Quelque chose se contracta dans sa poitrine. Il ne voulait pas qu'elle parte. C'était ridicule, il la connaissait à peine, et pourtant… Il était conquis.

Il avait peut-être commis une erreur en se privant de relations sexuelles pendant si longtemps. S'il avait plus écouté ses besoins fondamentaux, il serait sans doute moins soumis à ses pulsions aujourd'hui.

C'était une professionnelle du sexe, se rappela-t-il. Son métier était de séduire. De donner à un homme l'impression qu'il était important, magnifique, désirable. Et elle excellait visiblement dans sa partie. Cela aurait dû le faire réfléchir, tout au moins tempérer la passion qui le ravageait derrière les apparences, mais rien n'y faisait.

Son regard tomba sur le plateau demeuré sur la table, et il décida de finir les restes. A vrai dire, il n'y avait plus grand-chose, Angel était dotée d'un solide appétit. Cet appétit pour la nourriture s'étendait-il à d'autres domaines ? Un gémissement lui échappa. Voilà qu'il laissait de nouveau son esprit vagabonder sur des chemins interdits.

Le moment était venu de solliciter cette retenue dont il avait fait un art jusqu'à ses extrêmes limites.

Autrement dit, il allait devoir tenir sept jours sans craquer.

- 10 -

Mila jaillit de son lit avant 6 heures du matin et courut se jeter sous la douche. Après les émotions de la veille, elle s'était attendue à passer une mauvaise nuit, mais dès qu'elle avait posé la tête sur l'oreiller elle avait sombré dans un profond sommeil et, ce matin, elle débordait d'énergie.

Ses discussions avec Thierry lui avaient ouvert les yeux, bien qu'elle ait encore du mal à remettre en question ses intentions vis-à-vis de la courtisane, enfin, vis-à-vis d'elle. Mais un joyeux sourire lui monta aux lèvres quand elle se rappela ses paroles. C'était pourtant vrai ; il se donnait tout ce mal pour *elle*. C'était inimaginable... Mais pourquoi était-il si déterminé à rendre heureuse la princesse Mila ?

Il faudrait qu'elle tire ce point au clair aujourd'hui.

Au sortir de la douche, elle fouilla les tiroirs à la recherche d'une culotte d'équitation aperçue dans les affaires d'Ottavia Romolo. Enfin, elle la retrouva, la passa, puis enfila un T-shirt ajusté et un pull. Ensuite, elle mit la main sur des boots soigneusement emballées — apparemment, Mlle Romolo s'était préparée à toutes les éventualités. Pourtant, n'aurait-elle pas été aussi surprise qu'Angel l'avait été en découvrant que son client se préoccupait plus d'apprendre à séduire sa femme que d'apprécier son corps ?

Mais elle préférait ne pas penser à la courtisane, bien que sa situation ne soit pas si terrible : après tout, elle était payée pour un séjour de vacances dans un hôtel de luxe, entourée d'un personnel aux petits soins, plutôt que de devoir s'occuper d'un client ; il y avait pire…

Elle descendit l'escalier pieds nus et, en bas, s'assit sur la dernière marche pour enfiler chaussettes et boots. Une fois équipée, elle se rendit à la cuisine, prit une pomme dans le compotier et, tout en croquant dedans, gagna la porte donnant sur l'arrière de la maison.

La morsure de l'air froid sur sa peau la saisit, alors même que le soleil commençait son ascension dans un ciel très bleu. La journée promettait d'être belle.

Elle traversa le jardin et se dirigea vers un grand bâtiment d'où provenaient des hennissements et un bruit de sabots claquant sur un dallage. Il y faisait chaud, et elle respira avec délice la bonne odeur de cheval, de foin et de cuir. Elle aimait cet environnement, et c'était une des choses qui lui avait le plus manqué durant son séjour aux Etats-Unis. Bien sûr, elle aurait pu fréquenter des centres équestres, mais ce n'était pas la même chose que de disposer de ses propres écuries et chevaux.

Elle n'en possédait pas non plus, se rappela-t-elle, mais quand Thierry et elle seraient mariés elle pourrait en avoir.

A cette idée, un frisson de joie anticipée la parcourut.

— Bonjour, dit Thierry, débouchant d'une pièce, une selle dans les mains. Vous ne plaisantiez donc pas en disant que vous étiez une lève-tôt !

Il portait un pantalon d'équitation avec un polo et des bottes. Sous la peau bronzée de ses bras nus jouaient des muscles parfaits, ni trop proéminents ni trop fluets ; juste ce qu'il fallait.

Sans effort apparent, il posa la selle sur un grand hongre gris attaché à un anneau, un tapis protecteur sur le dos.

— Pourquoi perdre son temps au lit par une belle journée comme celle-ci ? répliqua-t-elle.

Elle n'avait pas eu l'intention de sous-entendre quoi que ce soit, pourtant, la phrase resta suspendue entre eux, lourde d'évocations et de promesses. Mila s'empourpra aussitôt et se détourna, cherchant quelque chose à dire ou à faire pour dissiper sa gêne.

— Puis-je vous aider à préparer les chevaux ? demanda-t-elle d'une voix un peu trop aiguë.

— J'ai presque fini.

Il se tourna vers le hongre, ajusta la sangle et vérifia les étriers.

— J'ai pensé que vous apprécieriez Henri que voici, ajouta-t-il. Il est imposant mais doux avec les dames.

Comme vous ? faillit-elle demander.

Elle s'approcha et caressa l'étoile blanche sur le front du cheval.

— Parfait. Comme je vous le disais hier, je n'ai pas monté depuis longtemps.

Elle offrit à Henri le trognon de sa pomme.

— Il prendra soin de vous, ne vous inquiétez pas, dit Thierry en tapotant la croupe de l'animal.

Etait-ce au tour du roi de Sylvain de faire des allusions ? Prendrait-il soin d'elle, lui aussi ? Avant qu'elle ait eu le loisir de poser la question, il détacha le cheval et lui fit traverser l'écurie. A l'autre extrémité de celle-ci attendait un superbe étalon gris, déjà sellé.

— Il est magnifique ! s'exclama-t-elle.

— Ne dites pas ça devant lui, il va prendre la grosse tête, plaisanta Thierry en riant.

Il tapota l'encolure du cheval et lui murmura quelque

chose à l'oreille. En réponse, l'étalon lui donna un coup de museau amical. Ce spectacle émut Mila et ne fit que renforcer son attirance pour Thierry ; il était facile à aimer, surtout détendu comme maintenant.

— Comment s'appelle-t-il ? demanda-t-elle.

— Sleipnir. C'est…

— Le cheval du dieu Odin, je sais. Un noble nom pour une noble bête. Vous l'avez depuis longtemps ?

Thierry parut très étonné qu'elle connaisse l'origine du nom de son étalon.

— A peu près cinq ans, je l'ai eu poulain. Nous y allons ? Voulez-vous que je vous aide à monter ?

— Volontiers, merci. Il y a si longtemps, je dois être plutôt raide.

Il vint se placer près du flanc de Henri et, joignant les mains, lui offrit un marchepied. Son polo soulignait la largeur de ses épaules et l'arc puissant de son dos. Soudain, Mila fut prise de l'envie de caresser ses longs muscles et de suivre du bout du doigt le dessin de son épine dorsale.

Il tourna la tête vers elle.

— Etes-vous prête ?

Elle rougit une fois encore d'avoir été surprise à l'observer, rêvassant et perdant son temps pendant qu'il attendait patiemment qu'elle daigne se mettre en selle.

— Oui. Merci.

Elle posa hâtivement le pied sur ses poings joints. En la soulevant d'une poussée, il l'aida à faire passer l'autre jambe par-dessus la selle où elle s'installa confortablement.

— Cette longueur vous convient-elle ? s'enquit Thierry, une main posée avec naturel sur sa cuisse pendant qu'il vérifiait le réglage des étriers.

— O… Oui, bredouilla-t-elle, déstabilisée par la

chaleur de sa paume. S'il remontait un peu et plongeait vers… Non ! Elle repoussa vivement l'idée.

— Oui, répéta-t-elle plus fermement. C'est parfait. Merci.

Avec un grognement satisfait, Thierry se mit en selle.

— Nous allons prendre un sentier qui serpente dans la forêt et rejoindre les prairies situées sur l'autre versant. Ça vous convient ?

— Très bien. Je suis partante pour tout ce que vous proposerez.

Il lui jeta un de ses regards pénétrants, et elle se demanda si elle ne ferait pas mieux de réfléchir avant de parler. Elle n'avait pas eu d'arrière-pensée en prononçant ces mots… A moins que… On aurait dit qu'elle n'était même pas capable de contrôler son cerveau. Dépitée, elle fixa les oreilles de Henri et l'incita à suivre Thierry et Sleipnir sur le chemin boisé.

Des chants d'oiseaux jaillirent autour d'eux quand ils se retrouvèrent sous le couvert des arbres. En découvrant le sentier bien dégagé, elle se demanda à quelle fréquence Thierry venait se réfugier dans sa cachette. Dans la sérénité qui les enveloppait, on avait l'impression de se trouver à des années-lumière de l'existence de monarque qu'il vivait maintenant. Elle la connaissait, cette existence, ayant assisté au bouleversement qu'avait apporté dans la vie de son frère sa montée sur le trône, et elle avait conscience du peu de temps qui lui restait pour lui. Serait-ce également le lot de Thierry, à présent qu'il était roi de Sylvain ? Elle espérait que non. Du moins l'aurait-il à son côté pour partager le poids de la couronne.

Ils cheminèrent en silence à travers bois, les chevaux simplement heureux de marcher d'un pas tranquille, et elle se détendit dans sa selle. Demain, elle aurait sûrement des courbatures mais, pour l'heure, elle se délectait du craquement du cuir, de l'odeur d'humus qui montait de la forêt et des sons de la nature qui s'éveillait.

Après environ une demi-heure, les arbres commencèrent à s'éclaircir.

— Vous pouvez donner des rênes à votre cheval ! lui cria Thierry, un jet de pierre devant elle.

Quelques instants plus tard, ils débouchaient sur une prairie à flanc de montagne, à l'herbe parsemée de fleurs sauvages aux vives couleurs. Mila éclata de rire en lançant sa monture au galop, espérant dépasser Thierry et Sleipnir, mais il devint bientôt évident que Henri et elle étaient distancés. Quand elle rejoignit son compagnon, il avait mis pied à terre près d'un ruisseau, et le tableau était si parfait que c'en devenait un cliché.

Elle lui confia son impression quand il vint la prendre par la taille pour l'aider à descendre de sa monture.

— Vous trouvez que j'ai l'air d'un cliché ? demanda-t-il en haussant un sourcil.

— Non, pas vous ! La scène.

Elle engloba le paysage d'un ample geste du bras.

— C'est si beau que c'en devient irréel… Comment arrivez-vous à retourner en ville ?

Il demeura un moment silencieux.

— C'est l'endroit que je préfère au monde, et savoir qu'il existe me donne la force de tout supporter.

Elle posa une main sur la poitrine de Thierry et le regarda dans les yeux.

— C'est si difficile d'être roi ?

— C'est ma vie. Je n'en connais pas d'autre.

Il s'exprimait simplement, mais elle perçut l'émotion

refoulée derrière ces mots. Elle laissa retomber son bras et tenta d'alléger l'atmosphère.

— Ce n'est donc pas qu'une succession de cocktails et de dîners de gala ?

En voyant les lèvres de Thierry ébaucher un sourire, elle eut très envie de l'embrasser.

— Non, et c'est tant mieux. Parce que sinon je deviendrais vite obèse.

— Effectivement…

Elle le considéra d'un œil aiguisé.

— Tout de même… Je me demande si vous ne prenez pas un peu de ventre, Votre Majesté.

— Hawk. Ici, je suis Hawk et personne d'autre.

Elle hocha la tête et perdit toute envie de plaisanter devant la gravité de son expression.

— Ne souhaitez-vous jamais que Sylvain tout entier ressemble à ce lieu ? demanda-t-elle tandis qu'ils menaient les chevaux boire au ruisseau.

— Oui et non. Si nous voulons que notre pays aille de l'avant et que son économie permette à notre peuple de vivre décemment, il nous faut des industries. J'encourage néanmoins le gouvernement à privilégier les pratiques durables. Malheureusement, ses membres font souvent la sourde oreille ; il n'est pas facile de persuader les gens de changer de méthodes, surtout si cela implique un surcoût.

— A mon avis, il faudrait modifier les mentalités dès l'école, afin que les enfants grandissent avec l'idée que le développement durable est la seule issue possible.

— C'est ce que je pense aussi, mais le temps presse.

Le regard de Thierry se perdit dans la contemplation d'un lointain pic enneigé.

— Ici, tout est simple, propre, pur. Et cependant,

au-delà de ces montagnes, on commence à apercevoir le brouillard de la civilisation souiller l'air.

— Nous ne verrons sûrement pas le changement, mais je suppose que vous souhaitez agir pour l'avenir de vos petits-enfants et des petits-enfants de ceux-ci.

— Mes petits-enfants et mes arrière-arrière-petits-enfants..., murmura-t-il. C'est une idée intimidante pour un célibataire.

— C'est dans l'ordre des choses, non ?

Elle voulait des enfants, trois ou quatre, au moins. Une vraie famille, en tout cas, unie et soudée. L'écart d'âge entre son frère et elle n'avait pas permis qu'ils nouent la relation intime dont elle rêvait. Quant à Thierry, il était fils unique.

— Oui, bien sûr. A vrai dire, je n'envisage pas d'avoir des enfants tout de suite. J'ai certes pour responsabilité d'assurer la continuation de la lignée, mais je tiens d'abord à établir une relation harmonieuse avec ma femme avant de passer à cette étape.

— C'est honorable.

— Sauf que, quand je vois le monde que mes ancêtres m'ont légué, je me demande parfois si je fais bien de me marier et de penser à avoir des enfants ou s'il ne vaudrait pas mieux laisser la monarchie s'éteindre avec moi.

— Ne dites pas ça ! protesta-t-elle.

— Soyons réalistes : la monarchie est un concept dépassé.

— Mais vous avez encore un rôle à jouer ! Vous restez un guide, une figure de proue pour votre peuple. J'admire votre travail sur les ressources en eau potable de Sylvain. Qui d'autre aurait lancé des campagnes pour que votre pays dispose d'eau pure ? s'exclama-t-elle avec passion.

— C'est un pas dans la bonne direction, concéda-t-il.

— C'est plus qu'un pas ! Vous ne vous contentez pas de belles déclarations, vous allez au combat. Votre peuple vous admire, et vous entretenez l'émulation. Vous ne pouvez pas gâcher ça.

— Et je ne le ferai pas. J'épouserai la princesse Mila et j'assurerai la continuation de la lignée royale, comme il est de mon devoir.

Une intonation dans la voix du roi la poussa à poser la question.

— Si vous n'étiez pas promis à elle, l'épouseriez-vous quand même ?

Il prit quelques secondes de réflexion avant de répondre :

— Je ne sais pas.

— Du moins, c'est honnête, murmura-t-elle.

— Vous semblez si déçue, Angel. Découvririez-vous soudain que j'ai des pieds d'argile ?

— Non, je m'aperçois que vous êtes un homme, avec les mêmes faiblesses et les mêmes interrogations que les autres, mais aussi avec beaucoup de force.

Elle marqua une pause avant de reprendre :

— Je suis heureuse que vous soyez quelqu'un de respectable et que vous teniez votre parole d'épouser la princesse alors même que vous n'êtes pas certain de le vouloir.

Et elle était sincère. Parce que plus elle apprenait à connaître cet homme complexe qui deviendrait bientôt son mari, plus elle désirait passer sa vie à l'aimer.

Si seulement elle pouvait l'amener à l'aimer en retour…

- 11 -

— Sans être certain de le vouloir ? répéta-t-il.

Drôle de façon de formuler sa pensée, se dit-il en l'observant avec curiosité.

— Oui. C'est honorable, encore que je ne sois pas sûre que vous rendiez justice à votre princesse.

— Que voulez-vous dire ?

— Ses sentiments ne sont peut-être pas si éloignés des vôtres. Peut-être a-t-elle également conscience de son devoir envers son roi, son pays et le vôtre, et qu'elle souhaite aussi trouver avec vous un terrain d'entente.

Il ne put s'empêcher de sourire. La véhémence d'Angel s'exprimant au nom d'une inconnue lui plaisait beaucoup. Il appréciait qu'elle fasse preuve de solidarité féminine et d'empathie vis-à-vis de son sexe, ce qui n'était pas souvent le cas dans les cercles qu'il fréquentait. L'intérêt qu'Angel portait à la princesse Mila dénotait une largeur d'esprit qui le touchait.

Si seulement il avait le luxe d'épouser qui il voulait, il choisirait une femme comme elle. Mais encore une fois, se rappela-t-il, s'il n'était pas condamné à un mariage de raison, il n'aurait plus revu Angel après leur soirée new-yorkaise.

Il l'observa avec attention. Dans la lumière matinale, elle apparaissait fraîche et pimpante, impatiente de profiter de la journée qui s'offrait à eux. Elle avait noué ses longs cheveux noirs en queue-de-cheval, dégageant ainsi la délicate structure de son visage, les pommettes hautes et une joue faite pour recevoir des baisers, préludes à d'autres, plus passionnés, sur sa bouche généreuse. S'il ne se trompait pas, elle avait juste enduit ses lèvres de gloss, et il trouvait son visage dépourvu de maquillage encore plus beau que le masque de séductrice qu'elle lui avait offert la veille au soir.

La conscience d'elle qui le submergeait dès qu'elle était à proximité s'aiguisa et alluma son désir.

— Vous soulignez un point intéressant, admit-il en s'arrachant à sa contemplation.

— Naturellement ! Je suis une femme, je sais de quoi je parle. Vous feriez mieux de m'écouter.

— Mais je vous écoute ! répliqua-t-il en riant. Maintenant, dites-m'en plus sur la façon dont je dois m'y prendre pour séduire l'esprit de mon épouse.

— En vous intéressant à elle, réellement.

— C'est aussi simple ? demanda-t-il, surpris.

— Bien sûr que c'est aussi simple. Que font les femmes quand elles rencontrent quelqu'un ?

Il la regarda d'un air de totale incompréhension. Comment diable le saurait-il ?

— Elles posent des questions, reprit Angel d'un ton légèrement agacé. Elles manifestent leur intérêt comme ceci par exemple : « Vous possédez de beaux chevaux. Les achetez-vous vous-même ou le responsable des écuries s'en charge-t-il pour vous ? »

— Ces chevaux ont tous été choisis par moi ou sont nés suivant le programme de reproduction appliqué aux écuries du palais.

— Vous voyez ? C'est aussi simple que ça. Avec ma question et votre réponse, nous avons établi un dialogue qui peut se poursuivre en conversation au cours de laquelle nous nous découvririons peut-être des intérêts communs. Et des ramifications sont possibles. Par exemple, avez-vous récolté à cheval cette cicatrice au-dessus du sourcil droit ? On la remarque à peine, mais…

Elle le prit par le menton et lui tourna un peu la tête de côté.

— … Quand la lumière tombe juste dessus, elle est visible.

Il essaya d'ignorer son cœur qui s'emballait au doux contact de la main d'Angel sur sa joue. Il ne s'était pas rasé ce matin et il percevait le léger crissement de son début de barbe sous ses doigts. S'il tournait un tout petit peu la tête, il pourrait les capturer avec ses lèvres.

Il repoussa brutalement cette idée. Une vie entière à contrôler ses pensées et ses actes lui donnait la force nécessaire pour lui dissimuler son désir. Il inspira lentement, bloqua sa respiration, attendit qu'elle le lâche et, quand elle le fit, exhala l'air de ses poumons.

— Vous êtes très observatrice, répondit-il d'une voix paisible. C'est arrivé un jour où je n'étais pas suffisamment attentif lors d'une balade à cheval avec une fripouille qui ne manquait jamais une occasion de jeter son cavalier à terre. Je m'entretenais avec mes compagnons et je n'ai pas remarqué une branche basse qui barrait mon chemin. Trop content de ce moyen de se débarrasser de moi, mon cheval a foncé dessus. La branche m'a cueilli et expédié sans ménagement sur mon royal séant. Cela a provoqué un véritable mouvement de panique parmi mes accompagnateurs quand ils ont découvert que je saignais ; heureusement, la blessure était sans gravité, et l'expérience m'a appris à rester en permanence sur mes gardes.

— Quel âge aviez-vous ?

— Huit ans. Au retour, mon père m'a sévèrement reproché ma négligence pendant que ma mère s'est affolée comme si ma vie avait été en danger.

— Je suis désolée.

— Désolée ? Mais de quoi ?

— Eh bien, les réactions si opposées de vos parents ont dû vous embrouiller les idées.

Il réfléchit. Oui, il avait été perturbé et il avait souffert de ces comportements paradoxaux. Mais comment l'avait-elle deviné ? La plupart des gens lui demandaient combien de points de suture on lui avait posés ou bien plaisantaient en disant que, par décret royal, on aurait dû abattre l'arbre qui avait commis un crime de lèse-majesté, ou pire, abattre le cheval. Personne n'avait mis le doigt sur le point sensible, comme venait de le faire Angel. Et son intérêt et sa compréhension l'émurent une fois encore.

Elle leva de nouveau la main, cette fois pour suivre la ligne argentée qui courait du sourcil à la naissance des cheveux avec une expression de tendresse. Mais soudain, celle-ci s'effaça, et elle laissa retomber ses doigts. Puis elle croisa les bras comme pour s'interdire de le toucher.

Son attitude l'intrigua.

— Et vous ? Avez-vous des choses intéressantes à me raconter sur les cicatrices que vous dissimulez peut-être sous vos vêtements ?

Elle redressa le menton.

— Je…

Elle s'écarta vivement, se dirigea vers l'endroit où Henri broutait paisiblement et rassembla les rênes.

— Vous apprenez vite, lança-t-elle.

— A quoi donc ?

— A établir des relations entre les sexes. Et si nous repartions ? Nous bavarderons en chemin.

Pourquoi prenait-elle brusquement ses distances ? C'était elle qui avait commencé cette séance de questions-réponses, et voilà qu'elle se défilait dès qu'il entrait dans son jeu comme si elle avait peur de répondre. C'était vraiment étrange, et il se promit de creuser la question.

— Si vous voulez. D'ailleurs, nous ferions mieux de rentrer, c'est bientôt l'heure du déjeuner.

— Bonne idée.

Il lui offrit de nouveau son aide pour se mettre en selle, sans pouvoir s'empêcher de remarquer la façon dont son pantalon moulait ses cuisses et ses fesses. Une fois à cheval, elle guida sa monture loin de lui.

En un rien de temps, il enfourcha Sleipnir.

— Nous allons prendre un chemin différent ! lui cria-t-il.

De retour au pavillon, elle mit pied à terre en toute hâte et conduisit son hongre à l'écurie. Elle dégrafait la sangle quand il surgit derrière elle et, la saisissant par la taille, l'écarta.

— Laissez ça, je m'en occuperai.

— Je ne suis pas en sucre, vous savez. Je peux prendre soin de mon cheval !

— Très bien.

Il la lâcha avant d'agir stupidement, par exemple en la serrant contre lui.

De la tête, il désigna la sellerie.

— Allez chercher des brosses pendant que je desselle.

Comme elle s'éloignait, il saisit l'occasion de l'observer. Elle se tenait très droite et se déplaçait avec une dignité contrastant avec ses vêtements d'équitation. A contrecœur, il se détourna du ravissant tableau et reporta son attention sur les animaux.

Elle profita de son passage à la sellerie pour se ressaisir. La compagnie de Thierry était à la fois bénéfique et pénible : en sa présence, elle mourait d'envie de lui révéler sa véritable identité et d'en finir avec un subterfuge qui dressait un obstacle entre eux, mais c'était risqué, car elle doutait qu'il prenne sereinement les choses. Malgré tout, elle espérait de toutes ses forces pouvoir un jour être elle-même avec lui. Il y aurait forcément un temps pour ça quand ils seraient mariés, songea-t-elle en cherchant du regard les brosses qu'il avait réclamées.

Elle en récupéra deux et retourna à l'écurie. Ensemble, ils pansèrent leurs chevaux et les nourrirent avant de les remettre dans leurs stalles. Cela fait, Mila s'essuya les mains sur son pantalon. Durant tout le temps qu'ils s'étaient occupés des animaux, une bonne ambiance avait régné entre eux, mais, à présent, elle se sentait mal à l'aise.

— Voulez-vous que j'aille voir ce que je pourrais préparer à manger ? proposa-t-elle.

— Vous n'avez pas confiance en mes talents culinaires ? demanda-t-il en haussant un sourcil.

— Bien sûr que si !

— Allons, je suis assez homme au mauvais sens du terme pour profiter de votre offre ! Je vais me doucher pendant que vous vous occuperez de la cuisine.

Elle le dévisagea, les paupières plissées.

— Allez-vous de nouveau jouer les machos ?

— De nouveau ?

— Comme à New York !

Il rit.

— Pas du tout ! Enfin, ce n'était pas mon intention. Pour me racheter, je me chargerai des autres repas. Est-ce que ce sera une punition suffisante pour mon manque apparent de manières ?

Ce fut plus fort qu'elle, elle lui adressa un sourire tout en acquiesçant.

— Merci. C'est très gentil.

— Je me souviendrai de la leçon.

— Vous êtes un bon élève, dit-elle, de nouveau détendue.

— Il faut que je m'applique si je veux passer brillamment mes épreuves avec vous.

En un instant, la tension fut de retour, et l'air s'alourdit d'une chaude sensualité. Il lui semblait que chaque atome de son être se tendait vers Thierry. S'était-il rapproché ? Ou bien était-ce elle ? Quoi qu'il en soit, ils étaient à présent face à face. Thierry glissa les mains autour de sa taille ; elle plaqua les siennes sur son torse. Sous ses paumes, elle sentit la poitrine se soulever de façon irrégulière et elle perçut les battements désordonnés de son cœur. Quand il se pencha et posa ses lèvres sur les siennes, elle eut la sensation de se fondre en lui comme s'ils ne faisaient qu'un depuis toujours.

Il ne s'agissait plus de se retrancher derrière le prétexte des leçons ; Thierry réagissait envers elle comme un homme envers une femme qui lui plaît. Et avec quelle passion ! Elle se colla contre lui, se délectant du contact de ses muscles durs contre son corps souple et poussa un soupir de satisfaction en sentant la preuve irréfutable de son désir.

Toutes les années où elle avait souffert de n'être à

ses yeux qu'une adolescente empruntée et dépourvue d'intérêt s'effacèrent comme par magie.

Thierry l'attira encore plus étroitement à lui, écrasant ses seins contre son torse, et ses mamelons durcirent, implorant d'être caressés. L'obstacle représenté par ses vêtements était trop et trop peu à la fois.

Les lèvres de Thierry étaient fermes et séductrices, et elle écarta les siennes avec un gémissement de plaisir. Elle crispa les doigts sur son torse, griffant sa chemise comme si elle avait besoin de s'ancrer à un point stable qui la retiendrait de s'abandonner au torrent de désir qui menaçait de l'emporter.

Mais brusquement, il n'y eut plus rien devant elle, et elle faillit perdre l'équilibre. En ouvrant les yeux, elle s'aperçut que Thierry s'était arraché à elle et avait reculé de quelques pas.

Elle s'approcha de lui.

— H… Hawk ?

— Ne me touchez pas ! s'écria-t-il en passant une main tremblante sur son visage. Je n'aurais pas dû me conduire ainsi. Je vous prie de m'excuser.

— Mais… Pourquoi ? Vous m'avez bien engagée pour ça ?

— Je dois rester fidèle à ma promesse, je n'ai pas le droit de vous toucher. C'était une erreur. Seulement, en me retrouvant ici, avec vous en particulier… J'ai perdu la tête.

Elle perçut un chagrin sincère dans sa voix, et du mépris pour lui-même.

— Votre promesse d'épouser la princesse ? demanda-t-elle, cherchant à y voir clair.

— La promesse que je lui ai faite, et que je me suis faite.

— Parlez-moi de cette promesse, suggéra-t-elle doucement.

— Je ne peux pas, pas maintenant. S'il vous plaît, rentrez au pavillon. J'ai besoin d'un peu de temps pour me ressaisir.

Elle croisa son regard, sombre et tourmenté comme un lac de montagne juste avant une tempête.

Cependant, elle n'avait pas envie d'en rester là, pas avec son corps qui frémissait encore de leur baiser.

— Non, dites-moi tout de suite. Je suis là pour vous aider, et comment le pourrai-je si vous vous fermez comme une huître ?

Elle s'approcha et lui prit la main.

— Hawk, je veux comprendre. Je vous en prie.

Elle vit sa gorge se contracter convulsivement. Il paraissait si crispé qu'elle craignit qu'il ne la repousse, pourtant, peu à peu, elle le sentit se détendre. Après un profond soupir, il parla d'une voix rauque.

— J'attache la plus haute importance à la fidélité.

— C'est normal.

Il secoua la tête.

— Non, vous ne comprenez pas.

— Dans ce cas, expliquez-moi.

— Enfant, j'ai vu mes parents se côtoyer, mais jamais former un couple au vrai sens du terme. Et, quand j'ai été plus grand, j'ai compris qu'ils ne s'aimaient pas et que seul leur statut les empêchait de se séparer. Ils ont vécu ainsi durant des années, se supportant à peine, avec mon père qui faisait passer ses obligations et ses problèmes avant le bonheur de ma mère jusqu'à ce qu'elle n'en puisse plus. Elle a suivi son cœur et s'est lancée dans une relation qui a fini par la détruire. Je refuse d'infliger cet enfer à ma femme.

— Mais vous. Que désirez-vous ?

— Je veux juste être le meilleur homme possible et m'assurer qu'aucun mal ne sera fait à mon peuple… Ce qui inclut mon épouse.

— C'est admirable, Hawk, mais vous devez comprendre que vous ne pouvez pas *tout* contrôler.

Il s'écarta.

— Mais si, je peux : je suis roi de Sylvain. Si je ne peux contrôler ce qui se trouve dans ma sphère d'influence, à quoi servirai-je ? Je ne veux pas être comme mon père et attendre, les bras croisés, que mes insuffisances causent le malheur des autres. Je veux un mariage heureux et que ma femme m'aime.

— L'aimerez-vous en retour ?

- 12 -

La question d'Angel lui fit l'effet d'un coup de poing dans l'estomac. Enfin, il parvint à répondre :

— Je la respecterai, l'honorerai, et ferai tout ce qui est en mon pouvoir pour qu'elle soit heureuse. N'est-ce pas suffisant ?

Elle le considéra avec pitié.

— Qu'en pensez-vous, Hawk ? Si on aime quelqu'un et que tout ce qu'on obtient de lui pour la vie entière, c'est du respect, trouvez-vous que c'est suffisant ? N'est-ce pas tout ce que votre père a su offrir à votre mère ?

Il émit un grognement de mépris.

— Il ne respectait pas ma mère et ne s'est pas soucié de son bonheur ! Elle était un réceptacle pour son héritier, ni plus ni moins, et quand elle l'a repoussé et a refusé de partager son lit, il a trouvé des partenaires plus accommodantes.

Elle parut choquée. Visiblement, elle n'avait pas eu vent des liaisons de son père. Aucune d'entre elles n'avait été affichée, bien sûr, mais il savait qu'elles avaient existé derrière les portes closes. Bon sang ! L'idée d'utiliser les services d'une courtisane n'était pas tombée du ciel ! Quand Thierry était plus jeune, son père avait même proposé de lui en procurer une.

— Je ne serai jamais aussi cruel avec ma femme,

assura-t-il. Je ferai en sorte qu'elle soit toujours traitée avec la dignité due à son rang.

— Mais vous attendez davantage d'elle. Vous voulez qu'elle vous aime, mais sans réciprocité ?

— Je ne peux pas… lui promettre de l'aimer.

L'expression stupéfaite d'Angel s'effaça pour faire place à une amère déception.

— Dans ce cas, je plains votre épouse, parce que je n'imagine pas vivre sans amour.

Elle se détourna et regagna le pavillon. Il la regarda partir avec l'impression qu'on lui arrachait le cœur. Elle ne pouvait pas vivre sans amour ? Quant à lui, il ignorait tout de ce sentiment. Il n'avait jamais été amoureux, mais il comprenait l'attirance et devinait les ennuis qu'elle pouvait créer.

Il se dirigea vers la forêt et ne s'arrêta que lorsqu'il cessa de sentir la force qui le poussait à suivre Angel, à s'excuser de ses propos et à lui dire que…

Que quoi ?

Qu'il l'aimait ? Quelle idée ridicule ! Elle lui plaisait, voilà tout.

Il aurait dû persister dans sa décision de la veille et lui demander de partir. Cette histoire d'apprentissage était une perte de temps ; elle n'atteignait visiblement pas son but, créait juste des complications.

Il fit demi-tour, déterminé à renvoyer la jeune femme, jusqu'à ce qu'il se retrouve en face d'elle et voie qu'elle avait pleuré.

Ce spectacle lui causa un tel chagrin qu'il se précipita vers elle et la prit dans ses bras. Au début, elle se raidit contre lui mais, très vite, elle s'abandonna à son étreinte.

— Je suis désolé, dit-il en l'embrassant sur les cheveux. Je n'avais pas l'intention de vous faire de peine.

— V… Vous n'y êtes pour rien, hoqueta-t-elle. C'est moi et mes stupides idéaux.

— Ce n'est pas stupide de vouloir être aimée.

A peine avait-il prononcé ces paroles qu'il se rendit compte qu'il les pensait vraiment. Que ce n'était pas une déclaration creuse. Qu'il n'était pas aussi désabusé par l'exemple de ses parents et des gens fréquentant son monde qu'il l'imaginait. Qu'il n'avait pas perdu totalement foi en l'amour. Quand il était avec Angel, il voulait croire que ce sentiment était possible, mais il n'avait pas le droit d'introduire cet élément dans leur relation — elle était sa courtisane, pas sa princesse. Ce qui amenait une question : pourquoi semblait-elle tellement à sa place dans ses bras et pourquoi son corps l'implorait-il de suivre son instinct et de jouir de ce qu'elle lui offrait ?

Elle se dégagea et recula.

— Ce n'est pas le rôle d'une fille comme moi d'être aimée. Mais il me semble que vous devriez au moins envisager la possibilité d'aimer votre femme si vous souhaitez un mariage heureux. Votre intention de faire son bonheur est admirable, mais pourquoi ne vous rendrait-elle pas la pareille ?

— Je ne considérais pas que ce soit nécessaire.

— Et maintenant ?

Il hocha la tête.

— Vous avez beaucoup à m'apprendre, Angel. Et je me félicite de votre présence.

Elle hésita un instant, son regard sondant le sien comme si elle jaugeait sa sincérité. Il n'aurait pas cru possible de parler ainsi un jour mais, en réalité, il ne disait que la vérité. Et maintenant, commençant à analyser ses sentiments, il se rendait compte qu'il désirait ardemment ce que suggérait Angel.

Mais pouvait-il espérer aimer la princesse Mila ?

Il fit un bond dans le passé et se demanda ce qu'il éprouvait aujourd'hui pour l'adolescente qu'on lui avait présentée. Malgré ses efforts, l'idée d'amour ne s'imposa pas à lui, contrairement à ce qu'il ressentait quand il pensait à Angel.

— Vous n'allez donc pas me renvoyer ? s'enquit celle-ci, levant son petit menton rond vers lui d'un air de défi.

— Comment avez-vous…

— C'était tout naturel que vous l'envisagiez : vous êtes roi, et je vous contrarie. J'ai commis un crime de lèse-majesté. Et vous pouvez faire de moi ce que vous voulez.

Il se sentit rougir de honte.

— J'avoue avoir songé à le faire, reconnut-il piteusement. J'aimerais penser que je suis accessible à la critique, mais il semble que je sois un peu différent du commun des mortels sur ce chapitre.

— Votre femme ne sera peut-être pas toujours d'accord avec vous, mais elle n'en restera pas moins votre épouse, comment comptez-vous gérer ça ? De nos jours, on ne jette plus les gens aux oubliettes, pas plus que l'on n'enferme les femmes dans un couvent.

Malgré la pointe d'humour du ton d'Angel, il décelait chez elle une réelle préoccupation du sort de sa princesse.

— Je n'envisageais pas notre union sous cet angle, répondit-il un peu sèchement.

— Vous m'en voyez rassurée. Elle peut donc attendre la date de votre mariage avec impatience.

— Je ferai de mon mieux, promit-il. Et vous m'y aiderez, n'est-ce pas ?

De nouveau, cette hésitation. Comme si elle devait

retourner les données du problème dans sa tête avant de parvenir à une conclusion.

— Oui, répondit-elle enfin.

Elle alla ouvrir l'énorme réfrigérateur qui ronronnait et jeta un coup d'œil à son contenu.

— Œufs au bacon ? proposa-t-elle par-dessus son épaule.

— Parfait. Puis-je vous aider ?

— Non, je m'en sortirai très bien toute seule.

— Je m'occuperai du rangement, promit-il. En attendant, si cela ne vous gêne pas, je vais prendre une douche.

— Allez.

Au moment de quitter la cuisine, il hésita un instant sur le seuil. Il brûlait d'envie de lui demander pourquoi leur échange l'avait attristée au point de la faire pleurer. Le souvenir de ses larmes lui serrait le cœur, et cette constatation lui rappela une fois de plus qu'il s'était beaucoup trop attaché à cette femme.

Il monta l'escalier, résolu à ne pas penser à Angel et à la facilité avec laquelle elle s'était glissée entre les barrières qui protégeaient son cœur. Il lui fallait absolument trouver un moyen pour qu'elle reste à sa place et qu'il n'y ait plus d'ambiguïté entre eux.

Les jours suivants, une sorte de routine s'installa. Le matin tôt, ils sortaient à cheval ou faisaient une promenade dans les bois. Ensemble, ils avaient abordé une grande variété de sujets de conversation, et elle encourageait Thierry en ce sens, espérant qu'il continuerait à solliciter son avis quand ils seraient mariés. Son stratagème lui pesait de plus en plus, car elle savait que Thierry serait sans doute furieux de découvrir l'ampleur de sa traîtrise, mais c'était lui, n'est-ce pas, qui avait cherché à apprendre comment lui plaire. Sur ce chapitre, qui pouvait mieux l'instruire qu'elle-même ?

D'un autre côté, ces leçons représentaient une véritable torture. Le lendemain de son arrivée, Thierry lui avait demandé des renseignements sur l'aspect physique des relations entre un homme et une femme, se contentant dans un premier temps de l'interroger sur les petites caresses qu'un couple peut échanger au cours d'une journée pour renforcer sa complicité.

Cela sembla alors tout naturel à Mila d'orienter leurs conversations vers des aspects moins platoniques de la vie conjugale. Et à cause de ces entretiens, la veille, quand elle avait regagné sa chambre, son corps vibrant de tension implorait la délivrance. Apaiser sa frustration dans la grande baignoire de sa luxueuse salle de bains l'avait laissée physiquement calmée mais émotionnellement épuisée. Et, à en juger par la tête de Thierry ce matin, il devait être dans le même état qu'elle.

Quand elle avait annoncé qu'elle ne ferait pas de promenade à cheval, préférant profiter de la magnifique bibliothèque avec ses rayonnages courant du sol au plafond, il avait réagi avec brusquerie, presque impolitesse. Elle l'avait laissé s'en aller sans commentaire, bien que son attitude l'ait froissée. Le ciel s'était dégagé peu après son départ, et il n'était rentré que quelques heures plus tard.

En attendant son retour, elle avait eu du mal à se concentrer sur le livre choisi. Elle avait allumé le feu déjà préparé dans la cheminée et, grâce à son ambiance chaleureuse, la bibliothèque était devenue un refuge pour une journée qui s'annonçait désagréable. Pourtant, quand elle entendit un martèlement de sabots dans la cour, elle avait depuis longtemps cessé de lire.

En regardant par la fenêtre, elle vit Thierry mettre pied à terre et conduire Sleipnir à l'écurie. Une demi-heure s'écoula avant qu'il rentre dans le pavillon pour monter directement à l'étage.

Elle posa son roman et, blottie dans le fauteuil, le regard fixé sur les flammes, elle se composa une attitude. De l'humeur de Thierry dépendrait le déroulement du reste de la journée. Il fallait qu'elle sache et gère, même si elle n'avait pas réussi à l'apaiser avant son départ. Mais après tout, pourquoi devrait-elle s'en soucier ? Il avait droit à ses humeurs, tout comme elle. Et ce matin, elle avait été de très mauvaise humeur. Avait-il essayé de la calmer ? Pas du tout ; au contraire, il avait tout fait pour porter son agacement à son comble. Apparemment, ils avaient encore beaucoup de travail à accomplir sur eux-mêmes pour vivre ensemble, conclut-elle.

La porte de la bibliothèque s'ouvrit et, bien qu'elle s'y soit attendue, elle sursauta.

— Vous êtes de retour, commenta-t-elle avec désinvolture. La promenade a été bonne ?

— Pas du tout, répondit-il d'un ton sec.

Elle s'efforça de calmer le malaise qui l'envahissait. S'il devait être d'une humeur exécrable toute la journée, mieux valait qu'ils s'évitent. Elle le regarda s'approcher de la cheminée et tendre les paumes vers la chaleur des flammes comme s'il était transi jusqu'aux os.

— J'en suis désolée.

Elle se leva.

— Souhaitez-vous que je vous laisse seul ?

Il se retourna brusquement et la retint en la prenant par la main.

— Non.

Elle ne sut pas très bien ce qui se passa alors, juste

qu'elle se retrouva serrée contre lui et qu'il l'embrassait. C'était un baiser agressif, dans lequel transparaissaient sa colère et sa frustration. Comme elle ne pouvait pas lutter contre lui, elle demeura sans réaction pendant qu'il dévorait ses lèvres.

Elle n'avait qu'un désir : s'arracher à son étreinte et quitter la pièce en le laissant à sa colère. Mais, au bout de quelques secondes, un changement se produisit en lui. Il la relâcha et releva la tête, mais, au lieu d'en profiter pour lui échapper, Mila ne céda pas un pouce de terrain.

— Vous vous sentez mieux, maintenant ? demanda-t-elle le plus calmement qu'elle le put.

A cet instant, il lui semblait plus important de lui faire face que de reculer ; ils devaient affronter les démons qui éveillaient la colère de Thierry et traiter avec eux.

Elle vit la honte se peindre sur son visage et en eut de la peine pour lui. Bien qu'homme par tant d'aspects, s'agissant de ses émotions, il était aussi ignorant qu'un enfant.

— Je vous prie de m'excuser, Angel, ma conduite est inqualifiable. Si vous désirez vous en aller, je ne m'y opposerai pas. Voulez-vous que j'appelle une voiture ?

— Ce ne sera pas nécessaire. Vous m'avez engagée pour un travail, et je ne partirai que quand j'aurai rempli mon contrat. Cependant…

Elle se permit un petit sourire.

— … Si vous pensez que me renvoyer est la seule solution possible, j'aurai failli à ma mission.

Dans son regard, la gêne de son comportement ternit la fierté du souverain-né. Puis son expression se fit humble.

— Je vous réitère mes excuses, Angel. Peut-être m'accorderez-vous une autre occasion de vous montrer que je suis capable de progresser ?

Elle n'eut pas le temps de répondre qu'il l'attirait à lui, doucement cette fois. Il lui saisit le menton, l'obligeant à le regarder.

— Angel, me permettez-vous de vous embrasser ?

Elle hocha faiblement la tête, mais ce fut tout l'encouragement dont il eut besoin. Il prit ses lèvres avec une délicatesse qui fit chanter son sang dans ses veines, et elle s'abandonna à ses caresses avec un soupir qui venait du fond de l'âme.

Voilà ce qu'elle attendait de lui, une connexion qui leur permettrait de s'exposer l'un à l'autre, nus et vulnérables, et pourtant certains que leur partenaire ne voulait que leur bien.

Elle prit le visage de Thierry dans ses mains, et leur baiser se fit plus intime. Il gémit contre ses lèvres et, en même temps que cette plainte lui donnait un sentiment de pouvoir, elle comprit que la faiblesse passagère de Thierry vis-à-vis d'elle représentait un inestimable cadeau.

Il glissa ses mains sous son pull, et le contact de ses doigts sur sa peau nue laissa un sillon de feu sur son passage. Puis il caressa fiévreusement son dos tandis qu'il abandonnait ses lèvres pour disséminer une myriade de baisers sur sa joue et son cou. Elle frémit quand il l'embrassa sous l'oreille, au creux de l'épaule, puis descendit vers l'encolure en V de son pull.

Ses seins tendaient leurs pointes sensibles vers les lèvres de Thierry. Et soudain, il la surprit en dégrafant son soutien-gorge et en les prenant dans ses mains avides. Ses pouces agacèrent les mamelons durcis, avec tant d'habileté qu'elle ne put retenir un gémissement de volupté.

Ses jambes tremblaient, et elle ressentit un mélange de chaleur et de moiteur au creux des cuisses, joint à un désir que seul Thierry pourrait étancher. Elle se cambra et sentit son sexe en érection se presser contre elle.

Comme mues par une volonté propre, ses mains descendirent de son cou puissant à ses épaules et allèrent tirer sa chemise de son jean. Alors, elle put enfin éprouver la douceur de sa peau sous ses doigts et frémit en rencontrant le duvet de son torse. Guidée par son instinct, elle chercha sa ceinture, fébrile.

Soudain, il lui prit les poignets, porta ses mains à ses lèvres et les embrassa avant de les lâcher. Tremblante de désir, incapable d'émettre la moindre protestation, elle sentit qu'il rajustait son soutien-gorge. Quand ce fut fait, il l'étreignit avec une tendresse douce qui contredisait le déferlement de passion qu'ils venaient d'expérimenter.

Sous son oreille, elle percevait les battements précipités du cœur de Thierry et son souffle heurté qui faisait écho au sien. Puis elle sentit la pression de ses lèvres sur ses cheveux avant qu'il la lâche et recule.

Durant d'interminables secondes, ils ne purent que se regarder. Qu'attendait-il d'elle à présent ? Elle savait seulement que leur étreinte s'était achevée beaucoup trop tôt et que le désir qui la ravageait n'était rien à côté du saccage de son cœur. Ce baiser était une démonstration de ce que leur relation aurait pu être si elle s'était épanouie normalement. Au lieu de ça, tout un univers de fausseté, de dissimulation, de manipulation créé par elle les séparait.

Comment se sortir de cette accumulation de mensonges et espérer qu'il lui accorde encore sa confiance ? Elle avait fanfaronné en décrétant que la fin justifiait les moyens, mais jusqu'à quel point s'était-elle trompée ? Thierry plaçait la fidélité au-dessus de tout, mais l'honnêteté n'était-elle pas son pendant ? Ne venait-il pas de l'embrasser en mettant son âme à nu ? Elle ravala le sanglot qui lui montait à la gorge. Ici, elle n'était pas la princesse Mila, mais une femme dotée d'expérience dans le domaine des joies du cœur et des plaisirs du corps.

Elle chercha les mots justes, l'attitude assez désinvolte pour desserrer l'horrible étau qui lui broyait le cœur. Elle finit par adresser un sourire hésitant à Thierry et pousser un soupir.

— Si vous envisagez d'embrasser ainsi votre femme, je puis vous assurer qu'elle ne se plaindra de rien. C'était…

— … Dangereux, coupa Thierry.

Il la lâcha et fourragea d'une main tremblante dans ses cheveux.

— Je ne sais pas pourquoi, près de vous, je suis incapable de me maîtriser. Je ne souhaite pas réagir ainsi, mais c'est plus fort que moi.

— Vous êtes un homme passionné. Je m'en étais rendu compte à New York, quand nous discutions, c'est donc normal que vos passions physiques soient aussi fortes que vos passions intellectuelles.

Elle posa une main sur son bras.

— Ne vous inquiétez pas, Hawk. Tout se passera bien.

Pourtant, tout en prononçant ces paroles, elle doutait de leur véracité. Comment les choses pourraient-elles bien se passer alors qu'ils étaient englués dans un tel tissu de mensonges ?

- 13 -

Tout le restant de la journée, incapable de fixer son attention sur quelque chose, Thierry arpenta le pavillon tel un lion en cage. Après la scène de la bibliothèque, il pouvait difficilement reprocher à Angel de l'éviter. Il devait faire quelque chose, mais quoi ?

La jeune femme se faisait rare. Durant l'après-midi, il avait senti une odeur de nourriture en provenance de la cuisine et avait été tenté d'aller voir ce qu'elle préparait. Mais, sachant que la contempler dans cet environnement lui donnerait des envies impossibles à satisfaire, il avait renoncé.

Il avait appris très tôt à ne pas désirer ce qu'il ne pourrait avoir. Un rictus lui tordit les lèvres à l'idée de la réaction des gens devant ce genre de déclaration. Qui croirait qu'un jeune prince n'obtenait pas tout ce qu'il voulait ? Pourtant, il y avait beaucoup de choses que ni l'argent ni le pouvoir ne pouvaient procurer, des choses auxquelles il n'avait pas renoncé, mais dont il gardait l'envie secrète grâce à la maîtrise acquise dans sa jeunesse.

Donc, il ne s'était pas rendu à la cuisine pour s'asseoir à la table et regarder Angel s'affairer dans une ambiance quasi familiale. La princesse Mila ne se livrait sûrement pas à des tâches aussi subalternes, et il n'avait pas envie de rêver à l'impossible. Il n'était pas un homme normal, menant une vie normale, même s'il aurait tant aimé connaître les plaisirs de M. Tout-le-Monde.

A présent, le soir était venu, et il était assis dans la grande salle, contemplant le feu tout en essayant de modérer son humeur qui était, si possible, encore plus mauvaise que le matin. Il fit rouler ses épaules et gémit tant elles étaient contractées. Et soudain, il entendit Angel sortir de la cuisine.

— Hawk, dit-elle du seuil de la pièce, le dîner est prêt. J'ai fait réchauffer un plat trouvé dans le congélateur et cuire du pain.

— Une vraie petite fée du logis, princesse ! répliqua-t-il.

Il regretta tout de suite ces paroles en voyant une lueur étrange passer dans les yeux d'ambre d'Angel.

— Je vous prie de m'excuser, s'empressa-t-il de dire, c'était malvenu. J'apprécie beaucoup vos compétences culinaires. Sans elles, nous mourrions de faim.

Elle émit un rire un peu forcé.

— Outre mes diplômes, mon séjour aux Etats-Unis m'a permis d'acquérir des connaissances pratiques.

Possible. Mais qu'en était-il de son expérience dans le domaine sexuel ? Avait-elle préparé ses examens en se livrant au plus vieux métier du monde ? A cette pensée, un goût amer lui emplit la bouche, et il s'aperçut qu'imaginer Angel avec un autre le rendait fou. Il la voulait pour lui seul, mais cela relevait de l'impossible ; il se refusait à marcher dans les traces de son père et ne s'engagerait pas dans un mariage avec la princesse Mila pour chercher satisfaction ailleurs.

Il écarta ces idées et suivit Angel dans la cuisine où ils prenaient leurs repas, ayant tous deux convenu que la salle à manger, avec son mobilier d'apparat, était trop solennelle pour leur goût. Malgré la simplicité du menu, il nota que, comme à son habitude, elle avait décoré la table de petits bouquets de fleurs fraîches, disposé des sets de table et des serviettes de lin, et placé un candélabre à trois branches à côté des couverts.

Pourtant, malgré l'ambiance plaisante, la tension du matin continuait de s'interposer entre eux, et la conversation languit. A la fin du repas, Angel s'apprêta à débarrasser.

— Laissez ça, ordonna-t-il.

Elle suspendit son geste d'empiler les assiettes et le fixa d'un air interrogateur.

— Et qui rangera après nous ? demanda-t-elle, un sourcil levé.

Il la regarda. Elle portait une robe rouge qui épousait ses formes. Son décolleté était tout à fait décent, mais ses mouvements révélaient tout un univers de délices féminins sous la soie fluide et, quand elle se retourna, dévoilant une partie de son dos exposée, il eut envie de la couvrir de baisers.

Chaque soir, en bonne courtisane qu'elle était, elle faisait l'effort de s'habiller pour lui plaire. Et chaque soir, il se repaissait de sa vue tandis que son corps souffrait les affres de l'enfer. Elle était belle, intelligente et dotée d'un humour qui le touchait de façon inattendue.

Il la désirait et était autorisé à la posséder puisqu'il avait requis ses services. Et pourtant, il continuait de s'interdire ce privilège. Certains le croiraient fou, et parfois, quand il se retournait dans ses draps la nuit, son corps réclamant un plaisir physique qui, il en était sûr, dépasserait ses attentes, c'était également ce qu'il pensait. Cependant, après avoir observé pendant des années une stricte discipline, il ne pouvait pas déroger à ses principes maintenant, quelle que soit la force de son désir.

— Hawk ?

Au ton interrogateur d'Angel, il prit conscience qu'il la dévorait des yeux.

— Moi, répondit-il. Demain matin. Venez avec moi, j'ai quelque chose à vous montrer.

Il lui tendit la main et éprouva un instinct bien masculin de protection quand elle y mit la sienne, sans poser de question. Il lui fit traverser le rez-de-chaussée et emprunter un couloir qu'elle ne connaissait pas.

— Où m'emmenez-vous ? demanda-t-elle en examinant les tapisseries anciennes qui ornaient les murs.

— Vous faire visiter mon sanctuaire ultime, répondit-il, énigmatique.

— Vous m'intriguez.

— Très peu de gens y ont mis les pieds, et jamais sans ma permission expresse. C'est un lieu où je me rends quand je désire m'isoler complètement.

— Et pourtant, vous m'y conduisez ?

— J'en ai très envie.

Il sortit un trousseau de clés de sa poche et en sélectionna une qui ouvrit la porte de bois massive située à l'extrémité du couloir. Angel aperçut un petit palier et un escalier de pierre en colimaçon qui descendait dans les profondeurs de la terre.

— Vous n'allez pas me jeter aux oubliettes, j'espère ? demanda-t-elle, ne plaisantant qu'à demi.

— Non. Je vais vous faire découvrir un trésor caché.

Il appuya sur un interrupteur et des lumières discrètes éclairèrent une grotte en dessous d'eux. Il descendit en premier et sourit en entendant le cri d'admiration poussé par Angel devant la piscine naturelle qui scintillait dans la pénombre. Il alluma une chandelle et fit le tour de la caverne pour enflammer une à une les bougies accrochées aux murs.

Angel s'approcha de l'eau couleur d'encre et plongea une main dedans.

— Elle est chaude ! s'exclama-t-elle. Comment diable avez-vous réussi à construire un lac souterrain chauffé ?

— Le grand architecte de la nature y a pourvu, répondit-il simplement. Depuis des siècles, cette grotte est alimentée par une source thermale. Je suppose qu'elle était autrefois un lieu de culte, peut-être même lui attribuait-on le pouvoir de guérir. Tout ce que je sais, c'est que je me sens toujours mieux après m'être plongé dans cette eau.

Elle regarda autour d'elle les ombres mouvantes projetées par les chandelles et ferma les yeux. Puis elle inspira une grande bouffée d'air et expira lentement.

— Je comprends ce que vous voulez dire. Il y a…

Elle se tut, plissa le front en cherchant le mot juste.

— … Comme une *énergie* qui se dégage. On sent la longévité et la paix de ce lieu imprégner l'air, et l'on entend presque l'écho de voix depuis longtemps disparues.

Elle rit, comme embarrassée par la fantaisie de ses propos, mais il en comprenait très bien le sens. Il avait la même impression.

— J'ai pensé que vous apprécieriez les bienfaits de cette eau. C'est un excellent moyen de décompresser, d'autant plus quand la journée a été éprouvante.

— Eprouvante, vous pouvez le dire. Je vais chercher un maillot de bain.

— C'est inutile, je vais vous laisser profiter du lieu toute seule.

Elle le considéra, yeux mi-clos, la tête penchée sur le côté.

— Mais, et vous ? La journée n'a pas été facile pour vous non plus.

Dans la semi-pénombre, il avait du mal à voir si elle était sérieuse ou si elle se moquait de lui, comme si souvent. Jusqu'à présent, personne à part elle n'avait osé le faire, et il trouvait son audace aussi rafraîchissante qu'agaçante… Et il aimait ça.

— Vous voudriez… que je me baigne avec vous ?

Elle hocha la tête.

— Ce serait une leçon intéressante, vous ne croyez pas ?

Intéressante du point de vue raffinement de torture, certes.

— Et qu'apporterait-elle ?

Angel défit le bouton supérieur du dos de sa robe.

— Elle vous donnerait le goût des plaisirs sensuels. Imaginez la combinaison de stimulations visuelles avec la sensation physique de l'eau caressant votre corps. Nous n'avons pas besoin de nous toucher, Hawk. Vous avez posé les limites, je les respecterai.

Mais la question était : en serait-il, *lui*, capable ? Il la regarda baisser la fermeture de sa robe et la dégager de ses épaules, découvrant la fine bande de dentelle qui servait de bretelle à son soutien-gorge. A cette vue, son sexe réagit. Mais pourquoi l'avait-il amenée ici ? Et pourquoi restait-il planté devant elle, au lieu de fuir au plus vite ? Sauf qu'il ne pouvait pas ; ses membres semblaient paralysés. Tout ce qu'il pouvait faire, c'était regarder la robe glisser le long des courbes d'Angel pour former une tache écarlate à ses pieds.

Sa bouche se dessécha tandis qu'il détaillait son corps, un corps fait pour l'amour avec sa taille mince et les exquises rondeurs de ses hanches et de ses cuisses, accueillant comme un havre de sécurité dans un monde brutal. Mais il n'osait pas la toucher, parce que, s'il se laissait aller, il était perdu pour de bon, et sans doute pour toujours.

Elle glissa les bras dans son dos, dégrafa son soutien-gorge et libéra ses seins. Il déglutit à la vue de leurs pointes rose foncé, qui, sous son regard brûlant, durcirent, et il serra les poings.

Son corps était en feu. Il fallait qu'il parte, mais son excitation le poussait tout au contraire à avancer, à toucher, à goûter. Il fit appel à toute sa volonté pour résister à la tentation, mais ne put réprimer le gémissement de convoitise que lui arracha la vue d'Angel faisant glisser sa culotte le long de ses jambes.

— Vous ne venez pas ? lui demanda-t-elle.

Sa voix était rauque, sensuelle. Mais le léger tremblement qu'il y perçut trahissait une nervosité qui le surprit. Elle était forcément habituée aux regards lascifs des hommes et, pourtant, elle rougissait sous le sien.

— Pas tout de suite.

— Comme vous voudrez.

Quand elle se retourna, il fut subjugué par l'élégance de son dos, les fossettes au creux de ses reins et la rondeur divine de ses fesses. Elle avait vraiment l'art d'écailler le vernis de bienséance et de formalisme dont on l'avait enduit pour éveiller en lui un désir primitif et ardent.

Il regarda Angel chercher du pied les marches et s'immerger peu à peu. Il connaissait parfaitement la sensation de l'eau chaude et soyeuse sur la peau nue, et la façon dont elle effleurait des parties de votre anatomie habituellement dissimulées. Angel appréciait-elle l'impression de liberté qu'elle vous donnait, sa douce caresse quand elle vous léchait et remontait, centimètre par centimètre, le long des jambes pour atteindre le creux des cuisses ?

C'était pire que de la torture, songea-t-il, les muscles contractés à l'extrême. Cela ne l'empêcha pourtant pas d'imaginer ce qu'elle ressentait à présent qu'elle s'enfonçait jusqu'au ventre puis jusqu'aux seins. Ensuite, elle fut complètement dans la piscine naturelle, et il ne distingua plus que la courbe de ses épaules.

— C'est divin ! lui cria-t-elle.

Elle s'élança à la nage, ses longs cheveux noirs traçant un sillage sombre dans son dos. Par contraste, sa peau de nacre paraissait irisée sous la surface liquide qui déformait son image et lui donnait une allure surnaturelle. Elle tourna et plongea la tête sous l'eau, si bien qu'elle disparut complètement, puis elle réapparut et nagea vers l'extrémité opposée de la piscine.

Son violent désir luttait contre sa farouche retenue, comme lorsqu'il avait ouvert la porte du pavillon et l'avait trouvée devant lui. Mais aujourd'hui, pour la première fois de sa vie, le désir sortit vainqueur du combat.

Il avait dû prendre inconsciemment une décision, car il s'aperçut soudain que ses vêtements avaient disparu et que la distance le séparant de la piscine était réduite à néant. Il plongea et nagea jusqu'à l'endroit où Angel était assise, balançant ses jambes dans l'eau telle une sirène tentatrice.

Elle était déesse dans cette grotte. Sa peau humide luisait, et le reflet de la lumière des bougies la parait de mille pierres précieuses.

Il émergea entre ses cuisses et l'attira sans scrupule dans ses bras. Après quoi, il serra son corps superbe contre lui et lui donna un baiser passionné. Un maelström de sensations le submergeait. Il y avait l'abandon d'Angel tandis qu'elle se laissait flotter contre lui, sa bouche qui s'ouvrait sous la sienne, ses petits cris de plaisir, ses doigts crispés sur ses épaules.

Il dévora ses lèvres, sachant qu'il ne s'en rassasierait jamais, posa les mains sur ses seins, englobant leur douceur dans ses paumes, et en agaça les pointes durcies. Elle gémit et serra contre lui son corps glissant et chaud qui le rendait fou de la plus délicieuse façon imaginable.

Il se pencha pour prendre un mamelon entre ses lèvres, le lécha, le suça, avant de le mordiller. Un frisson parcourut Angel et se communiqua à lui. Comment avait-il pu se priver de ces plaisirs si longtemps ? Et comment s'en priverait-il maintenant qu'il y avait goûté ? L'idée d'arrêter là, qui lui avait fugitivement traversé l'esprit, se dissipa aussi vite quand elle enfonça les doigts dans ses cheveux afin de lui maintenir la tête contre ses seins.

Les hanches d'Angel ondulaient contre lui, son sexe frôlait le sien en érection. Il n'aurait pas cru cela possible, mais il grossit encore sous son contact.

Il fit descendre ses mains jusqu'à parvenir à la plénitude des fesses. Les agrippant, il l'attira fermement contre lui et frémit sous l'effet de la délicieuse sensation de plaisir qui l'assaillit. Mais ils n'étaient pas encore assez proches pour son goût.

— Ton existence seule est un péché, murmura-t-il contre sa gorge avant de lui mordiller l'épaule.

— Tu es tout ce que j'ai toujours voulu, répondit-elle dans un souffle.

Ces paroles, si simples, lui allèrent droit au cœur, et il se laissa aller à la joie qu'elles lui procuraient. A cet instant, Angel était la fondation de son existence. Ici, dans cette grotte naturelle, avec l'eau de la source chaude qui glissait comme de la soie sur la peau, ils étaient enfermés dans un monde à part, loin de la réalité extérieure.

Il l'embrassa avec passion et mordilla ses lèvres.

— Et toi, ma douce Angel, tu es un don des dieux.

La maintenant toujours par les fesses, il l'écarta légèrement de façon que l'extrémité de son pénis frôle son sexe. Il ne pouvait penser qu'à la femme qu'il tenait dans ses bras et à son désir exigeant. Elle bascula vers lui. Quand il la pénétra, tous deux poussèrent un cri de ravissement.

Il se délectait de la sensation du corps d'Angel enveloppant le sien et tremblait de tous ses membres tant la demande était forte, ses sens pleins d'elle, des doux bruits de sa respiration haletante et de la fabuleuse flamme se diffusant de l'endroit où leurs corps se joignaient.

Il poussa en avant mais, au lieu de glisser plus profondément en elle, il rencontra une résistance. Sur le moment, il n'y attacha pas de signification particulière. Affolé de désir, il ne songeait qu'à franchir cet obstacle pour trouver la jouissance que son corps réclamait.

Cependant, peu à peu, l'incompréhension s'empara de lui et fit suffisamment taire le rugissement du désir pour que ses idées s'éclaircissent et que la lumière se fasse dans son esprit.

Son Angel était vierge.

- 14 -

— S'il te plaît, continue ! supplia-t-elle.

Elle crispa les doigts sur les épaules de Thierry, ses ongles entrant dans sa chair tandis que des ondes de plaisir lui faisaient oublier la brûlure de la pénétration et se répandaient dans tout son corps.

Il se retira pourtant.

— Que se passe-t-il ?

— Tu… Tu es vierge, bredouilla-t-il, incrédule.

— Comme toi, non ?

Elle chercha son regard et y lut un choc intense. Finalement, il hocha la tête.

— Est-ce que ça ne rend pas les choses encore meilleures ? demanda-t-elle en nouant les mains à sa taille pour l'attirer de nouveau à elle.

Son corps s'accommoda de la longueur et de la grosseur de son pénis, et elle s'agita pour l'accueillir plus profondément en elle. Levant son visage vers lui, elle l'embrassa et glissa sa langue entre ses lèvres dans une simulation de l'acte qu'elle désirait tant.

— Touche-moi, murmura-t-elle contre sa bouche. Là, avec tes doigts. Sens ton sexe en moi.

Il se plia à sa requête, et elle vit ses pupilles se dilater quand il effleura leurs deux corps réunis. Lorsqu'il frôla son clitoris, un long frémissement la parcourut.

— Oui, le pressa-t-elle. Là aussi.

— Comme ça ? demanda-t-il en répétant son geste.

— Oui. Oh ! oui !

Les ondes de plaisir s'intensifiaient à chaque caresse, et elle agitait les hanches en petits cercles, l'invitant à suivre ses mouvements avec ses doigts. Il apprenait vite et, tandis que ses sensations la submergeaient, les spasmes de ses muscles encouragèrent Thierry à se propulser en avant et à vaincre l'obstacle.

Alors, il envahit complètement son corps, et la jouissance l'emporta, si intense qu'elle lui coupa le souffle. Le plaisir se répandant par vagues successives de son sexe aux extrémités de ses membres, elle renversa la tête en arrière et cria son prénom qui résonna contre les parois de la grotte.

Il accéléra le rythme, l'eau clapotant autour d'eux, jusqu'à ce qu'il atteigne lui aussi le sommet, tous les muscles de son dos tendus tandis qu'il s'enfonçait encore et encore en elle.

— Ah ! mon Angel, je t'aime ! gémit-il, la tête dans son cou, quand d'un coup de reins final, il se répandit en elle.

Il se passa quelques instants avant qu'il bouge et que Mila prenne conscience du contact douloureux du rebord de pierre dans son dos. Elle s'écarta de la surface inconfortable et tendit les bras vers Thierry qui reculait.

— Déjà pressé de me quitter ? dit-elle en essayant d'injecter une note d'humour dans sa voix.

Cependant, adopter une attitude désinvolte n'allait pas être simple. Ils venaient de vivre d'intenses moments d'intimité et, à en juger par l'expression de Thierry, il les regrettait déjà.

— Hawk, tout va bien ?

— Non, répondit-il en s'écartant d'un air farouche.

Rien ne va. Nous n'aurions pas dû faire ça. J'ai cédé à l'appel de la chair alors que je suis fiancé à une autre ; j'ai détruit pour toujours ce que je voulais garder sacré entre elle et moi.

Sa voix résonnait d'un mépris de lui-même insupportable.

— Mais…, commença-t-elle.

— Il n'y a pas de *mais*, coupa-t-il sèchement.

Devant la profonde amertume qu'il affichait, les larmes montèrent aux yeux de Mila.

— Tu ne comprends donc pas ? reprit-il. En faisant l'amour avec toi, je suis devenu l'individu méprisable qui me faisait horreur. Comment envisager mon mariage avec la femme à laquelle je suis fiancé depuis sept ans alors que je t'aime ? Ce serait renier tous mes principes.

Elle demeurait parfaitement immobile, réduite au silence tandis que l'écho de ces paroles vibrantes de douleur et de tourment résonnait autour d'eux. Thierry finit par sortir de l'eau. Des rigoles coulaient le long de son dos sur ses fesses fermes et, malgré la lourde atmosphère de désenchantement pesant sur eux, cette vue attisa son désir.

— Hawk ! Attends, je t'en prie, implora-t-elle.

Elle monta précipitamment les marches de pierre et tendit la main vers lui. Mais elle ne rencontra que le vide.

— S'il te plaît, Hawk, écoute-moi. Je t'aime aussi.

— Ça ne fait qu'aggraver les choses, riposta-t-il avec amertume. Je suis roi ; je ne peux pas plus t'aimer qu'accepter ton amour, la situation est sans issue. Connaissant mes sentiments pour toi, j'aurais dû te renvoyer à l'instant où je t'ai reconnue, sur mon seuil, mais je ne l'ai pas fait. Dans une autre vie, dans un autre monde, nous aurions pu être davantage l'un pour l'autre, mais nous vivons ici et maintenant.

Avec un soupir dégoûté, il tira deux serviettes d'un placard habilement dissimulé dans la paroi rocheuse, lui en jeta une et s'essuya avec la seconde.

— Demain, tu partiras. Je préfère que nous ne nous disions pas adieu.

Les pensées s'entrechoquaient dans l'esprit de Mila. Elle était parvenue à son but, Thierry l'aimait… Mais tout s'écroulait parce qu'il ignorait qui elle était.

— Il faut que nous parlions, dit-elle.

— Il n'y a rien de plus à ajouter. Je revendique la responsabilité de ce qui est arrivé : j'ai fait appel à tes services, je t'ai gardée ici tout en sachant que je courais au-devant des ennuis.

— Des *ennuis* ! C'est ainsi que tu qualifies notre amour ? Tu te trompes, Hawk. L'amour est un cadeau.

— Un cadeau ? Je l'ai cru mais, à présent, je comprends que c'est un fardeau. Explique-moi comment je pourrais regarder ma fiancée dans les yeux et lui jurer un amour éternel alors que mon cœur t'appartient ?

— Mais je suis…

— Assez ! s'exclama-t-il. J'ai fait de moi un menteur, j'ai foulé aux pieds mes idéaux, maintenant, je dois en assumer les conséquences. J'ai pris ma décision : une voiture viendra demain matin, à la première heure, et te ramènera chez toi.

Il avait disparu dans l'escalier qu'elle cherchait encore ses mots. Qu'entendait-il par : « en assumer les conséquences » ? Envisageait-il d'annuler le mariage ? Il fallait qu'elle coure à sa poursuite, qu'elle lui révèle sa véritable identité et lui explique pourquoi elle avait monté ce stratagème.

Elle se sécha en catastrophe et fit passer sa robe par-dessus sa tête. Ses cheveux mouillés se plaquaient contre son dos, mais elle n'y prit pas garde. Rassemblant ses affaires, elle grimpa en hâte les marches mais, en atteignant l'étage, elle ralentit, le cœur serré par le doute.

Etait-ce bien le moment de révéler sa duplicité à Thierry alors qu'il était furieux ? Bien sûr, il venait d'avouer qu'il l'aimait et, le connaissant comme elle avait appris à le connaître, elle n'en doutait pas, car sinon il ne lui aurait pas fait l'amour. A cette idée, elle envisagea l'avenir avec un peu plus d'optimisme. Sauf qu'il aimait une femme qui n'existait pas, se souvint-elle. Il l'appelait *son Angel*. Elle aurait tant voulu être cette femme pour lui, mais l'aimerait-il toujours quand il saurait qui elle était réellement ?

A l'angle du couloir menant vers les appartements de Thierry, elle marqua un temps d'arrêt, le cœur battant à tout rompre. Que faire ? Etait-il trop tard pour lui révéler la vérité ? Avait-elle tout gâché ?

Si l'on tenait compte de son passé et de ses rapports avec ses parents, il était facile de comprendre pourquoi il tenait tant à se garder pour sa femme. A l'heure actuelle, la plupart des gens considéreraient certainement cette idée comme vieillotte et ridicule mais, pour elle, c'était la preuve de l'importance qu'avait leur union à ses yeux. Loin d'être l'homme distant rencontré autrefois, il possédait une personnalité aux multiples facettes.

Bien sûr, il était fort et très intelligent ; en bon souverain, il cherchait à mettre ses qualités de dirigeant au service de son peuple et était aussi doté d'une solide dose d'arrogance. Mais, sous sa fière apparence, il était tendre, sensible et attentionné. Il s'était introduit dans son cœur, et elle savait que rien ni personne ne pourrait l'en déloger.

Elle l'aimait parce qu'elle le connaissait et appréciait tout de lui. Seulement, consciente qu'elle avait bafoué son honneur avec sa supercherie, elle ne pouvait guère espérer qu'il juge ses actes avec indulgence. D'autant plus qu'elle venait de le pousser à franchir une limite qu'il tenait beaucoup à respecter. Ça avait été égoïste de sa part, alors qu'elle savait ce qu'il ressentait, de le tenter au point qu'il renie sa promesse.

Cependant, tout en se sentant coupable de lui infliger de tels tourments, elle ne regrettait pas d'avoir fait l'amour avec lui. Cette consommation de leur désir avait été aussi intense et bouleversante qu'elle l'avait imaginée, et une telle intimité avait régné entre eux qu'elle se sentait liée à lui pour toujours. Leur mariage scellerait leur destin devant le reste du monde, mais, au fond de son cœur, elle était déjà l'épouse de son Hawk.

Mais comment réagirait Thierry quand elle cesserait de se cacher derrière l'identité d'une autre ?

Incapable de s'installer dans sa chambre, il faisait les cent pas dans la bibliothèque. Son lit semblait se moquer de lui, car il ne pouvait le regarder sans se représenter Angel, nue sur ses draps blancs. Son corps lui criait qu'il était complètement fou. Au lieu de l'abandonner dans la grotte, il aurait dû la ramener dans son lit et profiter de ce corps sublime qu'elle lui offrait si généreusement, lui murmurer des petits riens dans le noir jusqu'à ce que, exténués, ils s'endorment ; puis se réveillent et se cherchent encore et encore. Puisqu'il était impossible de revenir en arrière, pourquoi perdre son temps à se lamenter au lieu de profiter de sa liberté sexuelle toute neuve ?

S'il avait eu moins de scrupules, c'était exactement ce qu'il aurait fait. Bon sang, il l'aurait même emmenée au lit dès le premier soir ! Mais il n'était pas son père, se dit-il, levant les yeux sur le portrait de ses parents suspendu au-dessus de la cheminée. Ni sa mère, d'ailleurs, entrée dans le mariage avec de bonnes intentions et ayant fini par partir à la dérive, seule et désespérant d'obtenir attention et amour de son époux.

Il se détourna du portrait et s'approcha de la fenêtre. Bientôt, le soleil se lèverait, ce serait l'aube d'une nouvelle journée, et il hésitait encore sur la conduite à tenir.

Au premier plan de son esprit venait son prochain mariage avec la princesse Mila. S'il en passait par là, inévitablement, il finirait par la faire souffrir comme son père l'avait fait avec sa mère et il ne voulait pas de ça. Pourtant, tout en prononçant ses vœux, il se saurait incapable de lui prodiguer l'amour qu'elle méritait puisque son cœur appartenait à une autre.

D'un autre côté, si leur mariage n'avait pas lieu, qu'adviendrait-il de la paix entre leurs deux pays ?

A un moment de cette nuit interminable, pris entre des impératifs contradictoires, il s'était même demandé s'il ne pouvait pas calquer sa conduite sur celle de son père en maintenant un mariage de façade tout en continuant de voir sa maîtresse. Mais il ne pouvait se résoudre à infliger pareille torture à Angel comme à sa femme. Décidément, une malédiction vouait les membres de sa famille à être malheureux en amour.

Une demi-heure plus tard, une voiture apparut au détour de l'allée et se gara devant la porte d'entrée, celle qui venait lui arracher pour toujours son Angel. L'idée lui fendit le cœur ; la renvoyer loin de lui était la chose la plus difficile qu'il ait jamais eue à faire, mais il le fallait.

En entendant un bruit derrière lui, il se retourna. Angel. Sa poitrine se contracta de douleur alors même que sa vue troublait ses sens. A en juger par les cernes autour de ses yeux d'ambre, elle n'avait pas mieux dormi que lui.

— La voiture est là, se contenta-t-il de dire.

— Hawk, il faut que je te parle, répondit-elle d'une voix lasse, dépourvue d'intonations. C'est très important.

Si seulement il pouvait apaiser son chagrin. Après tout, le moins qu'il puisse faire pour elle était de la laisser s'exprimer.

Il inclina la tête.

— Je t'écoute.

Elle fit mine d'approcher, mais se ravisa, ce dont il lui fut reconnaissant. C'était déjà assez difficile de feindre le calme. Si elle le touchait, il s'effondrerait. Il était redevenu l'homme qu'il méprisait.

— Je sais que tu es déchiré par ce que nous avons fait hier, commença-t-elle, mais je veux que tu saches que tout peut s'arranger.

Il eut un rire incrédule.

— Vraiment ? Comment peux-tu affirmer une chose pareille ? J'ai rompu ma promesse, je ne vois pas comment je pourrais revenir là-dessus.

Elle crispa ses mains l'une contre l'autre, si fort que ses jointures blanchirent.

— Je t'aime, Hawk, tu dois le croire.

Il refoula sauvagement l'émotion qui lui piquait les yeux. Il avait besoin de se raccrocher à la raison.

— Ça ne change rien, répliqua-t-il sèchement. Tu es courtisane, je suis roi. Pire, je suis un roi fiancé à une autre.

— Je le sais, et tu ne dois pas laisser ce qui s'est passé entre nous empêcher ton mariage avec ta princesse, tu dois aller jusqu'au bout.

— Qui es-tu pour me donner des ordres ? aboya-t-il, se réfugiant dans la colère.

L'espace d'un instant, il vit dans son regard qu'il l'avait blessée, mais elle sembla se reprendre. Son expression se fit plus assurée, comme si elle mettait un masque sur son ravissant visage. Elle redressa les épaules et releva le menton avec une fierté quasi royale.

— Je suis la princesse Mila Angelina d'Erminia.

Cette déclaration le foudroya.

— Prends garde, Angel, gronda-t-il quand il reprit ses esprits. Il existe des lois réprimant l'imposture.

Elle s'humecta les lèvres, et le cerveau de Thierry lui rappela avec précision les ravages que cette langue et ces lèvres avaient infligés à sa bouche ; il eut beau ordonner à son corps de se calmer, celui-ci refusa d'obéir.

— Je ne te mens pas. Ou plutôt, je ne te mens plus.

— Tu ferais mieux de t'expliquer !

— J'étais à Boston où je suivais mes cours quand j'ai appris aux informations ta visite à New York. Comme je ne t'avais pas revu depuis sept ans, je n'ai pas résisté à l'envie de prendre contact avec toi. J'ai fait le voyage pour New York et je me suis rendue à ton hôtel. J'avais l'intention de me présenter à ta porte et d'essayer de te connaître un peu mieux avant notre mariage, mais…le courage m'a manqué. J'étais sur le point de renoncer à cette idée quand tu m'es rentré dedans.

— Mais tu ne…

Il se tut. Difficile d'expliquer à une femme qu'elle ne ressemblait pas à la vilaine adolescente qu'elle avait été.

Elle comprit néanmoins ce qu'il n'osait pas dire.

— J'ai changé, je sais. Que tu ne me reconnaisses pas m'a d'abord blessée, puis j'ai songé que c'était l'occasion de faire ta connaissance de manière plus… naturelle.

— Mais quand nous nous sommes quittés, pourquoi ne m'as-tu pas dit qui tu étais ?

— J… Je ne sais pas. Je crois que j'aimais la façon dont tu me regardais quand j'étais juste Angel ; je ne voulais pas te voir changer d'expression lorsque tu aurais fait le lien avec ta fiancée.

Le remords le saisit. Effectivement, il avait été décontenancé lors de sa première rencontre avec la princesse Mila. Puis il se ravisa : malgré sa première impression, il s'était pleinement engagé vis-à-vis d'elle. Du moins jusqu'à la veille, quand il avait accompli l'impensable avec une femme qu'il croyait être une courtisane, ce qui les amenait tout droit à la situation actuelle.

La constatation ranima sa colère.

— Tu as pris un risque terrible en agissant ainsi !

— A New York, pas vraiment, mais ici, oui.

— Et qu'est devenue Ottavia Romolo ? Fait-elle partie du complot ? Dois-je m'attendre à ce qu'elle me fasse chanter en menaçant de dévoiler sa participation à cette lamentable comédie ?

— Quoi ? Bien sûr que non !

— Alors ?

— Elle est… Hum, retenue à Erminia.

— Retenue ? répéta-t-il en serrant les poings. Que veux-tu dire par là ? Tu la détiens quelque part contre sa volonté ?

Elle baissa la tête sans répondre, mais son attitude était suffisamment éloquente.

— Pourquoi ? Pourquoi avoir tant risqué, ta réputation, la mienne ? Qu'est-ce qui t'a poussée à en venir à de telles extrémités ? Tu te rends compte des conséquences quand la vérité éclatera ?

— Quand j'ai appris que mon fiancé avait engagé une courtisane pour lui tenir compagnie quelques semaines avant notre mariage, il m'a semblé que je devais employer les grands moyens ! riposta-t-elle, soudain elle aussi hérissée de colère. Pendant des années, je me suis efforcée de devenir digne de toi et de ton amour. Et quand j'ai appris que tu t'étais procuré les services d'une professionnelle…

Elle détourna la tête et fixa le tapis.

— … Je n'ai pas supporté l'idée et j'ai pris sa place.

Lorsqu'elle releva le visage, il vit des larmes briller dans ses beaux yeux.

— Je voulais juste que tu m'aimes…

Le cœur de Thierry se serra. Elle avait fait tout ça par amour ? Il ferma les paupières, tentant de se ressaisir. L'amour n'existait pas, en tout cas, pas pour des gens comme lui. Il soupira.

— Je suis complètement perdu, princesse.

— Pourquoi ? Pourquoi tout ne s'arrangerait-il pas ? Tu m'aimes, tu l'as avoué, et je t'aime. Tu peux libérer ta conscience : je suis ta princesse, tu ne l'as pas trahie, et à présent nous pouvons avancer en sachant que nous sommes faits l'un pour l'autre.

— Vraiment ?

Il avait très envie de croire que la vie pouvait être aussi simple, mais c'était faux. Leurs existences n'étaient pas celles du commun des mortels ; ils se trouvaient englués dans une toile d'attentes et de conventions sur lesquelles ils n'avaient aucun contrôle.

Restait, de plus, le problème de la duplicité d'Angel.

— Si tu as été capable de monter une telle mystification après notre rencontre à New York, pourquoi devrais-je croire une seule de tes paroles ? Il me semble qu'il vaut mieux que je questionne tout ce que tu dis et fais. Ta déclaration d'amour, la promesse que tu feras devant l'autel d'aimer et d'honorer ton mari ? Comment pourrai-je les croire ? Comment te faire confiance ? Je ne peux juste pas…

Il la vit se recroqueviller sous le coup, et les larmes qu'elle avait retenues jusqu'ici se mirent à rouler le long de ses joues. Il eut envie de s'approcher, de la prendre dans ses bras et de la rassurer mais, là aussi, il en était incapable. Ils avaient longuement parlé, et il n'avait jamais caché au cours de leurs discussions qu'il plaçait l'honnêteté au-dessus de tout. Malgré cela, elle avait continué à lui mentir.

— Laisse-moi maintenant, ordonna-t-il.

— Non ! Hawk…

Elle avança vers lui, mains tendues, une expression suppliante sur le visage. Déchiré par la douleur, il lui tourna néanmoins le dos. Il ne bougea pas en l'entendant se retirer, ni quand le battant se referma sur elle. Par la fenêtre, il la regarda sortir. A la portière de la voiture qu'on lui tenait ouverte, elle hésita un instant. Il l'observait en se répétant qu'il avait fait la seule chose à faire, que les mensonges d'Angel avaient bafoué ses principes les plus chers.

Cependant, quand le véhicule disparut au tournant de l'allée, il tomba à genoux et ferma les yeux pour mieux lutter contre les larmes qui menaçaient de déborder.

Toute la journée et la nuit d'après, il livra bataille contre sa conscience, contre le besoin de suivre son

Angel et de la ramener près de lui, où était sa place. A l'aube, sa décision était prise ; il demanderait une audience à Rocco d'Erminia en présence de Mila afin d'annuler le mariage.

Le lendemain matin, comme il s'asseyait à la table de la salle à manger devant son petit déjeuner — il avait rappelé près de lui Pasquale et une partie de son personnel —, il découvrit à côté de son assiette un journal soigneusement plié. Un gros titre affirmait que le roi de Sylvain avait passé plusieurs jours et plusieurs nuits avec une autre que sa fiancée et, paragraphe après paragraphe, s'ensuivaient des spéculations sans fin sur la moralité du nouveau souverain.

Une nausée lui tordit l'estomac. En dépit de ses précautions, une fuite avait eu lieu, et son pire cauchemar s'était réalisé, un véritable scandale qui prenait de monstrueuses proportions. Des photographies prises au téléobjectif les montraient, Angel et lui, non, la princesse Mila et lui, se promenant à cheval, pique-niquant, s'embrassant. Et sous chaque cliché s'étalait une légende à sensation.

Il sortit de table et s'apprêta à quitter le pavillon qui avait cessé d'être un refuge. Quand on découvrirait l'auteur de ces ignominies, il payerait cher cette intrusion dans sa vie privée.

Avant qu'il monte dans le véhicule qui allait le reconduire à la dure réalité de ses responsabilités royales, Pasquale accourut vers lui, un autre quotidien à la main.

En lisant le titre principal, il eut la chair de poule.

« La princesse Mila révèle qu'elle est la maîtresse du roi ! »

Avait-elle manigancé tout ça pour le forcer à l'épouser malgré sa décision ? Se figurait-elle que, par crainte de tomber en disgrâce devant l'opinion publique, il lui pardonnerait sa fausseté ?

Le scandale qui avait entouré la mort de sa mère ne s'était éteint qu'après de nombreuses années, et voilà que l'honneur de leur famille était de nouveau éclaboussé. Comment pourrait-il aimer ou faire confiance à une femme qui venait de détruire son univers ? Plus grave, comment demander à ses sujets de l'aimer et de lui accorder leur confiance au vu des derniers événements ? Rien ne saurait réparer ça, il ne lui restait qu'une solution.

Il retourna au pavillon passer un appel depuis sa ligne sécurisée.

— Sire, dit-il quand il fut mis en communication avec le roi Rocco. J'ai le regret de vous informer que je ne puis plus épouser votre sœur. Le mariage est annulé.

- 15 -

Mila arpentait sans répit sa chambre. Dès l'instant où elle avait franchi la frontière et qu'un garde royal était sorti du bureau des douanes, suivi par le responsable de la sécurité du palais, elle avait compris que sa ruse avait été découverte. Et depuis qu'elle était rentrée au château, la veille, elle était virtuellement prisonnière dans ses appartements.

Elle n'avait pas la permission de passer ou de recevoir des appels, son ordinateur lui avait été confisqué, la télévision déconnectée ; bref, elle était coupée du reste du monde. Elle commençait à comprendre ce qu'avait éprouvé Ottavia Romolo lors de sa captivité, même si l'incarcération de celle-ci avait finalement duré à peine quarante-huit heures : d'une manière ou d'une autre, la jeune femme avait réussi à s'échapper et à prévenir le frère de Mila de ses manigances. D'où le comité d'accueil à son retour.

Elle n'était pas douée pour la patience et détestait ne pas savoir à quoi s'attendre quand elle se retrouverait en face de son frère. Et, par-dessus tout, l'angoisse d'avoir détruit avec son plan stupide toute chance que Thierry et elle vivent heureux ensemble la rongeait. Quoi qu'elle ait pu se dire sur le moment pour justifier ses actes, elle s'était conduite comme une écervelée dominée par ses émotions.

Son éducation n'aurait-elle pas dû lui apprendre à être plus conséquente ? Une personne royale ne devait en aucun cas agir sur un coup de tête, le devoir passait avant tout. Et, alors qu'elle croyait avoir compris depuis longtemps la leçon, elle se rendait compte aujourd'hui que non : au lieu de paniquer et de se précipiter, elle aurait dû faire preuve de patience et attendre que leur relation croisse et s'épanouisse comme elle l'aurait fait dans des circonstances normales.

Surtout, elle aurait dû accorder sa confiance à Thierry, même en apprenant qu'il avait fait appel aux services d'une courtisane. Elle aurait dû se douter qu'il avait trop de sens moral pour fouler aux pieds son engagement vis-à-vis d'elle.

Là gisait le problème : elle ne lui avait pas fait confiance et, à cause de son manque d'assurance, elle l'avait délibérément trompé, anéantissant ainsi toute chance de bonheur. Elle avait bien mérité ce qui lui arrivait.

Le vide douloureux creusé dans sa poitrine depuis que Thierry l'avait chassée parut s'agrandir, et elle doutait qu'il puisse un jour se combler.

Après avoir frappé pour la forme, le général Andrej Novak, qui l'avait escortée de la frontière jusqu'au château, entra.

— Veuillez me suivre, Votre Altesse.

Ainsi, Rocco lui envoyait le chef des armées en personne, et non un des gardes du palais, ni même un officier quelconque, signe qu'il ne prenait pas cette histoire à la légère. Un nœud au ventre, elle hocha la tête et obéit.

— Il est furieux, c'est ça ? demanda-t-elle une fois en chemin.

— Ce n'est pas à moi de vous répondre, madame.

Ils longèrent d'interminables couloirs avant d'arriver au bureau de son frère. Après avoir frappé à la porte, le général poussa celle-ci et fit signe à Mila d'entrer. Le soleil provenant des fenêtres situées derrière le roi d'Erminia l'éblouit, et elle se sentit en position de faiblesse parce qu'elle ne pouvait lire l'expression de ce dernier. Mais, une seconde plus tard, elle se reprit : il était temps qu'elle cesse de se raconter des sottises, voir le visage de Rocco n'aurait servi à rien, elle ne doutait pas qu'il était furieux contre elle.

Elle lui adressa une révérence et attendit, tendue comme la corde d'un arc, en position inclinée.

— Relève-toi, dit son frère d'une voix glaciale. Il est trop tard pour te montrer servile.

Elle se redressa, cherchant sur le visage de Rocco une marque de compassion et n'en trouvant aucune.

— As-tu la moindre idée de ce que tu as fait ? attaqua-t-il sans autre préambule.

Comme elle se taisait, il poursuivit d'une voix dangereusement posée :

— Ton impétuosité a mis fin à tout espoir d'union entre Erminia et Sylvain : le roi Thierry a annulé votre mariage.

— Non ! cria-t-elle, traversée d'une douleur vive comme un coup de poignard.

Les jambes tremblantes, elle chercha l'appui d'un siège pour se soutenir.

— A présent, plus question de paix entre nos deux nations.

Rocco se leva et se tourna vers les fenêtres.

— Ce n'est pas possible, protesta-t-elle. Nous sommes

au XXIe siècle tout de même ! Il y a sûrement quelque chose à faire.

Il se retourna.

— Ah oui ? Tu as ouvert une brèche dans notre sécurité. J'espérais que ton mariage avec le roi Thierry nous apporterait une stabilité suffisante pour que ce problème devienne obsolète et que tu n'aies pas à savoir...

— Savoir quoi ? Que m'as-tu caché et pourquoi ?

— Avant tes fiançailles, des rumeurs me sont parvenues, prétendant qu'un danger pesait sur ma tête, ainsi que sur la tienne. Nous avons fait en sorte d'éliminer le risque et nous croyions que la situation était sous contrôle mais, juste avant ton retour, la menace s'est précisée.

— Quel genre de menace ? demanda-t-elle, la gorge sèche.

— Au début, nous pensions qu'il s'agissait d'une attaque directe sur ma personne, mais il s'avère que c'est ma position sur le trône qui est visée.

— Mais comment ? Tu es le premier-né et l'unique mâle de la famille.

— Je suis le premier-né et l'unique descendant mâle *légitime* de notre père.

Mila écarquilla les yeux.

— Il aurait eu un autre fils ?

— Apparemment.

— Qui est-ce ?

— C'est bien le problème, soupira son frère. Je n'en sais rien encore. Mais je trouverai.

— Mais, puisqu'il n'est pas légitime, il ne peut revendiquer le trône.

— C'est ce que nous croyions ! s'exclama Rocco avec un rire amer. Pourtant, on a découvert qu'il existait une loi ancienne toujours en vigueur stipulant que, si je ne suis pas marié à mon trente-cinquième anniversaire et père d'une descendance légitime, je n'ai pas le droit de rester sur le trône.

— Il y a une solution : marie-toi et fais un enfant ! proposa aussitôt Mila. Ou abolis la loi.

— Une liste d'épouses potentielles est déjà prête, mais comme chaque seconde compte, en attendant, nous travaillons avec le parlement pour abroger la loi. Cependant, d'autres problèmes ont surgi : certains soutiennent l'idée d'un nouveau roi, et les flammes de la subversion ont été assez subtilement alimentées pour ne pas s'éteindre avant un certain temps.

— Oh ! Rocco, qu'allons-nous faire ?

— Il faut d'abord découvrir qui est derrière tout ça et régler la question avant qu'il soit trop tard et que nous nous retrouvions avec une guerre civile sur les bras. En attendant, nous avons besoin de toutes les alliances possibles. Voilà pourquoi je comptais tant sur l'appui de Sylvain, que nous aurait apporté ton mariage. Mais, à présent qu'il est annulé, nous sommes privés de ce soutien.

Mila se mit à trembler et s'effondra dans le fauteuil auquel elle s'agrippait depuis le début de la conversation.

— Je… Je…

Sa voix s'étrangla. Des excuses paraissaient ridiculement dérisoires au vu du mal qu'elle avait fait. Jusqu'à présent, elle n'avait pensé qu'à elle mais, maintenant, elle comprenait aussi les risques qu'elle faisait courir à son pays.

— Comment puis-je réparer mes erreurs ?

Son frère fit le tour de son bureau et lui adressa un

regard qu'elle n'oublierait jamais. Puis il s'accroupit devant elle et prit ses mains dans les siennes.

— Je sais qu'obéir n'a jamais été ton fort, petite sœur, mais j'ai pourtant un ordre à te donner : retourne à Sylvain et débrouille-toi pour que le roi Thierry revienne sur sa décision. Ton mariage est le seul moyen de sauver Erminia de l'anéantissement.

De la vitre de l'hélicoptère, Mila regarda les lumières du palais disparaître derrière elle, consciente que son frère, depuis la fenêtre de son bureau, devait la voir s'éloigner. Devant elle, Sylvain l'attendait, ainsi que la tâche qui serait probablement la plus ardue de sa vie. Comment convaincre un homme qui vous aimait, mais n'avait plus confiance en vous, de vous épouser quand même ?

Elle n'appréciait guère les vols, que ce soit en avion ou en hélicoptère, et prenait généralement des anxiolytiques qui lui permettaient de sommeiller. Pour cette occasion, néanmoins, elle avait dû écarter cette possibilité, car elle devait rester vigilante. Aussi, malgré sa brièveté, ce trajet mettait ses nerfs à rude épreuve : son cœur battait la chamade, et elle était si tendue qu'elle craignait d'exploser s'il ne prenait pas fin rapidement.

Comme s'il lisait dans ses pensées, le pilote annonça leur proche atterrissage et amorça la descente.

Ce n'est pas trop tôt, songea-t-elle tandis que son estomac se soulevait en réaction au changement d'altitude.

— Est-ce que ça va, madame ? demanda le général Novak, assis près d'elle.

Elle se tourna vers lui. Agé d'une quarantaine d'années, le général Andrej Novak avait grande allure dans son uniforme et il occupait une place enviée à la tête de l'Etat. Malgré cela, une étincelle de mécontentement luisait en permanence dans ses yeux noirs et durcissait le pli de ses lèvres. C'était cette expression qui mettait toujours Mila mal à l'aise en sa présence et l'empêchait d'avoir confiance en lui, ce qui ne faisait qu'augmenter sa gêne actuelle. D'ailleurs, elle ne comprenait pas pourquoi son frère avait absolument tenu à ce que le général Novak l'accompagne. C'était un entretien privé, et elle espérait bien voir Thierry en tête à tête.

Naturellement, les apparences comptaient beaucoup pour Rocco, et il voulait prouver que sa visite à Sylvain s'effectuait en toute transparence et qu'elle ne dissimulait ni scandale ni subterfuge.

Elle ferma un instant les yeux et agrippa les accoudoirs de son siège quand les patins de l'appareil entrèrent en contact avec la piste de l'héliport aménagé sur les terrasses du palais de Sylvain. Le général descendit et se retourna pour l'aider à faire de même.

Un homme sortit d'une voiture qui attendait et avança vers eux. Parvenu à leur hauteur, il s'inclina profondément devant elle.

— Votre Altesse, la salua-t-il. Je suis Pasquale De Luca, aide de Sa Majesté le roi Thierry de Sylvain, à votre service. Venez avec moi, je vous prie.

— Merci, monsieur De Luca.

Andrej Novak se préparait à leur emboîter le pas quand le Sylvano s'arrêta brusquement.

— Veuillez m'excuser, général, mais les ordres sont stricts : seule la princesse monte dans le véhicule.

— Mes ordres sont également stricts, rétorqua Novak en venant se placer près d'elle. Son Altesse est sous ma responsabilité.

— Le roi Thierry a accepté de s'entretenir avec la princesse et personne d'autre.

— Pas de problème, général, dit-elle en posant une main sur son bras. Je suis en sécurité.

Novak lui jeta un regard froid avant d'incliner légèrement la tête et de reculer.

— Comme vous voudrez, madame.

Elle voyait bien que la situation lui déplaisait et lui était reconnaissante de ne pas avoir insisté.

Malgré l'assurance qu'elle parvenait à feindre, elle était bouleversée. Thierry l'écouterait-il ? Serait-il capable de lui pardonner sa machination et le scandale qui en avait résulté et qui faisait la une des journaux ? La croirait-il quand elle affirmerait n'être pas responsable des fuites ? Il fallait l'espérer et prier pour que leur amour l'aide à se sortir de cette situation infernale.

Quand ils arrivèrent au niveau de la voiture, Pasquale lui ouvrit la portière arrière, et elle le remercia d'un sourire avant de se glisser à l'intérieur. Ce ne fut qu'une fois la portière refermée qu'elle se rendit compte qu'elle n'était pas seule sur la banquette de la luxueuse limousine.

— Thierry ! s'exclama-t-elle, stupéfaite.

— Tu as demandé à me rencontrer, je crois.

Sa voix était glaciale et son regard dur comme l'acier. Dans un recoin de son esprit, Mila enregistra que la voiture avait démarré.

— Je m'attendais à te voir au palais, dit-elle en triturant sa robe d'un geste nerveux.

— Tu n'as rien à attendre de moi.

— Bien sûr. Je suis navrée, Hawk. Si tu savais comme je regrette ce que j'ai fait.

— Cesse de m'appeler ainsi !

Cette fois, elle perçut du chagrin dans sa voix et

baissa la tête. L'idée de l'avoir fait souffrir lui était intolérable alors que ses intentions avaient été à l'opposé : elle voulait juste qu'il l'aime comme elle l'aimait. Au lieu de ça, elle avait placé leur relation sous le signe du mensonge et abusé de sa confiance. Pas étonnant qu'il soit furieux. Elle croisa ses yeux. Il ne restait rien de la passion qu'elle avait pris l'habitude d'y voir.

— Encore une fois, je te présente mes excuses. Pourras-tu jamais me pardonner ? Je t'en prie, donne-moi, donne-nous une seconde chance.

Il reporta son regard droit devant lui, sur l'écran qui les séparait du chauffeur.

— Une seconde chance, dis-tu ?

Il secoua la tête.

— Je ne crois pas aux secondes chances.

— Mais je t'aime et je sais que tu m'aimes ! Tu me l'as dit. Aurais-tu menti ?

Il demeura si longtemps silencieux qu'elle eut peur de se mettre à hurler mais, quand il parla, elle regretta les affres de l'attente.

— Je n'ai pas menti. J'aimais sincèrement et profondément mon Angel, mais l'amour seul ne suffit pas. J'ai vu ce que font les gens au nom de l'amour, ce qu'ils se permettent de croire acceptable ou autorisé. Après toutes les conversations que nous avons eues, tu sais ce qui compte pour moi, n'est-ce pas ?

Elle se racla la gorge. Il lui semblait que pas un mot ne réussirait à en sortir.

— Honnêteté et loyauté, lâcha-t-elle d'une voix contrainte.

— Exactement. J'avais confiance en toi, mais as-tu été honnête avec moi ? Non, alors que tu as eu maintes fois l'occasion de m'avouer la vérité.

Mila en resta muette.

— Ni l'un ni l'autre, nous n'avons reçu une éducation en mesure de nous faciliter les choses, dit-elle enfin. Dans nos positions, avec nos familles, il nous était impossible d'apprendre quoi que ce soit de l'amour, et cependant nous y attachons une importance extrême. Depuis que j'ai fait ta connaissance, il y a sept ans, je savais que je pourrais t'aimer, mais comment aurais-je pu croire que tu rendrais cet amour à une fille aussi insignifiante que moi ?

» Alors, j'ai passé ces années à m'efforcer de devenir une femme digne d'être à ton côté et dans ton cœur. Déjà, quand je t'ai rencontré à New York, je savais que j'étais plus qu'à moitié amoureuse de toi mais, lorsque j'ai appris que tu avais fait appel aux services de Mlle Romolo, j'ai eu le cœur brisé. J'avais tant fait pour être digne de ton amour, et au dernier moment tu te tournais vers une autre… C'était insupportable. J'ai tout à fait conscience d'avoir agi de façon imprudente, irréfléchie ; dangereuse, même, et insultante envers toi. Mais j'aurais tout risqué pour le lien qui est né entre nous dans ton pavillon de chasse.

Elle prit la main de Thierry et la serra fermement dans la sienne.

— Je voulais un mariage des cœurs, des âmes et des corps, pas seulement une union de façade à montrer à nos peuples et au monde entier. Je voulais un époux qui m'aimerait et me soutiendrait comme je l'aimerais et l'épaulerais. Je me suis présentée à toi sous l'identité de Mlle Romolo en espérant créer ce genre de relation. Je déteste l'idée de t'avoir trompé, mais je mentirais en disant que je regrette ce que nous avons vécu. Si seulement tu me pardonnais, nous pourrions retrouver cette association basée sur l'amour. J'ai mal agi, je me suis montrée stupide, je t'ai abusé, mais je pense quand même y avoir été poussée pour de bonnes raisons. Je t'aime tellement. Tu as mon cœur, mon âme. Tu es tout pour moi. Je t'en supplie… Crois-moi.

L'espace d'un instant, elle espéra avoir brisé la carapace de froide indifférence dont il s'entourait, mais il lui retira sa main et secoua la tête.

— Désolé, mais je ne parviens pas à te croire. Je regrette seulement d'avoir placé ma confiance dans une femme qui ferait n'importe quoi pour obtenir ce qu'*elle* veut, en se moquant des conséquences. Tout le portrait de ma mère.

Elle demeura paralysée par la douleur que lui infligeaient ces paroles, incapable de parler.

— Durant les sept années écoulées, reprit Thierry, il n'y a eu qu'une femme dans ma vie : toi. Je ne te connaissais pas, mais je comptais bien m'employer à te découvrir quand nous serions mariés. Je voulais apprendre ce qui te rend heureuse, ce qui t'attriste. Ce qui te donne de l'espoir ou te met en colère. Ce qui pique ton intérêt, ce qui te fait mourir d'ennui. Je voulais partager ta vie, mais je ne vois pas comment ce serait possible maintenant. Tu as détruit notre avenir avec tes mensonges. Je ne peux tout simplement pas épouser une femme en qui je n'ai pas confiance.

Sur ces mots, il appuya sur le bouton de l'interphone, pour appeler le chauffeur, comprit-elle à travers la brume de souffrance qui, peu à peu, l'engloutissait.

— Reconduisez-nous à l'héliport, ordonna-t-il.

Du fond de son désespoir, elle trouva la force de plaider sa cause une dernière fois.

— Je t'en supplie, dit-elle d'une voix tremblante.

Reviens sur ta décision. Nous pouvons repousser la date du mariage. Prends autant de temps qu'il te faudra pour retrouver ta confiance en moi. Je t'en prie, donne-moi une seconde chance. Je t'aime, Thierry, de tout mon cœur. Je ferai tout ce qui est en mon pouvoir pour me racheter à tes yeux.

— Et si tout ce qui est en ton pouvoir ne suffit pas ?

La voiture s'arrêta.

— C'était si terrible de m'aimer ? murmura-t-elle.

Avant que Thierry ait eu le temps de répondre, la portière s'ouvrit de son côté. Elle reconnut à peine Pasquale qui lui tendait une main pour l'aider à descendre. Elle se tourna vers Thierry, mais il demeurait silencieux, le regard fixé sur l'écran devant lui.

Elle avait échoué et perdu tout espoir de trouver le bonheur. Pire encore, elle avait échoué à assurer la sécurité des siens, de son peuple, de son pays. Pourtant, malgré sa cuisante défaite, elle ne parvenait pas à accepter l'idée que Thierry ne lui pardonnerait jamais. C'était peut-être trop tôt, elle aurait peut-être mieux fait de lui laisser le temps de la réflexion avant de l'approcher, mais le temps était un luxe dont elle ne disposait plus.

Alors qu'elle grimpait à bord de l'hélicoptère, l'esprit en ébullition et le cœur tourmenté, elle avait néanmoins conscience que sa mission aurait échoué quoi qu'elle dise ou quel que soit le temps qu'elle aurait attendu. Avec son exceptionnelle maîtrise de soi, le roi Thierry était capable d'enfermer son amour et ses émotions derrière l'armure du devoir. Son comportement l'avait déshonoré, ce qu'il ne lui pardonnerait jamais.

A présent, il lui restait à affronter son frère, monarque

de leur pays, et à lui expliquer qu'elle avait échoué à réparer son erreur et à sauver leur peuple.

Soudain, il lui sembla que l'hélicoptère amorçait une descente prématurée.

Elle se tourna vers le général.

— C'est impossible que nous soyons déjà arrivés à Erminia. Y aurait-il un problème ?

— Peut-être un incident mécanique, répondit-il avec indifférence.

Elle regarda par la fenêtre et constata qu'ils s'apprêtaient effectivement à atterrir. Mais où étaient-ils ? Dans l'obscurité, elle n'y voyait rien. Dès qu'ils furent au sol, le pilote sortit de l'appareil. Le général le rejoignit aussitôt, et ils se mirent à discuter. Mila resta sur son siège tout en se demandant ce qui pouvait bien se passer.

Et soudain, à sa grande horreur, elle vit le pilote tirer un revolver et viser son interlocuteur. Un coup de feu éclata, et le général s'effondra. Le pilote revint lui ouvrir la portière.

— Suivez-moi ! ordonna-t-il en braquant son arme sur elle.

— Qu'est-ce qui vous prend ? Pourquoi…

— Silence ! hurla l'homme.

Il la saisit sans douceur par l'épaule et la poussa devant lui.

Sous le coup de la frayeur, elle trébucha, mais il la remit prestement sur ses pieds.

— Ne tentez pas de geste stupide, Votre Altesse, dit-il avec un ricanement de mépris qui transforma son titre en insulte. Je n'hésiterai pas à vous infliger le même traitement qu'au général !

Un véhicule tout-terrain surgit de l'obscurité, et un groupe d'hommes munis de fusils en jaillit avant qu'il soit complètement arrêté. Elle avait eu peur jusque-là, mais, à présent, elle était terrorisée.

Qu'allait-il advenir d'elle ?

- 16 -

— Comment ça, la princesse n'est pas rentrée à Erminia ? Nous avons vu l'hélicoptère décoller sous nos yeux !

L'expression de Pasquale reflétait sa préoccupation.

— Je sais, Sire, mais il semblerait qu'il ait été détourné avant d'atteindre sa destination, et la princesse a été enlevée. Nul ne sait où elle se trouve.

— Et le pilote, et son escorte ? Que sont-ils devenus ?

— Le général Novak l'accompagnait. On lui a tiré dessus, mais il a réussi à s'échapper. Le rapport qui m'est parvenu d'Erminia précise que, lorsqu'il a repris conscience, il a découvert que la princesse et le pilote avaient disparu. Il a pris les commandes de l'appareil pour rentrer au palais.

Fourrageant avec rage dans ses cheveux, Thierry se mit à arpenter la pièce, un lourd sentiment de culpabilité lui étreignant le cœur. Il était responsable du drame ; s'il ne s'était pas montré aussi hermétique aux arguments de Mila, s'il avait accepté de lui accorder cette seconde chance qu'elle implorait avec tant de ferveur, rien de tout cela ne serait arrivé.

— Que fait le roi Rocco ?

— Il dépêche ses troupes à la recherche de la princesse. Malheureusement, le général reste vague quant à l'endroit de l'atterrissage. Il s'est battu pour ne pas s'évanouir durant le vol, mais il en garde peu de souvenirs.

— Et il a quand même réussi à regagner le palais ?

— Il semblerait, Sire.

Thierry se rassit à son bureau et examina les papiers éparpillés dessus comme s'ils pouvaient lui fournir un quelconque éclaircissement sur la disparition de Mila. Quelque chose clochait dans cette histoire, mais il n'arrivait pas à savoir quoi.

— Le général a-t-il été grièvement blessé ?

— On lui a tiré dessus à bout portant, Sire. Il a perdu beaucoup de sang et a dû être opéré en urgence pour extraire la balle.

Ce qui excluait une éventuelle complicité entre le militaire et les ravisseurs. De toute façon, il se doutait bien que le frère de Mila ferait subir un interrogatoire poussé à l'unique témoin de l'enlèvement mais, en attendant, il brûlait d'agir. Il était si furieux depuis son retour du pavillon qu'il avait été incapable de réfléchir correctement.

Quand Mila avait demandé à le voir, il avait accepté, mais en réalité il n'était pas prêt à l'entendre. La colère l'aveuglait, et il ne songeait qu'à en finir avec elle. Pourtant, tout ce qu'il souhaitait à présent, c'était la défendre, la protéger. L'idée du danger qu'elle courait lui glaçait le sang, mais il devait garder son angoisse pour lui. Pour le moment, une seule chose comptait : la retrouver.

La retrouver et la serrer dans ses bras, et avouer qu'il s'était conduit comme un imbécile en la chassant, et ce à deux reprises. Il brûlait d'envie de pouvoir revenir en arrière, de l'étreindre, de lui dire qu'il lui pardonnait et ne la laisserait plus jamais s'éloigner de lui.

Bien sûr, la fureur l'avait saisi lorsqu'elle lui avait

révélé sa véritable identité. Quel homme apprécierait d'être berné de la sorte ? Mais il ne pouvait s'empêcher de repenser à sa plaidoirie désespérée, et, malgré sa colère, la façon dont elle avait défendu leur amour l'avait touché. En outre, quand il envisageait sa vie sans Mila, elle s'étendait devant lui comme un désert aride.

Il avait laissé sa rage nourrir son indignation et son sentiment de trahison. Mais au fond, avait-elle commis un crime si affreux, et n'était-il pas aussi responsable qu'elle de la situation ? Il lui avait ouvert son cœur, confié ses craintes et ses secrets alors qu'il la croyait courtisane. C'était une attitude déraisonnable, car il s'agissait de sujets intimes qu'il n'aurait dû aborder qu'avec son épouse.

Et si la véritable Mlle Romolo était bel et bien venue au pavillon et qu'il se soit épanché avec elle pour finir par regretter de lui avoir livré des choses intimes ? Au lieu de ça, grâce au subterfuge de Mila, il s'était confié à la bonne personne. Et il était tombé amoureux de cette personne et avait fait l'amour avec elle.

Il avait réagi à la confession de Mila avec une rage froide, disproportionnée avec la gravité de son acte. Il résista à l'envie de se gifler. Il ne méritait pas l'amour de Mila ; son pire crime avait été d'agir par amour, et il avait piétiné son cœur.

— Il faut que je la retrouve, Pasquale. Convoque immédiatement le chef des forces spéciales.

Une expression d'approbation toute paternelle passa sur le visage de son aide.

— Bien sûr, Sire. En réalité, il est déjà en chemin.

Thierry regarda Pasquale avec stupéfaction.

— Déjà ?

— J'ai cru bien faire, Sire, étant donné vos sentiments pour la princesse…

— Comment se fait-il que vous me connaissiez mieux que moi-même ?

La question demeura sans réponse, car un coup frappé à la porte annonça l'arrivée du capitaine. Son conseiller le fit entrer et s'apprêta à se retirer.

— Pasquale ? dit-il.

— Oui, Sire ?

— Merci, du fond du cœur.

— Vous me remercierez quand la princesse Mila sera de retour parmi nous, Sire. Alors, nous nous réjouirons tous ensemble.

Mila était incarcérée depuis cinq jours et pensait devenir folle. La pièce dans laquelle elle était retenue prisonnière était sombre et misérablement meublée d'un lit doté d'une méchante couverture de laine rêche et d'une chaise. Heureusement, le sommier branlant sur lequel était posé le matelas l'isolait du sol.

D'après les armoiries du royaume d'Erminia gravées dans la pierre au-dessus de la meurtrière qui servait de fenêtre, elle avait compris qu'elle était retenue dans une ancienne forteresse abandonnée. La frontière était truffée de ces constructions en ruine, vestiges d'époques dangereuses et plus instables. Son cachot possédant une porte munie de gonds et d'une serrure d'une solidité à toute épreuve, sa prison avait dû être partiellement rénovée.

L'ironie d'avoir été enlevée peu après qu'elle eut fait subir le même sort à Ottavia Romolo ne lui échappait pas… Sauf qu'elle s'était assurée que la jeune femme serait confortablement installée durant sa captivité. En ce qui la concernait, elle, sa cellule ne possédait pas l'eau courante, et cela l'humiliait de devoir faire ses besoins dans un pot de chambre et le tendre ensuite au mercenaire de garde à sa porte. Plus d'une fois, elle avait été tentée de lui jeter le contenu à la figure et de profiter de la diversion pour s'enfuir, mais où irait-elle et vers qui ? Elle ignorait où elle se trouvait, et ses gardiens n'hésiteraient certainement pas à se servir des armes en leur possession. Non, il ne lui restait qu'à attendre que Rocco lui envoie du secours et à espérer qu'il fasse vite.

Elle avait eu un bref entretien avec un de ses ravisseurs quand on l'avait jetée dans ce cachot et découvert qu'ils appartenaient à un mouvement déterminé à exacerber les tensions entre Erminia et Sylvain. Apparemment, différentes parties étaient impliquées dans l'action, avec des intérêts divers. Il y avait notamment ceux qui tiraient de juteux bénéfices des menaces de guerre, ainsi que les partisans du mystérieux prétendant au trône d'Erminia. Mila serait détenue jusqu'à ce que son frère abdique en faveur de leur parent illégitime. Si Rocco refusait, comme elle ne serait plus d'aucune utilité à ses ravisseurs, son sort ne ferait aucun doute.

Or, Mila n'avait aucune envie que Rocco renonce au trône. Malgré leurs différends, elle reconnaissait ses qualités de dirigeant et d'être humain. Et savoir qu'elle était une source supplémentaire de tracas pour lui la désespérait.

Mais elle ne voulait pas non plus mourir.

Elle essaya de se distraire en reprenant sa marche tout autour de la pièce, mais elle connaissait par cœur chaque pierre des murs ; de plus, il lui fallait économiser son énergie déclinante. Si ses ravisseurs lui fournissaient une petite portion d'eau chaque jour, la nourrir ne leur paraissait pas vital. Elle n'avait pas mangé depuis trois jours, et le souvenir de la misérable ration de ragoût qu'on lui avait octroyée alors lui soulevait le cœur.

Elle essaya d'oublier l'inconfort de sa situation en s'arrêtant devant la minuscule ouverture qui donnait sur le monde extérieur. Il faisait nuit, et l'air glacé et humide sentait l'orage. Pourvu que l'épaisseur des murs préserve sa cellule de la pluie. C'était déjà bien assez d'avoir froid et faim, et d'être fatiguée.

Ses pensées revinrent à Thierry et à leur dernière entrevue. Elle ne voulait pas mourir avant de l'avoir revu. Puis elle secoua la tête ; elle ne voulait pas mourir tout court.

Elle retourna à son lit étroit et se blottit sous la couverture. En fermant les yeux, elle raviva le souvenir de la semaine idyllique passée avec Thierry. Les longues promenades matinales, la première fois qu'ils s'étaient vraiment embrassés, la nuit où ils avaient fait l'amour avant que tout s'écroule et qu'elle soit bannie de son univers.

Peu à peu, elle dériva vers le sommeil, hantée par le souvenir de celui qui tenait son cœur entre ses mains.

Elle en fut tirée par le bruit de la porte qui s'ouvrait et le murmure d'une voix masculine.

— Elle est là.

— Mon Angel ! Est-ce que tu vas bien ? chuchota un timbre familier à son oreille.

Hawk ? Impossible, se dit-elle en se recroquevillant sous la couverture. Elle devait rêver, à moins que les privations ne l'entraînent doucement vers la folie.

— Mila ! Réveille-toi !

Ça recommençait. Cette voix, jointe cette fois à

la pression d'une main solide sur son épaule qui la secouait… Elle ouvrit les yeux. Dans la pénombre, elle devina les contours d'une silhouette masculine toute de noir vêtue, la tête et le visage dissimulés par une cagoule. Elle s'apprêta à hurler. Qui était-il ? Allait-on la tuer maintenant ?

D'une main sur sa bouche, l'homme étouffa son cri et arracha son masque. Thierry ! C'était Thierry. Ce ne pouvait être réel. Elle cligna des yeux, cherchant à y voir plus clair.

— Es-tu blessée ? demanda doucement l'apparition.

Elle secoua la tête. Il ôta sa main de sa bouche, se pencha pour l'embrasser, et ses doutes s'envolèrent au contact de ses lèvres. Ce fut un baiser bref et passionné, exactement ce dont elle avait besoin, ce qu'il fallait pour la convaincre qu'elle ne rêvait pas.

— Peux-tu marcher ? s'enquit Thierry à mi-voix.

— Oui, souffla-t-elle.

— Bravo. Je vais te faire sortir de là. As-tu des chaussures ?

— Ils me les ont prises.

Il alla s'entretenir avec un des soldats stationnés devant la porte. Celui-ci ôta son sac à dos et en tira des pansements et des rouleaux de gaze.

— Ce n'est pas l'idéal, dit l'homme en s'approchant d'elle, mais ça vous protégera un peu.

Il disposa les pansements de façon qu'ils lui recouvrent la plante des pieds et enroula habilement les bandages par-dessus.

La suite se déroula dans un brouillard. Mila n'avait conscience que de la force des bras de Thierry qui l'entraînait silencieusement vers la sortie, au milieu d'un groupe d'hommes en noir portant des armes automatiques.

Ensuite, ils s'enfoncèrent en courant dans la forêt. Quand ils s'arrêtèrent, Mila tremblait de peur et de soulagement. Personne ne s'était interposé, il n'y avait pas eu d'échanges de coups de feu, ni d'explosions comme dans les films d'action que Sally aimait tant regarder.

Thierry retira sa veste et l'aida à la passer.

— Tu es glacée.

— Et maintenant ? demanda-t-elle entre ses dents qui s'entrechoquaient.

— Je te ramène chez toi.

Le cri d'un oiseau de nuit perça le silence de la forêt.

— C'est le signal, lui expliqua Thierry. Les véhicules nous attendent à un kilomètre d'ici. Crois-tu pouvoir marcher jusque-là ?

— Seras-tu avec moi ?

— Toujours.

— Alors, je peux aller jusqu'au bout du monde, dit-elle simplement.

Il la regarda comme s'il voulait ajouter quelque chose, mais un des hommes fit signe qu'il fallait repartir.

— Nous parlerons plus tard, dit Thierry. Pour le moment, il est urgent de te mettre en sécurité.

Le trajet lui parut durer une éternité, mais enfin ils sortirent de la forêt et trouvèrent les deux véhicules blindés qui les attendaient. Elle était si fatiguée qu'elle fut incapable de prononcer un mot alors que Thierry la soulevait pour l'installer sur un siège.

— Prenez contact avec le palais, ordonna-t-il alors. Qu'une équipe médicale soit prête à intervenir, et informez le roi Rocco que nous avons retrouvé sa sœur et que nous la ramenons chez elle dès que possible.

— N… Non, bredouilla Mila.

Elle ne voulait pas rentrer chez elle, mais rester avec Thierry. Cependant, quand il grimpa dans le véhicule et la prit sur ses genoux, l'obscurité l'engloutit.

- 17 -

Thierry observait Mila, endormie sur un lit de l'infirmerie du château. La crasse de la captivité s'agrippait à elle mais, d'après le médecin qui l'avait examinée, elle était en bonne santé, compte tenu des épreuves subies.

Il suivit du regard la ligne du nez, le dessin des lèvres, le pli obstiné du menton, et son cœur se serra à l'idée qu'il avait failli l'envoyer à la mort. Si seulement il lui avait pardonné, rien de tout cela ne serait arrivé.

Une chose était certaine : il aimait la princesse Mila Angelina d'Erminia de tout son cœur, de toute son âme. Et il souffrait de passer une minute de plus sans savoir si elle lui pardonnerait.

— Dort-elle encore ? fit la voix de Rocco, interrompant le fil de ses pensées.

— Comme vous pouvez le constater, répondit-il sans la quitter des yeux.

— Mais elle va se rétablir ?

— Oui.

Le roi d'Erminia s'installa sur une chaise, de l'autre côté du lit de sa sœur.

— Je ne vous remercierai jamais assez..., commença-t-il.

— C'est inutile. J'ai fait ce que j'ai jugé bon. Ce que vous auriez fait vous-même si vous l'aviez retrouvée avant moi.

Plusieurs équipes avaient quadrillé le terrain, et c'était pur hasard que Rocco n'ait pas fait partie de celle qui avait localisé Mila.

Rocco inclina la tête.

— La forteresse était vide quand mes troupes l'ont prise d'assaut. Les traîtres ont dû fuir lorsqu'ils se sont rendu compte que Mila s'était évadée. Apparemment, il existait un tunnel de sortie qui ne figurait sur aucun plan.

— Vous êtes déçu que mes hommes n'aient pas arrêté les ravisseurs de Mila ?

— Bien sûr que non. Une tentative en ce sens aurait mis la vie de Mila en danger, je le comprends et je vous approuve d'avoir choisi la discrétion. Nous finirons bien par retrouver les responsables, et ils seront traduits en justice.

Thierry acquiesça de la tête, et ils restèrent silencieux tout en observant la jeune femme que tous deux aimaient. Puis Rocco se leva et, en prenant congé, posa une main sur l'épaule du roi de Sylvain.

— Son cœur vous appartient, mon ami. Prenez-en grand soin.

— Pour toujours, si elle le veut bien, répondit-il d'un air grave.

Sur un signe d'assentiment, Rocco se retira et ferma doucement la porte derrière lui. Peu après, Mila commença à s'agiter et elle ouvrit lentement les yeux. Elle le chercha du regard et, quand elle le trouva, il y lut une myriade d'émotions. Crainte, soulagement, joie… puis une expression de neutralité soigneusement étudiée qui lui fendit le cœur.

— Tu es réveillée, dit-il, ne sachant par où commencer.

Il remplit un verre d'eau fraîche et le lui tendit.

— Bois ça, ordre du médecin.

Elle s'assit avec difficulté et prit le gobelet. Un désir primitif de protection s'empara de lui quand il vit sa main trembler tandis qu'elle portait le verre à ses lèvres et buvait avidement.

Il le récupéra pour le remplir.

— Non, merci, dit-elle.

Elle contempla la pièce, visiblement perplexe.

— Je suis à la maison, constata-t-elle en évitant son regard inquisiteur.

— Ton frère y tenait beaucoup.

Elle leva lentement les yeux sur lui.

— Ce n'était pas un rêve, n'est-ce pas ? C'était toi, à la forteresse ?

— Avec mes forces d'élite.

Il lui expliqua comment ses hommes avaient utilisé toutes les sources légales disponibles — ainsi que quelques-unes qui ne l'étaient pas — pour retrouver le lieu d'atterrissage de l'hélicoptère, puis recenser les endroits où elle était susceptible d'être retenue.

Elle se laissa aller contre les oreillers et referma les yeux.

— M… Merci, dit-elle faiblement.

— Tu n'as pas à me remercier, je me tiens pour responsable de ton enlèvement : si j'avais agi en homme plutôt qu'en enfant gâté, cela ne serait pas arrivé.

Il ressentit de nouveau la vague de panique et de honte qui l'avait submergé quand il avait appris la nouvelle.

— Ne te reproche rien, tu n'aurais pas pu les arrêter, souffla Mila.

— Si je ne t'avais pas laissée partir…

Elle ouvrit de grands yeux.

— Pourquoi es-tu là ?

— Pour implorer ton pardon.

— Mon pardon ? Mais à quel sujet ?

— De t'avoir traitée de façon aussi odieuse. D'avoir refusé de t'écouter. De ne pas avoir accepté ton amour quand il était donné d'un cœur si sincère. De t'avoir comparée à ma mère et d'avoir cru que tu étais indifférente au sort des autres et ne pensais qu'à ton plaisir.

— Eh bien, quelle liste ! N'empêche que je reste persuadée que je n'ai rien à te pardonner, c'est moi qui ai monté tout un stratagème pour t'obtenir. J'ai même organisé la détention d'une femme innocente pour atteindre mon but. Je suis loin d'être un parangon de vertu et je ne t'en aurais pas voulu de me laisser pourrir dans cette geôle immonde.

— Mais tu as agi par amour, pour nous donner les meilleures chances de nous connaître et de nous aimer !

Il vit une lueur de surprise passer dans le regard de Mila.

— Cela n'excuse pas les moyens employés.

— Non. Moi seul peux le faire.

— Comment ? Tu me pardonnerais ?

— C'est déjà fait. Quand j'ai appris que tu avais disparu, je me suis rendu compte que j'avais été stupide en plaçant ma fierté au-dessus de tout, que mon existence serait un désert sans toi et que j'étais idiot de repousser l'amour inconditionnel dont j'avais rêvé toute ma vie.

Il lui prit les mains, les porta à ses lèvres et y sema une myriade de baisers.

— Je t'aime, mon Angel, et j'espère que tu veux toujours de moi. Je te promets de faire de mon mieux pour toi dans tous les domaines.

Les larmes de Mila se mirent à couler, laissant des traces sur ses joues sales.

— Tu m'aimes encore ?

— Je n'ai jamais cessé de t'aimer, ce qui rendait ma rancœur d'autant plus dure à supporter. J'ai haï chaque seconde sans toi, mais mon stupide orgueil blessé m'empêchait de t'accorder ma confiance, de *nous* accorder ma confiance.

— Je voulais juste que tu m'aimes, que nous entrions ensemble dans le mariage sachant que le nôtre était béni, et que nous ne répéterions pas les erreurs de mes parents ou…

Elle hésita avant de terminer dans un soupir :

— … Des tiens.

— Nous n'avons pas eu de très bons exemples sous les yeux, n'est-ce pas ? ironisa le roi de Sylvain. Et c'est pour ça que nous devrons faire en sorte que nos enfants et leurs enfants sachent ce que cela signifie d'aimer et d'être aimé, tu ne crois pas ?

— Nos enfants ?

— Si tu veux toujours de moi.

— Dis encore que tu me pardonnes.

— Je te pardonne sans aucune arrière-pensée. Je t'aime, princesse Mila Angelina, et je veux que tu sois ma reine et diriges Sylvain à mes côtés. Acceptes-tu de m'épouser, Angel ?

— Envisager l'avenir sans toi était une torture et un gouffre sans fond de solitude et de désespoir. Alors, oui je t'épouserai, mon Hawk. Rien ne me rendrait plus heureuse. Je t'aime de chaque souffle de mon corps, chaque pensée de mon esprit, chaque battement de mon cœur, et je jure de t'aimer toujours et d'élever nos enfants avec joie et fierté. Ils sauront qu'ils sont aimés et importants, chacun à part entière, mais tu seras toujours ce qui comptera le plus au monde pour moi.

Avec l'aide de son frère, Mila descendit de l'antique carrosse royal, richement orné et couvert de dorures, et lui adressa un sourire venu du fond du cœur.

— Tu es superbe, petite sœur, commenta le souverain d'Erminia.

— Je me sens belle. Comment en serait-il autrement alors que je suis la plus heureuse des femmes ?

— Et tu le mérites bien, murmura-t-il.

Sa main au creux du bras de son frère, elle gravit les marches recouvertes d'un tapis rouge qui menaient à l'imposante cathédrale de Sylvano. Cris de joie, acclamations et souhaits de bienvenue jaillirent de la foule rassemblée de chaque côté du monument et qui agitait des drapeaux d'Erminia et de Sylvain.

— Ton tour viendra, Rocco, murmura-t-elle en lui lançant un regard attristé.

— Un jour, peut-être.

Il était plus malheureux qu'il ne voulait bien l'admettre, pensa-t-elle. Et n'était-ce pas l'histoire de leurs vies depuis qu'il était monté sur le trône ? Elle souhaitait de tout son cœur qu'il rencontre l'amour, le vrai, celui qui les unissait, Thierry et elle ; Rocco avait besoin de savoir qu'il y aurait toujours quelqu'un près de lui, pour partager le poids de ses responsabilités.

Il arqua un sourcil.

— Tu as des doutes ?

— Pas du tout ! Pourquoi cette question ?

— Parce que nous sommes là à tergiverser pendant que ton futur époux t'attend à l'intérieur.

— Eh bien, nous avons tout intérêt à ne pas le faire patienter une seconde de plus ! s'exclama-t-elle, le cœur débordant de joie.

Dès qu'ils entrèrent dans la cathédrale, son regard se posa sur Thierry, et elle ressentit un élan de fierté à la vue du grand et bel homme en tenue de cérémonie qui était désormais sien. Des accords d'orgue éclatèrent, emplissant l'air. Au bras de son frère, dans sa robe munie d'une interminable traîne, elle remonta l'allée vers ce qui serait, elle en était certaine, le plus beau des avenirs. Sur leur passage, les visages se tournaient, et les commentaires chuchotés à voix basse allaient bon train.

Elle n'avait pas voulu de demoiselles d'honneur pour montrer à Thierry que, désormais, elle n'avait besoin de personne d'autre que lui. Quand la cérémonie commença et que Rocco la donna en mariage au roi Thierry, une immense félicité l'envahit. Cet homme représentait tout pour elle, son présent, son avenir. Et, voyant son bonheur reflété dans ses yeux, elle était certaine qu'il partageait ses sentiments.

S'avançant du banc du premier rang pour prendre son bouquet, Sally murmura :

— Je te l'avais dit : un vrai conte de fées !

— Pour la vie, souffla Mila en retour avant de se tourner vers Thierry et de prononcer solennellement les vœux qui la liaient à lui.

Le reste de la journée se déroula dans un déploiement de faste et d'apparat mais, bien qu'heureuse de ces célébrations, elle brûlait d'impatience d'avoir Thierry tout à elle. Après la somptueuse réception officielle et le bal, elle fut ravie que Sally l'emmène se changer en vue de leur départ. Dans l'appartement du palais qui lui avait été réservé, elle entreprit précipitamment d'ôter sa robe.

— Doucement, tu vas la déchirer si tu ne fais pas attention ! fit remarquer son amie. De plus, ça ne fera pas de mal à Thierry d'attendre un peu.

— Ça ne lui fera peut-être pas de mal mais, moi, j'en mourrai ! répliqua-t-elle en riant.

Elle dégrafa le dernier jupon et l'enjamba.

— Je suis vraiment heureuse pour toi, tu sais, dit Sally en l'aidant à passer une superbe robe créée par un jeune styliste très prometteur d'Erminia. Tu mérites ton bonheur.

— Merci. Je voudrais que tout le monde soit aussi heureux que moi.

Et heureuse, elle l'était. Seule ombre au tableau : la menace qui pesait toujours sur les droits de Rocco au trône. Toutefois, ne pouvant rien y faire pour le moment, elle s'efforça de repousser le problème dans un coin de son esprit.

En entendant frapper à la porte, Sally et elle se précipitèrent à la recherche de ses chaussures et de son sac.

Quand elle fut fin prête, Sally l'étreignit avec affection.

— Je te souhaiterais bien tout le bonheur du monde, mais je vois que tu l'as déjà !

— C'est vrai. Je ne te remercierai jamais assez d'être mon amie. Si tu ne m'avais pas poussée à me rendre à New York, je n'en serais sûrement pas là aujourd'hui.

Sally recula en souriant.

— Ce n'est pas certain. J'aime à penser que le destin intervient dans les grands moments de notre existence.

— Destin, amitié, peu importe ! Je te suis infiniment reconnaissante. Amies pour la vie, d'accord ?

— D'accord !

Quand elle ouvrit la porte, elle découvrit Thierry qui l'attendait de l'autre côté. Il lui offrit son bras.

— Prête à me suivre, mon Angel ?

— Jusqu'au bout du monde, cher Hawk !

KATHIE DeNOSKY

Cette délicieuse tentation

Traduction française de
GABY GRENAT

PASSIONS

HARLEQUIN

Titre original :
TEMPTED BY THE TEXAN

Ce roman a déjà été publié en 2017.

- 1 -

En pénétrant dans le Broken Spoke Diner, une fois sa journée de travail achevée dans le ranch qu'il avait acheté quelques mois auparavant, Jaron Lambert rêvait de trois choses : un bon steak, une bière bien fraîche et une femme libre, disposée à passer la nuit avec lui sans engagement d'aucune sorte. Hélas, il lui suffit de jeter un coup d'œil autour de lui en prenant place à l'une des tables du petit restaurant pour comprendre tout de suite que, si la bière et le steak lui seraient fournis sans difficulté, il n'en serait pas de même pour la compagnie. Tout à l'heure, une fois de plus, il rentrerait chez lui seul.

Pourtant, parmi les jeunes femmes qui se trouvaient au bar ou jouaient au billard, certaines l'avaient regardé entrer avec un certain intérêt. D'autres avaient rapproché deux tables pour dîner ensemble, visiblement bien décidées à s'amuser. L'une d'elles, très jolie, au regard déluré, lui avait même adressé un sourire engageant. Mais aucune ne l'intéressait suffisamment pour qu'il leur accorde plus qu'un regard. Est-ce que le travail harassant qu'il effectuait quotidiennement pour faire démarrer son ranch commençait à peser sur son corps fatigué ? Non, il était suffisamment lucide pour comprendre la raison de son indifférence à leur égard : aucune d'entre elles n'était une certaine jeune femme brune aux yeux verts et aux longues jambes, voilà tout.

Furieux de s'obstiner à désirer celle qui ne serait jamais sienne, il se dit que dîner en compagnie de l'un de ses cinq frères serait un bon moyen de se distraire. Hélas, ils avaient tous femme et enfants désormais, et ils préféraient passer la soirée en famille. Il lui faudrait donc affronter sa solitude une fois de plus.

Le soupir découragé qu'il laissa échapper fut interrompu par une voix fraîche.

— Qu'est-ce que je peux vous apporter ?

La serveuse, jeune et charmante, affichait un grand sourire.

— Une bouteille de Lone Star, répondit-il, renonçant brusquement à son steak.

Après tout, puisqu'il était tout seul, une fois sa bière avalée, il rentrerait chez lui réchauffer une pizza surgelée et passer le reste de la soirée devant la télévision. Une fois de plus.

— Je vous l'apporte tout de suite, déclara la jeune fille.

Un instant plus tard, elle posait la bouteille devant lui.

— Vous êtes bien Jaron Lambert, n'est-ce pas ? demanda-t-elle, le sourire encore plus étincelant quand elle le vit hocher la tête. C'est donc vous qui avez gagné la finale du championnat de rodéo à Las Vegas, juste avant Noël ?

— Oui, c'est ça.

Comme elle continuait à le regarder avec insistance, il se décida à lui poser la question qu'elle attendait certainement :

— Vous y avez assisté ?

— Oh non ! lâcha-t-elle d'un air désolé. Mon salaire ne me permet pas de m'offrir un voyage à Las Vegas. J'ai regardé la compétition à la télé. Vous étiez diablement sexy quand on vous a remis le ceinturon de récompense !

Comme elle penchait vers lui son visage auréolé de boucles dorées, il n'eut aucun mal à déduire qu'elle attendait de lui plus qu'un simple récit de sa victoire. Malheureusement pour elle, il n'était pas dans les mêmes dispositions. Au cours des années passées, il avait toujours évité ces groupies décidées à flirter avec le champion. Qu'est-ce qu'elles espéraient toutes ? Coucher avec lui afin de s'en vanter ensuite auprès des copines ? Bien sûr il n'avait pas toujours refusé ces conquêtes faciles, et c'était une partie de sa vie qu'il ne regrettait pas. Mais, maintenant qu'il s'était retiré du circuit de la compétition, il espérait que ce genre d'admiratrices ne s'intéresseraient plus à lui. En ce qui le concernait, il refusait de n'être qu'un numéro supplémentaire ajouté au tableau de chasse d'une jeune aventurière du sexe.

Comme il ne répondait pas à ses avances, la serveuse haussa les épaules et se redressa.

— Si vous avez besoin de quelque chose, de quoi que ce soit, surtout, n'hésitez pas à me le demander.

— Je vous remercie, répondit-il avec un rapide sourire.

Il prit une gorgée de bière en la regardant se diriger vers une table où trois hommes étaient en train de dîner.

Sans aucun doute, une fois sa journée de travail terminée, elle repartirait au bras de l'un d'entre eux pour passer la nuit avec lui. Tant mieux pour elle.

Il vida sa bouteille, déposa son argent sur la table et se levait pour rentrer chez lui lorsque la jeune femme qui venait d'entrer et se dirigeait vers le bar attira son attention. Non ! C'était impossible… Et pourtant ! Que diable faisait-elle ici ?

Elle portait une petite robe rouge qui moulait agréablement ses formes et laissait apercevoir une bonne partie de ses jambes interminables. Toutefois, ce qui retint le plus le regard de Jaron fut sa paire de chaussures à hauts talons. Certes, elles mettaient en valeur la finesse des chevilles et le galbe du mollet, mais, encore plus que la robe de ville, elles détonnaient totalement dans ce cadre rustique.

Apparemment, il n'était pas le seul à avoir remarqué la nouvelle venue. Le manège d'un cow-boy plutôt minable qui s'était avancé vers elle et commençait à lui parler le mit en état d'alerte. Elle eut tôt fait de secouer la tête et de se détourner de son interlocuteur pour parler au barman. Manifestement, elle avait envoyé l'importun sur les roses, comprit Jaron. Ce qui était une bonne chose.

Peu rassuré pour autant, il décida de rester encore un moment au Broken Spoke. Tout au moins, tant que Mariah Stanton, incarnation parfaite de la femme dont tous les hommes rêvent au cœur de leurs nuits solitaires, se trouverait ici, dans cet univers si peu fait pour elle.

Le cow-boy qu'elle avait repoussé ne paraissait pas découragé le moins du monde. Au contraire, il essayait à nouveau d'attirer son attention et, à voir l'expression frustrée qu'il affichait, Jaron devina qu'il y aurait du grabuge sous peu. De toute évidence, Mariah ne voulait rien avoir affaire avec lui, mais ce dernier ne l'entendait pas de cette oreille. Trop soûl ou trop bête, il n'avait pas accepté le refus que Mariah lui avait opposé.

Lorsqu'il l'attrapa brutalement par le bras, Mariah eut un mouvement de recul. Profondément irrité par ce geste déplacé, Jaron estima que le moment était venu pour lui d'intervenir. Il se leva, traversa la salle d'un pas décidé et, sans autre forme de procès, balança son poing dans la mâchoire du cow-boy insistant qui, très soûl sans aucun doute, s'écroula aussitôt par terre.

Mariah se tourna vers lui et parut très étonnée en le voyant.

— Jaron ! Que… Qu'est-ce que tu viens de faire ? s'exclama-t-elle, visiblement en colère.

— Je viens de t'éviter des ennuis supplémentaires, tout simplement.

L'un des compagnons de la victime s'avança vers lui, l'air menaçant.

— Tu sais que tu viens de t'attaquer à Roy Lee ?

— Et alors ? rétorqua Jaron en faisant passer Mariah derrière lui de manière à lui éviter de se trouver au milieu de la bagarre.

L'homme le considéra un instant et, jugeant qu'il n'aurait pas le dessus, parut se radoucir.

— Bon, écoute vieux, pas la peine de se bagarrer pour si peu, d'accord ? marmonna-t-il.

— Dans ce cas, dépêche-toi de relever ton copain et de vider les lieux avec lui au plus vite, ordonna Jaron. Cette jeune femme et moi souhaitons passer calmement la soirée.

Pendant que le cow-boy remettait Roy Lee debout, Jaron passa un bras autour de la taille de Mariah et l'entraîna vers la sortie. Comme elle essayait de se libérer, il la serra plus fort et ne la relâcha que lorsqu'ils furent arrivés sur le parking.

Au lieu de se montrer reconnaissante de son intervention, elle leva vers lui un visage courroucé.

— Qu'est-ce qui t'arrive, Jaron ? Tu as perdu la tête ?

— C'est toi, qui joues avec le feu. Tu crois qu'une jeune femme dans ton genre, habillée comme tu l'es, peut entrer impunément dans un bar fréquenté par des cow-boys ?

— Arrête ton cinéma, Jaron ! Ma tenue est tout à

fait correcte, je ne vois pas pourquoi tu imagines des problèmes là où il n'y en a pas.

Jaron croisa les bras sur sa poitrine et laissa son regard se promener sur la jeune femme, depuis ses cheveux noirs et bouclés jusqu'à ses pieds chaussés des vertigineuses chaussures à talons. Si, il y avait bien un problème. Et un gros : Mariah était belle. Bien trop belle.

— Quelle idée idiote de t'arrêter au Broken Spoke Diner alors que tu n'es pas accompagnée ! lança-t-il.

— En quoi cela te regarde ?

Face à la lueur de défi qui brillait dans ses yeux d'émeraude, Jaron resta silencieux. Il connaissait le caractère impétueux de Mariah et, à cet instant précis, il n'avait aucune envie de se disputer avec elle.

— Je vais tout de même te répondre, reprit-elle, comme il se taisait toujours. Figure-toi que je rentre d'une réunion de travail à Fort Worth et que sur le chemin du retour ma voiture a commencé à faire un drôle de bruit. Heureusement, j'ai réussi à rejoindre ce parking juste avant que le moteur ne cale complètement. Mais au moment d'appeler un garagiste je me suis rendu compte que la batterie de mon téléphone était à plat. Qu'est-ce qu'il me restait à faire ? Entrer ici pour appeler une dépanneuse ! Toi qui es si malin, tu voyais une autre solution ?

Comme il ne répondait toujours pas, elle le fixa d'un air provocateur.

— Et d'ailleurs, si je suis entrée ici pour d'autres raisons, qu'est-ce que cela peut bien te faire ? Je suis assez grande pour me débrouiller toute seule dans ce genre de situation.

— Ah, tu crois ? Et tu te débrouilles tellement bien que cette brute de Roy Lee a osé poser ses sales pattes sur toi ! Désolé, mais à partir de ce moment-là c'est devenu *mon* affaire.

Quand il avait vu ce type toucher Mariah, il n'avait pas pu se retenir d'intervenir. D'une manière générale, il ne supportait pas de voir un homme importuner une femme, mais le fait que la femme en question ait été Mariah l'avait mis hors de lui. Tant qu'il aurait un souffle de vie, personne ne traiterait cette dernière autrement qu'avec le plus grand respect.

Mariah éclata d'un rire moqueur.

— Elle est bien bonne ! *Ton* affaire ? Tu as pourtant bien prouvé, ces dernières années, que tu ne t'intéressais pas le moins du monde à ce que je faisais. Non, Jaron, tu ne peux pas jouer sur les deux tableaux à la fois. Ou bien tu t'intéresses à moi, ou bien tu ne t'y intéresses pas. C'est l'un ou l'autre. Tu dois choisir.

Décontenancé, Jaron passa la main dans ses cheveux.

— Tu es ma petite belle-sœur, Mariah. C'est normal que je veille sur toi.

— N'importe quoi ! Arrête, Jaron. Au cas où tu ne l'aurais pas remarqué, je ne suis plus une naïve gamine de dix-huit ans. J'ai grandi. J'en ai vingt-cinq et je sais me défendre.

Jaron prit une profonde inspiration. Oh oui, il avait remarqué depuis plusieurs années déjà que Mariah n'était plus l'adolescente dont il avait fait la connaissance à l'occasion du mariage de son frère adoptif, Sam Rafferty, avec Bria Stanton. A cette époque, il avait tout de suite remarqué que Mariah était tombée amoureuse de lui, mais, tout en la trouvant charmante, il avait estimé que neuf ans de différence entre eux faisaient de lui un amoureux trop âgé pour une jeune fille à peine sortie de l'adolescence. Hélas, au fur et à mesure que les années s'écoulaient, il n'avait pu manquer de constater qu'elle se transformait à vue d'œil en une jeune femme extrêmement séduisante… C'était là tout le problème.

Dire qu'il éprouvait de l'intérêt pour Mariah ne suffisait pas à définir ce qu'il ressentait à son égard. Pouvait-il pour autant appeler cela de l'amour ? Le mot lui paraissait excessif — il lui aurait d'abord fallu croire en l'existence de ce sentiment pour le reconnaître. Mais il pensait souvent à Mariah et, chaque fois que la famille se réunissait à l'occasion d'une fête ou pour les vacances, il aurait pu rester des heures à la regarder. Ce qu'il évitait, bien sûr, ne voulant pas éveiller l'attention.

— Peu importe l'âge que tu as, reprit-il. C'est complètement idiot de te mettre dans une situation dangereuse.

— *Dangereuse* ? Franchement, tu exagères ! Sam amène souvent Bria dîner ici. Et tes autres frères aussi viennent avec leur épouse. Tu sais parfaitement qu'aucun d'entre eux ne chercherait à leur faire courir le moindre risque.

Cette fois, ce fut lui qui éclata de rire.

— Honnêtement, Mariah, tu crois qu'un seul des péquenauds qui fréquentent le Broken Spoke aurait le culot de poser la main sur l'une de mes belles-sœurs quand elles sont en compagnie de mes frères ? Ils savent très bien qu'ils se retrouveraient K-O vite fait bien fait, s'ils osaient seulement les regarder.

Pareille remarque ne radoucit en rien le regard vert qui le dévisageait sans la moindre aménité.

— Ecoute, Jaron, je renonce à discuter avec toi. Tu penses qu'une femme a besoin de la protection d'un homme dès qu'elle met le nez dehors ? Parfait. Mais garde pour toi tes idées démodées. Moi, j'ai eu une journée épuisante, je suis fatiguée et, que cela te plaise ou non, je rentre passer le coup de fil dont j'ai besoin.

— C'est hors de question ! s'exclama-t-il en la prenant par le bras pour l'arrêter dans son élan.

— Jaron Lambert ! Tu vas me laisser tranquille à la fin ? Je te…

Avant qu'il n'ait pu s'en empêcher, il attira Mariah contre lui et coupa court à ses protestations en l'embrassant. Hélas, la volupté qu'il éprouva au contact de ses lèvres veloutées lui fit complètement perdre la tête. Toutes ces années perdues à nier l'attirance qu'il éprouvait pour elle… Ce fut le déclic.

Il l'enlaça, la serra contre lui, sentit ses seins épanouis s'écraser contre son torse, leurs ventres plaqués l'un contre l'autre. Aiguillonné par le feu ardent qui s'était allumé au creux de ses reins, il caressa de la langue les lèvres pulpeuses de Mariah pour l'inciter à ouvrir la bouche. Lorsqu'elle y consentit, il explora avec plaisir la caverne délicieuse qu'elle lui offrait.

Comme prise d'un vertige, elle s'agrippa des deux mains aux revers de son blouson en jean. Toutes ses forces semblaient l'avoir abandonnée ; elle n'était plus qu'une poupée de chiffon entre ses bras. En percevant cette faiblesse, il découvrit le pouvoir qu'il avait sur elle, ce qui acheva de le griser. Son érection était si violente qu'elle en était douloureuse. Il resserra encore ses bras autour de Mariah, et le frisson qui la secoua lui fit comprendre qu'elle avait perçu l'intensité de son désir.

Il avait envie d'elle depuis si longtemps ! Maintenant qu'il la tenait enfin dans ses bras, le sang qui courait dans ses veines s'était changé en une coulée de lave brûlante. S'il ne mettait pas rapidement fin à leur baiser, il ne répondait plus de rien…

Bravement il tenta de s'écarter d'elle, mais à sa grande surprise elle colla ses lèvres encore plus étroitement contre les siennes. Seigneur… S'éloigner d'elle allait être un enfer.

Par un sursaut de volonté, il réussit à mettre un peu de distance entre eux avant d'oublier complètement qu'il était un gentleman.

Après avoir pris une profonde inspiration, il retrouva à peu près ses esprits et réussit à demander d'une voix assurée :

— Qu'est-ce qu'elle a ta voiture ?

— Je… je ne sais pas, répondit-elle, encore tout essoufflée. J'ai entendu un bruit bizarre, et les signaux d'alarme se sont mis à clignoter sur le tableau de bord. Comme je me garais, le moteur a eu comme un hoquet et s'est arrêté net. Quand j'ai essayé de redémarrer, impossible.

— Je pense que ta batterie est morte, dit-il, soulagé de pouvoir enfin fixer son attention sur autre chose que la séduisante jeune femme qui se tenait près de lui.

Apparemment, ni l'un ni l'autre n'avait envie de faire allusion à ce fulgurent baiser qu'ils venaient d'échanger, et cela lui convenait très bien. Moins ils mentionneraient cette erreur, mieux ils se porteraient tous les deux.

— Ça coûte cher, une batterie ? s'enquit Mariah.

Elle semblait inquiète et se mordillait la lèvre, ce qui la rendait encore plus jolie. Mais cette attitude n'avait rien de prémédité. Elle ne cherchait pas à se montrer aguichante, elle était naturellement attirante, voilà tout. Et il dut prendre sur lui pour se retenir de l'embrasser à nouveau.

Repoussant son stetson en arrière d'un geste machinal, il la rassura.

— Ne t'inquiète pas. Je demanderai demain matin à deux de mes ouvriers de venir voir de quoi il retourne. L'un d'entre eux est super compétent pour tout ce qui est moteurs, je suis sûr qu'il saura effectuer la réparation nécessaire.

— Merci, c'est sympa de me dépanner.

Mais tout de suite un pli soucieux barra à nouveau son front.

— Mais comment je vais rentrer chez moi, ce soir ? lança-t-elle.

Tout en parlant, elle se frottait les tempes comme si un mal de tête était en train de l'assaillir. Un grondement de tonnerre résonna au loin, bientôt suivi par un éclair. Elle leva les yeux vers le ciel.

— Zut ! C'est bien ma chance ! J'ai encore soixante kilomètres de route à faire, ma voiture est hors d'usage et il va se mettre à pleuvoir. Franchement, qui dit mieux ?

— Tu as eu une journée fatigante ?

— Disons que j'en ai connu de plus agréables…

Jaron s'efforça de maîtriser la tempête qui se déroulait sous son crâne. La nuit tombait, l'orage menaçait, et sa journée de travail au ranch l'avait épuisé. De son côté, Mariah paraissait harassée et, visiblement, quelque chose la tracassait. Il n'y avait pas trente-six solutions. Bien sûr, il pouvait la reconduire chez elle, à Shady Grove, mais le trajet aller-retour représentait deux heures de route qu'il n'avait aucune envie d'assurer. Trop fatigué. D'autant plus qu'à cinq kilomètres de là son ranch disposait de cinq chambres d'amis, toutes parfaitement confortables.

Il consulta sa montre.

— Ecoute. Tu n'as qu'à venir dormir chez moi et tu rentreras chez toi demain matin quand mon ouvrier aura réparé ta voiture.

Une brusque rafale de vent fit voler les cheveux de Mariah qui frissonna. Ce mois de février était glacé.

— Je ne veux pas te déranger, répondit-elle. Si tu me conduisais plutôt chez Sam et Bria ?

Effectivement, l'amener au ranch de sa sœur et de son beau-frère aurait été la meilleure solution, mais malheureusement cela n'était pas envisageable.

— Sam et Bria sont partis ce matin pour Houston assister à une exposition de bétail.

Mariah parut tout à coup complètement perdue, et ses épaules s'affaissèrent. Jaron comprit qu'elle en était arrivée à la même conclusion que lui.

— Apparemment, je n'ai guère le choix, murmura-t-elle dans un soupir.

— Si, d'une certaine façon, puisque j'ai cinq chambres d'amis. Tu choisiras celle que tu préfères.

— Bon, d'accord.

Sans grand enthousiasme, elle se dirigea vers sa voiture, prit sa veste en cuir noir qui se trouvait sur le siège du passager et l'enfila. Ensuite, elle ferma le véhicule à clé et se tourna vers lui.

— Je te suis, dit-elle.

Il la conduisit jusqu'à son pick-up. Aucun des deux ne souffla mot. Qu'auraient-ils pu se dire ? Il se reprochait d'avoir perdu la tête. Il s'était laissé aller à l'embrasser, mais cela n'arriverait plus, c'était totalement hors de question. D'autant plus qu'elle venait passer la nuit chez lui et qu'un autre baiser de ce genre lui ferait perdre le peu de self-control qui lui restait. Il ne voulait pas courir ce risque.

Aussi, dans l'espoir que cela lui permettrait de calmer ses sens enfiévrés et de trouver le sommeil en rentrant, il décida de garder le regard fixé sur la route jusqu'à leur arrivée au Wild Maverick Ranch.

Pourtant, à peine sorti du parking du restaurant, il réalisa… que c'était impossible. Maintenant qu'il avait senti sous les siennes les lèvres si douces de Mariah, maintenant qu'il avait senti ses seins s'écraser contre sa poitrine, il désirait bien davantage. Et cela, il savait bien qu'il ne pourrait jamais l'obtenir.

Mariah méritait un homme capable de lui offrir un futur sur lequel aucune cicatrice du passé, tant psychique que physique, ne pèserait. Hélas, trois fois hélas, le sien était affligé des deux.

Assise à côté de Jaron, Mariah sentit son cœur battre à coups redoublés pendant tout le trajet, mais lorsqu'ils franchirent le portail d'entrée du Wild Maverick Ranch elle eut du mal à trouver sa respiration. Jaron l'avait embrassée et voilà qu'elle allait passer la nuit chez lui…

A dix-huit ans, elle était tombée folle amoureuse du beau champion de rodéo et ne rêvait que d'une chose : qu'il l'aime autant qu'elle l'aimait. Maintenant encore, elle était certaine qu'il avait tout de suite eu conscience de son béguin d'adolescente, mais, loin de se moquer d'elle et de sa naïveté comme l'auraient fait bien d'autres à sa place, il s'était comporté en homme raisonnable : au lieu de l'encourager pour le simple plaisir de flatter son ego de mâle, il s'était appliqué à la traiter en petite belle-sœur comme le faisaient ses frères. Un peu vexée tout d'abord, elle avait rapidement compris qu'il se trouvait trop vieux pour elle et qu'elle n'était pas assez mûre pour vivre une relation avec un homme qui approchait de la trentaine.

Au fur et à mesure que les années s'écoulaient, quand ils se retrouvaient aux réunions de famille, elle avait remarqué qu'il n'était pas insensible à son charme. Mais, à sa grande déception, il ne lui avait jamais demandé de sortir avec lui, ne l'avait jamais traitée autrement que lorsqu'elle était adolescente.

Ensuite, au fur et à mesure que les frères de Jaron se mariaient et mettaient en route une famille, sa relation avec lui avait pris des allures de rivalité belliqueuse. Par exemple, chaque fois qu'une belle-sœur annonçait qu'elle était enceinte, Jaron assurait que le bébé serait un garçon alors qu'elle affirmait que, bien sûr, ce serait une fille. Au fil du temps, la tension érotique sous-jacente qui présidait à leurs affrontements était devenue de plus en plus forte au point d'être quasiment palpable désormais.

Elle jeta un coup d'œil sur Jaron. Ce soir, quelque chose avait changé entre eux. Elle l'avait compris au moment où il avait frappé le cow-boy importun au Broken Spoke. Bien sûr, n'importe lequel de ses beaux-frères aurait réagi de la même manière, mais Jaron était vraiment furieux. Et, au cas où cela n'aurait pas suffi à le lui faire comprendre, le fait qu'il l'embrasse avec tant de fougue avait définitivement mis les choses au clair.

Elle soupira. Ce n'était pas son premier baiser, loin de là, mais si tous ces baisers avaient été agréables aucun d'entre eux ne pouvait rivaliser avec celui de Jaron. Il y avait mis tant de passion qu'elle en était encore bouleversée. Ce qu'elle n'arrivait pas à comprendre, c'est qu'ils s'étaient ensuite comportés comme si rien ne s'était passé. Au lieu de reconnaître qu'après toutes les années passées à l'éviter Jaron avait enfin cédé à leur attraction mutuelle, ils avaient parlé de sa voiture, discuté de l'endroit où elle passerait la nuit.

— C’est incroyable…, marmonna-t-elle.

— Qu’est-ce que c’est qui est incroyable ? demanda Jaron en garant son pick-up devant le garage dont il actionna la commande électrique.

Réalisant tout à coup qu’elle avait pensé à haute voix, elle haussa les épaules et décida de mentir.

— Je pense à cette journée abominable…

— Il y a des jours comme ça, répondit Jaron. Ça ira mieux demain.

— Sûrement. De toute façon, je ne vois pas comment ça pourrait être pire !

Elle ouvrit sa portière tout en se demandant comment elle allait se débrouiller pour mettre pied à terre sans se tordre la cheville ou, tout au moins, casser l’un de ses hauts talons. Evidemment, ce serait le couronnement de la pire journée de sa vie, mais elle se dispenserait volontiers de cette apothéose.

Jaron ne lui laissa pas le temps de trouver une solution. Il la rejoignit en deux enjambées, prêt à la soulever de son siège. Elle sentit ses grandes mains tièdes se poser autour de sa taille et la soulever pour la déposer délicatement sur le sol, troublée et chancelante.

— Euh… merci, Jaron.

— Viens, allons manger quelque chose. J’ai des pizzas dans le congélateur.

— Non, merci. Il y avait un dîner après ma réunion.

Elle se garda d’ajouter qu’elle n’avait pas pu avaler la moindre bouchée tant elle était bouleversée. Qui ne l’aurait été à sa place ? On venait de lui apprendre qu’à la suite de compression de personnel son poste avait été supprimé. En résumé, elle se retrouvait sans emploi.

— Je préfère aller me coucher tout de suite, si cela ne t’ennuie pas, ajouta-t-elle.

— Pas du tout.

Il la conduisit jusqu'au pied de l'escalier qui montait aux chambres.

— Bria et mes autres belles-sœurs se sont chargées de la décoration de la maison. Tu vas pouvoir choisir la chambre qui correspond le mieux à tes goûts.

— Elles ont fait du beau travail, constata-t-elle en remarquant les tableaux accrochés sur le palier.

Ils étaient signés d'un peintre célèbre pour ses scènes de vie dans l'Ouest et correspondaient parfaitement au style de vie d'un propriétaire de ranch, au milieu des grands espaces, des chevaux et des taureaux.

— Oui, bien meilleur que ce que j'aurais fait moi-même, il n'y a pas de doute, reconnut-il.

Une fois qu'ils furent arrivés devant la première chambre, il ouvrit la porte et alluma la lumière.

— Si tu ne te sens pas à l'aise dans celle-là, il y en a quatre autres à ta disposition.

— Ne t'inquiète pas, celle-ci est parfaite ! s'exclama-t-elle.

Plus vite elle serait seule, mieux elle se sentirait. Elle n'avait aucune envie que Jaron lui fasse une visite guidée des autres chambres.

Et de plus celle-là lui convenait parfaitement. Le décor vert pâle et crème était en parfaite harmonie avec le tissage tendu au-dessus du lit et les tapis rustiques provenant eux aussi de l'artisanat traditionnel indien.

— Tu as bien de la chance que Bria et tes autres belles-sœurs se soient chargées de la décoration, dit-elle. Franchement, c'est tellement réussi qu'elles devraient penser à y faire carrière !

— Si tu le dis. Figure-toi que je n'avais pas envisagé de meubler les chambres étant donné que tous mes frères habitent dans le coin, mais Bria m'a conseillé de le faire au cas où j'aurais des invités. Finalement, elle a bien fait.

— Si tu n'as pas besoin de toutes ces chambres, pourquoi as-tu acheté une aussi grande maison ?

Elle ne voyait pas l'intérêt pour lui d'avoir dépensé de l'argent pour quelque chose qu'il n'avait pas l'intention d'utiliser.

— Je voulais ces terres parce qu'elles sont proches des ranchs de mes frères et que ce voisinage nous permettrait de nous rendre des services sans avoir à faire de longs trajets, répondit-il. La maison faisait partie du lot, voilà tout.

Elle comprenait. Cette envie de rester à proximité de ses frères d'adoption lui parut tout à fait normale. D'après ce que sa sœur lui avait dit, les six garçons avaient eu maille à partir avec la loi, au cours de leur adolescence. Afin de leur offrir une possibilité de réinsertion, ils avaient été envoyés au Last Chance Ranch où, grâce au charisme d'un homme particulièrement habile à leur faire comprendre la vie à partir du travail dans le ranch, tous les six avaient réussi à surmonter leurs problèmes et avaient fait leur chemin dans la vie. Leur éducateur commun et père spirituel, Hank Calvert, leur avait permis de devenir des hommes honnêtes et travailleurs, profondément liés par leur histoire difficile et le fait qu'ils n'avaient pas de famille biologique vers laquelle se tourner. En définitive, ils étaient devenus les uns pour les autres une famille d'élection aux liens très étroits.

— J'aimerais bien habiter plus près de Bria et Sam, fit-elle remarquer dans un soupir.

Les deux heures de voiture qui la séparaient du ranch

de sa sœur et de son beau-frère l'empêchaient de les voir aussi souvent qu'elle l'aurait souhaité.

Jaron s'approcha d'elle et écarta la mèche de cheveux qui était retombée sur son front.

— Qui sait ? Peut-être qu'un jour l'agence immobilière pour laquelle tu travailles ouvrira une succursale dans la région et que tu pourras te rapprocher de ta sœur…

Bien sûr, le geste de Jaron se voulait réconfortant, mais ce contact affectueux ajouté au désespoir de se retrouver au chômage eurent sur elle un effet déplorable. A sa grande honte, elle sentit les larmes lui monter aux yeux.

— Je… je ne pense pas que cela se produise un jour…

Jaron la dévisagea d'un air inquiet.

— Mariah, qu'est-ce qui ne va pas ?

— Rien.

Elle mentait, bien sûr.

— La journée a été dure, c'est tout, précisa-t-elle.

— Tu veux m'en parler ?

— Non. J'aimerais l'oublier le plus vite possible.

Elle détourna le regard.

Comment affronter le tour sinistre que venait de prendre son existence ? En moins de vingt-quatre heures, elle venait de perdre son petit ami, sa colocataire à Shady Grove et son boulot… En quittant Fort Worth après sa réunion, elle n'avait qu'une envie : rentrer chez elle au plus vite et se jeter sur son lit pour s'offrir une bonne crise de larmes.

Perdre son petit ami n'était pas très grave parce qu'ils ne se fréquentaient que depuis deux ou trois semaines et que leur relation n'était pas sérieuse et ne le serait jamais devenue. Ils savaient très bien l'un et l'autre qu'elle ne durerait pas.

En revanche, perdre sa colocataire et son travail

l'affectait énormément. La jeune femme avec qui elle partageait son appartement avait brusquement disparu de la circulation sans la prévenir ; elle allait donc devoir à elle seule payer le loyer dans sa totalité. Et comment y réussirait-elle, maintenant qu'elle n'avait plus d'emploi ? Sans parler de cette maudite voiture qui faisait des siennes au pire moment.

Les larmes lui brûlaient les paupières à présent. Si seulement elle était seule comme elle l'avait souhaité, elle pourrait sans scrupule s'écrouler sur son lit et y pleurer tout son soûl ! Mais, puisque ce n'était pas le cas, il lui faudrait refouler ses larmes encore quelque temps.

Elle vit Jaron hésiter un instant, puis la prendre dans ses bras pour la réconforter.

— Tu verras, tout ira mieux demain après une bonne nuit de sommeil, lui assura-t-il.

— J'en doute, mais je te remercie tout de même pour ton encouragement.

Elle avait bien compris que Jaron tentait seulement de l'apaiser, mais sentir ses bras musclés autour d'elle était tout simplement merveilleux. Sans réfléchir, elle se lova contre lui. Hélas, au lieu de l'y accueillir comme elle le souhaitait, elle le sentit se raidir.

— Mariah… je crois que tu ferais mieux de dormir.

Elle hocha la tête sans pour autant s'écarter de lui.

— Oui, tu as raison, reconnut-elle. Ce serait mieux pour nous deux.

Toutefois, aucun d'eux ne bougea.

Alors, Jaron lui souleva le menton jusqu'à ce que leurs regards se rencontrent.

— S'il te plaît, Mariah, ordonne-moi de te lâcher et de quitter cette chambre.

Elle plongea son regard dans le sien, persuadée qu'elle

devrait faire ce qu'il lui demandait. Mais, sans la moindre hésitation, elle secoua la tête.

— Non. Je ne peux pas te demander ça, Jaron.

— Si, il le faut. Ce que je ressens pour toi n'est pas bien. Je ne peux t'apporter que des ennuis.

— Tu peux penser ce que tu veux, je ne suis pas d'accord avec toi et tu le sais très bien.

— Arrête, Mariah. Ne parle pas comme ça.

— Pourquoi donc ? Je dis la vérité, c'est tout.

Jaron ferma les yeux et parut lutter un moment contre lui-même. Puis, lorsqu'il les rouvrit, il se pencha lentement vers elle pour l'embrasser si tendrement qu'elle frissonna des pieds à la tête. Ensuite, au lieu de s'écarter d'elle comme elle s'y attendait, il l'embrassa encore plus passionnément.

Lorsque leurs langues se rencontrèrent, la chaleur délicieuse qu'elle avait éprouvée tout à l'heure sur le parking la gagna à nouveau et ses genoux ployèrent sous elle. En sentant contre son ventre l'évidence du désir de Jaron, la réponse de son propre corps ne tarda pas à surgir. Son cœur se mit à battre comme un fou. Elle savait très bien où cela les mènerait, pourtant elle avait la certitude que si elle demandait à Jaron de mettre un terme à cette étreinte, il le ferait, quoi qu'il lui en coûte. Mais ce n'était pas ce qu'elle souhaitait. Il y avait une éternité qu'elle attendait qu'il la serre ainsi contre lui, et maintenant qu'il le faisait elle voulait que cela dure toujours…

Un vertige délicieux s'était emparé d'elle. A quoi bon réfléchir ? De toute façon, elle en était incapable. Le monde pouvait s'écrouler autour d'eux, peu importait ! Elle était dans les bras de Jaron, le reste n'avait pas d'importance.

Jaron s'écarta légèrement d'elle et la regarda d'un air très sérieux.

— Mariah, si nous n'arrêtons pas tout de suite, les choses peuvent aller très loin. Trop loin…

— Cela m'est bien égal.

Elle leva le bras pour le passer autour de son cou et enfouit ses doigts dans ses épais cheveux noirs.

— J'attends ce moment depuis le jour où je t'ai rencontré.

— Non, ne dis pas ça !

En voyant la mâchoire de Jaron trembler, elle comprit qu'il luttait pour adopter l'attitude qu'il estimait correcte.

— Je ne suis pas le genre d'homme qu'il te faut, Mariah.

— Tu te trompes complètement, murmura-t-elle en lui caressant la joue. Au contraire, tu es exactement celui dont j'ai toujours eu besoin…

- 2 -

Lorsque Mariah lui caressa le visage d'une main légère, Jaron fut ébranlé aussi violemment que si la foudre l'avait frappé. Si elle ne lui avait pas manifesté aussi clairement à quel point elle attendait ce moment, il aurait peut-être pu réussir à ne pas laisser les choses aller plus loin entre eux. Mais les mots tendres qu'elle venait de prononcer et la douceur de son geste furent le déclic qui lui ôta toute faculté de raisonner. Son sang se mit à bouillonner dans ses veines. Il la désirait depuis des années. Résister à cette passion, s'interdire de prendre Mariah dans ses bras et de l'embrasser était sa version personnelle de l'enfer.

Il savait qu'il avait tort, bien sûr. Il savait qu'il devait se retirer dans sa chambre, mais il lui suffit de regarder Mariah abandonnée dans ses bras pour comprendre qu'il ne le ferait pas. Plus encore que l'air qu'il respirait, il avait besoin d'elle, besoin de se perdre dans sa douceur et d'oublier, au moins pendant une nuit, que jamais elle ne pourrait être sienne.

Lorsqu'elle l'embrassa à la naissance du cou, il tressaillit. Et, lorsqu'elle leva les yeux vers lui, le désir qui y brillait lui coupa le souffle. C'était clair, elle ne l'aiderait pas à gagner la bataille qu'il menait contre son corps d'homme jeune plein de vitalité.

Les mots qu'elle prononça ensuite ne firent que le confirmer dans cette crainte.

— Jaron, je sais que tu me désires autant que moi je te désire…

Comment aurait-il pu le nier ? Elle sentait contre son ventre la force de son érection. Pourtant, il fallait lui donner une dernière chance de leur éviter à tous les deux de faire quelque chose qu'ils regretteraient autant l'un que l'autre dès le lendemain.

— Tu es sûre de ce que tu veux, Mariah ? Une fois que ce sera fait, il n'y aura plus moyen de revenir en arrière.

— Jamais de ma vie je n'ai été aussi sûre de moi, assura-t-elle sans la moindre hésitation. Le style de relation que nous avons eu jusqu'à maintenant ne me convient pas du tout, et je suis sûre que c'est pareil pour toi.

— Tu sais, je ne te promets rien après cette nuit.

Elle hocha lentement la tête.

— Je ne te demande rien de plus.

C'était vrai, mais il la connaissait suffisamment pour savoir qu'elle n'était pas le genre de fille à avoir des aventures d'une nuit. Si elle couchait avec un homme, elle s'attendait à ce qu'une relation se noue, ce qu'il ne pouvait absolument pas lui offrir. Malheureusement, ils venaient d'atteindre le point de non-retour. Impossible de vaincre le magnétisme qui les jetait l'un vers l'autre, même s'ils l'avaient voulu. Et Dieu sait que ni l'un ni l'autre ne le souhaitait…

Avec un grognement de plaisir, il enfouit son visage dans la chevelure soyeuse de Mariah tout en faisant une dernière tentative pour se remémorer les raisons qui auraient dû l'empêcher de coucher avec elle. Mais, la tête sur le billot, il aurait été incapable d'en retrouver une seule ! Tout homme avait ses limites, et malgré ses efforts énergiques pour résister les siennes étaient atteintes.

Tout au long des années écoulées, il avait lutté contre l'attirance qui les aimantait l'un vers l'autre. Maintenant qu'il sentait le corps tiède et souple de Mariah contre le sien, maintenant qu'il avait goûté à la douceur de sa bouche, rien ne pouvait plus l'arrêter. Les années passées à nier cette attirance ajoutées au sentiment de solitude qui l'habitait depuis qu'il voyait le bonheur de ses frères au milieu de leur famille y étaient sans doute pour beaucoup. Mais, quand il s'arrêtait trop longtemps sur l'idée que lui aussi pourrait connaître ce bonheur, alors surgissait l'ombre de son père pour lui rappeler qu'il ne pouvait envisager de fonder lui-même une famille.

Par conséquent, il savait déjà qu'il ne pourrait répondre à l'attente bien légitime de Mariah de poursuivre leur relation. Tant pis… Ce soir, il allait oublier le poids de son hérédité, et le lendemain il affronterait la culpabilité et les remords. Il allait faire l'amour à Mariah comme si le jour suivant n'existait pas.

— Viens, allons dans ma chambre, proposa-t-il en la prenant par la main.

Après avoir pénétré dans la pièce, il alluma les lampes de chevet et prit Mariah dans ses bras. Enfin délivré du combat qu'il avait mené contre lui-même jusque-là, il piqua des petits baisers sur son visage, son cou, et descendit jusqu'à la naissance de son décolleté.

— Tu es protégée, Mariah ? Tu prends la pilule ? demanda-t-il tout en lui retirant sa veste en cuir noir, ce qui lui permit d'oser des baisers plus hardis sur ses épaules.

— Euh… non…, répondit-elle, haletante.

— Ne t'inquiète pas, j'ai des préservatifs.

Lorsqu'il releva son visage, l'intensité du désir qu'il lut dans son regard le laissa sans voix. Jamais il n'avait contemplé une femme aussi belle, aussi excitante. Et, à voir l'innocence qui irradiait son visage, elle était à mille lieues de se douter à quel point elle était séduisante.

— Ecoute, Jaron… je… Il faut que je te dise quelque chose…

— Tu as changé d'avis ?

Si c'était le cas, la renvoyer maintenant dans sa chambre serait une torture, mais il s'y résoudrait. Et, en même temps, ils seraient tous les deux protégés du remords qui ne manquerait pas de les assaillir dès que le jour se lèverait et qu'ils retrouveraient leurs esprits.

— Non, pas du tout, répondit-elle.

La réponse avait jailli, directe.

Il lui fut reconnaissant de cette assurance.

— Tu m'en parleras plus tard, d'accord ?

— Non. C'est quelque chose qu'il vaut mieux que tu saches.

Sa voix tremblait presque.

Il se redressa, soudain inquiet.

— Mariah, est-ce que tu veux vraiment faire l'amour avec moi ?

En voyant qu'elle hochait la tête, il lui sourit.

— Voilà qui me suffit. Je n'ai pas besoin de savoir quoi que ce soit d'autre.

Franchement, pourquoi aurait-il écouté la liste des relations qu'elle avait eues avec d'autres hommes ? Son seul souci, à cet instant précis, était de lui procurer plus de plaisir qu'elle n'en avait jamais eu dans les bras d'un autre.

Il se remit à l'embrasser dans le cou tout en faisant descendre la fermeture Eclair le long de son dos. Ensuite, d'elle-même, comme si elle était devenue sa complice, la robe glissa le long des bras de Mariah.

— Je ne pense qu'à ça depuis que je t'ai aperçue au Broken Spoke Diner…, murmura-t-il.

La petite robe rouge s'arrêta un instant sur les hanches rondes de Mariah. D'un coup de pouce, il lui fit continuer sa course le long des jambes fuselées, jusqu'à ce qu'elle ne soit plus qu'un petit tas de tissu amoncelé autour des chaussures.

Il sentait son cœur battre de plus en plus vite. Il s'affola complètement lorsqu'il découvrit le soutien-gorge en dentelle noire et le string assorti, petit triangle juste assez grand pour cacher l'intimité de Mariah. Elle était si bien faite que les meilleures marques de lingerie, celles qui fascinent les hommes une fois publiées dans les revues en papier glacé, auraient pu la choisir comme mannequin.

— Que tu es belle ! s'exclama-t-il, le souffle court, tout en se baissant pour lui retirer ses chaussures.

— Merci pour le compliment…

Comme il se redressait, elle posa les mains sur les boutons de sa chemise et commença à les défaire.

— Il me semble que tu es un peu trop vêtu pour le programme qui va suivre, tu ne crois pas ? lança-t-elle avec un clin d'œil coquin.

Immobile, il la regarda repousser sa chemise sur ses épaules, puis la jeter au loin avant de poser ses mains sur son torse dénudé. Lorsqu'il sentit sur sa peau la douceur de ses paumes, il lui sembla éprouver la même brûlure que celle qu'il infligeait à son bétail lorsqu'il le marquait aux armes du Wild Maverick Ranch. Si souvent il avait essayé d'imaginer ce qu'il ressentirait si elle le touchait ainsi ! Rien pourtant n'approchait l'intensité de l'émotion qui le submergeait en ce moment.

De l'index, Mariah suivit la ligne qui séparait ses pectoraux.

— Je savais à quel point tu me plairais…

— Ne te fie pas à ce que tu vois maintenant, tu ne m'as pas encore découvert en entier, se hâta-t-il de répondre en pensant aux cicatrices qu'elle n'avait pas encore découvertes et que, toute sa vie, il s'était efforcé de cacher.

Sans lui laisser le temps de lui demander ce qu'il entendait par là, il défit la boucle de son ceinturon et se débarrassa de son jean qu'il repoussa d'un coup de pied.

En silence, il regarda Mariah promener son regard sur son corps nu et s'arrêter sur sa vigoureuse érection.

Il se mit à rire.

— Tu n'as pas peur de moi, au moins ? demanda-t-il.

— Jamais de la vie, quelle idée !

— Un instant, j'ai cru que…

D'une caresse, il fit glisser le soutien-gorge en dentelle qui alla rejoindre la pile de vêtements amoncelés sur le sol et, tout en embrassant Mariah avec ferveur, il saisit ses seins à pleines mains en chuchotant :

— Je suis sûr que nos corps vont très bien s'accorder.

— Oui… je… j'en suis sûre, moi aussi.

Comme il embrassait la pointe dressée de ses seins, elle se mit à frissonner de plaisir, et ce frisson s'accentua lorsqu'il glissa ses mains dans son string. Lentement, il le fit descendre le long de ses cuisses. Une fois qu'elle fut nue, il fit un pas en arrière pour mieux la contempler. Tout chez elle était parfait, depuis sa luxuriante chevelure bouclée jusqu'à la finesse de ses chevilles. Que pouvait-elle donc lui trouver, à lui, le cow-boy plus âgé qu'elle et couturé de cicatrices ?

Il ne se hasarda pas à lui poser la question, préférant

la serrer contre lui pour sentir son corps tiède se presser contre le sien. Jamais, même dans ses rêves les plus osés, il n'avait imaginé éprouver l'ivresse qu'il ressentait à cet instant.

Tout à coup, Mariah s'affaissa contre lui. Il en profita pour la soulever dans ses bras et la porter sur le grand lit. Une fois qu'elle y fut allongée, sa chevelure éparse sur les oreillers et son corps abandonné sur le drap, il s'accorda un moment pour la contempler afin que sa mémoire s'imprègne profondément de cette image. Jamais il ne voulait oublier cet instant.

Penché sur le côté, il ouvrit le tiroir de la table de nuit et en retira un petit emballage en aluminium qu'il glissa sous son oreiller.

— Tu ne sais pas à quel point tu es belle…

Elle se releva sur un coude.

— Tu n'es pas mal non plus ! répliqua-t-elle en riant.

Lorsqu'elle lui caressa l'épaule, il sut à quel moment exactement ses doigts découvrirent les cicatrices habituellement cachées par ses vêtements.

— Ce sont les rodéos auxquels tu as participé qui t'ont valu ces marques de guerre ?

Sans vouloir lui mentir, il ne voulait pas pour autant se lancer dans des explications.

— Tu sais, c'est un métier dont personne ne ressort indemne.

Sa réponse était aussi vague qu'il le souhaitait. Et néanmoins sincère, puisque de ses années de compétition il arborait effectivement un certain nombre de souvenirs ancrés dans sa chair.

Afin d'éviter que Mariah ne lui pose davantage de questions, il commença à l'embrasser avec toute la fougue de la passion qu'il refrénait depuis qu'il la connaissait.

Les lèvres de la jeune femme étaient douces sous les siennes. Il n'en fallut pas davantage pour lui faire oublier tout ce qui n'était pas elle et la chaleur voluptueuse qui émanait de leurs deux corps. Bientôt, ils se fondraient l'un dans l'autre, et ils ne sauraient plus où commençait ni où finissait leur corps respectif.

L'impatience était trop grande pour qu'il retarde encore ce moment. Tout en l'embrassant le long de son cou, il fit descendre sa main sur la peau satinée de sa compagne jusqu'à la hanche ronde… Et bien au-delà encore… D'une caresse, il écarta ses tendres replis intimes, allumant en elle un feu aussi intense que celui qui brûlait en lui. Très vite, il la sentit prête à l'accueillir.

— Mariah, je te promets que la prochaine fois nous irons plus lentement, murmura-t-il en attrapant le préservatif qu'il avait préparé. Mais je ne peux plus attendre. Je veux me sentir à l'intérieur de toi.

— Et moi, je te veux au creux de mon corps, répondit-elle, haletante.

Rapidement, il enfila le préservatif et écarta doucement les genoux de Mariah avant de prendre position sur elle.

Comme elle levait les bras pour lui entourer les épaules en fermant les yeux, il refusa de la laisser faire.

— Non, Mariah, je veux que tu ouvres les yeux.

Docile, elle obéit. Il plongea son regard dans le sien pendant qu'il la pénétrait. L'intensité du désir et de l'émotion qu'il y lut le rendit incapable d'attendre plus longtemps avant de s'introduire plus profondément.

Il le fit avec beaucoup de précaution, mais l'étroitesse de Mariah le surprit. On aurait dit que jamais…

Cette pensée le figea sur place.

— Mariah, est-ce que… est-ce que tu es vierge ?

Cela lui paraissait peu probable. Etait-il possible

qu'elle n'ait jamais connu d'homme ? Pourtant, il en avait la quasi-certitude.

— Oui…, avoua-t-elle dans un souffle.

Il ferma les yeux pour livrer la plus grande bataille de toute sa vie. La partie raisonnable de lui-même lui ordonnait de sortir de ce lit, de renvoyer Mariah dans sa chambre et de descendre dans le salon se servir un double whisky pour plonger au plus vite dans une paralysante stupeur. Toutefois, son corps le pressait de continuer ce qu'il avait commencé, de lui faire l'amour complètement et tant pis pour le reste !

Ce conflit n'avait pas dû échapper à Mariah car elle enroula ses longues jambes autour de ses reins, attrapa son visage entre ses mains et, les yeux dans les yeux, déclara :

— Jaron, je *veux* que tu continues. Je te veux !

Peut-être serait-il arrivé à gagner le combat qu'il menait contre lui-même s'il n'avait vu le désir colorer les joues de Mariah et s'il ne l'avait pas entendue le supplier de cette voix douce et décidée. Pareille déclaration dépourvue d'ambiguïté ajoutée à l'étroitesse grisante de son corps eurent raison de lui.

— Pardon, ma chérie…, murmura-t-il en donnant un coup de reins pour faire céder la fine barrière qui lui bloquait la voie.

Les yeux de Mariah s'agrandirent de surprise, et un petit cri s'échappa de ses lèvres au moment où il plongea complètement en elle.

Le corps parfaitement immobile maintenant, il embrassa la larme qui coulait sur la joue de Mariah. Il était malheureux à l'idée de lui faire mal alors qu'il lui faisait l'amour pour la première fois. Mais très vite il sentit qu'elle relâchait son corps autour de son membre.

Elle était en train de s'adapter à sa présence. Alors, lentement, en ayant bien soin de ne rien brusquer, il se mit à bouger en espérant lui causer le moins d'inconfort possible. Bien sûr, elle n'éprouverait guère de plaisir en faisant l'amour cette fois, mais il allait au moins essayer de lui en donner autant qu'il était possible.

En sentant que la tension qui unissait leurs deux corps augmentait, il se retint de bouger jusqu'à ce que Mariah commence à répondre au mouvement qu'il donna avec la plus grande douceur. Alors seulement il se laissa aller à augmenter la cadence et la profondeur de ses caresses.

Quand il sentit que les muscles intimes de Mariah se resserraient autour de lui, il comprit qu'elle était sur le point d'atteindre la satisfaction qu'ils recherchaient tous les deux. Il se souleva suffisamment pour glisser sa main entre leurs deux corps et la caresser de manière à ce qu'elle ait un orgasme.

Le pic de plaisir qu'elle atteignit déclencha chez lui un orgasme si violent qu'il craignit presque que son cœur ne le supporte pas.

Une fois la vague de plaisir passée, il s'effondra sur Mariah et enfouit son visage dans sa chevelure en essayant de retrouver son souffle. Puis, tout doucement, il revint à la réalité. Jamais de sa vie, il n'avait connu quelque chose d'aussi intense. Ne faire qu'un avec Mariah, c'était… Il n'avait pas de mots.

Peu à peu, ses forces lui revinrent. Il roula sur le côté avant d'attirer la jeune femme dans ses bras.

— Je ne t'ai pas fait trop mal ? demanda-t-il.

— Non. C'était… c'était incroyable !

Sa voix lui parut à la fois émerveillée et lasse. Il se souvint alors qu'elle avait eu une journée pénible. Il l'embrassa tendrement et éteignit les lampes de chevet.

— Repose-toi, ma chérie.

A peine avait-il fini de parler qu'elle s'était déjà endormie. Il la garda dans ses bras, les yeux fixés sur le plafond, profondément déconcerté. Que diable venait-il de faire ?

Désormais, même s'il voulait reprendre le style de relations qu'il avait autrefois avec elle, ce serait impossible. Non seulement il avait atteint le point de non-retour, mais il lui avait en outre pris ce qu'elle ne pouvait donner qu'à un seul homme.

Il ferma les yeux. Déjà, le désir renaissait en lui. La simple idée qu'il avait été le premier à faire l'amour avec elle lui mettait le feu au corps.

Comment aurait-il pu se douter qu'elle était encore vierge ? Elle avait vingt-cinq ans, et il savait qu'elle avait fréquenté plusieurs hommes. Alors pourquoi était-ce lui qui avait pris sa virginité ? Pourquoi était-il celui qu'elle avait choisi pour découvrir la volupté ?

Très vite, il arrêta de se torturer l'esprit, sachant que tant qu'il la tiendrait dans ses bras il serait incapable de réfléchir sereinement. Il se contenta donc d'attendre l'aurore sans bouger, émerveillé d'avoir dans son lit la femme de ses rêves.

Puis, quand la clarté du jour commença à poindre, il se leva, ramassa leurs vêtements et plia ceux de Mariah qu'il déposa sur une chaise. Ensuite, il alla prendre une douche avant de s'habiller.

Avant de quitter la chambre, il laissa une fois de plus son regard se promener sur Mariah, toujours paisiblement endormie. Pourquoi avait-il laissé la situation lui échapper ? Pourquoi n'avait-il pas écouté la voix de la raison qui lui conseillait de partir avant d'avoir accompli l'irrémédiable ? Toutes ces questions pourtant n'étaient rien à côté de son inquiétude à l'idée de la retrouver aux réunions familiales. Maintenant qu'il connaissait la douceur de son intimité et l'intensité du plaisir qu'elle lui procurait, comment réussirait-il à la croiser sans la toucher, sans devenir fou ?

Comme la culpabilité et le regret menaçaient de l'étouffer, il décida de descendre se faire une tasse de café bien fort. Il lui fallait renforcer sa décision de faire ce qu'il savait être le mieux pour Mariah. Dès que ses ouvriers auraient réparé sa voiture, il la renverrait chez elle en espérant que, un jour, il réussirait à oublier la nuit la plus magique de toute son existence.

Lorsque Mariah s'éveilla, le soleil brillait. Deux choses furent immédiatement claires pour elle : elle se trouvait dans le lit de Jaron, et il n'était pas à côté d'elle. Cette découverte lui apporta un peu de déception mais pas vraiment de surprise. Sa sœur Bria lui avait souvent dit que les hommes qui travaillent dans un ranch commencent leur journée à l'aube pour ne la terminer souvent qu'à la nuit tombée. Maintenant que Jaron était propriétaire du Wild Maverick Ranch, il était évident qu'il devait lui aussi se soumettre à cet emploi du temps.

Elle s'accorda un moment pour s'enivrer du parfum masculin qui imprégnait les draps, puis, en pensant au tour que venait de prendre sa relation avec Jaron, son cœur manqua un battement. Après toutes ces années, Jaron avait enfin admis qu'elle n'était plus une gamine ! Même si cela avait été un peu à contrecœur, il avait vu en elle la femme qu'elle était devenue, et elle était bien persuadée que lui-même reconnaîtrait que ce qu'ils avaient partagé cette nuit était tout simplement merveilleux.

Pourtant, elle revint sur les hésitations qu'il avait manifestées. Si cela le dérangeait autant, pourquoi l'avait-il embrassée, sur le parking du restaurant ? Et pourquoi lui avait-il fait l'amour ? Bien sûr, elle n'avait pas l'expérience de nombreuses femmes de son âge, mais elle savait, sans l'ombre d'un doute, que ce n'était pas par manque de désir. On aurait dit qu'il refusait d'admettre le besoin qu'il avait d'elle et que, malgré tout, il n'avait pas réussi à se retenir.

Ce comportement l'intriguait. Elle prit ses vêtements soigneusement pliés sur la chaise à côté du lit et se rendit dans la salle de bains. Une fois sa douche prise, elle irait lui parler et cette fois elle l'empêcherait de s'enfermer dans son silence habituel. Elle voulait des réponses à ses questions et ne le laisserait pas se dérober comme il avait l'habitude de le faire ! Ce qu'ils avaient partagé la nuit dernière était trop lourd de signification pour être mis aux oubliettes.

Vingt minutes plus tard, elle descendait l'escalier, ses chaussures à talons à la main par mesure de prudence. Elle adorait porter de hauts talons, mais elle n'avait aucune envie de prendre le risque de se rompre le cou avant d'avoir discuté avec Jaron et obtenu les réponses qu'elle voulait.

Elle fut étonnée en le découvrant assis à la table de la cuisine en train de boire un café. Elle s'attendait à ce qu'il soit déjà sorti travailler.

— Bonjour, Jaron, dit-elle en déposant ses affaires sur une chaise.

Pour toute réponse, il lui adressa un petit signe de tête, se leva pour prendre un mug dans le placard puis tourna légèrement son visage vers elle.

— Je crois que tu prends de la crème dans ton café ?

— Comment tu sais ça ? demanda-t-elle, surprise.

— Il y a des années que je t'observe au moment du café à la fin de nos repas de famille. Taylor et toi êtes les seules à ne pas prendre le café noir.

Il ouvrit le réfrigérateur et en sortit une bouteille de lait.

— Désolé. Je n'ai que du lait à te proposer. Ça ira quand même ?

— Pas de problème.

Bien sûr, elle n'avait pas été sans remarquer qu'il l'observait souvent, quand ils se trouvaient tous réunis, mais elle était loin d'imaginer qu'il prêtait attention à des détails aussi futiles que la façon qu'elle avait de prendre son café.

— Tu veux sans doute quelque chose à manger, poursuivit-il. Je peux te faire griller des toasts, mais étant donné mes piètres talents de cuisinier c'est tout ce que j'ai à t'offrir.

— Non, je te remercie. J'ai la mauvaise habitude de ne pas prendre de petit déjeuner.

Comme il se rasseyait, elle le fixa avec insistance. Ce n'était pas facile d'amener la conversation sur ce qui lui tenait à cœur, d'autant plus qu'elle connaissait suffisamment Jaron pour ne pas avoir de doute sur sa réaction : il ferait tout son possible pour éviter de parler du changement que la nuit passée ensemble amenait inévitablement dans leur relation. Toutefois, elle était bien décidée à l'aborder, ce sujet délicat.

— Jaron, je voudrais que nous parlions de cette nuit.

Aussitôt, il leva sur elle un regard inquiet.

— Tu te sens bien ?

— Oui, tout à fait. Pourquoi est-ce que je ne me sentirais pas bien ?

— Eh bien… C'est la première fois que tu faisais l'amour. J'ai dû te faire mal et j'en suis vraiment désolé.

— Arrête de dire des bêtises ! Tu m'as fait vivre l'expérience la plus extraordinaire de toute ma vie, et tout ce que tu trouves à dire c'est que tu es *désolé* ?

— Que veux-tu que je dise d'autre ?

Le ton calme et le comportement tranquille de Jaron la mirent hors d'elle. Incapable de rester plus longtemps assise, elle se leva brusquement et se mit à arpenter la cuisine.

— Eh bien, par exemple, que faire l'amour avec moi a autant d'importance à tes yeux qu'aux miens !

Elle s'arrêta pour le fixer d'un regard plein de colère.

— Et ne crois pas t'en tirer en me servant l'excuse rebattue que tu es trop vieux pour moi ! Nous savons tous les deux que c'est un parfait mensonge.

Une ombre fugitive assombrit le regard clair de Jaron, mais ce fut suffisant pour permettre à Mariah de comprendre qu'il n'était pas aussi détaché de la situation qu'il souhaitait le lui faire croire.

— Ce qui s'est passé la nuit dernière n'aurait jamais dû se produire, déclara-t-il sans la regarder.

Le calme olympien qu'il continuait à manifester l'horripila plus que jamais. D'autant plus qu'il poursuivit sur le même ton :

— Je t'ai pris quelque chose que je n'avais pas le droit de te prendre.

— Tu veux parler de ma virginité ?

Comme il hochait la tête sans un mot, elle explosa.

— Mais tu ne m'as rien pris, idiot ! Tu n'as pas compris que c'est *moi* qui ai décidé de te la donner ?

— Il n'empêche que j'ai commis une erreur.

— Non ! Pas du tout ! Commettre une erreur, c'est

croire que votre colocataire n'aura jamais l'idée de déménager à la cloche de bois en vous laissant la totalité du loyer à payer ! Ou imaginer que vous avez un boulot stable et vous retrouver au chômage au bout d'une réunion qui a duré moins d'une heure !

Il la dévisagea, surpris, ce qui ne l'empêcha pas de continuer de plus belle :

— Et je n'insisterai pas sur l'erreur, magistrale celle-là, qui consiste à faire confiance à une voiture vieille de dix ans alors qu'elle fait un bruit de casserole dès que vous mettez le contact !

Rouge de colère, elle secoua la tête.

— Ce que nous avons fait la nuit dernière est la seule chose agréable qui me soit arrivée de toute la journée, Jaron, alors ne crois pas que je vais faire comme si cela comptait pour rien.

Il se leva, se rapprocha d'elle et posa les mains sur ses épaules. Une agréable chaleur se diffusa dans tout son corps d'une façon grisante, mais elle fit son possible pour ne pas se laisser affecter…

— Attends, murmura-t-il. Si j'ai bien compris, tu as perdu ton emploi ?

— Oui, mais ce n'est pas ce dont il est question maintenant. Nous n'allons pas discuter de ma situation professionnelle mais de ce qui s'est passé entre nous, compris ?

— Mariah, le « nous » dont tu parles n'existe pas.

Encore une fois, il s'était exprimé avec le plus grand calme.

— Je t'avais bien dit que je ne te promettais rien d'autre après cette nuit, poursuivit-il. Et cela n'a pas changé.

Elle le regarda droit dans les yeux et découvrit alors la détermination sans faille qui durcissait son regard et contractait sa mâchoire. Autant essayer de convaincre un morceau de bois que de lui faire admettre qu'ils avaient partagé un moment tout à fait spécial !

Résignée, elle alla chercher son blouson et son sac, puis enfila ses chaussures.

— J'imagine que tes employés n'ont pas encore examiné ma voiture ?

Jaron plongea la main dans la poche de son jean et en sortit un trousseau de clés qu'il lui tendit.

— Il suffisait de changer la batterie.

Lorsqu'il déposa les clés dans sa main, ses doigts frôlèrent sa paume, et elle eut l'impression de recevoir une décharge électrique. A voir les lèvres de Jaron se serrer, elle comprit qu'il l'avait ressentie aussi.

— Je te rembourserai la batterie le plus vite possible, assura-t-elle en se préparant à sortir.

— Ne t'inquiète pas, rien ne presse. En plus, elle n'a pas coûté si cher que ça.

Elle releva le menton en un geste d'orgueil.

— Je suis peut-être au chômage, mais j'ai ma fierté, Jaron. Ne me traite pas comme si j'étais un cas social.

— Mais je n'ai jamais pensé que tu en étais un ! J'essaie seulement de t'aider un peu.

— Quelle idée ! Je n'ai nul besoin de ton aide. En revanche, ce que j'attends de toi, c'est que tu m'expliques pourquoi, malgré ce qui a changé entre nous, tu tiens absolument à revenir à notre ancienne relation, comme si rien ne s'était passé. Pourquoi tu refuses d'en parler avec moi ?

Sans doute le ton plein de colère sur lequel elle s'était exprimée était-il un peu exagéré, mais sa frustration était telle qu'elle estimait préférable de se montrer peu aimable plutôt que de lui envoyer son sac dans la figure.

Toujours parfaitement maître de lui-même, Jaron la raccompagna vers la porte.

— Est-ce que tu as des pistes pour trouver un nouvel emploi ? demanda-t-il. Si tu veux, je peux te donner un coup de pouce pour régler ce loyer qui te retombe dessus à l'improviste.

— Tu me proposes de l'argent, maintenant !

Elle criait à présent, peu soucieuse de dépasser les bornes de la politesse.

— Après ce que nous avons vécu cette nuit, tu oses me proposer de l'argent ? Jaron ! Tu me prends pour qui ? Franchement, tu es bien la dernière personne à qui j'en demanderai !

Il demeura d'un calme total.

— Je souhaite seulement t'aider à sortir de ce mauvais pas, expliqua-t-il. Ecoute, tu as vu ce matin comme je suis désemparé pour tout ce qui touche au quotidien de la maison ? Je ne sais littéralement pas me faire cuire un œuf. Il me faut une gouvernante qui me fasse les courses et la cuisine. Cet emploi inclut le logement et la nourriture. Pourquoi ne travaillerais-tu pas ici en attendant de trouver quelque chose qui soit davantage dans tes cordes ?

Au ton de sa voix, elle devina qu'il n'était pas terriblement convaincu de la nécessité d'engager une telle employée. Sans doute était-ce là un geste symbolique pour se libérer de sa culpabilité, et il n'avait pas réellement envie qu'elle accepte sa proposition.

— Tu veux dire que tu m'offres un travail, le gîte et le couvert ? demanda-t-elle.

A ses yeux, c'était le comble de l'abomination. Elle hésita entre la crise de fou rire à l'idée que Jaron s'imaginait qu'elle avait des talents de cordon-bleu, et l'accès de désespoir en pensant qu'elle ferait bien d'accepter cette offre inespérée qui lui permettrait de ne pas se retrouver à la rue.

— Cet emploi est à toi, si tu veux, reprit Jaron.

Pour autant, elle ne décela pas davantage le moindre enthousiasme dans sa voix. Elle devinait sans difficulté que la perspective de l'avoir sans cesse sous son toit mettait ses nerfs à vif.

Elle le considéra un instant sans complaisance, avec la plus grande lucidité. Il s'attendait à ce qu'elle refuse, elle en était sûre, et il avait bien raison car c'était exactement ce qu'elle allait faire !

— Je te remercie, Jaron, mais ma réponse est « non ».

Sur ce, raide et digne, elle descendit les marches du porche en se retenant pour ne pas le traiter, en prime, de quelques noms d'oiseaux.

Elle entreprit de traverser la cour avec mille précautions pour rejoindre le porche cimenté où était garée sa voiture en espérant arriver à bon port sans se tordre une cheville ou casser le talon d'une de ses chaussures. Tout en marchant, elle réfléchissait à l'offre que Jaron venait de lui faire… Et plus elle y pensait, plus elle estimait qu'il avait trouvé là un moyen de soulager sa conscience à peu de frais. Il avait fait sa proposition, elle l'avait refusée, alors il pourrait tranquillement tourner la page de leur aventure et reprendre sa vie sans se tracasser davantage. Bien joué ! Encore une fois, il avait gagné.

Elle serra les lèvres. Finalement, il s'en tirait à bon compte… Après tout, est-ce que cela ne serait pas de bonne guerre qu'elle accepte le poste au lieu de partir comme si elle était fautive ? Si elle vivait sous le même toit que lui, il ne pourrait pas éternellement l'éviter, et elle se débrouillerait pour l'empêcher d'oublier la nuit si spéciale qu'ils venaient de partager... Encore mieux, puisqu'il lui avait proposé de préparer ses repas, elle n'avait qu'à le prendre au mot : ce serait bien fait pour lui, s'il était obligé de manger ce que sa totale incompétence en matière culinaire lui permettrait de mijoter !

La tentation d'accepter se faisant de plus en plus forte, elle ralentit le pas. Elle avait besoin d'un emploi, Jaron lui devait une explication. Pourquoi hésiter ? Tant pis pour lui, s'il venait de lui offrir le meilleur moyen de l'obtenir !

Cette solution présentait tout de même un inconvénient de taille. Etant donné son caractère un peu trop vif, elle aurait sans doute du mal à ne pas faire une crise de nerfs quotidienne si elle était obligée de fréquenter un homme qui se repliait systématiquement sur lui-même. Et bien sûr, lorsqu'elle apprendrait sa décision, Bria lui reprocherait encore une fois de s'être montrée trop impulsive en acceptant d'habiter au ranch avec Jaron. D'accord, et après ? Si cette cohabitation lui permettait de découvrir pour quelle raison il s'obstinait à soutenir qu'il n'était pas l'homme qu'il lui fallait, le risque qu'elle courait et les reproches de sa sœur comptaient pour rien dans la balance.

En arrivant à sa voiture que les ouvriers avaient ramenée du parking du restaurant, elle jeta un coup d'œil derrière elle et aperçut Jaron. Appuyé à l'un des piliers du porche, les bras croisés sur la poitrine, il la regardait se préparer à ouvrir sa portière. Zut ! Il était trop beau...

Au comble de l'indécision, elle se mordit les lèvres jusqu'au sang. Si elle quittait le ranch maintenant, elle n'aurait sans doute jamais la réponse qu'elle souhaitait. Si elle restait, elle risquait d'apprendre quelque chose qu'elle aurait préféré ne pas entendre. Mais comment savoir, si elle ne prenait pas le risque ?

La main sur la poignée de la portière, elle prit une profonde inspiration. Elle s'apprêtait peut-être à déchanter amèrement mais tant pis ! Ce serait une erreur, de laisser filer pareille occasion de mettre au clair une bonne fois pour toutes sa relation avec Jaron Lambert.

Jaron fronça les sourcils en voyant Mariah hésiter. Que se passait-il ? Elle avait refusé la proposition qu'il lui avait faite, et heureusement d'ailleurs, car elle lui était venue à l'esprit uniquement pour soulager sa conscience. Pas une minute il ne s'était imaginé vivre avec Mariah sous son toit ! Qu'attendait-elle à présent pour rentrer chez elle et le laisser tranquillement reprendre le cours de sa vie ? Il avait pourtant été bien clair en lui assurant qu'ils n'avaient rien à se dire de particulier et qu'ils ne seraient jamais rien de plus que de bons amis.

A moins qu'un nouveau problème mécanique ne se soit manifesté ? Oui, c'était certainement le cas, se dit-il pour se rassurer. Cette vieille voiture avait des milliers de kilomètres au compteur. Il aurait été bien étonnant que le simple fait de changer la batterie lui redonne une nouvelle jeunesse.

En voyant Mariah revenir vers la maison, il s'apprêta à téléphoner à Billy Ray qui travaillait dans la grange pour lui demander de venir jeter un nouveau coup d'œil sur le moteur récalcitrant mais, en apercevant le regard de défi que Mariah lui envoya en gravissant les trois marches du perron, il comprit qu'il était question de tout autre chose.

— J'ai changé d'avis, déclara-t-elle d'une voix aussi

calme et posée qu'elle était énervée quelques instants plus tôt. J'accepte de travailler chez toi en attendant de trouver un autre emploi. Tu viendras samedi matin à Shady Grove avec ton pick-up pour m'aider à déménager.

Elle pivota sur elle-même, toute guillerette maintenant, pour retourner vers sa voiture.

— Et tâche d'être à l'heure ! lança-t-elle par-dessus son épaule. Je ne veux pas être en retard pour prendre mon poste de gouvernante lundi matin.

Bon sang ! Que s'était-il donc passé dans cette jolie tête brune et bouclée pour qu'elle change d'avis aussi rapidement ? C'était peu de dire que ce changement de programme le contrariait au plus haut point !

Une fois que la voiture eut disparu de sa vue, il rentra chez lui d'un pas lourd. Qu'allait-il faire, désormais ? Il ne pouvait revenir sur sa proposition. Il était un homme de parole.

Mais Mariah chez lui, c'était la tentation à portée de main à tout instant du jour et de la nuit. Comment allait-il y résister sans devenir fou ?

Et pourquoi une part de lui-même n'était finalement pas si désolée que ça qu'elle ait accepté cet emploi ?

- 3 -

Le samedi, en fin de journée, Jaron finissait de transporter les affaires de Mariah au Wild Maverick Ranch. Qu'une femme puisse avoir besoin de tant de vêtements était pour lui un mystère. Sans compter les chaussures ! Deux *énormes* cartons étaient marqués « chaussures » ! Qu'est-ce qu'elle faisait avec tout ça alors que lui-même se satisfaisait d'une paire de bottes de travail, d'une paire de bottes habillées et d'une paire de tennis ?

Pour des raisons qu'il n'avait pas pris la peine d'approfondir, il avait décidé d'installer Mariah dans la chambre d'amis qu'il lui avait montrée la veille et non dans le studio prévu pour la gouvernante, à côté de la cuisine. D'un point de vue pratique, c'était d'ailleurs nettement mieux car les armoires et les placards du studio n'auraient pas suffi pour accueillir le chargement de vêtements et de chaussures de Mariah.

— C'est bien le dernier carton qui se trouvait dans ta voiture ? demanda Mariah en passant la tête par la porte du dressing au moment où il pénétrait dans la chambre.

— Oui. Le der des ders.

— Réjouis-toi que j'aie donné récemment pas mal de mes affaires au centre d'entraide sociale. Tu imagines, si j'avais tout gardé ? A minuit, tu serais encore en train de décharger ta voiture !

Il hocha la tête. Seigneur ! A quoi avait-il échappé !

Heureusement que Mariah avait bon cœur, son déménagement s'en trouvait plus léger.

— Je pose ce gros carton où ? Dans le dressing ? demanda-t-il.

— Je peux très bien le faire moi-même, bougonna-t-elle.

— Oh non. Si je te laisse faire, mon père adoptif sortira de sa tombe pour venir me le reprocher ! Il ne cessait de nous répéter qu'un homme ne doit jamais laisser une femme transporter quoi que ce soit à moins d'avoir les deux bras cassés.

— C'est la morale des cow-boys ? lança-t-elle, moqueuse.

— Exactement. Hank Calvert du Last Chance Ranch nous a inculqué ses règles de conduite, et franchement je n'ai jamais rien trouvé de mieux.

— Bria m'a dit que Sam et tes autres frères pensent la même chose, fit-elle remarquer en ouvrant le carton pour en évaluer le contenu.

— Si Hank ne s'était pas occupé de nous, nous ne serions pas ce que nous sommes devenus : des hommes travailleurs, bien à leur place dans la société. C'est grâce à lui que nous avons appris l'honnêteté, le travail et le respect des autres.

Mariah lui sourit, puis extirpa du carton une paire de chaussures à talons en vernis noir.

— Dommage, je n'ai jamais eu l'occasion de rencontrer Hank. Quand Bria a commencé à organiser des réunions de famille, j'étais encore à l'université et il est mort avant que j'aie terminé mes études.

— C'était le meilleur homme que j'aie jamais rencontré. Il avait le don de susciter en chacun l'envie de devenir meilleur.

— Certainement. Je n'ai entendu dire que du bien sur son compte.

Et hop ! Elle plongea une fois de plus dans le carton pour attraper d'autres chaussures.

Jaron la regarda les ranger par paires, oubliant aussitôt la conversation qu'ils venaient d'avoir… Toute son attention était concentrée sur la femme qui se tenait près de lui. Le parfum léger de son shampooing à la pomme verte, le son de sa voix et les formes attirantes de ses fesses chaque fois qu'elle se baissait l'expédiaient dans une ivresse sensuelle qui le mettait sur le gril. Comment, avec tout cela, oublier la nuit magique qu'il avait passée avec elle ?

Quand il sentit son corps s'émouvoir plus que de raison, il décida d'écouter la prudence qui lui commandait de battre en retraite dans leur intérêt à tous les deux. Il fit passer le dernier carton dans le dressing et s'apprêta à sortir.

— Range tranquillement tes affaires, dit-il. Si tu as besoin de moi, tu me trouveras en bas.

Et avant d'avoir laissé la tentation s'aggraver il se hâta de se réfugier dans son bureau où, désemparé, il s'écroula dans son fauteuil de cuir. Dans quel enfer s'était-il jeté ?

Il ne pouvait pas rester dans la même pièce que Mariah sans brûler d'envie de la prendre dans ses bras, de l'embrasser. Et bien plus encore ! Mais quitte à se maudire tous les jours où elle serait sous son toit, quitte à lutter en permanence contre les réactions sensuelles de son corps, il ne referait pas l'amour avec elle. Non. Leur histoire s'arrêtait là, point final.

Comme il se donnait le temps de bien s'imprégner de sa décision, son regard s'arrêta sur le seul témoignage qu'il avait conservé de la vie qui avait été la sienne avant le Last Chance Ranch : encastré dans un petit cube, un ticket de bus tout froissé. A lui seul, ce minuscule souvenir justifiait sa décision de ne pas s'investir dans une relation amoureuse avec Mariah. En effet, il s'agissait du ticket de bus qui lui avait permis de quitter Dallas et d'échapper aux mains de l'homme qui l'avait frappé pendant des années alors qu'il n'aurait jamais dû être autorisé à devenir père.

Le souvenir de son enfance malheureuse remonta à sa mémoire. Comme il avait eu peur que personne ne croie un gamin de treize ans lorsqu'il était allé dénoncer son père à la police pour le meurtre de sa femme ! Mais, malgré sa peur, il avait décidé de manquer l'école et d'utiliser l'argent de son déjeuner pour acheter ce ticket qui l'amènerait en ville, au poste de police. Au début, ses craintes s'étaient vérifiées : personne ne l'avait pris au sérieux. Le policier qui avait reçu son témoignage l'avait simplement traité comme un gosse en colère.

Mais, lorsqu'il lui avait montré les cicatrices de son dos en lui disant que Simon Collier, son père, avait menacé de le tuer et de se débarrasser de son corps comme il l'avait déjà fait de celui de sa femme, tout le monde l'avait écouté d'une autre oreille. Un travailleur social avait été alerté, un photographe assermenté était venu prendre des photos de son dos afin de remplir le dossier destiné à arrêter son père.

Il avait été contrarié de voir que l'on accordait plus d'importance à sa situation d'enfant battu qu'au meurtre de sa mère, mais c'était inutile. Simon Collier s'était lui-même chargé de se dénoncer quand il avait appris que c'était son fils qui l'avait livré à la police puisque, dans un accès de colère spectaculaire, il avait hurlé qu'il aurait dû lui régler son compte à lui aussi, comme il l'avait fait à sa femme, et se débarrasser des deux corps en même temps.

Les recherches entreprises alors apportèrent la preuve, grâce à des analyses d'ADN, qu'il était également impliqué dans le meurtre d'au moins une autre femme. Il fut donc condamné à perpétuité, ce qui permit à Jaron de se sentir définitivement à l'abri de ses coups. Le deuxième résultat positif de sa dénonciation fut que le juge l'autorisa à abandonner le nom de famille de son père pour adopter le nom de jeune fille de sa mère. C'est ainsi qu'il était devenu Jaron Lambert, prêt à se lancer dans une nouvelle vie.

Malheureusement, cette démarche n'avait pas suffi à effacer tout lien avec le monstre qui l'avait engendré car chacune des familles d'accueil où il avait été placé l'avait regardé avec autant de méfiance que s'il avait lui-même commis ces meurtres. Malheureux de sentir autour de lui ce climat de suspicion, il avait pris l'habitude de fuguer, ce qui l'avait mis très rapidement en difficulté avec la loi. Heureusement son destin avait changé du tout au tout avec son arrivée au Last Chance Ranch. Là, il n'avait trouvé aucune raison d'en partir car on l'y avait accepté pour ce qu'il était lui-même, Jaron, et personne ne l'avait plus rejeté à cause des meurtres commis par son père. Hank Calvert était devenu son père spirituel et la vie, enfin, lui avait paru intéressante.

Les pas de Mariah dans l'escalier le ramenèrent au moment présent. Il serra les mâchoires. Bien sûr, jamais il ne s'était comporté cruellement envers les gens ou les animaux, mais comment savoir qu'il n'avait pas hérité de quelque gène paternel susceptible de se manifester un jour ou l'autre ? Vis-à-vis de cette menace, il était tout à fait impuissant. C'était là la source de son malheur car il s'était promis de ne jamais introduire pareille abomination dans la vie de qui que ce soit. Et surtout pas dans celle de Mariah.

Une fois ses vêtements rangés, Mariah était descendue demander à Jaron s'il souhaitait qu'elle prépare des sandwichs pour le dîner. Il lui avait suggéré de faire plutôt une salade pendant qu'il mettrait une pizza surgelée dans le four. Comme elle lui proposait de le faire elle-même, il lui avait répondu qu'elle ne prenait pas son poste immédiatement et que d'ici là elle était son invitée.

— Est-ce que tu as autre chose dans ton congélateur que de la pizza surgelée ? demanda-t-elle en se servant un second morceau.

Sa colère envers lui n'avait pas disparu mais s'était suffisamment calmée pour qu'elle se permette de se moquer du choix restreint de nourriture qui se trouvait dans le réfrigérateur et le congélateur.

— Des pizzas et des burritos, répondit-il, voilà tout ce que tu peux espérer trouver. Ton premier travail sera donc d'aller faire des courses. Et tu as toute liberté pour acheter ce qui te plaira.

— Chouette ! J'adore faire les courses !

Elle se garda bien d'ajouter que son talent d'acheteuse se bornait à choisir des plats tout préparés qu'elle n'avait qu'à mettre dans le four à micro-ondes sans avoir besoin de lire quelque notice que ce soit…

Par chance, cette réponse incomplète parut satisfaire Jaron.

— Je t'ai ajoutée à la liste des personnes qui peuvent utiliser mon crédit pour ce qui concerne les produits de la maison. Achète tout ce dont tu as besoin.

— Et j'ai un budget à respecter ? Je ne veux pas te ruiner !

Jaron se mit à rire, ce qui lui arrivait rarement.

— Tu peux dépenser tant que tu veux, ne t'inquiète pas.

Sur ce, il lui donna un chiffre à ne pas dépasser, ce qui lui parut étourdissant.

— Waouw… A moins de préparer un dîner pour la Maison-Blanche, je ne vois pas comment nous pourrions avoir besoin de dépenser autant pour des provisions ! s'exclama-t-elle.

Elle savait que Jaron avait gagné beaucoup d'argent grâce à ses rodéos, comme ses frères d'ailleurs, mais elle n'imaginait pas que c'était à ce point. Peut-être avait-il quelque goût de luxe qu'elle pourrait satisfaire ?

— Dis-moi si tu as envie ou besoin de quelque chose en particulier.

— J'aime les pizzas, indiqua-t-il en s'en resservant une part.

— Tout le monde aime les pizzas.

— Normal. C'est facile à préparer et cela ne demande pas grand talent pour être réussi, précisa-t-il avec un sourire qui la fit frémir des pieds à la tête.

Puis, fronçant les sourcils comme s'il réfléchissait à un grave problème, il ajouta :

— A la réflexion, j'aime aussi beaucoup la tarte aux pommes que tu avais préparée pour mon anniversaire il y a deux ans. Ce serait sympa que tu en fasses une de temps en temps.

— Tu te souviens de ça !

Voilà qui était surprenant… et bien embarrassant ! Sans Bria à côté d'elle pour lui dire comment elle devait s'y prendre, elle se sentait parfaitement incapable de reproduire ce qui était pour elle un véritable tour de force culinaire.

— Oui, répondit Jaron, loin de se douter qu'il tournait le fer dans la plaie. Elle était vraiment délicieuse. C'est le seul dessert que j'ai trouvé aussi bon que la tarte de Bria.

— Parfait, je note ça sur mes tablettes, déclara-t-elle en se promettant d'appeler sa sœur dès que possible.

Craignant que Jaron ne lui demande ses spécialités culinaires, elle enchaîna vivement :

— Est-ce que tu as besoin d'autre chose que de nourriture ?

— Achète aussi les produits nécessaires à l'entretien de la maison. J'en ai bien quelques-uns mais, quand je me suis installé ici, Bria m'a suggéré d'attendre pour en acheter d'autres d'avoir engagé une employée et de la laisser choisir ceux qu'elle préférait utiliser.

Mariah se détendit un peu. Elle était nettement plus à l'aise quand on lui parlait ménage !

— Tu penses à autre chose ? demanda-t-elle.

— Non, je ne vois pas.

Il finit sa bière, jeta la canette dans la poubelle du recyclage et ajouta :

— Non, franchement, je ne vois pas. En tout cas, sens-toi libre de te procurer tout ce que tu estimeras utile pour cuisiner, y compris poêles ou casseroles, si nécessaire.

Bien sûr… Comment aurait-elle pu savoir ce dont elle aurait besoin pour cuisiner alors qu'elle ne l'avait jamais fait ?

Elle hocha néanmoins la tête d'un air entendu et se leva pour débarrasser la table.

— A part cuisiner, faire les courses et entretenir la maison, est-ce que mon emploi implique d'autres tâches ?

Cette question parut surprendre Jaron.

— Euh… non, je ne vois pas. Pourquoi me poses-tu cette question ?

— Par conscience professionnelle. Je veux être bien sûre d'avoir compris ce que je dois faire, répondit-elle en rinçant les assiettes avant de les disposer dans le lave-vaisselle.

Après un petit temps de silence, Jaron reprit d'une voix un peu hésitante :

— Tu ne m'as pas dit pourquoi tu as perdu ton emploi.

— Plan social, lâcha-t-elle en essuyant la table. Mon entreprise a décidé de se concentrer sur les grandes villes comme Dallas ou Houston où les loyers sont plus élevés, et donc de supprimer les agences des petites villes comme Shady Grove.

— On ne t'a pas proposé un autre poste, si tu acceptais de déménager ?

— Si, mais j'ai refusé. Je n'ai pas voulu m'éloigner de Bria, de Sam et de leur petit garçon. Ils sont ma seule famille, tu comprends.

Jaron se leva et s'approcha d'elle, comme prêt à lui caresser la joue. Mais il n'alla pas au bout de son geste.

— Tu sais bien que c'est faux puisque tu nous as nous aussi, toute ta bande de beaux-frères et de belles-sœurs, dit-il en lui souriant.

Elle sentit un long frisson la parcourir quand elle comprit qu'il luttait pour ne pas la toucher. Elle le dissimula de son mieux en se disant qu'il souhaitait seulement la réconforter.

— Merci, Jaron. Ce que tu viens de dire est très gentil.

— Je comprends que ça a dû être très douloureux pour toi de perdre tes deux parents dans cet accident de voiture alors que tu commençais à peine tes études universitaires.

Elle sentit la boule familière lui serrer la gorge et s'éclaircit la voix avant de répondre :

— Oui. Mais j'imagine que cela aurait été encore plus terrible si j'avais été plus jeune.

— Certainement. Moi, j'avais six ans quand ma mère est morte, avoua-t-il.

Elle lui jeta un regard surpris. Depuis qu'elle le connaissait, jamais elle ne l'avait entendu faire la moindre allusion à sa famille biologique.

— Que s'est-il passé ? demanda-t-elle.

— Je ne sais pas trop. Un jour elle a disparu, et je ne l'ai plus jamais revue.

— Quelle tristesse pour un petit garçon de six ans !

Elle posa la main sur son bras.

— Moi, au moins, j'ai eu mes parents jusqu'à l'âge adulte.

Il haussa les épaules.

— J'ai survécu.

— Et ton père ?

Les mâchoires de Jaron se durcirent, mais très vite, son visage arbora une expression d'indifférence totale.

— Il a disparu alors que j'avais treize ans, et je n'ai jamais eu de ses nouvelles.

Elle comprit qu'il ne lui disait pas toute la vérité et que cette conversation l'affectait bien plus qu'il ne voulait le laisser paraître. Mais son apparent détachement ne la surprenait pas du tout. Depuis qu'elle le connaissait, elle avait remarqué qu'il ne parlait jamais de lui-même.

Ils restèrent ainsi un moment silencieux, face à face. Tout à coup, elle réalisa que sa main était toujours posée sur le bras de Jaron. L'étincelle qui brillait dans son regard clair lui coupa le souffle.

— Je… je crois que je vais monter dans ma chambre finir de ranger mes affaires, dit-elle vivement.

Mais avant qu'elle ait pu se retirer Jaron avait posé sa main sur la sienne pour la maintenir en place, comme si ce contact lui apportait du réconfort.

— Tu auras toute la journée de demain pour le faire, Mariah. Je suis sûr que tu es fatiguée d'avoir tout trié et rangé pour préparer ton déménagement. Si tu te donnais quartier libre ? Nous pourrions regarder un film.

Elle fut surprise par cette suggestion, mais ce qui l'inquiétait, c'était la tension qui régnait entre eux. Le simple contact de la main de Jaron sur sa peau et la façon intense qu'il avait de la regarder éveillaient sa sensualité d'une manière qu'elle n'avait jamais imaginée possible. Pourtant, si elle voulait éviter qu'il se referme sur lui-même comme à son habitude, la seule conduite à adopter était de cacher son émoi de son mieux.

— Tu as peut-être raison de me suggérer une pause, reconnut-elle. C'est vrai que ces derniers jours ont été fatigants et que j'apprécierai de me reposer un peu. Espérons seulement que j'arriverai à rester éveillée jusqu'à la fin du film !

Jaron retira sa main, comme si tout à coup il réalisait qu'il l'avait laissée là, posée sur son bras.

— Autrement dit, il te faut un film avec de l'action, c'est ça ?

— Oui, mais pas un film d'horreur, s'il te plaît. Je n'ai pas envie de trembler de terreur.

— D'accord.

Sur ce, il l'entraîna vers la pièce où se trouvait la

télévision et où, comme par un accord tacite, ils prirent place chacun à un bout du grand canapé en cuir fauve.

Sur l'écran de la télévision qui était immense apparurent bientôt cinq personnages chargés de défendre la galaxie contre un seigneur de la guerre particulièrement belliqueux.

La tête appuyée contre le cuir souple du canapé, Mariah suivit l'action avec un intérêt moyen, pensant surtout au tour bizarre que sa vie venait de prendre. Jamais, au grand jamais, elle n'aurait imaginé que la pire journée de toute son existence allait en fait se révéler être la meilleure puisqu'elle lui avait permis de venir vivre avec Jaron, dans son ranch.

Malgré cette pensée fort agréable, elle se mit très vite à bâiller. Ses paupières se firent lourdes, et elle eut du mal à se concentrer sur l'écran. Elle ferma les yeux un instant, puis sentit que Jaron lui touchait le bras.

— Mariah, c'est l'heure d'aller se coucher.

Incrédule, elle se passa la main sur le visage.

— Mais… je suis en train de regarder le film !

Jaron éclata de rire.

— Il est fini depuis un bon petit moment déjà !

En effet, c'était une émission politique qui se déroulait à présent sur l'écran.

— Ah. Je devais être plus fatiguée que ce que je pensais.

— Sûrement. Tu t'es endormie à peine dix minutes après le début.

— Tu aurais dû me réveiller !

— Jamais de la vie. Tu dormais si paisiblement que j'ai compris que tu avais besoin de te reposer.

Il éteignit la télévision.

— Si jamais tu as envie de savoir comment le film

se termine, nous pourrons le regarder une autre fois, proposa-t-il.

— Bonne idée. Il m'a paru intéressant. Le début, tout au moins, précisa-t-elle en bâillant à nouveau.

— Allez, au lit ! Tu es morte de fatigue, et moi, je dois me lever de bonne heure demain pour aller vérifier les clôtures du champ qui se trouve au sud de la propriété.

— Tu n'as pas d'ouvriers pour ce genre de travail ? demanda-t-elle tout en montant l'escalier.

— Si, mais en hiver ils sont libres le dimanche. Je vais à cheval faire le tour des pâtures pour repérer les réparations nécessaires. Ensuite, c'est eux qui les effectueront avant d'y installer un troupeau dans quelques semaines.

Mariah hocha la tête. D'après ce que Bria lui avait appris, tout cow-boy digne de ce nom avait à cœur de se tenir lui-même au courant de tout ce qui se passait dans son ranch afin de coordonner au mieux le travail de ses ouvriers. C'était le meilleur moyen de maintenir la propriété en bon état de fonctionnement. Et de gagner le respect de ses ouvriers.

— Parfait, conclut-elle en arrivant devant sa chambre. Nous allons donc être très occupés tous les deux demain. Quand j'aurai fini de m'installer, je ferai l'inventaire de ce qui se trouve dans tes placards et je commencerai à préparer ma liste d'achats.

Jaron parut réfléchir un instant.

— Ecoute, puisque nous aurons une journée chargée aussi bien l'un que l'autre et que je ne me sens pas d'humeur à manger de la pizza deux soirs de suite, pourquoi ne sortirions-nous dîner quelque part ? suggéra-t-il

— Pourquoi pas, en effet ? J'accepte volontiers.

Elle devinait que plus ils passeraient de temps ensemble

dans un lieu tranquille, plus il y avait de chances pour qu'il baisse sa garde et se confie à elle.

Ils se regardèrent un moment sans un mot. En le voyant lever la main comme pour lui prendre le menton, elle retint son souffle, persuadée qu'il allait l'embrasser. Mais tout à coup, comme s'il venait de prendre conscience de ce qu'il allait faire, il s'arrêta net, laissa sa main retomber et fit un pas en arrière.

— Bonne nuit, Mariah, dors bien.

Sa voix grave et la douceur de son regard la firent frissonner. Elle n'en montra rien.

— Bonne nuit à toi aussi, Jaron.

Une fois dans sa chambre, elle referma sa porte et reprit enfin une respiration normale. Juste au moment précis où Jaron allait céder à l'attirance quasi magnétique qui les attirait l'un vers l'autre, il s'était arrêté…

Un gros soupir lui échappa. Puis, résignée, elle prit une chemise de nuit dans la commode et alla se déshabiller dans la salle de bains. On lui avait toujours dit que la patience était une vertu, mais quiconque soutenait ce vieil adage n'avait jamais eu affaire à Jaron Lambert ! Il était l'homme le plus secret qu'elle ait jamais rencontré et doté d'une capacité de maîtrise de lui-même quasi inhumaine. Quelle frustration pour elle !

Mais elle allait s'employer à le faire changer. Il y avait bien un défaut dans sa cuirasse, puisque l'autre soir il n'avait pu s'empêcher de faire l'amour avec elle. Si c'était arrivé une fois, pourquoi est-ce que cela ne se reproduirait pas ?

Plus décidée que jamais à parvenir à ses fins, elle regarda dans le miroir la femme qui la dévisageait.

— Il est grand temps de secouer le petit monde bien

refermé sur lui-même de M. Lambert, et je suis exactement celle qu'il faut pour cela.

Tout en suivant Mariah et la serveuse du restaurant qui les conduisait vers une table libre, Jaron regardait autour de lui. Il espérait qu'aucun de ses frères et de leur épouse n'avait décidé comme lui de passer la soirée dans ce petit restaurant un peu isolé, du côté de Waco. En fait, il y avait peu de chances pour cela car ils allaient habituellement au Broken Spike Diner, bien plus proche de leur ranch. C'est pour cette raison qu'il avait fait ce choix. Rencontrer sa famille alors qu'il était avec Mariah serait prêter le flanc à toute une série de questions auxquelles il n'avait aucune envie de répondre. Pour l'instant tout au moins.

Au cours des années précédentes, ses frères avaient à plusieurs reprises insisté pour qu'il fréquente Mariah, ce qu'il avait toujours refusé. Alors il ne se voyait pas en train de leur expliquer que, non, il ne sortait toujours pas avec elle mais que, oui, elle habitait avec lui au Wild Maverick Ranch. La situation était trop compliquée. D'ailleurs, lui-même aurait été bien en peine d'expliquer pourquoi il lui avait proposé cet emploi. Quant à se justifier auprès de ses frères… il préférait ne pas y penser. Autant se trouver face à un tribunal militaire, ce serait plus facile de sortir indemne !

— Tu ne m'avais pas dit qu'il y aurait un orchestre et une piste de danse, remarqua Mariah pendant qu'il lui présentait une chaise.

Elle en paraissait ravie, et il comprit tout de suite qu'une fois leur repas terminé elle aurait envie de prolonger la soirée pour en profiter.

Il prit place en face d'elle.

— C'est l'orchestre maison. Si parfois le talent leur fait un peu défaut, leur enthousiasme compense largement.

— Oh ! tu sais, je ne suis pas difficile. Quand il s'agit de danser, je me contente de n'importe quel fond musical.

Il retint un grognement. Mariah, qui était de loin la plus belle femme du restaurant, lui faisait déjà part de son entrain. Il aurait dû être le plus heureux des hommes. Hélas, elle se trouvait en compagnie de quelqu'un qui n'avait pas reçu le gène de la danse. Dire qu'il dansait comme un ours aurait été encore au-dessous de la réalité, mais, aussi maladroit soit-il, il n'avait aucune envie qu'un autre homme que lui prenne Mariah dans ses bras. S'il le fallait, il irait soudoyer l'orchestre pour qu'il ne joue que des slows, ce qui lui permettrait de la serrer contre lui et de se balancer au rythme de la musique sans se soucier des pas compliqués de certaines danses qu'il ne maîtrisait... pas du tout.

Cette perspective l'apaisa quelque peu, mais en même temps il fallait tout de même qu'il se demande pourquoi la perspective de voir Mariah danser avec quelqu'un d'autre lui donnait l'impression de recevoir un coup de poing en pleine figure.

La serveuse leur avait apporté les menus qu'ils étudiaient. Tout en consultant le sien, Mariah le questionna sur son travail.

— Est-ce que ton inspection t'a fait découvrir beaucoup de réparations à effectuer ?

— Plus que je ne souhaiterais, admit-il. Le propriétaire précédent était âgé et il avait cessé de s'intéresser à l'entretien de la propriété.

— Pourtant, la maison m'a paru en parfait état. Tu as fait beaucoup de travaux, avant de t'y installer ?

— Non, à part la décoration, je n'ai rien modifié. Par chance, la fille de l'ancien propriétaire l'avait fait restaurer avant de mettre le ranch en vente. J'aimerais changer encore quelques petites choses, mais dans l'ensemble elle me plaît bien telle qu'elle est.

La serveuse vint prendre leur commande et les débarrassa des menus.

— Je la trouve superbe, déclara Mariah, une fois leur commande passée. Qu'est-ce que tu aimerais y changer ?

— J'ai envie d'abattre la cloison qui sépare le salon et la pièce de la télévision. La maison possède déjà un salon, mais il est trop petit pour accueillir tout le monde. Je veux une pièce assez vaste pour pouvoir y faire de grandes réunions familiales sans que nous nous y sentions à l'étroit.

— C'est vrai que c'est super quand ta famille se réunit pour une fête ou un grand dîner.

Jaron fronça les sourcils.

— *Ma* famille ? Voyons, Mariah, tu sais bien que tu en fais partie, toi aussi !

— Pas vraiment, murmura-t-elle en haussant les épaules. Je suis invitée seulement parce que je suis la sœur de Bria et que je ne sais pas où aller pendant les vacances.

Elle semblait si désabusée que Jaron sentit son cœur se serrer. Il posa la main sur la sienne.

— Allons, tu es un membre de la famille au même titre que les autres, et je t'interdis de dire le contraire !

— Merci, Jaron… C'est gentil de me dire ça. Pour moi, c'est très important.

Quel supplice pour lui de voir la tristesse embuer le regard de Mariah ! Pour faire disparaître cette mélancolie, il était prêt à tout, y compris à se rendre ridicule sur la piste de danse.

— Profite de ton repas, et tout à l'heure nous irons danser, d'accord ? proposa-t-il.

— Oh oui ! Avec plaisir !

Le sourire qui éclaira le visage de Mariah et la lueur de plaisir qui brilla dans ses yeux verts lui rendirent la joie de vivre, mais il n'arriva pas pour autant à retirer sa main de la sienne ni, d'ailleurs, à détourner son regard de son visage à nouveau radieux.

Quelque chose ne tournait pas rond chez lui, à coup sûr. Il ne voulait pas donner de faux espoirs à Mariah, pas plus qu'il ne souhaitait alimenter le feu qui le possédait chaque fois qu'il s'approchait d'elle. Alors pourquoi ne pouvait-il pas s'empêcher de la toucher ?

Heureusement, la serveuse arriva à point nommé avec leur repas, ce qui permit de faire retomber la tension qui commençait à monter entre eux.

Jaron se tenait sur ses gardes, disposé à faire appel à toute sa vigilance pour ne pas commettre la même erreur que l'autre soir. Même s'il mourait d'envie de faire l'amour avec Mariah, il devait être assez fort pour résister à la tentation. Il n'était pas l'homme qu'il lui fallait. Faire l'amour avec elle une fois de plus, ou même cent fois de plus, ne changerait rien à cela.

Ils demeurèrent silencieux pendant le repas, et à la fin il aurait été incapable de dire s'il avait mangé une côte de bœuf ou un morceau de vieille botte tant la perspective de tenir Mariah serrée dans ses bras pendant qu'ils danseraient occupait son esprit.

Quand les musiciens commencèrent à jouer, l'étincelle de plaisir qui s'alluma dans les yeux de Mariah suffit à le persuader qu'il endurerait n'importe quel supplice pour lui faire plaisir. Sous aucun prétexte il ne voulait la décevoir.

— Je vais me rafraîchir un peu avant de danser, déclara-t-elle en se levant.

Dès qu'elle eut disparu au fond de la salle, il se leva et se dirigea vers l'orchestre. Là, il sortit un gros billet de sa poche et le tendit au trompettiste qui se trouvait sur le devant de la scène en lui expliquant la raison de ce geste. Puis, ainsi assuré que la plupart des morceaux joués pendant la première partie de la soirée seraient des slows, il retourna s'asseoir et attendit calmement le retour de Mariah.

— Alors, on y va ? proposa cette dernière, plus jolie que jamais, dès son retour à la table.

— Je te préviens tout de suite que je ne suis pas un danseur bien terrible…

— Ne t'en fais pas, je sais ! répondit-elle en riant. J'ai participé à suffisamment de fêtes familiales pour avoir remarqué que tu ne danses jamais.

Il haussa les épaules d'un air désolé.

— C'est parce que je ne veux pas me rendre ridicule.

Elle lui caressa la joue en souriant.

— Tu ne vas pas te rendre ridicule, je t'assure. Si tu veux, nous pouvons danser les slows tous les deux et je réserverai les morceaux plus rapides à d'autres cavaliers.

Ses yeux verts étincelaient, et quand elle passa une main dans ses cheveux Jaron comprit qu'il ne pourrait pas résister à l'envie d'y enfouir ses doigts… Mais il n'eut pas à lutter longtemps contre la tentation car Mariah se leva de table.

En revanche, son désir passa immédiatement au cran supérieur car la tenue qu'elle avait choisie pour sortir avec lui n'était guère faite pour calmer ses ardeurs…

Un jean moulant, décoré de strass sur les poches arrière et un haut en lamé vert sombre qui allumait des étoiles au fond de ses yeux. A coup sûr, elle devait être le point de mire de tous les regards masculins. La pensée que quelqu'un d'autre que lui pouvait la conduire sur la piste le fit grincer des dents. Bien qu'il n'ait aucun droit et ne puisse prétendre à rien sans établir avec elle une relation sérieuse, il se jura qu'il serait le seul à la faire danser.

Désireux de lui épargner les transes au milieu desquelles il évoluait, il posa sur elle un regard amusé.

— J'ai du mal à croire que c'est moi qui parle, Mariah, mais je t'invite à danser !

Il se leva à son tour, la prit par la main et la conduisit sur la piste. Au moment où il l'attira dans ses bras, il surprit plusieurs regards fixés sur elle. Aussitôt, bien malgré lui, son irritation redoubla.

Heureusement, une fois Mariah serrée contre lui, il oublia rapidement les autres clients du restaurant pour se concentrer sur la délicieuse sensation que lui procuraient leurs deux corps réunis. Evidemment, ses hormones réagirent à leur façon, le ramenant malgré lui à la nuit qu'ils avaient passée ensemble et aux moments délicieux où leurs rythmes avaient si bien su s'accorder.

Il mourait d'envie de recommencer, mais sachant qu'il se le reprocherait plus tard il essaya de se contrôler de son mieux en dépit de la tiédeur de la main de Mariah posée sur sa poitrine... Tiédeur traîtresse qui allumait son ardeur malgré l'épaisseur de sa chemise en lainage. Sans réfléchir davantage, il posa ses lèvres sur celles de Mariah. Tout de suite elle répondit à son baiser, comme si elle n'avait fait que l'attendre tout au cours de la soirée. Ardente et audacieuse, elle prit l'initiative d'ouvrir la bouche pour accueillir sa langue, lui insufflant un désir brûlant qui le torturait et le comblait tout à la fois.

Il avait la certitude qu'il pouvait très facilement devenir dépendant de Mariah tant il aimait sa douceur et son audace. Il la dégustait comme on savoure un fruit délicieux, au point d'oublier totalement l'endroit où ils se trouvaient et le danger que représentait ce baiser.

— Je crois que danser n'était finalement pas une très bonne idée…, murmura-t-il.

— Pourquoi dis-tu ça ?

Elle avait senti l'éveil de sa virilité, il en était sûr. Il n'aurait pas dû… Tout était sa faute.

— Mariah, je ne suis pas ce que tu crois…

— Arrête, Jaron ! Tu me l'as dit cent fois, je connais ton refrain sur le bout des doigts ! Tu es trop vieux pour moi… Tu n'es pas l'homme qu'il me faut… Ou n'importe quelle autre bêtise que tu inventes pour nous séparer l'un de l'autre. Franchement, tu me fatigues avec tes histoires à dormir debout !

Brusquement, elle s'écarta de lui.

— Allez, rentrons, décréta-t-elle. Je préfère ça que d'écouter tes sornettes une fois de plus

Dépité et déçu, il la suivit jusqu'à leur table où elle récupéra sa veste. Il était désolé. Quelle folie de croire qu'il pouvait la serrer contre lui pour une simple danse sans désirer davantage ! Leur attirance était trop forte pour que ce soit possible.

En la regardant sortir du restaurant d'un pas vif, il maudit sa faiblesse et l'envie qu'il avait d'elle. Il n'avait pas souhaité la mettre en colère, mais finalement ce n'était pas plus mal puisqu'elle avait ainsi pris l'initiative que lui-même n'avait pas eu le courage de prendre. Partir était évidemment le meilleur moyen de couper court à ses dérives érotiques.

Sur le parking, il fut pratiquement obligé de courir pour la rattraper, ce qui lui donna une bonne indication de la colère dans laquelle elle se trouvait. Sans l'attendre, elle grimpa dans le pick-up et en referma vivement la portière.

Message reçu. Il mit le contact en maugréant intérieurement. Voilà qui lui servirait de leçon. S'il voulait lui faire plaisir une prochaine fois, mieux vaudrait inventer autre chose qu'une soirée au bal…

Le trajet d'une dizaine de kilomètres pour regagner le ranch se fit dans un silence inconfortable. A tel point qu'il était persuadé que dès leur arrivée au Wild Maverick Mariah se réfugierait dans sa chambre sans même lui souhaiter une bonne nuit.

Ce ne fut pas du tout ce qui se produisit puisque, à peine entrée dans la cuisine, elle se tourna vers lui.

— Jaron, tu ne penses pas qu'il est grand temps de te montrer honnête envers nous deux ? demanda-t-elle.

Il comprit tout de suite à quoi elle faisait allusion, mais ce n'est pas pour autant qu'il avait envie de lui répondre. Aussi, comme souvent quand il était embarrassé ou malheureux, il préféra garder le silence.

Au bout d'un moment de ce silence pesant, elle revint à la charge.

— Nous savons tous les deux que tu éprouves des sentiments pour moi. Ce que je veux comprendre, c'est pourquoi tu ne t'autorises pas à le reconnaître.

— Je te l'ai déjà dit.

— Non. J'en ai assez de tes excuses bidon. Si tu ne me dis pas la vérité, tu peux aussi bien te taire, pour moi, cela revient exactement au même !

Et, sans lui donner la moindre chance de répliquer, elle tourna les talons et se dirigea vers l'escalier.

Perplexe, il la regarda gravir les marches.

Elle avait raison. Elle méritait qu'il soit honnête avec elle. Pourtant, malgré son désir de lui parler franchement, il préférait mille fois endurer sa colère que de la voir lui jeter le regard que ses diverses familles d'accueil lui avaient adressé : un mélange de peur et d'inquiétude.

- 4 -

Tout en essayant de ranger au mieux dans les placards de la cuisine les provisions qu'elle venait d'acheter à l'épicerie, Mariah ne pouvait s'empêcher de penser à ce qui s'était produit la veille au restaurant. Jaron et elle avaient passé un moment agréable durant le repas. Ensuite, il l'avait invitée à danser alors qu'il n'appréciait pas ce genre de distraction. Il l'avait même embrassée ! Et tout d'un coup, brusquement, alors qu'elle pensait qu'il était prêt à admettre qu'il y avait plus entre eux qu'une simple camaraderie, il s'était repris et avait recommencé à la tenir à distance.

Pourquoi donc était-il aussi têtu ? Et pourquoi ne lui donnait-il pas une explication de ce comportement déroutant ?

Elle n'avait pas la moindre idée de ce qui le retenait ainsi. Les excuses qu'il s'obstinait à lui donner régulièrement n'étaient pas vraisemblables. Que voulait dire « Je ne suis pas un homme pour toi » ? Rien. Persuadée que ces explications servaient de paravent à autre chose qu'il ne voulait pas lui avouer, elle avait décidé de se montrer aussi têtue que lui. Découvrir de quoi il s'agissait était le seul moyen d'aider Jaron à avancer dans la vie.

Hélas, la tâche n'était pas facile. Il ne se confierait pas facilement, c'était sûr. Avec un soupir, elle revint à son occupation présente. Forte des indications qu'elle avait trouvées sur Internet grâce à un site de cuisine renommé, elle avait acheté absolument tout ce qui était conseillé, y compris des épices dont elle ne savait même pas à quoi elles pouvaient bien servir ! Tant pis, au moins, elle avait la conscience tranquille.

Si elle avait eu un peu de patience, elle aurait dû attendre le retour de Bria pour faire ces achats, puisque cette dernière était le cordon-bleu de la famille. Mais elle avait décidé de ne pas l'ennuyer avec cela. Pour commencer, sa sœur était déjà pas mal occupée à courir derrière son petit garçon de deux ans, plein de vitalité et de malice. Ensuite et surtout, elle éprouvait quelque appréhension à avouer à Bria qu'elle avait accepté de travailler au Wild Maverick Ranch.

Mis à part le fait que Bria ne se priverait pas de lui rappeler qu'elle n'y connaissait rien en cuisine, elle ne pourrait s'empêcher de jouer la grande sœur donneuse de bons conseils. Il lui faudrait écouter le sermon destiné à la mettre en garde contre son impétuosité et à lui rappeler que la réalité avait peu de chances de se conformer à ses vœux. Or, elle avait accepté cet emploi en toute connaissance de cause. Elle n'attendait rien d'autre que les explications de Jaron à propos de sa réserve envers elle.

— Dis-moi, tu as fait suffisamment de provisions pour nourrir une armée ! s'exclama Jaron en pénétrant dans la cuisine.

Surprise par cette arrivée inopinée, elle sursauta et posa la main sur son cœur affolé. Jaron l'avait aidée à rentrer les provisions et avait ensuite rejoint ses hommes pour vérifier les réparations qu'ils devaient effectuer dans la grange. Persuadée qu'il était encore avec eux, elle ne l'avait pas entendu revenir.

— Jaron, tu m'as fait peur !

— Pourtant, j'ai pris soin de t'appeler depuis le perron.

— Je devais être hyper concentrée sur mon rangement car je ne t'ai pas entendu.

Elle leva le nez de ses paquets pour jeter un coup d'œil sur la pendule.

— Eh bien… depuis que tu es sorti, j'ai complètement perdu la notion du temps, ajouta-t-elle. Rassure-toi, le déjeuner sera vite prêt, accorde-moi juste quelques minutes. Est-ce qu'un sandwich et des chips te suffiront ?

— Ce sera parfait. Je vais te donner un coup de main.

— Tes hommes ont fini le travail ? demanda-t-elle en sortant du réfrigérateur le jambon et le fromage.

— Oui et non, répondit Jaron en sortant les assiettes du placard.

— Bizarre, comme réponse, répliqua-t-elle, moqueuse. J'aurais pensé que, ou bien c'était fait, ou bien ce n'était pas fait !

Jaron se mit à rire.

— En fait, ils ont bien fait tout ce que je leur avais demandé, mais nous avons découvert que la porte de l'une des stalles n'a plus de charnières et que les planches d'une autre sont en si mauvais état qu'il faut les remplacer.

— Oh. On dirait que l'entretien d'un ranch est une tâche sans fin, déclara-t-elle en posant un sandwich dans chaque assiette.

— Exactement. Bienvenue dans le monde des cow-boys, ma jolie !

Ils prirent place à table, l'un en face de l'autre.

— Notre père adoptif nous disait toujours que si nous ne trouvions pas quelque chose à réparer dans un ranch, c'est que nous n'avions pas regardé d'assez près.

— Et cela ne t'a pas découragé ?

— Pas le moins du monde car il nous a donné le goût et les moyens de le faire. Si nous n'avions pas été envoyés au Last Chance Ranch, je ne sais pas ce que nous serions devenus, mes frères et moi. Hank nous a permis de prendre notre place dans la société.

Un moment de silence suivit que Jaron rompit après pas mal d'hésitations.

— Je... j'aimerais te parler de ce qui s'est passé hier au soir.

Surprise, elle le dévisagea un instant. Avait-il enfin décidé de s'ouvrir à elle ?

— Je t'écoute.

Tout à coup, l'appétit l'avait complètement abandonnée. Elle reposa son sandwich dans son assiette.

— Qu'est-ce que tu veux me dire ?

— Eh bien... je voudrais m'excuser de t'avoir embrassée. Cela n'aurait pas dû arriver.

— Oh non ! Encore ! Jaron, tu me fatigues, tu comprends ?

Elle se leva, ramassa son assiette, alla en jeter le contenu dans la poubelle et la rangea dans le lave-vaisselle.

— Si je t'entends encore une seule fois faire allusion à cela, je t'étrangle !

Elle se donna quelques instants pour essayer de se calmer et reprit :

— Ecoute-moi bien, Jaron. Tu as envie de m'embrasser, c'est évident, sinon je ne vois pas pourquoi cela se produirait régulièrement. Ensuite, en ce qui concerne tes excuses, elles n'ont aucune raison d'être parce que moi aussi, j'avais envie de t'embrasser. Et la nuit où nous avons fait l'amour, je le voulais aussi. Alors arrête tes « je ne voulais pas... » et tes « cela n'aurait jamais dû se produire », compris ? Ou garde-les pour toi. Nous savons très bien l'un et l'autre à quoi nous en tenir.

Avant de réfléchir davantage, elle s'avança jusqu'à lui, prit son visage entre ses mains et l'embrassa sans lui demander son avis. Aussitôt, les lèvres de Jaron se moulèrent sur les siennes, et lorsqu'elle les caressa de la langue il les entrouvrit tout de suite pour lui permettre d'approfondir leur baiser. Elle y mit tant d'ardeur qu'un grognement s'échappa de la poitrine de Jaron. Alors elle s'écarta de lui et plongea son regard dans le sien. L'expression de surprise qu'elle découvrit dans ses yeux clairs lui aurait donné envie de rire si elle ne s'était pas sentie aussi frustrée.

— Et je vais encore aggraver mon cas, murmura-t-elle. Non seulement je voulais t'embrasser, mais en plus je ne regrette absolument pas de l'avoir fait. La seule différence entre toi et moi, c'est que moi, je le reconnais alors que toi, tu continues à te mentir.

Comme elle se détournait de lui, Jaron lança :

— Où vas-tu ?

— J'ai plein de choses à faire ! En particulier, finir de ranger les provisions.

Elle n'ajouta pas que ses jambes tremblaient et qu'elle souhaitait s'éloigner de lui au plus vite.

Jaron s'éclaircit la gorge.

— Mais enfin, Mariah, tu ne peux pas t'en aller après m'avoir embrassé comme tu viens de le faire !

— Et pourquoi pas ? C'est bien ce que tu fais toi-même, non ?

Avant qu'il n'ait eu la possibilité de répondre quoi que ce soit, elle était retournée vers les cartons de provision dans lesquels elle se mit à piocher fébrilement. A vrai dire, comme l'émotion lui troublait la vue, elle se trouvait dans l'incapacité pour l'instant de lire les étiquettes, ce qui rendait le tri des boîtes de biscuits sucrés et salés et leur rangement sur les étagères assez aléatoire. Heureusement, il n'était pas prévu que Jaron vienne contrôler son travail !

Jamais de sa vie elle n'avait pris l'initiative d'embrasser un homme comme elle venait de le faire, mais après tout elle avait bien le droit de rendre à Jaron la monnaie de sa pièce. S'il avait le droit de l'embrasser, de faire l'amour avec elle, et de se comporter ensuite comme si de rien n'était, elle pouvait bien se permettre d'en faire autant. Et, s'il voulait la convaincre qu'il n'y avait rien entre eux, il se trompait lourdement. Certes, elle avait moins d'expérience que lui en amour, mais elle n'était pas naïve au point de gober ses sottises. Quelque chose le freinait dans son élan vers elle, et tant qu'elle n'aurait pas découvert ce que c'était elle resterait au ranch. Tant pis si elle devait suer sang et eau pour préparer des repas corrects !

Plus tard, son rangement achevé, elle contempla les étagères garnies. Les paquets de nouilles, de riz, les conserves, tout était soigneusement classé. Ravie du résultat, une certaine fierté s'empara d'elle à l'idée qu'elle sortait victorieuse de la première épreuve.

— Voilà qui a l'air parfait ! approuva Jaron qui venait encore une fois de faire son apparition derrière elle sans prévenir.

— J'aimerais bien que tu arrêtes de faire ça ! s'exclama-t-elle, fâchée.

— De faire quoi ?

— Surgir à l'improviste dans mon dos. Chaque fois, tu me fais sursauter.

— D'accord. A partir de maintenant, je vais essayer de

faire davantage de bruit quand j'arrive. Je venais te dire de ne pas t'inquiéter pour le repas de ce soir. Après ma douche, je vais faire un saut à Beaver Dam. Je prendrai deux repas tout prêts au Broken Spoke.

Elle fronça les sourcils.

— Pourquoi ? Je croyais qu'une part de mon travail consistait à préparer tes repas.

— Tu as travaillé tout l'après-midi, tu dois être fatiguée. Je te propose de commencer à cuisiner seulement demain.

— Comme tu voudras.

Pour tout dire, elle était réellement soulagée de se voir dispensée encore une fois de préparer le repas ! Jaron découvrirait bien assez tôt qu'elle ne connaissait pas le b.a.-ba de la cuisine. Le plus tard serait le mieux.

Elle le regarda monter l'escalier, songeuse. Bien sûr, elle ferait son possible pour lui servir quelque chose de comestible, mais elle ne débordait pas de confiance en ses possibilités. Le malheureux s'imaginait qu'il avait engagé une perle capable de préparer des repas délicieux avec trois fois rien, comme Bria. Il lui faudrait déchanter. Elle ne possédait pas le gène de la cuisine, dans son ADN.

— Salut, Jaron ! C'est une surprise de te voir au Broken Spoke ce soir !

Jaron se retourna pour voir qui l'interpellait ainsi. Ses deux frères adoptifs, Ryder McClain et T.J. Malloy étaient attablés, chacun devant une assiette garnie d'un beau steak.

Il passa sa commande pour deux repas à emporter et après avoir pris une bière alla les rejoindre.

— Ça va être sympa de dîner avec toi ce soir, déclara Ryder.

— Non, je rentre chez moi tout de suite. Je suis seulement venu commander deux dîners à emporter.

— *Deux* ? Dis donc, tu dois avoir une de ces faims !

Puis, le regardant avec un petit sourire moqueur, Ryder ajouta :

— A moins que… tu aies prévu une charmante compagnie pour la soirée ? Oui, c'est sûrement ça puisque tu les emportes chez toi.

— C'est quelqu'un que nous connaissons ? demanda T.J., très intéressé.

Jaron se traita de tous les noms. Mais pourquoi avait-il mentionné *deux* repas ? Il aurait bien pu se douter que ses frères n'auraient de cesse de savoir pour qui était le second !

— J'ai engagé une gouvernante, répondit-il en espérant couper court à leur curiosité. Comme elle a passé la journée à faire des courses et à organiser la cuisine, il m'a semblé correct de commander le dîner au lieu de la mettre tout de suite aux fourneaux.

T.J. et Ryder échangèrent un regard de connivence.

— Très bien, frangin. Et maintenant crache le morceau ! Qu'est-ce que tu essaies de nous cacher ?

Comme Jaron arborait un air surpris, Ryder revint à la charge.

— Et ne prends pas cet air ahuri, nous te connaissons suffisamment pour savoir qu'il y a anguille sous roche. Une gouvernante digne de ce nom serait tout à fait capable de remplir un placard et de préparer un dîner sans être débordée.

Jaron avait prévu d'attendre qu'ils soient tous réunis pour leur annoncer que Mariah travaillait chez lui.

De cette manière, il n'aurait à subir interrogatoire et commentaires qu'une seule fois. Malheureusement, avec cette rencontre inopinée, son plan tombait à l'eau, impossible de se défiler. Et comme il savait que ses frères n'abandonneraient pas la partie sans connaître le fin mot de l'histoire…

Il avala une grande gorgée de bière et reposa sa bouteille sur la table.

— J'ai engagé Mariah, annonça-t-il.

T.J. faillit s'étrangler avec le morceau de steak qu'il venait de mettre dans sa bouche. Ryder lui tapa dans le dos pour l'aider à avaler, puis, son frère ayant retrouvé son souffle, il se tourna vers Jaron.

— Tu blagues ? Comment ça s'est fait ? Depuis quand est-ce qu'elle est chez toi ?

— Eh bien… la semaine dernière, je suis venu dîner ici et Mariah est entrée…

Il expliqua ensuite ce qui s'était passé avec Roy Lee, la voiture en panne et comment, étant donné sa fatigue, le mauvais temps et l'absence de Bria et Sam chez eux, il avait finalement invité Mariah à dormir chez lui.

— N'importe lequel d'entre nous aurait fait la même chose, déclara Ryder. Le mystère, c'est comment tu es passé de ses problèmes de voiture à une proposition d'emploi chez toi.

— Le lendemain matin, elle m'a raconté que la compagnie immobilière pour laquelle elle travaillait venait de la licencier et que sa colocataire avait déménagé en douce en lui laissant la totalité du loyer à payer.

Bien entendu, il se garda bien d'ajouter que, s'il ne s'était pas senti aussi coupable de lui avoir pris sa virginité, il n'aurait sans doute pas eu l'idée de lui offrir cet emploi.

T.J. hocha la tête d'un air pensif.

— A mon avis, tu joues avec le feu, frangin. Depuis des années, tu lui racontes que tu es trop vieux pour elle, et elle l'accepte. Tu crois que cet argument va résister à une cohabitation ?

Ryder approuva vivement.

— Réfléchis à ce que tu fais, Jaron, renchérit-il. Cette fille est amoureuse de toi depuis des années, et tu le sais très bien.

— Et nous savons tous que tu as le béguin pour elle depuis pratiquement aussi longtemps, ajouta T.J. Est-ce que tu aurais finalement décidé que tu n'es pas aussi vieux que Mathusalem ?

— Non, je n'ai pas changé d'avis. Je suis trop vieux pour elle, répliqua Jaron.

— Ecoute, reprit Ryder, je te conseille fortement de ne pas mener Mariah en bateau parce que si tu le fais je te botterai ce que tu sais avec la plus grande énergie.

Jaron regarda son frère d'un air offusqué.

— Tu sais bien que je suis incapable de faire une chose pareille !

Ses frères l'horripilaient, avec leurs avertissements, mais en même temps il n'était pas surpris qu'ils le mettent en garde contre le risque de jouer avec les sentiments de Mariah. Elle était la petite sœur de leur belle-sœur, et ils l'avaient prise sous leur protection. A cela s'ajoutait l'éducation que leur avait donnée Hank Calvert aux yeux de qui le respect dû à une femme interdisait qu'on lui donne de faux espoirs si l'on n'était pas décidé à s'engager avec elle.

Assis en face de ses frères, Jaron se posait tout à coup bien des questions. En proposant cet emploi à Mariah et en l'invitant à vivre sous son toit, était-il en train de lui donner des espoirs alors qu'il n'y en avait aucun ?

Quand il lui avait fait l'amour, il avait bien compris qu'à ses yeux de jeune fille c'était le début d'un changement dans leur relation, même s'il lui avait clairement dit qu'il ne lui promettait rien au-delà de cette nuit. Somme toute, en l'aidant à régler son problème de chômage, n'était-il pas en train de la faire souffrir ?

— Rassurez-vous, je préférerais tomber raide mort à vos pieds que de faire de la peine à Mariah, de quelque manière que ce soit !

— Oh oh… Voilà que tu parles comme un homme amoureux ! remarqua T.J.

— Je ne veux faire de mal à personne, sauf peut-être à toi en ce moment à cause de ce que tu viens de dire, répliqua Jaron en lui jetant un regard noir.

Vivement qu'on lui serve sa commande ! Il avait hâte de quitter ses frères. Bien sûr, il éprouvait énormément d'affection pour chacun d'entre eux, mais en ce moment T.J. et Ryder le ramenaient trop à la guerre qu'il se livrait à lui-même et dans laquelle Mariah ne lui était d'aucun secours, bien au contraire. Le baiser qu'elle lui avait donné à midi avait tellement aiguisé son désir qu'il avait été à deux doigts de craquer et de l'entraîner dans sa chambre.

— Franchement, Jaron, qu'est-ce qui t'empêche de sortir avec Mariah ? reprit Ryder. Dis-nous enfin la vérité ! On en a assez de t'entendre nous rabâcher cette différence d'âge entre vous. Qu'est-ce que c'est, neuf ans ? Rien du tout. Dis-nous ce qui te retient de lui déclarer tes sentiments.

Jaron ne répondit pas tout de suite. Il se sentait acculé. Le mauvais côté de la complicité affectueuse qui le liait à ses frères, c'était que ces derniers lisaient en lui comme dans un livre ouvert et qu'ils savaient parfaitement quand il n'était pas totalement sincère avec eux.

Le moment était peut-être venu de leur parler de ses craintes ?

— Je l'aime trop pour lui imposer un passé aussi lourd que le mien, avoua-t-il.

— Allons, nous avons tous un passé chargé, lui rappela T.J. Si on nous a envoyés au Last Chance Ranch, c'est bien parce que nous n'étions pas des anges.

— T.J. a parfaitement raison, approuva Ryder. Nous avons tous fait des bêtises, dans notre jeunesse, de grosses bêtises que nous regrettons et dont nous ne sommes pas fiers aujourd'hui. Mais nous avons rencontré des femmes qui nous aiment pour ce que nous sommes devenus et qui n'attachent pas d'importance à nos erreurs passées. Dans le fond, qu'est-ce que tu as fait de si terrible, à part te sauver des familles d'accueil où tu étais placé ? Nos idioties étaient autrement graves que ça !

— Oui, je comprends… mais… il s'agit de Mariah, marmonna-t-il. Elle mérite bien mieux que moi.

T.J. laissa échapper un grognement.

— Ce que tu viens de dire est complètement crétin, Jaron. Tu te rappelles ce que nous disait Hank ? Puisqu'on ne peut pas changer le passé, mieux vaut laisser derrière nous ce qui nous a valu des ennuis et tirer le maximum du présent. Autant que je sache, c'est exactement ce que tu as fait jusqu'à maintenant. Il ne te reste qu'à continuer !

— Tu sais, enchaîna Ryder, pas un d'entre nous s'estime digne de sa femme, mais par chance nos épouses ne sont pas du tout de cet avis.

— Au cas où tu ne l'aurais pas remarqué, c'est exactement la position de Mariah envers toi, dit T.J. Sans connaître exactement les détails, elle sait que tu as eu un passé difficile, mais elle n'en tient pas compte. Ce qu'elle voit, c'est l'homme que tu es désormais.

— Je réfléchirai à tout ça, déclara Jaron.

Peut-être allaient-ils enfin le laisser tranquille, s'il leur faisait cette promesse ? Pourquoi d'ailleurs ne pas faire passer la balle dans leur camp ?

— Au fait, à présent que nous avons fait le point sur ma vie privée, expliquez-moi pourquoi vous êtes ici et non pas chez vous avec votre femme et vos gosses ? demanda-t-il.

Un large sourire éclaira le visage de T.J.

— Les petits jouent ensemble pendant que Summer aide Heather à choisir la décoration de la chambre du bébé qui va naître. Dès que nous saurons si c'est une fille ou un garçon, nous commencerons à peindre des cow-boys ou des ballerines dans les couleurs qu'elles auront choisies.

— En fait, expliqua Ryder, elles nous ont expédiés ici pour être tranquilles sous prétexte que tous nos conseils en la matière sont complètement nuls.

Lorsque Jaron entendit la serveuse l'appeler, il poussa un soupir de soulagement.

— Ah ! Mon repas est prêt, dit-il en se levant.

Puis, pris d'une soudaine crainte, il ajouta :

— J'apprécierais que vous gardiez pour vous le fait que Mariah travaille chez moi.

Ryder et T.J. hochèrent la tête en signe d'assentiment. Cela valait comme promesse. Jaron savait qu'ils tiendraient parole.

— Tu as sans doute l'intention de l'annoncer toi-même à l'occasion de l'anniversaire de Sam, puisque vous y êtes invités tous les deux ? demanda Ryder.

— Oui. Je préfère que toute la famille l'apprenne en

même temps. Comme tout le monde me posera les mêmes questions, ce sera plus facile pour moi de répondre en une seule fois.

— Tu n'as sans doute pas tort, approuva Ryder.

— Dans ce cas, au week-end prochain ! lança T.J. tandis que Jaron s'éloignait avec ses deux paniers-repas.

Tout en roulant en direction du Wild Maverick, il reconnut que ses frères lui avaient posé un certain nombre de questions auxquelles il ferait bien de réfléchir sérieusement.

Même si elle ne connaissait pas les détails de son enfance perturbée, Mariah savait qu'il avait connu de gros problèmes. Mais T.J. avait raison sur un point : elle paraissait n'y attacher aucune importance et l'acceptait tel qu'il était maintenant.

Cependant, à la différence de ses frères adoptifs, il avait été catalogué « enfant à problèmes » bien plus à cause du meurtre commis par son père que pour ce que lui-même avait fait. Hélas, de nombreuses familles avaient refusé d'héberger le fils d'un meurtrier, certainement parce qu'elles craignaient qu'il n'en devienne un lui-même. Quant à celles qui l'avaient accueilli, elles l'avaient rendu si malheureux, avec leurs regards accusateurs et leurs questions incessantes à propos de son père, qu'il avait chaque fois préféré s'enfuir.

Le jour où le responsable qui s'occupait de son dossier l'avait confié à Hank Calvert avait été le plus heureux de sa vie. Grâce à l'éducation pleine de bonté et de fermeté de ce dernier, les enfants dont il avait la responsabilité réussissaient à prendre un nouveau départ dans la vie. Alors pourquoi lui, Jaron, n'y avait-il pas complètement réussi ? S'il arrivait enfin à surmonter les traumatismes de son enfance, est-ce qu'il se sentirait libre de nouer une relation avec Mariah ?

En garant son pick-up à côté de la voiture de Mariah, le résultat de ses réflexions fut que tant qu'il n'avait pas de réponse à cette question, mieux valait laisser la situation en l'état.

— Merci encore une fois pour ce dîner, dit Mariah comme ils se dirigeaient tous les deux vers la pièce où se trouvait la télévision. C'était tellement bon que je crois que j'ai trop mangé !

La cuisine du Broken Spoke était réputée pour sa qualité, et les rations y étaient deux fois plus importantes que n'importe où ailleurs, à tel point qu'elle n'avait même pas pu avaler une seule bouchée de la délicieuse tarte aux pommes que Jaron avait choisie pour le dessert. Sachant combien il en était friand, elle lui avait offert sa part, ce qu'il avait accepté sans se faire prier.

— Tu avais sans doute déjà mangé au Broken Spoke ? s'enquit Jaron.

— Non. C'était la première fois que j'y mettais les pieds, l'autre soir. Normalement, quand je m'arrête dans le coin, c'est parce que je suis invitée chez ma sœur ou chez l'un de mes beaux-frères.

— Au fait, à propos de repas de famille, il en a un qui s'annonce le week-end prochain en l'honneur de l'anniversaire de Sam.

— Super ! J'ai déjà hâte d'y être, dit-elle en retirant ses chaussures pour se lover sur le canapé. Je n'ai pas vu les enfants depuis Noël.

Sam et Bria avaient un petit garçon, qui était son

seul neveu biologique, mais elle aimait les autres aussi tendrement que lui.

— Il va y en avoir deux de plus bientôt, ajouta Jaron. Nate et Jessie attendent une fille. T.J. et Heather, sûrement un garçon.

Elle éclata de rire.

— Evidemment !

Chaque fois qu'une des belles-sœurs s'était trouvée enceinte, elle avait soutenu qu'elle aurait une fille tandis que Jaron assurait que ce serait un garçon.

— Parce que tu penses que Heather va avoir un garçon, n'est-ce pas ?

— Finalement, je ne trouve plus que cela ait tellement d'importance, avoua-t-il après quelques instants de réflexion. Avant que Ryder et Summer aient Katie, je n'avais jamais connu de petite fille. Maintenant, je sais qu'il suffit qu'elle m'adresse un sourire pour que je craque complètement !

— Tu vois, c'est exactement ce qui m'arrive en présence de n'importe quel bébé, fille ou garçon. Je les trouve tous absolument adorables et ils me font fondre de tendresse.

— Mais alors pourquoi insistes-tu tellement pour que nos belles-sœurs aient des filles ?

Elle se mit à rire de si bon cœur que Jaron lui jeta un regard surpris. Pourtant, il aurait dû comprendre, non ?

— Explique-moi, reprit-il. Je ne vois pas la raison de ton entêtement à ce sujet.

— Vraiment ?

— Vraiment.

— Eh bien, c'est pour le plaisir de me disputer avec toi.

— Non ! Mais pourquoi ?

Elle se pencha vers lui.

— Parce que je voulais retenir ton attention, idiot, lui chuchota-t-elle à l'oreille.

— Eh bien… tu y as réussi. Moi qui croyais que tu étais réellement fâchée contre moi quand je m'enorgueillissais d'avoir eu raison quand Lane et Taylor ont eu leur fils !

— Je n'aimais pas que tu profites de l'occasion pour faire le fier, voilà tout.

— Ce qui fait que tu étais *réellement* en colère ?

— Disons plutôt que j'étais vexée.

— Quelle est la différence ?

— Enorme, mon cher ! L'autre jour, quand tu m'as forcée à quitter le Broken Spoke parce que tu pensais que j'étais incapable de me débrouiller seule face à ce pauvre Roy Lee, j'étais réellement en colère contre toi.

— Désolé, mais je suis prêt à recommencer si l'occasion se présente à nouveau. Et à ta place je ne serais pas tellement désolée pour ce *pauvre* Roy Lee, comme tu dis. Il méritait une bonne leçon, il l'a reçue. La prochaine fois, il se montrera plus galant.

— Tu aurais fait la même chose s'il s'était agi d'une autre femme que moi ?

Elle voulait qu'il reconnaisse que s'il avait réagi aussi vivement ce n'était pas par pure galanterie, mais parce qu'il s'agissait d'elle.

— Ce n'était pas le cas, répondit-il.

Sur ce, il serra les lèvres et se tut.

— Probablement, précisa-t-il au bout d'un instant.

— Mais il ne s'agissait pas de n'importe qui. C'était moi.

— En effet, reconnut-il à contrecœur.

— Tu veux que je te dise ce que j'en pense ?

Elle le vit se figer et retint un sourire. Le voir perdre ainsi ses moyens commençait à lui plaire.

— Tu vas… oh, et puis, tu peux bien me dire ce que tu veux ! s'exclama-t-il. Allez, je t'écoute.

Elle se pencha et l'embrassa dans le cou.

— Et bien… tu mènes une bataille perdue d'avance.

— Mariah, je ne…

Il la dévisagea, indécis, puis, après avoir fermé les yeux un instant comme pour mieux réfléchir, il les rouvrit et la prit dans ses bras.

— Au diable mes principes…, murmura-t-il. J'abandonne.

Avant qu'elle ait compris ce qui se passait, il l'avait attirée sur ses genoux et avait pris ses lèvres avec une ardeur qui lui arracha presque un petit cri. Elle s'agrippa à ses épaules et lui rendit son baiser.

Des étincelles dansaient devant ses yeux clos tandis que les lèvres de Jaron mordillaient les siennes. Elle ne souhaitait plus qu'une chose : qu'il approfondisse ce baiser, que leurs langues s'enroulent pour une danse sans fin… Et lorsque cela se produisit une chaleur délicieuse l'envahit. Apparemment, Jaron ressentait la même chose car elle sentait son érection contre sa hanche.

Tout en la gardant enroulée à lui, il l'aida à s'installer dans une position plus confortable. Elle se retrouva allongée sur le canapé, Jaron partiellement couché sur elle. Il avait glissé une de ses cuisses entre ses jambes, et il n'en fallut pas davantage pour qu'un vertige de sensualité ne lui fasse perdre la tête. Elle désirait Jaron. Depuis la nuit où ils avaient fait l'amour, elle n'avait cessé de le désirer. Et tout à coup, avec une certitude absolue, elle sut qu'il en serait toujours ainsi.

Tout en continuant à l'embrasser avec un mélange d'ardeur et de tendresse qui lui coupait le souffle, il avait pris dans sa main un de ses seins. Du pouce, il en taquinait la pointe dressée. Elle gémit ; elle avait l'impression que son ventre s'était transformé en cire brûlante. Quand il interrompit sa caresse pour déposer des baisers le long de son cou, elle ne put retenir un petit cri de volupté.

— C'est bon ? demanda-t-il d'une voix rauque. Ça te plaît ?

— C'est merveilleux ! J'adore… Continue.

— Non… Je… Nous ne devrions pas faire ça.

Elle posa ses deux mains sur le visage de Jaron et le regarda droit dans les yeux.

— Je te jure, Jaron, si tu arrêtes maintenant, jamais plus de ma vie je ne t'adresserai la parole !

Elle se serra encore plus fort contre lui quand elle entendit le petit rire qui lui échappa. La vigueur de son érection indiquait clairement la force du désir qu'il avait d'elle. Un désir aussi violent que celui qu'elle éprouvait pour lui.

Tout à coup, il se redressa.

— Excuse-moi, il faut que j'aille vérifier quelque chose dans la grange, dit-il. Je reviens tout de suite.

Elle ne fut pas dupe de cette lamentable excuse.

— Quand tu te seras calmé, c'est ça ? lança-t-elle sèchement.

Il demeura silencieux.

— Jaron, pendant que tu seras dans la grange, pense à ce que je t'ai dit plus tôt : tu livres une bataille déjà perdue. Tu as envie de moi autant que j'ai envie de toi, même si tu le nies de toutes tes forces. Et tant que tu ne me mettras pas à la porte je resterai chez toi.

— Je ne veux pas te mettre à la porte.

— Alors tire au clair ce qui se passe entre nous. Parce qu'il y a toujours eu bien plus que de l'amitié entre nous, et nous le savons parfaitement tous les deux.

- 5 -

Jaron passa une nuit misérable à espérer trouver un peu de sommeil avant que le ciel clouté d'étoiles ne laisse place à la lueur laiteuse de l'aube. Malgré tous ses efforts pour se détendre, il n'y réussit pas. Finalement, en désespoir de cause, il s'assit sur son lit pour réfléchir à ce que Mariah lui avait dit la veille au soir. De toute façon, autant s'avouer que depuis qu'elle vivait chez lui il ne pensait à rien d'autre qu'à cela.

Les bras passés autour de ses genoux repliés, il considéra longuement les draps froissés par son insomnie tout en songeant aux remarques de ses frères. D'après eux, tout en sachant qu'il avait été un adolescent difficile dont l'avenir avait longtemps été problématique, Mariah n'en était nullement affectée ni inquiète pour le futur. Cela, il voulait bien le croire. Toutefois, ce que ses frères ne savaient pas, c'est que son refus de s'engager provenait des craintes liées à sa généalogie. Quelles conséquences pouvait-elle avoir sur lui-même et sur sa descendance ? Cette seule perspective suffisait à le bouleverser. Il était le fils d'un meurtrier.

Certes, Mariah l'acceptait pour l'homme qu'il était aujourd'hui. Le malheur venait de sa propre incapacité à en faire autant. Etre le fils d'un homme que la société considérait comme l'incarnation du mal était pour lui une souffrance indélébile. Comment oserait-il prendre le risque d'introduire pareille hérédité dans la vie de Mariah ? Des enfants qu'ils auraient ? Non, par amour pour elle, jamais il n'en serait capable.

Malheureusement, il lui était de plus en plus difficile de résister à la tentation de garder Mariah chez lui. Rien au monde ne le comblerait autant que de pouvoir la serrer dans ses bras, l'embrasser jusqu'à en perdre le souffle et lui faire l'amour aussi longtemps qu'elle le souhaiterait. Le pire, c'est qu'elle ne l'aidait guère à résister à cette tentation et ne perdait pas une occasion de lui assurer qu'elle n'attendait que cela !

Que devait-il faire ? Même si Mariah estimait que son passé n'était pas un problème, il n'était pas de cet avis. Pas du tout, hélas. Une fois qu'ils avaient été informés du crime commis par son père, trop de gens au cours de son adolescence l'avaient regardé comme s'ils craignaient qu'il ne vienne leur couper la gorge pendant leur sommeil. C'était là un traumatisme qu'il ne pouvait pas oublier. Jamais il n'en parlerait à Mariah. Restait à espérer que jamais elle n'apprendrait cet horrible secret. De son côté, sachant qu'il ne supporterait pas qu'elle porte sur lui un regard chargé de déception, il continuerait à faire son possible pour l'en protéger.

Un énorme soupir de tristesse lui échappa. Le mieux serait de la congédier. Ce serait le moyen le plus sûr de mettre fin à son tourment. Mais que deviendrait-elle sans le travail qu'il lui avait fourni ? Elle en avait besoin, et c'était la seule manière de l'aider sans qu'elle se sente humiliée ou tellement en colère qu'elle ne lui adresserait plus jamais la parole.

Par conséquent, la seule solution était de garder le contrôle de lui-même, ce qui était plus vite dit que fait…

En entendant la porte de la chambre de Mariah

s'ouvrir et ses pas dans l'escalier, il décida de se lever. Il prit une douche et s'habilla. D'ici peu, elle aurait préparé le petit déjeuner. Dès qu'il l'aurait avalé, il irait rejoindre ses hommes pour effectuer les réparations des clôtures, ce qui représentait une grosse journée de travail à l'extérieur. Ce travail pénible loin du ranch lui convenait parfaitement. Se morfondre comme il venait de le faire n'avançait à rien.

Au moment où il enfilait ses bottes, un cri lui parvint. Que se passait-il ? Vite, il se précipita dans l'escalier. Le détecteur de fumée qui s'était déclenché lui vrillait les oreilles de sa sonnerie aiguë tandis que l'odeur âcre de quelque chose en train de brûler lui parvint.

Pas plus tôt arrivé dans la cuisine, il vit Mariah qui était en train d'ouvrir frénétiquement tous les placards, sans doute à la recherche d'un moyen d'éteindre le feu. Comme elle ne paraissait pas blessée ni en danger, il se rua sous l'évier d'où il sortit l'extincteur. Il le dégoupilla rapidement et dirigea le jet de mousse sur la poêle en flammes. Une fois celles-ci éteintes, il alla arrêter la sonnerie insupportable de l'alarme.

Puis il se précipita vers Mariah, la prit par les épaules et l'entraîna sur le perron.

— Ça va ? Tu n'as rien ?

Avant de lui répondre, elle dut maîtriser une quinte de toux.

— Non, non, je vais bien, mais je… je crois que le petit déjeuner va être en retard.

Il lui sourit et haussa les épaules.

— Reste ici pour reprendre ton souffle. Je vais aller ouvrir les fenêtres de la cuisine pour aérer.

Quand il sortit la retrouver, elle était toujours debout, les bras enroulés autour de sa taille et tremblait de tous ses membres. Etait-ce de froid ou de peur ? Peu importait. Il la prit dans ses bras.

— Tout va bien, ne t'inquiète pas, lui assura-t-il en lui frottant le dos d'un geste rassurant. La seule chose qui compte, c'est que tu ne sois pas blessée.

Elle hocha la tête sans parler.

— C'est la poêle qui a pris feu ? demanda-t-il.

— Eh bien… j'étais en train de faire frire des œufs, et tout à coup je les ai vus en flammes. Je crois que l'huile était trop chaude.

Elle avait parlé sans lever les yeux, cramponnée à lui comme à une bouée de sauvetage.

Il éclata de rire.

— Tu viens peut-être d'inventer une nouvelle recette ! Jusqu'à présent, je n'avais jamais entendu parler d'œufs flambés.

— Jaron, je crois que le moment est venu de te confesser quelque chose…

— Ah bon ? Je t'écoute.

Cette fois, elle leva la tête vers lui et le regarda d'un air penaud.

— A part lire les indications inscrites sur la boîte du produit surgelé pour savoir combien de temps il faut le laisser dans le four à micro-ondes, je ne sais rien, absolument rien, en matière de cuisine.

Il fronça les sourcils, perplexe.

— Pourtant, la tarte aux pommes que tu avais préparée pour mon anniversaire il y a deux ans était délicieuse !

— Si Bria n'avait pas été à côté de moi pour me guider pas à pas, elle n'aurait sûrement pas été mangeable.

Elle lui adressa un pâle sourire.

— Jaron, je ne sais pas cuisiner. Pas du tout.

— Depuis que j'ai entendu la sonnerie du détecteur

de fumée et que j'ai vu la poêle en flammes, figure-toi que je commençais à m'en douter.

De l'index, il lui souleva le menton et la regarda dans les yeux avec un sourire attendri.

— Tu m'as fait découvrir que les œufs pouvaient être carbonisés. C'est quelque chose que je n'avais jamais imaginé possible !

Elle rougit jusqu'à la racine des cheveux.

— Je suis meilleure comme secrétaire de direction.

— Je n'en doute pas !

Il la sentit frissonner contre lui. Le temps était plus froid que d'ordinaire, pour un mois de février. Des nuages sombres obscurcissaient le ciel. Une pluie glacée ne tarderait sans doute pas à tomber.

— Viens, rentrons maintenant, suggéra-t-il. La fumée a dû disparaître.

Une fois dans la cuisine, Mariah racla la poêle avec une spatule en bois pour la débarrasser des œufs réduits à l'état de charbon. Ensuite, elle la mit à tremper dans l'évier.

— Si je te faisais griller des toasts ? proposa-t-elle timidement. Ça, au moins, je sais faire.

— Non, merci. Je prendrai seulement une tasse de café noir.

— Ah… Justement, je voulais te demander comment fonctionne ta cafetière.

Tout en parlant, elle fixait cet innocent appareil ménager comme s'il risquait de lui sauter dessus pour la mordre.

— Je… D'habitude, j'attendais d'être au bureau pour prendre mon café, avoua-t-elle. Il était tout prêt quand j'arrivais.

Elle baissa le nez, s'attendant sans doute à ce qu'il se moque d'elle.

Elle se trompait. Et n'imaginait même pas que son aveu d'incompétence en cuisine lui donnait plutôt envie de la serrer contre lui…

— Tu vas voir, elle est très simple à utiliser, répondit-il. Je vais te montrer comment t'y prendre pour que tu saches t'en servir demain matin.

Elle le regarda faire, soulagée et gênée à la fois.

— Merci pour ta patience, Jaron, je t'en suis vraiment reconnaissante. Tu sais, j'avais prévu de demander à Bria quelques recettes simples, mais je n'ai pas encore eu l'occasion de lui parler.

— Ne t'inquiète pas. Si tu n'y vois pas d'inconvénient, je crois que je vais modifier tes attributions.

Elle lui jeta un regard affolé.

— C'est-à-dire ? Tu me mets à la porte ?

— Non, rassure-toi. Mais, à la lumière des récents événements, je pense qu'il serait dans notre intérêt à tous les deux que je te confie un poste où tu serais davantage à l'aise et sans doute plus performante, lui expliqua-t-il avec un sourire amusé. Par exemple, est-ce que cela te plairait de devenir administratrice du ranch ?

— Tout ce que tu voudras pourvu que je n'aie pas à m'approcher d'une batterie de cuisine ! Mais comment vas-tu t'organiser, pour le ménage et la préparation des repas ?

— C'est très simple. Ton premier travail en tant que régisseuse va être de trouver une personne qui ait, disons… un peu plus d'expérience que toi dans ce domaine.

Le sourire qu'elle lui adressa était assez penaud.

— Si tu veux manger autre chose que des œufs flambés, cela me paraît effectivement une bonne idée, reconnut-elle.

Son café terminé, il la conduisit devant son ordinateur

et lui montra comment trouver les dossiers concernant la gestion du ranch.

— Je te conseille de te familiariser avec toutes ces informations dès aujourd'hui, dit-il. Comme je dois rester au ranch demain, cela nous permettrait de discuter des projets à mettre sur pied.

Avec la formation spéciale qu'il avait suivie, il aurait pu gérer son ranch sans aucune aide, mais il avait promis un emploi à Mariah, et il n'était donc pas question qu'il revienne sur sa parole.

Mariah l'écouta avec la plus grande attention. Puis, quand il eut terminé ses explications, il la vit sourire.

— Tu sais, j'ai une piste pour remplir le poste que je libère, dit-elle. Il s'agit d'une personne qui travaillait aussi à l'agence immobilière. Elle s'est retrouvée au chômage en même temps que moi, et je sais qu'elle souhaite se rapprocher de Stephenville où vivent son fils et sa famille.

— Et… elle sait faire la cuisine ? s'enquit-il en retenant un sourire.

Mariah lui répondit par une grimace moqueuse.

— Reba May cuisine aussi bien que Bria, ce qui n'est pas peu dire, affirma-t-elle. C'est elle qui s'occupait de nos cocktails et de nos repas d'affaires. Tout ce qu'elle prépare est délicieux. Je l'appellerai tout à l'heure pour voir si elle est intéressée.

— Parfait. J'ai l'impression que tu es déjà tout à fait dans ton rôle.

— Au cas où elle serait effectivement disponible, est-ce que tu souhaites la rencontrer, avant que je l'engage ?

— Non, je te fais entièrement confiance.

Il consulta sa montre.

— Maintenant, excuse-moi, mais je dois rejoindre

mes hommes et préparer tout ce qu'il nous faut pour réparer la clôture dont je t'ai parlé.

— Tu rentreras déjeuner ? demanda-t-elle en lui jetant un sourire embarrassé. Je réussirai peut-être à te préparer un sandwich sans que tu aies besoin de me conduire aux urgences…

Elle le regardait en se mordillant la lèvre, un peu moqueuse, un peu gênée, et il sentit une fois de plus son sang se mettre à bouillonner dans ses veines. Mariah ne cherchait pas à le provoquer. Elle n'avait tout simplement pas la moindre idée de la séduction qui émanait d'elle. Ce qui était encore pire pour lui, car il ne pouvait lui en vouloir de chercher à l'aguicher.

Il se leva en espérant que mettre un peu de distance entre eux l'aiderait à calmer ses sens enfiévrés.

— Non. Nous serons loin du ranch, répondit-il. Dans ces cas-là, le cuisinier des ouvriers nous prépare un pique-nique que nous mangeons sur place.

Mais la distance qu'il avait mise entre elle et lui ne suffisait pas… Pourquoi lutter encore contre son envie d'embrasser Mariah ? Quel était l'intérêt de ce sacrifice ? Nul. Par conséquent, il se rapprocha d'elle et lui passa les bras autour de la taille pour l'attirer contre lui.

— Et surtout ne prépare rien pour le dîner ! lança-t-il, moqueur. Je pense préférable que nous allions manger quelque part.

Ils éclatèrent de rire tous les deux.

— Dois-je comprendre que tu n'as pas le goût du risque, cow-boy ?

— J'ai eu ma dose ce matin au petit déjeuner…

Tout en lui murmurant cela, il posa ses lèvres sur les siennes pour un baiser qui les laissa tous les deux le souffle court.

— Merci, Jaron, murmura-t-elle quand il l'écarta doucement de lui.

— Merci ? Mais de quoi ?

— Merci de ne pas m'avoir mise à la porte.

Elle posa un baiser léger sur ses lèvres.

— A ce soir.

— A ce soir ! répondit-il.

Sur ce, il attrapa son stetson et se hâta de sortir de crainte de changer d'avis sur ses occupations de la journée. La perspective d'entraîner Mariah aux lèvres si douces dans sa chambre était autrement excitante que celle de réparer une clôture au fin fond de la propriété en compagnie de trois hommes fort sympathiques, certes, mais plutôt rustauds…

Il haussa les épaules, découragé d'avoir eu cette pensée. A quoi servait donc la leçon de morale qu'il venait de se faire pas plus tard que ce matin ? Moins d'une heure après, il avait déjà embrassé Mariah !

Bien sûr, la raison voudrait qu'il lui conseille de chercher un autre emploi au plus vite, mais il ne souhaitait absolument pas la voir partir. Cette éventualité lui nouait l'estomac.

Son chapeau fermement enfoncé sur la tête, il adopta un pas décidé pour aller rejoindre son personnel. Personne n'avait besoin de se douter du combat douloureux qu'il menait contre lui-même. Quand il avait fait l'amour à Mariah, il avait mis en branle un mécanisme qu'il ne pouvait plus arrêter. Et d'ailleurs, même s'il l'avait pu, il se doutait bien qu'il n'en aurait pas eu envie.

Mariah referma l'ordinateur avec un sourire. Elle était très contente d'elle-même. Sa journée avait été productive au-delà de ses espérances. Non seulement elle avait étudié tous les dossiers concernant la gestion du ranch, mais elle avait en plus engagé l'ancienne employée de l'agence pour venir remplir les fonctions qu'elle-même avait été incapable d'assurer.

Reba May avait sauté sur l'offre qu'elle lui avait faite de venir travailler au Wild Maverick Ranch comme gouvernante. Cela lui permettrait de se rapprocher de son fils et de gagner sa vie en faisant ce qu'elle aimait le plus au monde : cuisiner. Voilà qui avait remonté le moral de Mariah, moral quelque peu en berne après le désastre du petit déjeuner. La cerise sur le gâteau était que Reba May avait remporté le premier prix du concours de tarte aux pommes organisé par la ville de Beaver Dam l'année précédente. Etant donné que c'était là le dessert préféré de Jaron, il serait sûrement enchanté de ce choix.

Son téléphone sonna alors qu'elle était en train de se féliciter pour tous ces beaux résultats. Elle sourit en découvrant que l'appel provenait de Bria.

— Comment se porte ma sœur préférée ? s'enquit-elle sur un ton jovial.

— Etant donné que je suis ton unique sœur, je ne suis préférée que par défaut de concurrence, répliqua Bria d'un ton las.

— Tu parais fatiguée. Est-ce que mon adorable petit neveu aurait eu raison de tes réserves d'énergie et de patience ?

— Pas plus que d'habitude. Mais je me bagarre depuis une semaine avec une sorte de virus qui m'enlève toutes mes forces.

— Est-ce que je peux faire quelque chose pour t'aider ? Tu veux que je m'occupe de ton diablotin en attendant que tu te sentes mieux ?

Bria et Sam avaient largement les moyens de payer une nounou pour s'occuper de leur fils, mais pour rien au monde Bria n'aurait renoncé à s'occuper elle-même de son fils. Elle adorait tous les moments qu'elle passait avec lui et n'avait jamais envisagé d'engager quelqu'un pour l'aider.

— Merci pour ta proposition, mais depuis que je suis malade il est gentil comme tout. En revanche, il va bientôt se réveiller de sa sieste, donc je ne vais pas rester longtemps au téléphone. Je t'appelle parce que c'est l'anniversaire de Sam dimanche prochain. Comme je n'ai pas été très en forme ces derniers temps, je voulais te prévenir que la fête aura lieu au ranch de Lane et Taylor plutôt qu'à la maison. Taylor est ravie.

Taylor Donaldson avait été un chef réputé avant de s'installer au Texas. Depuis qu'elle avait épousé Lane, elle avait régulièrement aidé Bria lors des grands repas de famille qu'elle organisait de temps à autre. Taylor et Bria aux fourneaux étaient une expérience culinaire toujours exceptionnelle. Toutefois, en apprenant que sa sœur ne cuisinerait pas elle-même pour l'anniversaire de son mari, Mariah commença à s'inquiéter. Cela ne s'était jamais produit. Bria avait peut-être quelque chose de plus sérieux qu'un simple virus de passage ?

— Est-ce que tu as vu un médecin ? demanda-t-elle.

— J'ai un rendez-vous demain bien que je ne sois pas inquiète du tout. Je voulais simplement te prévenir du changement de plans.

— C'est noté. Je viendrai, bien entendu.

Elle avait bien fait attention à ne pas répondre : « *Nous viendrons* »… Apparemment, Jaron n'avait pas encore annoncé à ses frères qu'elle travaillait chez lui, car s'il l'avait fait Bria ne se serait pas privée de lui poser des questions. Mariah avait bien sûr l'intention de faire part à sa sœur de tous les changements survenus récemment dans sa vie, qu'il s'agisse de son licenciement ou de son nouvel emploi au Wild Maverick Ranch, mais elle préférait faire tout cela de vive voix. Les choses étaient souvent plus faciles à dire quand on se trouvait en présence de la personne plutôt que par téléphone.

— N'oublie pas de me donner de tes nouvelles quand tu auras vu le médecin, reprit-elle. Et, si jamais tu as besoin de mon aide, n'hésite pas à m'appeler.

— Promis. Et de toute façon, à très bientôt. Je t'aime. Je te fais un gros baiser.

— Et moi, je t'aime encore plus que ça ! Gros baiser à toi aussi.

Depuis la disparition brutale de leurs parents, Bria et elle, déjà très complices, s'étaient encore rapprochées, et elles ne manquaient aucune occasion d'exprimer l'affection qui les liait.

Une fois qu'elle eut raccroché, elle quitta le bureau de Jaron pour aller prendre une douche et se changer. Il serait bientôt de retour, et elle voulait être prête pour sortir dîner.

Tout en se préparant, elle se demanda pourquoi Jaron n'avait pas parlé à ses frères de sa présence chez lui. Puis elle réalisa qu'elle avait elle-même renoncé à mettre Bria au courant. Sans doute avait-il lui aussi voulu éviter d'avoir à répondre à trop de questions.

Bria pouvait parfois se montrer une grande sœur exagérément protectrice, surtout quand il s'agissait de Jaron. Non parce qu'elle ne faisait pas confiance à ce dernier, mais par un besoin excessif de la préserver. Elle savait depuis le début ce que Mariah éprouvait pour Jaron, mais elle savait également que ce dernier ne souhaitait pas répondre à l'intérêt que sa petite sœur lui portait. Mariah était sûre que, dès que Bria apprendrait qu'elle travaillait au Wild Maverick Ranch, elle se sentirait obligée de lui conseiller de ne pas attendre de cette situation plus qu'un emploi comme un autre.

Evidemment, sa grande sœur adorée ne savait pas tout, et elle n'avait pas l'intention de lui parler de sa nuit avec Jaron. Ce qui s'était passé entre eux ne regardait qu'eux. Elle n'en soufflerait donc mot à personne, quitte à écouter les conseils de Bria et même à répondre à ses questions, mais sans jamais révéler les aspects intimes de son séjour au ranch de Jaron. Ce qu'ils avaient partagé ne concernait que deux personnes au monde : elle et lui.

Le jour suivant, Jaron était assis à son bureau en face de Mariah, préoccupé avant tout de savoir comment il réussirait à se concentrer sur l'avenir du ranch alors qu'il n'avait qu'une idée en tête : entraîner Mariah dans son lit. Il avait d'ailleurs eu le même problème la veille, au cours de leur repas au restaurant. Mariah lui avait paru enthousiaste à propos de la personne qu'elle avait engagée, mais il ne se souvenait de rien de ce qu'elle lui avait dit à son sujet, à part le fait qu'elle s'appelait Reba quelque chose et qu'elle ne prendrait son poste qu'à partir du mois suivant.

Par chance, à leur retour au ranch, il avait reçu un appel de son contremaître qui lui annonçait que le vêlage avait commencé. Deux des jeunes vaches qu'il avait récemment achetées étaient déjà entrées en travail. Aussi, après avoir souhaité une bonne nuit à Mariah, il était allé à l'étable voir comment se passait la mise bas. Ses hommes auraient été parfaitement capables de veiller sur les deux bêtes, mais il préférait rester avec eux pour échapper momentanément à ce qui lui paraissait désormais inévitable. Oui, Mariah et lui feraient encore l'amour. Et dans peu de temps.

Il avait fini de se bagarrer contre cette perspective qui lui paraissait désormais inéluctable. Sa résistance avait atteint ses limites. Aucun des raisonnements qu'il s'était efforcé de se tenir n'avait porté ses fruits. Le moment était venu de reconnaître qu'il avait lamentablement échoué à ignorer le désir qu'il avait de la jeune femme. Il baissait les bras, il ne lutterait plus, tout simplement parce que… à l'impossible, nul n'est tenu.

Pourtant, malgré la hâte qu'il avait de faire à nouveau l'amour avec elle, il était bien décidé à ce que ce soit différent de la fois précédente. La nuit où il l'avait ramenée chez lui, il était allé trop vite alors qu'elle méritait d'être aimée lentement. Elle devait comprendre à quel point elle était spéciale pour lui. A l'avenir, il se promettait de lui offrir tout le romantisme dont sa précipitation l'avait privée lors de leur première nuit. Mais qu'est-ce qu'il racontait ? Il n'y aurait pas…

— Jaron, tu écoutes ce que je te dis ? s'écria Mariah, sur un ton irrité.

— Euh… excuse-moi, je pensais à autre chose.

— Je m'en suis bien rendu compte ! Donc, je répète et je te demande cette fois de m'accorder toute ton attention. Est-ce que tu as l'intention de n'élever que du bétail pour la boucherie ?

— Oui. Il y a actuellement une très forte demande pour cela, et elle ne fait qu'augmenter.

— Quelle race as-tu choisie ? Tu veux t'en tenir aux Brangus ou bien tu souhaites introduire d'autres races, dans ton cheptel ?

— Je préfère m'en tenir aux Brangus.

Très attentive, elle prenait des notes au fur et à mesure qu'il lui faisait part de son projet.

L'enthousiasme qu'elle manifestait pour un sujet qu'elle ne connaissait pas lui plaisait beaucoup. De toute évidence, elle avait fait des recherches à propos de son nouvel emploi et essayait d'apprendre tout ce qu'elle pouvait sur le travail dans un ranch et sur le bétail.

— D'après ce que j'ai lu au sujet des Brangus, c'est la race considérée comme la meilleure pour tout ce qui est viande de boucherie, n'est-ce pas ? s'enquit-elle.

— Exactement. Elle provient d'un croisement entre les Brahman et les Black Angus. Elle fournit une viande d'excellente qualité, aussi savoureuse que celle des Angus tout en ayant la résistance aux maladies des Brahman et une meilleure adaptation au climat du Texas.

— Ton choix est donc parfaitement justifié.

Malgré cette appréciation tout à fait positive, elle fronçait néanmoins les sourcils en le regardant.

Elle se tut un instant, ramena une mèche de cheveux derrière son oreille, puis reprit sur un ton sérieux :

— Je conclus de notre entretien que tu sais exactement ce que tu veux, que tout est déjà prévu et organisé dans ta tête. Explique-moi donc pourquoi tu m'as engagée comme régisseuse d'un ranch que tu peux très bien diriger sans l'aide de personne ?

— Parce que je suis un vrai cow-boy, Mariah ! Ce qui m'intéresse, c'est d'être sur le terrain, à cheval avec mes hommes, pas dans mon bureau devant un ordinateur. Pendant que tu t'occuperas des papiers, des factures et des feuilles de paye, je pourrai travailler dehors sans me soucier de tout cet aspect administratif qui m'intéresse beaucoup moins. A vrai dire, qui ne m'intéresse pas du tout et qu'il faut pourtant bien assurer.

Au lieu de répondre tout de suite, elle le fixa un moment, perplexe.

— Jaron, je n'ai jamais été douée pour les devinettes.

— Moi non plus. Mais pourquoi tu me demandes ça ?

Elle leva les yeux au ciel et soupira.

— Jaron, dis-moi enfin pourquoi tu passes ton temps à souffler le chaud et le froid ? A m'embrasser, puis à me repousser ? Il y a une raison à ce comportement étrange. Je veux la connaître.

— Je suis désolé de te perturber.

Il était sincère. Toujours est-il qu'il profita de la circonstance pour embrasser une fois de plus les lèvres si douces de Mariah.

— Ecoute, j'essaie depuis le début de faire ce qui me paraît être ton intérêt, expliqua-t-il. Mais le fait de t'avoir sous mon toit a démoli toutes mes bonnes intentions.

Il eut la surprise de voir Mariah arborer un grand sourire.

— Tu vois ? Je te disais bien que tu livrais une bataille perdue d'avance !

— Oui, tu avais raison, je le reconnais.

— Bon, eh bien je suis contente de savoir que tu as retrouvé ta lucidité. Et maintenant où cela nous mène-t-il ?

Brusquement, elle était redevenue très sérieuse.

— Explique-moi pourquoi tu m'as repoussée comme une passade d'une nuit après m'avoir fait l'amour, ordonna-t-elle. A moins que tu aies l'intention de recommencer ce petit jeu quand l'envie t'en prendra ?

— Toi, au moins, tu n'y vas pas par quatre chemins !

— Autant dire les choses clairement. Comme cela chacun sait où il va, non ?

Il retint un gros soupir. Si seulement il pouvait lui aussi se comporter de la même manière ! Tout lui avouer, sa mère battue, son père meurtrier, son enfance en miettes, et puis lui souhaiter bonne chance dans la vie et la regarder partir le cœur tranquille… Quel soulagement ce serait, mais quel brise-cœur aussi ! Il décida de lui révéler le plus possible de son enfance malheureuse sans pour autant lui dévoiler le pire.

— Après la mort de ma mère, personne ne s'est soucié de l'enfant que j'étais encore. Très vite j'ai compris que mieux valait ne pas compter sur qui que ce soit pour s'occuper de moi ou pour me rendre service. Encore moins pour me donner de l'affection. Mes familles d'accueil n'ont pas su m'accorder l'attention particulière dont j'avais besoin. J'ai passé mon temps à les fuir et c'est seulement en arrivant au Last Chance Ranch que j'ai appris ce que c'était que d'avoir une famille aimante et dévouée.

— C'est pour cette raison que tu as toujours été plus secret que tes frères ? Parce que tu craignais que l'on te rejette ?

— Oui. C'est plus facile de rester solitaire que de courir à l'échec.

Il soupira. Mariah avait visé juste. Elle avait certainement deviné la grande peur qui planait sur sa vie.

— Tu ne penses pas être prêt à prendre ce risque, maintenant ? demanda-t-elle.

Il réfléchit rapidement à ce qu'il allait dire ; il ne voulait pas lui mentir, mais il ne pouvait pas davantage lui confesser ce qui le retenait.

— Je crois que je suis définitivement incapable de surmonter mon passé, répondit-il. Malgré cela, je tiens à te dire que quand nous avons fait l'amour ce n'était pas une passade d'une nuit dépourvue de sens. Je t'en prie, ne crois pas une chose pareille.

Il la prit tendrement dans ses bras.

— J'en suis toujours au même point, Mariah. Comme l'autre jour, je ne peux pas t'offrir autre chose que le moment présent, mais cela ne signifie pas que tu ne comptes pas pour moi.

Il savait que pareille réponse ne faisait certainement pas plaisir à Mariah et il ne pouvait le lui reprocher.

— Mon attitude n'est pas très agréable pour toi, je le reconnais, ajouta-t-il. Je comprendrais parfaitement que tu décides de tirer un trait sur notre relation et que tu partes.

— Mais je ne veux pas partir, répliqua-t-elle en lui adressant un sourire qui lui fendit le cœur. J'ai hâte de découvrir la vie dans un ranch où l'on élève du bétail.

Devait-il se réjouir de cette réponse ? Il n'en était pas très sûr.

— Ecoute, il ne fait pas trop froid aujourd'hui. Qu'est-ce que tu dirais de m'accompagner à cheval pour faire le tour du ranch dont tu vas assurer la gestion ? lui suggéra-t-il.

— Tu veux dire que… moi aussi je serais à cheval ?

— Oui, bien sûr. Cela te pose un problème ?

— Plutôt, oui ! Figure-toi que je n'ai jamais posé mes fesses sur ce genre d'animal.

— Oh. Mais il est impossible de vivre sur un ranch sans savoir monter à cheval ! Il faut que tu apprennes. Je te propose de monter avec moi aujourd'hui, cela te donnera une petite idée des sensations que l'on éprouve, et dès la semaine prochaine, quand j'aurai un peu plus de temps, je commencerai à te donner des leçons.

— D'accord ! Je vais chercher une veste.

— Retrouve-moi à l'écurie dès que tu seras prête. Je vais seller Chico.

En se dirigeant vers les écuries, il se sentait un peu mieux. Sans aller au bout des choses, il avait raconté à Mariah un pan important de ses difficultés passées. Ses explications paraissaient suffire. Tout au moins, pour l'instant.

Un jour viendrait, il n'en doutait pas, où elle voudrait tout connaître. Mais, tant que ce serait possible, il reporterait son aveu afin de profiter au maximum des moments qu'il pouvait passer avec elle.

Quelques instants plus tard, il sautait en selle, puis soulevait Mariah qu'il installa à califourchon devant lui avant de lui passer les bras autour de la taille afin de la maintenir. Ensuite, il prit les rênes en main et talonna doucement Chico pour le faire marcher au pas et sortir du corral. Ils n'avaient pas fait cinquante mètres qu'il regretta amèrement d'avoir fait pareille proposition à Mariah... Les petites fesses rebondies de cette dernière, confortablement calées entre ses cuisses faisaient déjà réagir son corps d'une manière tout à fait prévisible.

Il avait bien pensé au début à seller pour Mariah l'une des vieilles juments très dociles, mais cela ne lui avait pas paru prudent. Etant donné qu'elle n'avait pas la moindre notion d'équitation, elle n'aurait su comment réagir au cas, improbable certes mais toujours envisageable, où quelque chose aurait effrayé la jument au cours de leur promenade. Et maintenant il vivait un enfer...

— C'est un ruisseau que j'aperçois là-bas ? demanda Mariah, ignorant totalement le supplice qu'elle lui infligeait.

— Oui, répondit-il, s'efforçant d'oublier les signaux que son corps ne cessaient de lui envoyer et de se concentrer sur le paysage. Il y en a deux qui traversent la propriété. L'un ici et l'autre plus au nord.

— C'est une bénédiction quand on élève du bétail, n'est-ce pas ?

Une fois encore, il fut touché de voir à quel point elle faisait son possible pour s'intéresser à tout ce qui avait trait au ranch.

— Bien sûr. C'est d'ailleurs une des raisons pour lesquelles j'ai voulu acheter cette propriété. En plus de se trouver à proximité des ranchs de mes frères, elle était riche en belles prairies et largement pourvue en eau.

Ils continuèrent, toujours au pas tranquille de Chico, à faire le tour des terres.

Mariah posa de nombreuses questions et une heure plus tard, sur le chemin du retour, Jaron avait acquis la certitude qu'elle serait tout à fait compétente dans ses nouvelles fonctions. Ses observations s'étaient avérées intéressantes, ses questions fort pertinentes, et elle lui avait même fait des suggestions tout à fait astucieuses à propos des objectifs qu'il s'était fixés.

Le retour au ranch lui apporta néanmoins un soulagement certain. Son délicieux supplice commençait à devenir insupportable. A chacun des mouvements de Mariah, il sentait les fesses de cette dernière presser la partie de son anatomie qui n'avait pas besoin de cette sollicitation pour être prête à réagir.

— Je te ferai découvrir la partie nord du Wild Maverick un autre jour, annonça-t-il, incapable d'endurer davantage la torture qu'elle lui infligeait malgré elle.

— Merci pour ce tour du propriétaire ! J'ai été très heureuse de découvrir ton lieu de travail.

— Tant mieux, si tu as passé un bon moment. Au printemps, quand les journées seront plus longues et moins froides, nous emporterons un bon pique-nique et nous irons le manger près d'un des ruisseaux.

— Tu crois qu'il y a des poissons ? demanda-t-elle en le regardant par-dessus son épaule. Quand nous étions petites, Bria et moi, notre père nous emmenait à la pêche de temps en temps. Bien sûr, nous passions plus de temps à jouer dans l'eau qu'à pêcher, mais nous nous amusions beaucoup.

— Il paraît qu'il y a des poissons-chats.

— Quel nom bizarre !

— On les appelle comme ça parce qu'ils ont des moustaches comme les chats.

— J'ai hâte de voir ça !

Sa voix pleine d'enthousiasme le consola de la longue épreuve que ses sens en feu venaient de subir. Après tout, il s'était promis de rendre Mariah heureuse aussi longtemps qu'ils seraient ensemble, et c'était exactement ce qu'il était en train de faire.

- 6 -

Mariah pénétra dans son dressing en se demandant comment elle allait s'habiller pour sortir ce soir avec Jaron. Quelques jours plus tôt, après leur promenade autour du ranch, ses hommes l'avaient appelé pour les aider à s'occuper des jeunes vaches qui mettaient bas. Il avait été très sollicité tout au long de la semaine, ce qui fait qu'elle ne l'avait pratiquement pas vu. Bien conscient du fait qu'elle se retrouvait seule la plupart du temps, il s'était excusé et lui avait expliqué que la saison du vêlage durait plusieurs semaines. Comme les vaches concernées avaient un veau pour la première fois, elles demandaient une attention particulière afin de leur éviter des complications au cours de la mise bas. Ce qui fait que, lorsqu'il était rentré plus tôt que d'habitude en fin de journée et lui avait recommandé de se faire belle pour le dîner, elle avait été très surprise. Il avait, paraît-il, préparé quelque chose de spécial pour la Saint-Valentin…

Elle passa sa garde-robe en revue, cintre après cintre. Aucune tenue ne lui paraissait convenir. Son indécision était totale. Elle voulait tellement plaire à Jaron ! En effet, depuis la conversation qu'ils avaient eue quelques jours plus tôt, il paraissait bien plus à l'aise avec elle, au point de saisir toutes les occasions de la toucher et même de la prendre dans ses bras et de l'embrasser. Ce nouveau comportement n'était pas pour lui déplaire, bien évidemment, et elle avait à cœur de l'encourager.

Pour autant, elle gardait à l'esprit que la nouvelle attitude de Jaron n'était pas un engagement — ni même ses prémices. Toutefois elle était devenue optimiste.

C'était peut-être fou de sa part de croire que Jaron finirait par surmonter la tristesse et l'abandon qu'il avait connus enfant, mais il en avait partagé une partie avec elle et c'était un bon début. Son intuition lui laissait toutefois pressentir que le passé de Jaron recélait encore plus de problèmes que ceux dont il lui avait parlé. Peut-être un jour serait-il capable de tout lui confier ? Tout en imaginant cette heureuse issue, elle savait très bien qu'elle était sans doute en train de se bercer d'illusions et que, sous peu, elle se retrouverait avec le cœur en miettes. Mais tant pis ! Elle préférait prendre le risque et faire confiance à l'avenir. En réalité, ne pas donner sa chance à Jaron lui était tout simplement impossible.

Par conséquent, sa décision était prise : elle lui accorderait tout le temps dont il aurait besoin pour lui confier son secret. Forte de ce choix, elle recommença à inspecter les diverses tenues susceptibles de convenir à la soirée prévue. En repoussant une trop classique petite robe noire, elle découvrit la robe rouge qu'elle portait le soir où Jaron l'avait rencontrée au Broken Spoke Diner. Bingo ! Son problème était résolu. Jaron avait paru vivement apprécier cette tenue en jersey qui la moulait agréablement. Et comme un fil de lamé courait dans le tricot elle avait un aspect légèrement brillant qui serait parfait pour une soirée de la Saint-Valentin.

Et puis… c'était la robe qu'il lui avait retirée avant de lui faire l'amour ! Sans hésiter, elle la fit glisser du cintre et prit ensuite ses chaussures noires à hauts talons. Elle posa sa tenue sur son lit et se dirigea vers la commode où elle rangeait sa lingerie. Dans le tiroir du haut, soigneusement pliés, se trouvaient le soutien-gorge en dentelle noire et le string assorti qu'elle portait aussi ce jour-là. Elle les prit en espérant que Jaron aurait l'occasion de les trouver aussi sexy que la première fois où il les avait vus.

Une demi-heure plus tard, elle quittait sa chambre, fin prête. Son maquillage était au point, ses cheveux joliment dénoués sur ses épaules. Elle n'avait plus qu'à rejoindre l'homme le plus séduisant qu'elle ait jamais rencontré.

Il était là, au pied de l'escalier, tout simplement beau à mourir. Sa chemise blanche à manches longues faisait ressortir son teint hâlé par le grand air, et son jean sombre faisait paraître ses jambes réellement interminables. Quand il l'aperçut, l'étincelle qui s'alluma dans ses yeux clairs et le sourire ravi qui illumina son visage lui firent comprendre qu'avec sa petite robe rouge elle avait fait le bon choix. Son cœur manqua un battement, et une délicieuse onde de chaleur parcourut son corps.

— Tu es… tu es superbe ! s'exclama-t-il en la prenant dans ses bras comme elle arrivait sur la dernière marche.

Heureuse de lui plaire, elle lui adressa une petite moue taquine.

— Tu es plutôt élégant, toi aussi.

Il l'embrassa avec tant de tendresse qu'elle en eut les larmes aux yeux.

— J'adore cette robe, murmura-t-il à son oreille.

Elle sentit un frisson d'excitation sensuelle lui parcourir le corps.

— Tu me dis où tu as décidé de m'emmener ? demanda-t-elle.

Le son rauque de sa propre voix la surprit au point

qu'elle eut l'impression que ce n'était pas elle qui avait parlé.

— Non, pas encore, répliqua-t-il en l'entraînant.

Ils s'arrêtèrent dans le couloir.

— Maintenant, ferme les yeux ! ordonna-t-il.

— Mais enfin, qu'est-ce que tu…

Il posa son index sur ses lèvres pour la faire taire.

— Je veux que ce soit une surprise.

Sur ce, il embrassa son épaule nue… ce qui déclencha chez elle un nouveau frisson tout à fait prometteur.

Elle ne se fit pas prier pour lui obéir.

Comme il lui passait le bras autour de la taille pour la guider, elle lui fit tout de même une recommandation.

— Je t'en prie, n'oublie pas que je porte des talons hauts, ne me laisse pas trébucher !

Soudain, elle eut l'impression qu'ils n'étaient pas seuls dans la maison.

— Jaron, est-ce que…

— Chut ! Garde bien tes yeux fermés.

Pour rien au monde elle n'aurait voulu lui gâcher sa surprise, aussi continua-t-elle à se laisser guider sans regarder. Elle devina qu'ils venaient de pénétrer dans le salon qui n'était pas éclairé.

— Je peux ouvrir les yeux maintenant ?

— Accorde-moi encore un instant, répondit-il en s'éloignant d'elle.

Un craquement, et l'odeur soufrée d'une allumette monta à ses narines.

— Voilà, tu peux regarder !

Deux bougies placées dans des chandeliers dorés posés sur une table recouverte d'une nappe rouge diffusaient une lumière irréelle et douce. De part et d'autre, deux assiettes en porcelaine blanche étincelante se faisaient face. Derrière la fenêtre, dans le ciel sombre, des milliers d'étoiles scintillantes apportaient une touche féerique à ce décor.

— Jaron, c'est extraordinaire ! s'écria-t-elle en lui sautant au cou. Mais je suis sûre qu'il y a quelqu'un dans la cuisine. Qui est-ce ?

Jaron commença par déposer un baiser sur le bout de son nez, puis derrière son oreille où elle avait mis une goutte de parfum. Ensuite, il se mit à rire.

— Le traiteur et son assistant, bien sûr.

Elle ouvrit des yeux ronds.

— Comment as-tu fait pour organiser tout ça pendant que je me préparais ?

— Eh bien, je n'ai pas besoin d'une demi-heure pour prendre une douche et me changer, *moi*. Et, comme il te faut trois fois plus de temps pour faire la même chose, je n'ai même pas eu besoin de me bousculer.

Elle le regarda d'un air faussement fâché.

— Est-ce que par hasard tu me critiquerais ?

— Jamais de la vie ! Je suis capable de t'attendre la journée entière pour te voir aussi belle que ce soir !

Il la prit par le bras et la conduisit jusqu'à la table.

— J'espère que tu n'es pas déçue de rester à la maison ? demanda-t-il en lui présentant sa chaise.

— Pas le moins du monde.

Un serveur fit son entrée avec une bouteille de champagne, remplit les deux flûtes en cristal et se retira.

— Tu comprends, ce soir, je n'avais pas envie de te partager avec qui que ce soit, avoua Jaron à mi-voix en serrant sa main dans la sienne.

— Je n'y vois pas d'inconvénient..., chuchota-t-elle en frissonnant de plaisir.

Le serveur réapparut avec deux assiettes garnies de

petites côtelettes, d'asperges et de riz pilaf. L'ensemble était délicieux, tendre et parfumé à souhait. Ils mangèrent en silence, dégustant chaque bouchée de ce repas de fête. Lorsqu'ils eurent terminé, le chef en personne fit son apparition pour leur porter, sur un plateau d'argent, une fondue de fraises au chocolat.

— Jaron, jamais je n'aurais pu imaginer une soirée plus agréable que celle-ci, déclara-t-elle une fois qu'ils se retrouvèrent en tête à tête. Et ce dessert me semble...

Elle le dégusta les yeux fermés, savourant les saveurs mélangées de la fraise dont la légère acidité était adoucie par celle du chocolat fondu.

— Merci, Jaron. Tout cela était absolument parfait.

— Ce n'est pas fini !

— Qu'est-ce que tu as imaginé encore ?

Décidément, ce cow-boy était capable du romantisme le plus incroyable.

— Tu vas voir. Attends, tu as un peu de chocolat, là...

Du bout du doigt, il effleura sa lèvre.

Sans hésiter, elle attrapa son doigt et suça le chocolat qui s'y trouvait. Cette caresse eut pour effet de faire virer au bleu marine les yeux clairs de Jaron.

— J'ai hâte de découvrir quelle autre surprise tu as préparée, murmura-t-elle sans le quitter du regard.

Ils se contemplèrent un long moment en silence, laissant la tension monter entre eux, jusqu'à ce que, n'y tenant plus, Jaron se lève et se dirige vers le mur du fond de la pièce. Il appuya sur un bouton, et les premières notes d'un slow emplirent la pièce.

Puis il vint s'incliner vers elle en lui tendant la main.

— Mademoiselle, voulez-vous m'accorder cette danse ?

— Je croyais que tu ne me le demanderais pas !

Vite, elle glissa sa main dans la sienne.

Comme il n'aimait pas danser, elle savait qu'il l'avait invitée dans l'unique but de lui faire plaisir. A cette pensée, son cœur se gonfla d'amour.

Une fois dans ses bras, ils commencèrent à évoluer au rythme de la musique. Il n'en fallut pas davantage pour qu'elle se laisse aller au charme de cet homme surprenant qui venait de lui offrir la soirée la plus romantique, la plus inoubliable de toutes ses Saint-Valentin. Les bras passés autour de son cou, elle avait enfoui ses doigts dans son épaisse chevelure brune et plongé son regard dans le sien.

Lorsque la première chanson se termina, une autre commença aussitôt, mais elle le remarqua à peine. Le battement régulier du cœur de Jaron contre sa poitrine et l'évidence de son érection la troublaient comme jamais. Si, la première fois qu'ils avaient fait l'amour, elle avait trouvé le désir qu'elle avait de lui ardent, cette fois, il était tout à fait irrésistible.

— Mariah, j'ai envie de toi…

— Moi aussi…

Au moment où elle prononça ces mots, une vague de chaleur sensuelle l'inonda des pieds à la tête.

— Viens, montons dans ma chambre, proposa Jaron.

Incapable d'articuler un son, elle se contenta de hocher la tête.

Jaron alla éteindre les bougies qui brûlaient encore sur la table, puis il l'entraîna jusqu'à sa chambre. Une fois la porte refermée sur eux, il la souleva dans ses bras et la porta jusqu'au lit.

— Pourquoi me portes-tu comme ça ? demanda-t-elle en riant. C'est un vestige de Neandertal ?

— Qui sait ? Je n'y avais pas pensé, mais c'est bien

possible. En revanche, je sais que comme ça je te sens tout près de moi… et j'adore ça !

Le cœur battant la chamade, elle prit le visage de Jaron entre ses mains.

— Je ne ferai pas de réclamations à ce sujet !

— La question que je vais te poser arrive peut-être un peu tard, mais tu es sûre d'être bien d'accord pour continuer ?

— Jaron, depuis que tu m'as fait l'amour, je ne rêve que de recommencer. Et je suis certaine que tu le veux, toi aussi.

— Oui. A chaque minute de chaque jour.

Il se tut un instant, puis hésita avant de préciser :

— Mais, tu sais, je ne peux toujours rien te promettre.

Elle le fit taire d'un rapide baiser sur les lèvres.

— Je ne te demande ni promesse ni déclaration, lui assura-t-elle en soutenant son regard. Je souhaite seulement partager à nouveau avec toi l'expérience étourdissante que nous avons connue tous les deux la première fois que tu m'as aimée.

— Je te promets que ce sera encore meilleur.

Elle hocha la tête, incrédule.

— Je ne vois pas comment ce serait possible.

— Dans ce cas, il ne me reste qu'à te le prouver !

Quand il posa à nouveau sa bouche sur la sienne, elle sentit à quel point elle comptait pour lui. Il n'en avait peut-être pas pris conscience, mais elle le savait. Aucun homme ne l'avait encore tenue dans ses bras comme si elle était un cadeau de prix, ni embrassée aussi tendrement que Jaron. Pour l'instant, elle ne demandait pas davantage.

Un soupir de pur bonheur lui échappa tandis que Jaron continuait à explorer son corps et à la caresser. Lorsque, après lui avoir fait ouvrir les lèvres, il commença à faire glisser sa langue dans sa bouche, elle sentit son pouls se précipiter.

Elle aurait adoré continuer ce petit jeu érotique qu'elle trouvait excitant au possible, mais, bien trop vite à son gré, Jaron l'abandonna pour déposer une traînée de baisers brûlants le long de son cou.

— Si nous retirions nos vêtements maintenant ? proposa-t-il en se baissant pour ôter ses bottes.

— Excellente idée !

Un instant, elle se demanda pourquoi il n'avait pas comme la dernière fois allumé les lampes de chevet, mais le rai de lumière qui leur parvenait depuis la porte de la salle de bains laissée entrouverte projetait l'ombre de leur silhouette sur les rideaux tirés de la fenêtre. Finalement, ce jeu d'ombres chinoises, exotique et romantique à la fois, lui plut beaucoup.

Sans plus se soucier de l'éclairage, elle entreprit de défaire les boutons de la chemise de Jaron.

— J'ai hâte de revoir tes superbes abdos…

— C'est donc ça qui te fait craquer ? Tu es bien une femme ! lança-t-il, moqueur.

Sans se presser, elle continuait à libérer le torse de son amant.

— Oui, tes superbes abdos, et aussi, tes superbes biceps, et aussi…

— Ah, je saisis l'idée générale !

Arrivée au bas de la chemise, elle dégrafa la boucle du ceinturon et glissa ses doigts pour caresser la peau tiède du ventre de Jaron, juste au-dessous du nombril.

Il laissa échapper un grognement.

— Tu sais que tu joues avec le feu, ma belle ?

Le sourire coquin qu'il lui décocha la fit trembler d'excitation.

— Tu préfères que j'arrête ? s'enquit-elle innocemment.

— Je n'ai jamais dit ça !

— Ah… Alors je continue ?

— Oui, continue… Et quand tu auras fini de me torturer, tu verras comme je me vengerai. Je te préviens, ce sera terrible !

— J'ai hâte de voir ça ! répliqua-t-elle en faisant descendre la fermeture Eclair du jean. Est-ce que ma torture peut se prolonger encore un peu ?

Jaron émit un grognement d'encouragement pour toute réponse.

Au bout d'un moment, elle débarrassa Jaron de sa chemise et contempla avec admiration son large torse et ses muscles bien dessinés.

— Tu as un corps de dieu grec, murmura-t-elle.

— Mariah, je t'ai déjà dit de ne pas te fier aux apparences.

Puis, sans ajouter un seul mot, il repoussa son jean et son caleçon et les envoya valser d'un coup de pied loin d'eux.

— A ton tour, maintenant !

Tout en faisant glisser sa robe sur ses épaules, puis le long de ses bras, il l'embrassa avec de plus en plus de fougue. Lorsque sa petite robe rouge eut rejoint sur le sol ses propres vêtements, il dégrafa son soutien-gorge, le jeta sur le lit et, après l'avoir contemplée quelques secondes d'un regard brûlant, il l'attira contre lui. Elle se retint de pousser un gémissement de plaisir. La caresse de la peau de Jaron sur la peau fine de ses seins était un concentré de délices…

— Comme c'est bon de te sentir nue contre moi, déclara-t-il, la voix enrouée de désir.

Si elle l'avait pu, elle lui aurait dit la même chose, mais, puisque les mots ne pouvaient sortir de sa bouche, elle lui répondit en déposant une pluie de baisers sur ses pectoraux. Lorsqu'elle se mit à mordiller le bout de ses seins d'homme, il se tint parfaitement immobile, comme paralysé.

— Tu veux me faire mourir de plaisir, Mariah ?

En constatant qu'elle possédait le pouvoir d'insuffler pareil désir à l'homme qu'elle aimait, elle se sentit accéder à un océan de fierté.

— Si tu savais comme j'ai besoin de toi, Jaron !

— Moi aussi, j'ai besoin de toi.

Il soupira, puis reprit :

— Viens, installons-nous dans le lit tant que nous en avons la force.

Une fois qu'ils furent tous les deux allongés dans le grand lit, il l'attira contre lui et recommença à l'embrasser jusqu'à lui donner le vertige. Puis il prit un de ses seins dans sa main. Cette fois, elle ne put retenir un gémissement. Les caresses de la main calleuse de Jaron sur la peau sensible de la pointe dressée de son mamelon la firent vibrer de plaisir jusqu'au creux de son ventre.

Mais elle éprouva soudain le besoin de le toucher, elle aussi. Elle voulait lui procurer la même intensité de plaisir. Aussi, lentement, elle fit descendre sa main le long de son ventre plat et dur, jusqu'à sentir sous ses doigts les poils drus de son sexe qu'elle saisit délicatement entre ses doigts.

Sans trop savoir ce qu'elle faisait, elle en évalua la taille, le caressa, tandis que Jaron, les yeux clos, retenait son souffle. Mais, au fur et à mesure qu'elle s'enhardissait, une impatience de plus en plus impérative montait en elle. Elle ne pouvait plus attendre pour que leurs deux corps ne fassent qu'un.

Tout à coup, Jaron lui prit la main pour arrêter sa caresse.

— Ne te méprends pas sur mon geste, Mariah. J'adore ce que tu me fais, mais si je te laisse continuer nous finirons tous les deux par être complètement frustrés.

— Alors à toi de faire ce qu'il faut pour que cela n'arrive pas !

Tant d'audace de sa part la surprit, mais depuis qu'elle s'était glissée dans ce lit avec Jaron elle ne se reconnaissait pas. Elle était devenue une autre, une femme sûre de son pouvoir sur son amant. Et cette nouvelle confiance en elle lui paraissait exaltante.

— Je ne vois pas comment je pourrais te contredire et cette fois je te promets de ne pas te faire mal, lui assura-t-il.

Tout en parlant, il avait attrapé un préservatif dans le tiroir de sa table de chevet.

Une fois sa protection mise en place, il se souleva au-dessus d'elle et, lui prenant la main, l'aida à le faire pénétrer en elle. Elle sentit son cœur bondir lorsqu'il s'avança lentement dans son intimité. La délicieuse sensation de plénitude qu'elle ressentait, augmentée par l'ivresse de ne faire plus qu'un avec l'homme qui comptait tant pour elle, lui parut totalement magique. Jamais, dans toute sa vie, elle ne s'était sentie vivre avec autant d'intensité que lorsqu'ils avaient fait l'amour la première fois. Mais aujourd'hui elle savait avec la certitude la plus totale que ce qu'elle éprouvait pour lui n'avait rien à voir avec le béguin qu'elle avait ressenti à la fin de son adolescence. Cet emportement juvénile avait cédé la place à un sentiment beaucoup plus profond et fort.

Une fois qu'il l'eut pénétrée, il s'arrêta.

— Je ne te fais pas mal ? demanda-t-il.

— Pas du tout.

Elle lui passa les bras autour du cou et se cambra contre lui.

— Je t'en prie, Jaron, fais-moi l'amour…

Son regard plongé dans le sien, il amorça le mouvement qui lui procura tout de suite des sensations intensément voluptueuses. Elle avait réellement l'impression qu'ils ne formaient plus qu'un seul corps, un seul cœur, une seule âme. Aussi longtemps qu'elle put, elle prolongea cette connexion merveilleuse, mais, trop vite à son gré, ses muscles intimes commencèrent à se contracter au fur et à mesure qu'elle se rapprochait du pic de plaisir qu'elle sentait arriver à grande vitesse.

Et tout à coup ce fut comme si des milliers d'étoiles éclataient à l'intérieur d'elle, la soulageant de la tension qui la possédait, libérant du même coup une succession de vagues de plaisir qui la transpercèrent jusqu'au fond de son être. Elle n'était pas encore revenue totalement à la réalité que Jaron donna un coup de reins plus fort que les autres. Ensuite, il s'effondra sur elle dans un long gémissement rauque. Le cœur battant, elle embrassa ses épaules, l'entoura de ses bras, grisée de se sentir totalement entourée par lui.

— Je suis trop lourd, je vais t'écraser…, murmura-t-il en commençant à se relever.

Mais elle le retint contre elle, désireuse de prolonger encore le moment d'extase qu'ils venaient de partager.

— C'était encore mieux que la première fois, chuchota-t-elle contre son épaule.

— Tu verras, ce sera meilleur à chaque fois que nous recommencerons.

Il l'embrassa si tendrement que les larmes lui montèrent aux yeux.

Ensuite, il se laissa rouler sur le côté. Cette fois, elle le laissa faire. Mais, comme ses doigts suivaient son mouvement, ils frôlèrent son dos, découvrant une série de stries incrustées dans sa chair qu'elle n'avait pas senties, la première fois qu'ils avaient fait l'amour.

Son cœur s'arrêta un instant au souvenir des cicatrices qu'elle avait découvertes sur ses épaules. Des souvenirs des compétitions de rodéo, lui avait-il expliqué. Certes. Mais ce qu'elle venait de sentir sous ses doigts n'était pas dû à des blessures dues aux rodéos, elle en était certaine.

— Jaron, je peux te poser une question ?

Il déposa un baiser sur son front.

— Bien sûr. Qu'est-ce que c'est ?

La tête nichée contre son épaule, elle leva son visage vers lui.

— Ce sont des cicatrices que tu as dans le dos ?

Le corps de Jaron se raidit, le sourire qui jusque-là flottait sur ses lèvres disparut.

— Oui.

Les ombres qui hantaient maintenant le regard de Jaron lui apprirent qu'elle venait d'aborder un sujet qu'il préférait oublier. Pourtant, elle lui caressa la joue.

— Qu'est-ce qui s'est passé, Jaron ?

— Je ne veux pas en parler.

— Mais…

— Tu n'as pas besoin de savoir ! la coupa-t-il brusquement.

Au ton de sa voix, elle comprit qu'il valait mieux ne pas insister. Sans aucun doute, ces marques terribles étaient liées à sa certitude qu'il n'était pas digne d'elle. Mais à part ça elle n'était pas plus avancée.

— Excuse-moi, je ne voulais pas me montrer indiscrète.

Il ferma les yeux un moment. Quand il les rouvrit, il esquissa un rapide sourire.

— Elles n'ont pas d'importance, dit-il. Oublions-les et reposons-nous.

Mais elle ne pourrait pas se reposer, elle le savait. Elle se sentait coupable d'avoir ravivé chez lui des souvenirs douloureux. Leur soirée avait été parfaite, jusqu'au moment où elle avait posé sa question. Une petite voix lui criait qu'elle avait détruit leur intimité.

— Tu préfères peut-être que je retourne dans ma chambre ? suggéra-t-elle.

Il resserra son étreinte.

— Non. Reste ici, au contraire.

En le regardant, elle constata que les ombres sinistres qui flottaient dans ses yeux un moment plus tôt avaient disparu. Pour lui, l'incident était clos.

— Comme tu voudras.

Elle se pelotonna contre lui.

— Seulement, promets-moi de me réveiller de bonne heure demain matin, ajouta-t-elle.

— Pourquoi donc ?

— Je dois dresser la liste des fournitures nécessaires à tes chevaux avant de passer la commande, répondit-elle dans un bâillement.

Pourtant, avant de s'endormir, elle ne put s'empêcher de penser encore à ce qu'elle venait de découvrir. Que s'était-il passé dans la jeunesse de Jaron pour que son corps soit marqué de manière aussi effrayante ? Il lui avait bien dit qu'après la mort de sa mère personne ne s'était soucié de l'enfant qu'il était encore, mais elle avait cru qu'il ne s'agissait là que des souvenirs d'un petit garçon triste et solitaire. Maintenant, elle savait qu'il y avait bien autre chose. Quelque chose de bien plus grave.

Quelqu'un de cruel et sans cœur l'avait fait souffrir dans sa chair. Voilà pourquoi il était plus réservé que ses frères. Il avait été un enfant battu, et cette violence le hantait encore.

Elle posa la main sur son torse, malheureuse de deviner les souffrances qu'il avait connues quand il était enfant. Les larmes aux yeux, elle se promit de ne plus jamais lui poser de question à ce sujet. Si, un jour, il souhaitait lui en parler, elle l'écouterait. Mais plutôt mourir que de ramener une fois encore à sa mémoire ces terribles souvenirs.

Néanmoins, quelque chose demeurait encore obscur pour elle. Comment sa volonté de ne pas partager avec elle ce qui s'était passé des années plus tôt, c'est-à-dire des moments traumatisants, pouvait-il affecter leur relation ?

Serait-il un jour capable de se confier à elle, ou bien allait-il garder ces souvenirs pour lui et continuer à souffrir en silence ?

Elle ne connaissait pas les réponses. Encore moins les obstacles qui se dresseraient en face d'elle au cours de sa tentative pour aider l'homme qu'elle aimait à se délivrer de cette partie de sa vie. Tout ce qu'elle savait, c'est qu'il lui faudrait se montrer patiente. Très patiente. Presser Jaron de questions ne l'amènerait qu'à se replier davantage sur lui-même.

Par chance, dès qu'il s'agissait de lui, elle se sentait déborder de compréhension. Sans cela, comment aurait-elle pu attendre sept ans avant de découvrir qu'ils étaient réellement faits l'un pour l'autre ?

- 7 -

Le dimanche suivant, alors qu'il était au volant de son pick-up qui les conduisait au Lucky Ace Ranch, Jaron jeta un coup d'œil sur Mariah assise à côté de lui. Elle n'avait plus du tout fait allusion à ses cicatrices, mais il était bien certain qu'elle continuait à se poser des questions à leur sujet. Pourtant, malgré son envie de ne pas avoir de secrets pour elle, il ne pouvait lui avouer ce qui avait laissé dans sa chair ces marques indélébiles. S'il le faisait, il serait obligé de parler de son père, cet être sadique et déséquilibré. Et à partir de là elle lui poserait encore d'autres questions, des questions auxquelles il ne voulait pas répondre.

Car plus il lui parlerait de son passé, plus grands seraient les risques qu'elle se rappelle avoir entendu le nom de Simon Collier au moment de son procès. Ou bien elle se lancerait dans une recherche sur Internet qui l'amènerait à découvrir toute cette sordide histoire.

Pour l'instant, étant donné que le juge lui avait permis de porter le nom de jeune fille de sa mère, il se sentait à l'abri car elle ne pouvait pas établir de lien entre Jaron Lambert et Simon Collier, le meurtrier. Néanmoins, l'idée qu'elle puisse un jour le regarder avec le même regard empreint de crainte que ses différentes familles d'accueil lui nouait l'estomac.

Visiblement, à cet instant elle était à mille lieues de

savoir ce qu'il avait en tête. Tout au moment présent, elle pensait sûrement à la journée familiale qui les attendait. Lui aussi, d'ailleurs. Et à toutes ces questions que l'on ne manquerait pas de lui poser quand Mariah et lui arriveraient ensemble…

— Est-ce que tu as prévenu tes frères que tu m'avais engagée pour travailler dans ton ranch ? lâcha soudain Mariah, comme si elle avait lu dans ses pensées.

Ils n'avaient pas abordé ensemble la question de savoir comment ils feraient part de cette nouveauté à la famille. Cela paraissait la mettre un peu mal à l'aise. Quant à lui, il éprouvait une certaine appréhension. L'interrogatoire que lui avaient déjà fait subir T.J. et Ryder lui avait paru assez désagréable pour qu'il appréhende ceux des autres. Pourtant, c'était immanquablement ce qui allait se produire.

Tous les membres de la famille étaient au courant du béguin que Mariah avait pour lui. Et ils n'étaient pas aveugles. Ils savaient très bien qu'il était autant attiré par elle qu'elle l'était par lui. Ils avaient également compris que la différence d'âge qu'il avait avancée au départ comme excuse pour ne pas la fréquenter était devenue un simple argument pour la tenir à distance. Pendant plusieurs années, il avait encaissé leurs taquineries affectueuses au sujet de sa réticence à sortir avec Mariah, mais, d'après la réaction de T.J. et Ryder, ils n'étaient plus si sûrs que cette relation puisse être bénéfique à l'un comme à l'autre.

— J'ai été obligé d'en parler à Ryder et T.J. l'autre jour, déclara-t-il en négociant le dernier virage avant d'arriver au ranch de Lane et Taylor. Je les ai rencontrés au Broken Spoke le soir où je suis allé chercher nos dîners. Mais je leur ai demandé de ne pas en parler tant que nous ne serions pas tous réunis.

— De mon côté, je n'ai rien dit à Bria. Quand elle m'a téléphoné pour m'informer du changement de lieu pour la fête d'aujourd'hui, elle ne se sentait pas très bien. Je lui ai surtout demandé de ses nouvelles.

Mais, si T.J. et Ryder étaient au courant de la présence de Mariah chez lui, ils ne savaient pas qu'ils étaient plus que patron et employée. Car depuis la soirée de la Saint-Valentin ils étaient maintenant amants réguliers. Mariah s'était installée dans sa chambre, et il était clair qu'elle y resterait aussi longtemps qu'elle le désirerait.

Ce qui gâchait quelque peu son bonheur de partager désormais ses nuits avec elle. Ne lui donnait-il pas de fausses espérances en acceptant cela ? Certes elle ne lui avait rien demandé, et il ne lui avait rien promis, mais dans le fond, était-ce aussi simple ? Combien de temps encore se satisferait-elle de cet arrangement ? Et lui ?

Tout en garant son pick-up à côté de ceux de ses frères, il se dit qu'il ne voulait pas connaître les réponses à ces questions. Car, si jamais Mariah se mettait à espérer quoi que ce soit de leur relation, il n'était pas certain d'avoir la force de faire le nécessaire… pour la quitter.

— Allons ! dit-il en descendant. Le moment est venu d'affronter la famille ! Prête à l'assaut ?

— Jaron… je n'ai pas l'intention de dire à qui que ce soit la nature véritable de notre relation. Je vais me contenter de dire que je travaille pour toi, c'est tout.

— Bien sûr. Notre vie privée ne regarde que nous.

Le sourire qu'elle lui adressa lui redonna du courage.

— D'ailleurs, ajouta-t-elle, j'aime bien ce sentiment que nous partageons ce secret.

— Moi aussi.

Il la prit par la main pour l'aider à descendre du pick-up, puis ils se dirigèrent vers la maison en s'assurant qu'il y avait une distance respectable entre eux. Il mourait d'envie de la serrer contre lui, mais, si quelqu'un les regardait, c'en serait fait de leur secret. Tout le monde serait au courant de la nature du lien qui les unissait.

— Je vais avoir du mal à ne pas poser la main sur toi aujourd'hui, avoua-t-il.

Elle éclata de rire.

— Tu imagines la tête de chacun, si tu te mettais à m'embrasser comme j'aime tant que tu le fasses ?

— Diable… Il y aurait peut-être quelques évanouissements ! Si tu avais vu la tête de T.J. et Tyler, l'autre soir ! Et pourtant je venais seulement de leur dire que tu travaillais chez moi.

— Mieux vaut marcher droit pour ne pas avoir leurs malaises sur la conscience. Allez, on y va !

— La journée sera longue…, marmonna-t-il en entendant quelqu'un s'approcher de la porte pour leur ouvrir.

Ce fut son frère Lane qui les accueillit. En les voyant arriver ensemble, il parut surpris. D'un coup d'œil, il vérifia le nombre de véhicules sur le parking mais ne fit aucun commentaire.

— Salut, tous les deux. Entrez vite. Les hommes s'occupent des enfants dans la salle de jeux et les femmes sont dans la cuisine.

— Je vais voir si je peux leur donner un coup de main, proposa aussitôt Mariah.

Jaron la regarda s'éloigner. Le balancement de ses jolies hanches moulées par son jean lui fit l'effet habituel, ce qui ne fut pas sans l'inquiéter. Comment allait-il supporter cette longue journée sans l'embrasser ?

— Suis-moi, frangin, reprit Lane. Nous avons à parler.

En pénétrant dans la salle de jeux à la suite de son frère, Jaron aperçut T.J. à quatre pattes en train de promener les petits sur son dos à tour de rôle tandis que ses autres frères s'amusaient du spectacle.

Lane passa derrière le bar, décapsula une bouteille de Lone Star qu'il lui tendit.

— Ecoutez, tout le monde ! lança-t-il. Je crois que Jaron a une déclaration à nous faire.

— Il y a du nouveau ? s'enquit Nate Rafferty.

Les plus jeunes, Nate et Sam, étaient les deux seuls frères biologiques de la famille, mais grâce à leur père adoptif tous les six n'auraient pu être plus proches les uns des autres s'ils avaient été unis par les liens du sang.

Jaron avala une gorgée de bière et arbora un air surpris.

— Pas que je sache, répondit-il avec assurance.

Lane le dévisagea d'un air inquisiteur.

— Dans ce cas, comment se fait-il que Mariah et toi soyez arrivés ensemble dans la même voiture ?

Son expérience de psychologue professionnel lui conférait un art d'aller droit au but quand il posait une question. Il savait d'emblée attirer et retenir l'attention de son auditoire.

— Allez, Jaron, l'encouragea Ryder avec un sourire. Tu ferais mieux de cracher le morceau tout de suite, puisque tu sais très bien que tu n'auras pas un moment de répit tant que ce ne sera pas fait.

Sam se tourna vers Ryder.

— Tu sais quelque chose de plus que nous ?

Ryder hocha la tête.

— C'est Jaron qui est concerné, pas moi, répliqua-t-il. Allez, Jaron, lance-toi. Est-ce que par hasard le jeu de cache-cache auquel tu joues depuis des années avec Mariah aurait connu une évolution notable ?

Jaron comprit que le moment était venu de leur faire part d'au moins une partie des événements récents survenus dans son existence. Il leur raconta donc sa rencontre avec Mariah au Broken Spoke Diner et la série de malheurs que cette dernière avait collectionnés dans la même journée.

— J'avais besoin d'une gouvernante, et elle avait besoin d'un emploi. Je lui ai donc proposé le poste, elle l'a accepté, et voilà ! Fin de l'histoire.

Sam éclata de rire.

— Et tu imagines tes problèmes résolus avec Mariah dans ta cuisine ? Seigneur… D'après ce que Bria m'a confié, sa petite sœur n'est pas tout à fait ce que l'on appelle un cordon-bleu.

Jaron ne put s'empêcher de sourire.

— Très juste ! Pour être sincère, un matin elle a mis le feu dans la cuisine en voulant me faire frire deux œufs.

— Pauvre vieux ! s'exclama Nate sur un ton moqueur. Je sens que tu vas perdre quelques kilos, dans les semaines à venir !

— Pas du tout. J'ai changé Mariah d'affectation. De cuisinière, elle est devenue régisseuse du ranch, et son premier travail a été d'engager quelqu'un de compétent pour lui succéder à la cuisine.

— Mais tu as toutes les compétences nécessaires pour gérer ton ranch toi-même, fit remarquer Nate. Pourquoi diable est-ce que tu…

Tout à coup, il s'interrompit, éclata de rire et sortit de sa poche un billet de cent dollars qu'il posa sur le bar.

— Je parie cent dollars que tu épouses Mariah avant la fin de l'été !

— Et moi, que les noces auront lieu encore plus tôt que ça ! renchérit T.J. en interrompant le rodéo de son fils pour extraire de sa poche un billet de cent dollars qu'il posa par-dessus celui de son frère. A mon avis, le mariage aura lieu à la fin du mois de mai.

— Vous vous trompez tous les deux, assura Ryder en dévisageant Jaron, comme pour évaluer les probabilités de ce qu'il allait annoncer.

A son tour, il déposa tranquillement un billet de cent dollars sur les deux autres.

— Nous serons de noce dès la fin du mois prochain, décréta-t-il.

— Moi, je mise sur cet automne, déclara Taylor à son tour en ajoutant sa mise.

— Et moi, sur Noël, enchaîna Sam en clôturant la série de paris en déposant un beau billet tout neuf sur la pile.

Horripilé par la réaction de ses frères, Jaron haussa les épaules et termina sa bière d'une traite.

— Désolé. Vous perdez tous votre temps et votre argent parce que ce mariage n'aura jamais lieu, assura-t-il.

Ryder lui donna une tape sur l'épaule.

— Je ne sais pas si tu te rappelles, mais nous avons tous dit la même chose quand nous étions dans ta situation actuelle, en train de nous battre contre l'inévitable.

Il se mit à rire et se planta en face de lui.

— Allez, frérot, franchis le pas, ajouta-t-il. C'est tout ce qui te reste à faire pour rejoindre le club des hommes mariés et follement heureux de l'être.

Jaron ne put retenir un sursaut.

— Ma parole, tu es tombé sur la tête, la dernière fois que tu as fait un rodéo !

Ryder avait été en effet un excellent cow-boy de rodéo avant de prendre sa retraite à trente-cinq ans. Jaron n'en connaissait pas de plus courageux que lui, mais en cet instant précis il se demandait sérieusement si Ryder avait tout son bon sens.

— Messieurs, je suis désolée d'interrompre votre conversation, mais le repas est prêt, annonça Taylor, la femme de Lane, depuis le pas de la porte.

Obéissants, et dans le cas de Jaron, particulièrement heureux de cette interruption bienvenue, ils quittèrent la salle de jeux pour se rendre dans la salle à manger où ils prirent place autour de la grande table.

Jaron s'efforça d'oublier le pari idiot de ses frères. Bien sûr, rien ne pourrait le rendre plus heureux que d'avoir femme et enfants comme eux — surtout si cette femme était Mariah —, mais ce genre de vie ne serait jamais le sien. Ses frères ne savaient pas pourquoi, mais lui, hélas, ne le savait que trop. A quoi bon se lamenter sur ce qui ne pouvait pas être ?

Même s'il parlait de son père à Mariah, même si elle voulait bien courir le risque de l'épouser en pensant qu'il n'avait pas hérité la cruauté de ce dernier, lui refusait de tenter l'aventure. Jamais, au grand jamais, il ne voulait risquer de faire vivre à sa femme et à ses enfants l'enfer que lui-même et sa mère avaient connu. Simon Collier et sa folie meurtrière n'auraient pas de descendant.

A table, Mariah se retrouva assise entre Bria et Jaron. Lorsque sa sœur se détourna d'elle pour nouer la serviette de table autour du cou de son petit garçon, elle en profita pour poser la main sur la cuisse de Jaron, qui, mis à part un raclement de gorge, demeura parfaitement stoïque.

— Il paraît que tu avais des soucis de santé dernièrement, Bria, fit remarquer Lane. Que t'a dit le médecin ? Et surtout est-ce que tu te sens mieux ?

Bria fit le tour de la table des yeux.

— Maintenant que je connais l'origine de mon problème, je me sens nettement mieux. Je dirais même que je me sens très très bien !

Mariah aperçut le coup d'œil qu'elle jeta en direction de Sam qui lui répondit d'un hochement de tête.

— Nous allons avoir un bébé à l'automne prochain, annonça-t-elle, toute rose de bonheur.

— C'est formidable ! s'écria Summer, la femme de Ryder. Nous pourrons aller chez le gynéco ensemble.

— Eh bien…, murmura Nate en entourant tendrement de son bras les épaules de sa femme Jessie qui était en fin de grossesse. Chez nous, la naissance est prévue pour le mois prochain, chez Heather et T.J., c'est pour cet été et vous, ce sera à l'automne. La famille est en plein baby-boom !

Jaron, qui avait depuis un moment posé sa main sur celle de Mariah sous la table, la pressa doucement.

— Je parie que vous allez tous avoir des garçons, dit-il.

— Pas du tout ! s'exclama aussitôt Mariah. Vous allez avoir des filles, j'en suis sûre.

Dans le fond, cela lui était parfaitement égal. Elle savait que c'était la même chose pour Jaron et qu'ils aimeraient tout autant les neveux ou nièces que le ciel leur enverrait, mais, étant donné qu'ils s'étaient toujours disputés sur ce sujet à chaque grossesse, il n'était pas question de changer leur habitude sous peine de laisser imaginer aux autres que quelque chose s'était modifié entre eux. Par conséquent, l'un et l'autre avaient à cœur de poursuivre la traditionnelle bagarre afin de préserver leur tranquillité amoureuse.

— Nous y voilà encore une fois, fit remarquer Nate.

Mais comment est-ce que vous faites pour travailler ensemble alors que vous n'êtes d'accord sur rien ?

— C'est simple, répliqua Mariah. Je travaille dedans et Jaron dehors. A chacun son espace !

Jaron approuva d'un signe de tête.

— Cet arrangement est parfait pour moi qui ai toujours eu horreur de me trouver enfermé entre quatre murs, précisa-t-il.

— J'aurais du mal à te contredire, intervint Ryder. Deux jours bouclé dans un bureau et je grimpe aux rideaux !

En voyant tous les hommes rire de la plaisanterie de Ryder, Mariah commença à se détendre. Le danger était écarté, au moins pour cette fois.

Un peu plus tard, la conversation roula sur la saison du vêlage et les projets d'amélioration que chacun des frères envisageait d'apporter à son ranch.

Le repas achevé, Mariah aida à débarrasser et à apporter les assiettes à dessert pour la glace et le gâteau d'anniversaire de Sam. Malgré elle, elle était un peu envieuse du bonheur des couples qui l'entouraient. Ils avaient tous ce qu'elle souhaitait : une maison et une famille à eux.

L'espoir qu'elle connaîtrait elle aussi un jour ce bonheur avec Jaron ne l'avait pas abandonnée. Elle avait la certitude que ce serait possible s'il réussissait à se réconcilier avec son passé. Mais, s'il n'y réussissait pas, qu'est-ce que cela signifiait pour elle ?

En arrivant dans la cuisine où elle rapportait les plats contenant des restes de nourriture, Bria lui sourit.

— Où en es-tu, de ta relation avec Jaron ?

— Comme il l'expliquait tout à l'heure, il travaille dehors et moi…

— Oui, je sais, j'ai entendu. Mais j'ai repéré que vous vous teniez la main, pendant le repas.

Ainsi, malgré les précautions qu'ils avaient prises, sa sœur l'avait remarqué. Et comme elle n'avait jamais pu lui mentir…

— C'est que nous…

Elle s'arrêta, incapable de définir ce que Jaron et elle étaient l'un pour l'autre. Ils ne formaient pas un couple, mais ils n'étaient pas seulement amis.

— Je ne suis pas vraiment experte en matière sentimentale, intervint Taylor, mais depuis que je fais partie de cette famille j'ai toujours remarqué que Jaron avait une façon particulière de t'observer. Mais aujourd'hui c'est différent. Il te regarde carrément comme si tu étais la prunelle de ses yeux.

Summer posa un plat de poulet grillé sur la table en approuvant d'un signe de tête.

— Mariah, tu n'as pas remarqué que cet homme est amoureux fou de toi ?

— Summer a raison, approuva Jessie en rangeant les restes de légumes dans le réfrigérateur. Il n'arrive pas à détacher les yeux de toi.

Mariah secoua la tête

— Je sais qu'il éprouve quelque chose pour moi, mais je ne pense pas que l'on puisse appeler cela de l'amour.

— Moi, si ! déclara Heather en remplissant les coupes de glace. Il a pour toi le même regard que nos maris pour nous.

— Et toi, tu l'aimes depuis que tu le connais, souligna doucement Bria en la serrant brièvement dans ses bras.

— Alors, à quand la noce ? lança Taylor.

Mariah se rembrunit.

— Je ne crois pas que nous en arrivions jamais à ce stade.

— Pourquoi pas ? demanda Bria.

— Eh bien… je ne sais pas vraiment. Quelque chose de son passé le retient.

— A mon avis, il n'en parle pas parce qu'il pense que tu ne comprendras pas, suggéra Summer.

— Qu'est-ce qui te fait dire ça ?

— J'ai eu exactement le même problème avec Ryder.

— Et, pour vous dire la vérité, mon mariage avec Sam a failli capoter parce qu'il refusait de me confier ce qui avait causé ses problèmes quand il était adolescent, avoua Bria. Pourtant, c'est précisément cela qui lui a donné une telle envie de réussir et de prouver qu'il était capable de mener une vie honnête et intéressante.

Jessie était tout à fait de l'avis de ses belles-sœurs.

— Je crois que tous appréhendaient de nous faire part des erreurs qui les ont amenés au Last Chance Ranch, dit-elle. Jamais je n'ai vu Nate aussi nerveux et mal dans sa peau que le jour où il m'a tout raconté.

Heather avait écouté ces aveux sans intervenir, mais elle estima que son tour était venu d'ajouter sa participation à cette mise en commun.

— De mon côté, je peux vous assurer que T.J. me croyait incapable de tourner la page sur ses erreurs de jeunesse et de ne voir en lui que l'homme qu'il est devenu. C'était idiot, mais il a mis du temps avant de s'en persuader.

— Tout ça, c'est une question de confiance entre eux et nous, reprit Summer. Il leur faut du temps pour se décider à nous avouer ce qui leur fait tant honte.

— Je peux vous jurer que ce n'est facile pour personne, conclut Taylor.

Mariah les avait écoutées avec attention. Toutes ces bonnes paroles allaient tout à fait dans le sens de ses pensées, et elle ne put retenir un soupir découragé.

— Je sais que Jaron est un homme honnête, dit-elle. Je n'attache aucune importance à ce qu'il a pu faire autrefois et…

— Mais pas lui ! l'interrompit Heather. Il a peur de te décevoir, tu comprends ?

— Laisse-lui le temps, lui conseilla Bria. Quand il sera prêt, il franchira le pas et il te parlera de tout ce qu'il essaie si fort de te cacher maintenant parce qu'il pense que tu ne peux pas le comprendre.

Sur ces mots, toutes regagnèrent la salle à manger. Mariah leur emboîta le pas en espérant qu'elles avaient raison. Un jour viendrait sans doute où elle partagerait les noirs secrets de l'homme qu'elle aimait et qui le maintenaient prisonnier d'un passé douloureux. Elle ferait son possible pour l'aider à aller de l'avant, même si cela lui demandait une patience de tous les instants.

Pourtant, même s'il avait accepté de lui parler de sa mère, elle craignait chaque jour davantage qu'il soit incapable d'en arriver là car son père paraissait être le point crucial de son problème, et au sujet de ce dernier il était resté obstinément muet. En attendant qu'il décide de se confier, elle ne pouvait que l'aimer. Et attendre.

— Tu sais que tu as failli me faire avoir une crise cardiaque quand tu as posé ta main sur ma cuisse pendant le repas ? dit Jaron comme ils pénétraient dans leur chambre.

Mariah s'agrippa à son cou et l'embrassa sur le menton.

— Désolée ! Tu étais trop mignon, je n'ai pas pu résister.

— *Mignon* ? C'est bien la première fois que l'on me fait ce genre de compliment !

Elle déposa un nouveau baiser dans l'encolure de sa chemise.

— Je te trouvais tellement beau que je n'ai pas pu me retenir de te toucher. Mais je n'ai quand même pas osé t'embrasser…

— Il nous suffit de retirer nos vêtements pour pouvoir rattraper le temps perdu !

Et joignant le geste à la parole il attrapa son chemisier et commença à le déboutonner, mais très vite chacun déshabilla l'autre et tous leurs vêtements se retrouvèrent à leurs pieds. Lorsque leurs peaux entrèrent en contact l'une avec l'autre, Mariah frissonna de plaisir et, lorsque Jaron commença à l'embrasser, il lui sembla que le sang dans ses veines se changeait en un fluide brûlant. Ses genoux ployèrent sous elle. Elle consentit avec délice à cet accès de faiblesse qui la laissait livrée au désir de Jaron. Jamais aucun baiser reçu d'un autre homme ne l'avait plongée dans pareil trouble. Mieux encore, elle était certaine que cela n'arriverait jamais.

Le regard de Jaron brillait d'un éclat qu'elle reconnaissait désormais comme les prémices des moments de volupté qu'ils allaient partager. Les battements de son cœur s'accélérèrent, sa respiration se fit haletante.

— Je te veux… tout de suite ! exigea-t-elle.

Il se mit à lui mordiller l'oreille avant de déposer une traînée de baisers brûlants le long de son cou, jusqu'à la naissance de ses seins.

Mais elle en voulait plus. D'une voix si rauque qu'elle eut du mal à la reconnaître, elle ordonna :

— Si tu ne me fais pas l'amour tout de suite, je crois que je vais me consumer sur place.

— N'aie crainte, Mariah, moi aussi je meurs d'envie de toi.

D'un geste rapide il la souleva, la déposa sur le lit et la pénétra d'une seule poussée.

Le souffle court, elle lui passa les bras autour du cou et lui encercla les hanches de ses jambes.

— C'est si bon de te sentir en moi…, murmura-t-elle.

Il serrait les dents, sans doute dans l'espoir que cela l'aiderait à se contrôler.

— Tu sais, je voulais aller lentement cette fois, mais… j'ai tellement envie de toi que…

— Nous prendrons notre temps tout à l'heure, quand nous recommencerons.

Pour l'instant, elle ne souhaitait rien de plus que l'exquise sensation que lui procurait le corps de Jaron si profondément mêlé au sien.

— Aime-moi tout de suite, c'est tout ce que je te demande.

Sans un mot, il la porta sur le bord du lit où il s'assit et l'installa sur ses genoux. Ils se faisaient face, ce qui leur laissait toute liberté de s'embrasser et de se caresser pendant que leurs deux corps se mouvaient à l'unisson.

Lorsque Jaron commença à bouger en elle, le plaisir de sentir ses caresses intimes déferla immédiatement sur elle, et elle se mit à embrasser fougueusement son amant sur les joues, le cou tout en bougeant au même rythme que lui, de plus en plus vite à mesure qu'ils sentaient la jouissance approcher.

En sentant ses muscles intimes se contracter autour du sexe de Jaron, elle s'accrocha à ses épaules comme pour éviter de se perdre dans la vague de plaisir qui la submergeait. Comme si sa volupté avait déclenché la sienne, Jaron donna un ultime coup de reins avant de frissonner au moment où il se libérait.

Ils flottèrent ensemble un long moment, laissant tout le temps à leurs corps de revenir à la réalité. Alors qu'ils profitaient paisiblement de cette douce torpeur, Jaron sursauta brusquement.

— Nom de nom !

— Qu'est-ce qui se passe ? s'exclama-t-elle, inquiète de ce changement brutal.

— Mariah… je suis désolé…

— Mais de quoi ? Explique-moi ce qui se passe !

L'air penaud, il la fit asseoir à côté de lui.

— J'avais tellement envie de toi que… que j'ai oublié d'utiliser un préservatif.

En comprenant les conséquences possibles de cette négligence, elle posa la main sur son ventre, comme pour le protéger.

— Ne nous affolons pas. Il y a toutes les chances pour que je ne sois pas enceinte.

En fait, ce qui la troublait le plus en cet instant, c'est que la perspective de l'être… ne la contrariait absolument pas.

Sans aucun doute, elle n'avait pas toute sa tête pour réagir de cette façon. Dieu sait qu'elle n'avait nul besoin en ce moment d'assumer une grossesse surprise ! Encore moins avec un homme qui ne serait sans doute jamais à même de s'engager totalement avec elle.

— C'est la première fois de ma vie que j'oublie de mettre un préservatif, avoua Jaron.

Il se leva et se mit à arpenter la chambre sous le regard désolé de Mariah.

— Jaron, ne t'inquiète pas à l'avance. Je vais calculer

plus précisément, mais je suis à peu près sûre de ne pas être dans la période où je peux tomber enceinte.

Il continua tout de même à aller et venir, comme si cela devait aider son inquiétude à s'apaiser. Et soudain elle vit les cicatrices horribles qui lui zébraient le dos.

Elle les avait senties sous ses doigts pendant qu'ils faisaient l'amour, mais il avait soigneusement veillé à ce qu'elle n'aperçoive pas l'étendue du ravage qu'il avait enduré. Au cours de la semaine précédente, il s'était toujours habillé avant qu'elle ne se réveille et, par une sorte d'intuition prudente, elle avait compris que c'était un comportement délibéré de sa part. Ne voulant pas le brusquer, elle n'avait jamais rien dit. Mais en ce moment il était si fâché contre lui-même d'avoir oublié de se protéger qu'il n'avait pas pensé à prendre ses précautions habituelles. Pour la première fois, elle apercevait les cicatrices qu'il avait si attentivement veillé à lui cacher.

Cette découverte la bouleversa. Les yeux pleins de larmes, elle se leva, se rapprocha de lui et posa doucement une main dans son dos. Il s'immobilisa un instant avant de s'écarter d'un mouvement brusque.

— Non, Jaron, ne fais pas ça !

Elle le prit par le bras pour le ramener vers elle.

Quand il lui fit face à nouveau, elle l'entoura de ses bras et le serra très fort avant de laisser libre cours à ses larmes. Avec un grognement, il l'attira contre lui et ils restèrent ainsi un long moment dans les bras l'un de l'autre, muets.

— Je te jure que je ne t'abandonnerai pas si jamais tu es enceinte, déclara-t-il après un long silence.

Elle comprit qu'il ne voulait pas parler de ses cicatrices. Elle n'insista pas. Pour l'instant, elle cherchait seulement ce qu'elle pouvait lui dire sans lui donner l'impression qu'elle avait pitié de lui. Car cela, elle avait la certitude qu'il ne le supporterait pas.

Elle continua donc sur le sujet qu'il venait d'aborder.

— Je n'ai jamais imaginé une minute que tu le ferais.

Il se contenta de hocher la tête.

— Viens, essayons de dormir un peu. Je dois me lever à l'aube pour aller prendre la relève dans la grange.

Un peu plus tard, lovée dans les bras de Jaron, elle ne pouvait s'empêcher de laisser son esprit travailler. Quel calvaire il avait enduré pendant son enfance ! Physiquement et moralement. Les marques qui striaient son dos, aussi abominables soient-elles, n'étaient sans doute rien en comparaison des séquelles psychiques qu'il conservait. Si ces dernières n'étaient pas visibles, elles n'en étaient pas moins terriblement handicapantes pour sa vie d'adulte. Déjà, elle savait qu'elle se battrait comme une tigresse pour éviter que l'on puisse infliger pareil supplice à son enfant.

A cette évocation, son cœur manqua un battement. Et si elle était enceinte ? Elle avait assuré à Jaron que cette hypothèse était fort peu probable, mais plus elle y pensait, plus elle en doutait. En réalité, elle se trouvait au milieu de son cycle, c'est-à-dire dans la période fertile du mois.

Pareille constatation aurait dû normalement la plonger dans la panique la plus totale. Mais il n'en était rien. Au contraire. Et cette constatation la troubla fortement.

Certes, elle désirait avoir des enfants, mais en voulait-elle un dès maintenant ? Etait-elle prête à devenir mère ?

Objectivement, étant donné sa situation matérielle actuelle, ce n'était pas le moment rêvé. Connaissant Jaron comme elle le connaissait, si jamais elle était effectivement enceinte de lui, il insisterait pour remplir son devoir et l'épouser. Mais malgré tout l'amour qu'elle éprouvait pour lui elle n'accepterait pas. Non. Tout au moins, tant que leur relation demeurerait ce qu'elle était.

Trop de questions essentielles restaient en suspens. Tant qu'ils ne se seraient pas parlé franchement, les problèmes persisteraient et ce serait trop malhonnête pour leur enfant d'être élevé dans un tel climat. En outre, la principale raison qui poussait deux personnes à se marier, c'est l'amour qui les unissait. Leur relation évoluait, certes, mais elle n'était pas encore arrivée à ce niveau, tout au moins de la part de Jaron.

Les conseils de Bria et de ses belles-sœurs lui revinrent en mémoire. Toutes lui avaient conseillé la patience, persuadées que lorsque Jaron se sentirait prêt il lui ferait suffisamment confiance pour partager ses secrets avec elle et lui avouer ce qui l'empêchait de se lancer dans une vraie relation. Que pouvait-elle faire ? Espérer qu'elles ne se trompaient pas, voilà tout.

- 8 -

Plusieurs jours s'étaient écoulés après la réunion de famille organisée par Bria. Chacun avait repris ses activités, et ce matin encore Jaron se trouvait dans la grange où les génisses continuaient à mettre bas. Il venait d'en aider une à faire son veau et il attendait que le nouveau-né se mette debout près de sa mère. Heureusement, la cadence des naissances avait sérieusement ralenti. D'ici peu, seules les vaches ayant déjà eu des veaux seraient concernées. Le risque de voir surgir des problèmes serait beaucoup moins important, et il pourrait souffler un peu.

Malheureusement, toutes ces naissances le ramenaient immanquablement à son problème de préservatif, et son cœur s'affolait chaque fois qu'il en prenait conscience. Il était obligé de prendre une profonde inspiration pour retrouver un peu de calme. Que ferait-il si, par sa faute, Mariah se retrouvait enceinte ?

Comment diable avait-il pu oublier de se protéger ? Seule la violence de son désir pouvait expliquer pareille négligence, car jamais depuis qu'il était sexuellement actif il n'avait oublié le conseil que leur avait donné Hank Calvert. Qu'est-ce qu'il y avait donc de spécial chez Mariah pour lui faire ainsi perdre la tête ?

D'un geste machinal, il rejeta son stetson en arrière et passa une main lasse sur son front couvert de poussière. Si les choses étaient différentes, si ses débuts dans la vie avaient été moins terribles, rien ne lui aurait fait plus plaisir que de fonder une famille avec Mariah. Mais, sachant ce qu'il savait de son hérédité, il ne s'était jamais autorisé à envisager la paternité comme quelque chose de possible pour lui. Hélas, un instant de négligence suffisait à le plonger dans une angoisse qui lui coupait le souffle.

Bien sûr, si Mariah était enceinte, il n'hésiterait pas une seconde à remplir son devoir. Il l'épouserait. Mais malgré cette décision ferme et irrévocable il ne pouvait s'empêcher d'être très inquiet. Il était prêt à se battre pour elle afin de lui éviter tout désagrément. D'ailleurs, il l'avait déjà fait et il était prêt à le refaire, mais comment être sûr de ne pas transmettre à sa descendance quelque chose de la violence de son père ?

Toutes ces pensées s'embrouillaient douloureusement dans sa tête.

La sonnerie de son téléphone lui apporta une diversion bienvenue. Hélas, lorsqu'il lut sur le cadran l'origine de l'appel, une terreur glacée lui serra le cœur. Il provenait du département de justice criminelle du Texas.

Comment avait-on retrouvé sa trace ? Quand il avait changé de nom, le juge avait ordonné que tous les dossiers le concernant soient définitivement classés. Ce n'était donc pas la justice qui le recherchait mais quelqu'un qui était en train d'accomplir sa peine. Or il connaissait une personne, une seule, qui était emprisonnée, et c'était la dernière au monde à laquelle il avait envie de parler. Comment ce sinistre personnage l'avait-il retrouvé ? Pourquoi, après être resté vingt ans sans chercher à avoir le moindre contact avec lui, son père cherchait-il à le joindre aujourd'hui ?

Son premier réflexe fut de ne pas répondre. Il n'avait

pas revu son père ni eu de ses nouvelles depuis le jour où il avait témoigné contre lui, des années auparavant. Et c'était à cela qu'il voulait s'en tenir. Mais Simon Collier continuerait à l'appeler tant qu'il ne lui aurait pas répondu, ce qui serait encore pire que de répondre tout de suite.

Il prit donc la communication et fut un peu soulagé de découvrir que la personne qui lui parlait n'était pas celle qu'il redoutait.

— Monsieur Lambert, je suis le révérend John Perkins, l'aumônier de la prison. Mon appel a pour but de vous informer que votre père vient d'être transféré à l'hôpital de Galveston. J'étais auprès de lui lorsque le médecin lui a annoncé qu'il ne lui restait plus que quelques jours à vivre.

Comme il ne disait rien, son interlocuteur poursuivit :

— Simon m'a prié de vous joindre pour vous dire qu'il désire vous rencontrer le plus tôt possible. Il tient absolument à vous donner une information avant de mourir.

— Désolé, mon révérend, mais vous perdez votre temps.

Il avait parlé d'une voix très calme, ce qui le surprit.

— Je ne veux rien entendre venant de lui, précisa-t-il.

— Je comprends votre position. Simon m'a avoué que votre relation avait été assez houleuse et qu'il ne vous avait pas toujours traité aussi bien qu'il l'aurait dû.

— C'est le moins que l'on puisse dire ! Vivre avec cet homme a été un enfer de tous les instants, et je ne souhaite pas évoquer cette période de ma vie.

— Je comprends votre colère, monsieur Lambert, mais réfléchissez tout de même. C'est certainement la dernière chance que vous avez de rencontrer votre père et de faire la paix avec lui. Il a beaucoup insisté sur le fait que ce qu'il a à vous dire est de la plus haute importance. C'est quelque chose que vous devez connaître et que vous avez besoin de savoir.

Jaron sentait que l'homme qui lui parlait tenait à remplir sa mission. De son côté, il n'avait aucune envie d'expliquer pourquoi il était bien décidé à ne pas tenir compte de la requête de son père. Le mieux était donc de mettre fin à leur conversation.

— Je ne vous promets rien, mais je vais réfléchir à ce que vous me dites, dit-il dans l'espoir que cela apaiserait son interlocuteur.

Oui, il allait réfléchir, mais juste le temps qu'il faudrait pour rejeter décemment ce projet de rencontre.

— Merci infiniment, monsieur Lambert. Je vais tout de suite porter l'information à votre père.

Jaron raccrocha son téléphone à sa ceinture, puis, perplexe, se frotta longuement la nuque. Mariah était peut-être enceinte de lui. Il devait mettre son ranch sur de bons rails. Dieu sait qu'il n'avait pas besoin de charger davantage la barque. Si son père mourant avait envie de le voir, peu lui importait. Il n'avait pas de temps à perdre pour un homme qui avait été son bourreau.

Il se redressa et se tourna vers ses hommes.

— Je m'arrête pour aujourd'hui. Si vous avez besoin de moi, appelez-moi, je serai au ranch.

— A demain, patron.

Tout en se dirigeant vers la maison, il s'efforça d'oublier l'appel du révérend Perkins. Il avait mieux à faire puisqu'il s'apprêtait à passer la soirée avec la femme la plus séduisante qu'il ait jamais connue. Comme son père adoptif le lui avait souvent dit, il y avait des moments dans la vie où il fallait oublier le passé, ne pas penser au futur et se concentrer sur le moment présent. Et c'était exactement ce qu'il avait l'intention de faire.

Au moins pendant cette soirée.

Après avoir partagé une pizza congelée avec Jaron, Mariah alla le rejoindre sur le grand canapé du salon. Elle avait été heureusement surprise de le voir rentrer plus tôt que prévu de la grange et avait accepté avec enthousiasme sa proposition de le rejoindre sous la douche, ce qui, évidemment, les avait amenés à faire l'amour. Pareille proposition spontanée l'avait enchantée mais lui avait fait oublier de parler à Jaron du coup de fil qu'elle avait reçu pour lui. Elle voulait d'autant plus s'acquitter de cette commission que cette dernière paraissait de la plus haute importance et concernait le passé compliqué de Jaron.

Pourtant, elle hésitait un peu à lui en faire part. Elle craignait que ce rappel de moments douloureux le plonge dans la tristesse. D'un autre côté, ce serait peut-être l'occasion qu'elle attendait si impatiemment pour qu'il lui parle enfin à cœur ouvert.

Finalement, elle se décida à aborder le sujet.

— Tu sais, quand tu es rentré tôt cet après-midi, tu m'as distraite et j'ai oublié de te faire part d'un message important que j'avais reçu pour toi.

Jaron sourit et l'embrassa.

— Il ne m'a pas semblé que la *distraction* te dérangeait particulièrement…

— Je ne me plains pas, loin de là ! reconnut-elle en passant la main dans l'encolure de la chemise de Jaron pour le caresser.

— Si tu continues comme ça, je sens que je vais te faire oublier une seconde fois…

— Ecoute d'abord ! dit-elle en retirant vivement sa main. J'ai reçu un coup de fil pour toi juste avant que tu rentres de la grange.

— De la part de qui ?

— La personne qui appelait m'a dit être le révérend Perkins. Il téléphonait depuis l'hôpital de la prison de Galveston.

Nichée contre le torse de Jaron, elle sentit les pectoraux de ce dernier se durcir comme pour se défendre.

— Qu'est-ce qu'il voulait ? demanda-t-il d'une voix tendue.

— Savoir s'il pouvait te parler parce qu'il avait quelque chose de très important à te dire.

— C'est tout ?

Jaron avait attrapé la télécommande de la télévision et cherchait nerveusement un programme, comme si cela allait régler tous ses problèmes.

— Non.

Elle hésita un instant.

— Il m'a dit que… que ton père était mourant.

Brusquement, abandonnant tout intérêt pour la télévision, il jeta la télécommande sur la table basse et se leva d'un bond.

— Il n'avait pas le droit de te parler de ça !

— A vrai dire… c'est moi qui lui ai demandé si cet appel était important.

Jaron pivota sur lui-même, la clouant sur place de son regard bleu devenu dur comme l'acier.

— Pourquoi ?

— Quand il a dit que c'était important, je lui ai proposé de prendre le message. C'est alors qu'il m'a parlé de ton père, et j'ai cru bon de lui donner le numéro de ton portable.

— Je t'interdis de donner le nom de père à ce monstre !

Il était furieux. Les muscles contractés de sa mâchoire en témoignaient. Furieux et bouleversé.

— Il a peut-être mis ma mère enceinte, mais il n'a jamais été un père pour moi !

— Jaron, c'est lui qui t'a laissé les cicatrices que tu as dans le dos ?

Pour toute réponse, Jaron lui jeta un regard noir.

— Ecoute, reprit-elle doucement, à un moment ou à un autre de ta vie, il va bien falloir que tu te décides à affronter tes émotions à ce sujet. Que tu le veuilles ou non, elles font partie du passé, alors autant les accepter, sinon elles vont te détruire à petit feu. Et elles *nous* détruiront aussi.

L'air sombre, Jaron se détourna.

— Arrête, Mariah !

— Pourquoi tu refuses de m'en parler ? Pourquoi tu refuses que je t'aide ?

— Parce que cela ne te regarde pas, un point c'est tout. Occupe-toi de tes affaires et laisse-moi tranquille ! s'écria-t-il en se dirigeant vers la cuisine.

Si les mots durs qu'il venait de prononcer la blessèrent, ils ne la découragèrent pas pour autant. Elle le rejoignit.

— Je t'en prie, Jaron, ne me rejette pas. Parle-moi. Il n'y a rien que nous ne puissions surmonter ensemble.

Jaron attrapa son blouson et son stetson.

— Laisse tomber, Mariah. Il y a des choses à mon sujet que tu n'as pas besoin de savoir. Des choses qu'il ne faut pas que tu saches.

— Où vas-tu ?

— Surveiller mes vaches.

— Je t'en prie, reste ici et parlons.

— Nous parlerions pendant des heures que cela ne changerait rien !

En comprenant qu'ils étaient arrivés dans une impasse, elle se décida à utiliser la menace comme ultime argument.

— Jaron, si tu franchis cette porte maintenant, tu ne me trouveras plus ici quand tu rentreras.

Ses yeux étaient pleins de larmes, mais elle les refoula aussi fermement que possible. Elle jouait sa dernière carte, ce n'était pas le moment de pleurer.

Jaron posa sur elle un visage dénué de toute expression. La main sur la poignée de la porte, il la considéra un long moment avant de se décider à parler.

— Attends demain matin. A cette heure-ci, la route qui mène au ranch de ta sœur est dangereuse. Il vaut mieux que tu la prennes de jour.

A ces mots, elle sentit son cœur exploser en mille morceaux. Paralysée de douleur, elle le regarda sortir et refermer la porte derrière lui.

Ils avaient atteint un point de non-retour. Il n'y avait plus rien à espérer. Secouée de sanglots qu'elle ne cherchait plus à retenir, elle se précipita dans sa chambre.

Là, elle s'écroula sur son lit en sanglotant de plus belle. Que devait-elle faire ? Elle aimait Jaron, elle l'aimait depuis toujours, et c'était un enfer pour elle de voir qu'il refusait son aide. S'il ne lui avait pas parlé si durement, elle ne lui aurait pas posé cet ultimatum. Il avait fait son choix, et malheureusement ce n'était pas celui qu'elle souhaitait.

Jamais elle n'aurait cru pouvoir souffrir autant.

Elle demeura un moment sur son lit, puis, sa crise de larmes terminée, elle se leva et commença à ranger quelques vêtements dans son sac de voyage. Elle ne souciait pas de savoir s'il préférait qu'elle attende le lendemain pour partir. Les choses étant ce qu'elles étaient, elle ne supportait pas de rester une heure de plus sous un toit où l'on ne désirait pas sa présence.

Après avoir jeté un regard autour d'elle, elle attrapa son sac à main et son sac de voyage. Elle viendrait récupérer le reste de ses affaires dans quelques jours, quand elle se serait un peu calmée.

Sur la petite route sinueuse qui conduisait au ranch de Sam et Bria, elle comprit que son histoire avec Jaron était définitivement terminée. Garder pour lui ses secrets était plus important à ses yeux que de faire confiance à la femme qui l'aimait. C'était terrible à accepter, mais c'était la réalité. Elle ne pouvait pas plus longtemps vivre dans le déni.

Pourtant, Dieu sait combien elle avait espéré qu'un jour il accepterait de se confier à elle et de considérer que le passé était loin derrière eux ! Désormais, la situation était claire : elle savait que cela ne serait jamais possible.

Tout à coup, il lui vint à l'esprit que ce n'était peut-être pas une faute qu'il avait commise que Jaron s'efforçait de lui cacher. La réaction qu'il avait eue quand elle avait mentionné l'aumônier de la prison pouvait laisser supposer qu'il s'agissait d'une faute commise par son père. Hélas, même si cette intuition était juste, il ne voulait pas davantage lui en parler.

Elle se gara devant le Sugar Creek Ranch et s'avança dans l'allée, son sac à la main. Bria lui ouvrit avant qu'elle ait pu frapper à la porte.

Tout de suite, elle l'enveloppa affectueusement de ses bras.

— Qu'est-ce qui t'arrive, Mariah ? Tu vas bien ?

Elle haussa les épaules et se remit à sangloter.

— Co… comment sais-tu que… ?

— Jaron a appelé Sam pour lui dire que vous vous étiez disputés et que quand il était rentré tu avais disparu. Il a pensé que tu venais ici et a demandé qu'on lui dise quand tu serais arrivée.

Bria s'éloigna un peu d'elle pour la regarder avec attention.

— Mariah, qu'est-ce qui s'est passé ?

— Je n'ai pas envie d'en parler maintenant. Je préfère attendre demain.

Bria hocha la tête et l'accompagna jusqu'à la chambre d'amis.

— Repose-toi, et si tu as besoin de quelque chose, n'hésite pas.

Une fois couchée, Mariah tenta de se calmer. Comment les choses avaient-elles pu s'envenimer aussi vite ? Pourquoi Jaron la traitait aussi mal ? Il préférait vivre avec les démons de son passé plutôt que de faire confiance à la femme qui l'aimait… Quelle tristesse !

Dire que quelques heures plus tôt il la tenait dans ses bras et lui faisait l'amour avec toute la tendresse du monde. A ce moment-là, elle avait vraiment cru que leurs deux âmes communiaient. Et maintenant il se trouvait dans un ranch et elle dans un autre…

Le plus frustrant de tout était qu'elle ne savait vraiment pas pourquoi.

Quelques jours après que Mariah eut quitté le Wild Maverick Ranch, Jaron contemplait dans le miroir de sa salle de bains le visage d'un homme anéanti. Le sien.

Depuis le début, il savait que Mariah finirait par partir, mais il n'avait jamais imaginé que cela arriverait si vite ni qu'il aurait ensuite l'impression d'être devenu un mort-vivant. Toutes les souffrances que son père lui avait infligées quand il était enfant n'étaient rien par rapport à la douleur insupportable qui s'était installée au creux de sa poitrine quand il avait découvert que Mariah avait quitté le ranch.

En entendant la sonnerie de son téléphone, il regarda le nom de la personne qui l'appelait avant de décrocher. Lane. Pas question en ce moment de parler avec ses frères, aussi bien intentionnés soient-ils. Et surtout pas avec Lane ! Même le talent du meilleur psychologue du Texas ne pourrait changer quoi que ce soit à son désespoir. De plus, Lane s'emploierait à aller au fond des choses, et il n'en avait aucune envie. Il laissa donc le téléphone sonner, puis le répondeur se déclencher sans intervenir, préférant sortir de la salle de bains pour s'habiller.

Malgré lui, il se rejoua mentalement la scène qui l'avait opposé à Mariah. Elle lui avait déclaré qu'il laissait sa mésentente avec son père le détruire. Etait-ce réellement ce qui se passait quand il s'efforçait de cacher sa honte d'être le fils d'un meurtrier ? Vingt ans s'étaient écoulés depuis qu'il avait été victime des violences de son père. Et, malgré tout ce temps, le fait de ne pas partager ces cruels souvenirs avec Mariah permettait à son bourreau de le torturer encore ? Ce supplice allait-il durer longtemps ?

S'il mettait de côté son séjour au Last Chance Ranch, le seul bonheur de sa misérable existence était sa rencontre avec Mariah. Allait-il laisser à son père le pouvoir de pourrir ce qu'il vivait avec elle ?

Dans son enfance, il avait réussi à mettre fin aux mauvais traitements qu'il lui avait infligés en le dénonçant à la justice. Etait-il possible aujourd'hui qu'une rencontre avec Simon Collier mette un point final à ses tourments ? Sa crainte de revenir sur le passé était de voir resurgir des souvenirs atroces qui le rendraient encore plus malheureux. Fallait-il courir ce risque ?

Il n'avait aucune envie de se retrouver face au monstre qui avait fait de sa vie un champ de ruines mais, si cette confrontation pouvait lui donner la moindre chance de sauver ce qui lui restait de sa vie, il devait l'accepter.

Quelques jours plus tard, en sortant de l'hôpital de la prison, Jaron leva les yeux vers le ciel et, pour la première fois depuis une éternité, il éprouva la merveilleuse sensation qu'un poids énorme venait d'être retiré de ses épaules.

Il avait vraiment redouté cette rencontre avec le tortionnaire de son enfance. A tel point que, presque arrivé devant la prison, il avait été à deux doigts de faire demi-tour, persuadé qu'il s'imposait cette nouvelle épreuve pour rien. Mais en pénétrant dans la chambre, lorsqu'il découvrit le vieil homme à demi mort étendu sur ce lit d'hôpital, il comprit qu'il avait fait le bon choix. Refuser à cette épave humaine la réalisation de son dernier vœu aurait été une grande cruauté et aurait fait de lui un être qui ne valait pas mieux que son bourreau.

Pourtant, malgré cette satisfaction déjà importante, il était loin de se douter que la confession de ce sinistre individu allait faire de lui, Jaron Lambert, un homme enfin libre, capable d'espérer un futur avec la femme qu'il aimait. Car, il pouvait bien se l'avouer maintenant, il aimait Mariah. Il l'aimait même comme un fou !

Pendant des années, il avait essayé de se persuader qu'il était trop âgé pour elle ou qu'il n'était pas le genre d'homme qu'il lui fallait. Il avait même poussé la fable jusqu'à se dire qu'il ne croyait pas en l'amour, alors que depuis le premier jour il était complètement tombé sous le charme de cette jeune fille aux yeux verts et n'avait cessé d'inventer toutes les excuses possibles pour se rapprocher d'elle. Y compris les plus stupides, comme celle de se disputer avec elle au sujet du sexe de leurs futurs neveux et nièces.

La vérité, c'est qu'elle lui était aussi nécessaire que l'air qu'il respirait. Il savait qu'il en serait toujours ainsi et n'avait pas le moindre doute sur le fait que l'amour qu'elle lui portait était aussi fort et sincère que le sien.

Mais il ne serait pas facile de renouer avec elle. L'autre soir, il lui avait fait beaucoup de mal en la rejetant si durement. Serait-elle capable de lui pardonner ? En tout cas, si elle lui demandait de se mettre à genoux pour implorer son pardon, il le ferait sans hésiter. Rien n'était plus important désormais à ses yeux que de se réconcilier avec la femme qu'il aimait corps et âme.

Tout en traversant le parking pour rejoindre son pick-up, il consulta sa montre. Un trajet de cinq heures le séparait du Sugar Creek Ranch, sans compter l'arrêt qu'il voulait faire auparavant à Waco.

Il gagna l'autoroute du nord. En chemin, après avoir longuement réfléchi, il fut obligé de prendre une décision très difficile. En réalité, la plus difficile de toute sa vie. S'il continuait à rouler, il arriverait très tard au ranch de Sam et Bria. Or, ce qu'il voulait dire à Mariah était trop important pour être expédié en quelques minutes. Par conséquent, mieux valait reporter leur rencontre au jour suivant. La mort dans l'âme, il prit la direction du Wild Maverick Ranch.

Normalement, il était capable de faire preuve de

beaucoup de patience, mais ce soir, indéniablement, il vivrait la nuit la plus longue et la plus frustrante de toute son existence.

Assise devant la fenêtre de la chambre qu'elle occupait chaque fois qu'elle dormait chez sa sœur et son beau-frère, Mariah ferma les yeux en attendant de voir ce que le bâtonnet qu'elle tenait dans sa main allait lui apprendre. Si ce que promettait la notice imprimée sur la boîte était vrai, le test qu'elle était en train de faire lui donnerait la réponse la plus rapide et la plus sûre possible.

Incapable de contenir plus longtemps son impatience, elle ouvrit un œil pour regarder le témoin. Puis, ouvrant l'autre, elle considéra le test de grossesse et découvrit le mot « positif » écrit en toutes lettres.

— Bon, voilà qui explique pas mal de choses…, murmura-t-elle.

En effet, quand un matin elle s'était réveillée nauséeuse, elle avait mis son malaise sur le compte de la nuit qu'elle avait de nouveau passée à pleurer. Mais, en constatant que ce malaise se répétait le jour suivant, elle était allée acheter ce test de grossesse à Stephenville afin d'écarter la possibilité d'un début de grossesse. Or, le test venait de lui annoncer qu'elle attendait bien un bébé. Le bébé de Jaron…

Des larmes lui montèrent aux yeux. Pourquoi l'homme qu'elle aimait depuis qu'elle avait dix-huit ans était-il si épouvantablement têtu ?

Un long moment, elle demeura immobile, le bâtonnet toujours à la main. Qu'allait-elle faire, maintenant ? Elle était au chômage, sans maison, enceinte et fâchée avec le père de son enfant… Pour accueillir une nouvelle aussi magique que l'arrivée d'un petit être, il y avait mieux.

Comme elle était toujours assise à se demander comment elle s'y prendrait pour annoncer à l'amour de sa vie qu'il allait être père, on frappa à sa porte.

— Mariah, ma chérie, est-ce que je peux entrer te voir ? s'enquit sa sœur de sa voix douce.

Elle s'essuya les yeux et fourra le test de grossesse dans la poche de son jean.

— Entre, Bria.

Bria poussa la porte et vint d'asseoir à côté d'elle, près de la fenêtre.

— Comment tu te sens aujourd'hui ?

Mariah haussa les épaules.

— Comme hier. Désespérée. Triste. Sans courage. Choisis ce que tu veux.

— Je ne parle pas de ton moral. Je veux savoir si tu as toujours ces malaises le matin quand tu te lèves.

Surprise, Mariah la regarda dans les yeux.

— Comment tu sais ça ?

Bria passa un bras autour de ses épaules et la serra affectueusement contre elle.

— Je reconnais les symptômes. Quand l'odeur du bacon que je faisais frire t'a fait quitter la cuisine en courant, j'ai commencé à me douter de quelque chose. Et ce matin, quand tu as eu la même réaction, j'ai compris que je ne me trompais pas.

Mariah esquissa un petit sourire triste.

— Et toi, comment peux-tu supporter cette odeur le matin ? Moi, dès que j'ai mis un pied dans la cuisine, mon estomac s'est soulevé avec tant de violence que j'ai cru que j'allais mourir !

— Je la supporte tout simplement parce qu'elle ne

me dérange pas. Moi, c'est l'odeur du café qui me rend malade.

Elle se mit à rire et ajouta :

— Tu imagines que Sam est obligé d'aller dans la grange s'il veut boire du café à son petit déjeuner ?

Un petit pincement d'envie serra le cœur de Mariah. Elle connaissait suffisamment son beau-frère pour deviner que cela ne le dérangeait pas du tout. Il était si amoureux de Bria qu'il était prêt à faire n'importe quoi pour qu'elle se sente bien. Si seulement Jaron se comportait de la même manière avec elle…

Heureusement, Bria était près d'elle, et elle pouvait lui poser toutes les questions qui la tracassaient.

— Tu ne trouves pas que c'est un peu tôt pour que je ressente des nausées ?

— Non. Chaque grossesse est différente. Ces malaises peuvent survenir n'importe quand dans la journée, mais c'est le matin qu'ils sont le plus fréquents. Parfois, la femme est gênée dès le début, parfois un peu plus tard, et parfois pas du tout.

— Dommage que je n'appartienne pas au dernier groupe… S'il te plaît, dis-moi que ces inconvénients vont passer très vite !

— J'aimerais bien, mais je n'en sais rien. Dans ce domaine, il n'y a pas de science exacte. Pour certaines, c'est une question de quelques jours, pour d'autres, un mois ou deux, mais de toute manière tout cela disparaît normalement dès la fin du troisième mois.

Mariah laissa échapper un énorme soupir.

— Autrement dit, une éternité !

— Oui, c'est vrai, parfois on a l'impression que cela ne finira jamais mais, je te rassure, c'est une impression fausse. On en voit toujours le bout.

Toutes les deux demeurèrent silencieuses un moment, puis Bria reprit la parole :

— Quand vas-tu annoncer ta grossesse à Jaron ?

— Je ne sais pas.

Mariah plongea la main dans la poche de son jean pour montrer le test à sa sœur.

— J'ai fait ce test juste tout à l'heure.

Elle soupira de nouveau et ajouta :

— Je mettrai Jaron au courant quand je retournerai au Wild Maverick récupérer les affaires que j'y ai laissées. Certainement dans le courant de la semaine prochaine.

Bria se mit à rire.

— Ma chérie, je ne pense pas que tu vas attendre si longtemps !

— Pour quelle raison ?

— Je sais que Jaron t'aime et j'imagine qu'il ne va pas attendre éternellement pour te supplier de revenir chez lui.

Apparemment, Bria était beaucoup plus confiante en l'avenir qu'elle ! Si seulement elle avait raison…

— Je suis sûre qu'il viendra faire un tour ici dans les jours prochains, reprit Bria. Tu te souviens comme Sam venait vite me chercher quand nous nous étions disputés ?

— Oui, mais ce n'est pas la même chose. Sam avait *envie* de te parler, il voulait *vraiment* mettre fin au problème. Jaron refuse catégoriquement de se comporter comme ça.

— Tu en es bien sûre ?

— Complètement. Ce que je sais aussi, c'est que dès qu'il apprendra qu'il y a un bébé en route, il va vouloir faire les choses dans les règles et me demander de l'épouser.

Elle se tut brusquement, au bord des larmes.

— Mais je refuserai parce qu'il voudrait continuer à garder ses secrets et que notre mariage serait un désastre, conclut-elle d'une voix étranglée.

— C'est quelque chose que je peux comprendre. La résistance que Sam a mise à partager son passé avec moi a failli mettre fin à notre histoire d'amour.

— Il l'a fait, cependant. Jaron, lui, est si obstiné que je ne le crois pas capable de me confier un jour ce qui le hante.

Elle se tut un instant et fixa ses mains nouées sur ses genoux.

— L'une des raisons pour lesquelles je suis partie l'autre soir, c'est qu'il m'a carrément dit de ne pas me mêler de ses affaires sous prétexte que ses problèmes ne me regardaient pas, expliqua-t-elle. Tu crois que c'est une bonne base pour construire une relation durable ? Moi, non !

— Laisse-lui encore un peu de temps, Mariah. Je sais qu'il t'aime. Il porte sur toi le même regard amoureux que Sam sur moi.

— Oui, je sais qu'il m'aime. Mais, tu comprends, il y a des moments où l'amour ne suffit pas.

- 9 -

Le jour suivant, après avoir garé son pick-up devant la maison de Sam et Bria, Jaron tergiversa un long moment avant de se décider à sortir. Il avait passé la nuit entière à tourner et retourner dans son lit à la recherche de ce qu'il dirait à Mariah. Rien de ce à quoi il avait pensé ne lui avait paru convenir tant il se sentait fautif d'avoir été si brutal en paroles avec elle.

Enfin, il se décida à aller frapper à la porte de derrière. Ce fut Sam qui vint lui ouvrir après une attente qui lui parut durer une éternité.

— Salut, Jaron, je t'attendais. Tu vas bien ?

— A peu près aussi bien que toi quand tu venais de te disputer avec Bria…

Sam hocha la tête d'un air entendu.

— Je vois… Tu as dû vivre l'enfer, ces jours derniers.

Jaron jeta un coup d'œil autour de lui.

— Où est-elle ?

— En haut. Première porte à gauche.

Comme il commençait à traverser la cuisine, Sam l'arrêta d'un geste.

— Une minute, je reviens tout de suite.

Il disparut dans l'office d'où il ressortit avec une boîte de mouchoirs en papier à la main.

Jaron le regarda, intrigué.

— C'est pour quoi faire ?

Sam lui sourit.

— Tu verras. Je suis sûr qu'ils seront utiles.

— Tu as sans doute raison. J'ai beau détester les pleurs, j'avoue que quand c'est Mariah qui pleure j'ai l'impression de recevoir un coup de poing dans l'estomac.

— Ce sera ta pénitence pour avoir fait l'imbécile ! conclut Sam, moqueur. Et maintenant bonne chance.

Jaron se dirigea vers le hall, grimpa l'escalier quatre à quatre et une fois en haut frappa à la porte indiquée. Il avait envie d'appeler Mariah, mais il se retint. Pour deux raisons. La première, c'est que le petit garçon de Sam et Mariah dormait encore et qu'il ne voulait pas le réveiller. La seconde, la vraie, c'est qu'il n'était pas sûr que Mariah lui ouvrirait si elle savait que c'était lui qui frappait.

Ce fut Bria qui ouvrit la porte.

— Entre, Jaron, dit-elle en reculant pour le laisser entrer. C'est sympa de te voir chez nous.

Mais il l'écouta à peine. Son regard avait tout de suite été attiré comme par un aimant vers la fenêtre devant laquelle Mariah se tenait. En voyant son air fatigué, il comprit qu'elle n'avait sans doute pas mieux dormi que lui au cours des nuits précédentes. Mais ce qui lui fit le plus de peine, ce fut la tristesse infinie qu'il lut dans ses yeux. En se rappelant qu'il en était la cause, il se serait volontiers giflé.

Bria sortit.

— Je vous laisse tous les deux. Vous avez sûrement beaucoup de choses à vous dire. Si vous avez besoin de quoi que ce soit, je suis en bas avec Sam.

Cette fois encore, toujours fasciné par Mariah, Jaron entendit à peine ce que sa belle-sœur venait de dire. Mariah avait l'air pitoyable.

Elle leva vers lui un visage navré.

— Qu'est-ce que tu veux, Jaron ?

— Je… je suis venu te chercher pour te ramener au Wild Maverick.

Il s'avança et vint s'asseoir à côté d'elle.

— Le Wild Maverick est ta maison, Jaron, pas la mienne. Je n'ai rien à faire là-bas.

— Non, tu te trompes. Si tu n'y es pas avec moi, ce que tu appelles ma maison n'a plus d'âme.

Mariah se leva et le toisa un instant sans rien dire.

— Tu as été très clair l'autre soir, Jaron. Si j'étais vraiment *avec* toi, tu ne m'aurais pas demandé de m'occuper de mes affaires.

— Ce n'est pas exactement ce que je t'ai dit…

— Ne jouons pas sur les mots, d'accord ? Tu sais très bien ce que je veux dire.

Il sentait la colère gagner Mariah. Tant mieux. Il préférait avoir affaire à un tigre toutes griffes dehors qu'à une pauvre épave sans énergie.

— Oui, c'est vrai, et je le regrette, avoua-t-il. Je le regrette amèrement.

— Tu le *regrettes* ? C'est tout ce que tu trouves à dire ?

Cette fois, la colère était bien là. Mariah avait les joues en feu et le regard étincelant. Jamais il ne l'avait vue aussi belle.

— J'ai bien compris que le coup de fil au sujet de ton père t'avait contrarié, reprit-elle. D'ailleurs, tu étais déjà au courant puisque le révérend Perkins t'avait appelé. Mais tu m'as reproché de lui avoir demandé pour quelle raison il voulait te parler. C'était injuste, et tu le sais aussi bien que moi !

Elle venait de décrire exactement ce qui s'était passé et elle avait raison d'être en colère contre lui.

— J'ai eu tort, je le reconnais. J'aimerais que tu saches à quel point je regrette mon comportement envers toi.

— Voilà au moins un point sur lequel nous sommes d'accord ! conclut-elle, amère.

— Ecoute, je vais te faire part d'un certain nombre de choses qui t'aideront à comprendre pourquoi j'ai réagi comme je l'ai fait.

En fait, il ne savait toujours pas comment il allait s'y prendre pour expliquer à quel point sa vie avait été gâchée jusqu'à maintenant. Mais les dés étaient jetés.

Comme pour se protéger de ce qui allait suivre, Mariah enroula ses bras autour d'elle, ce qui porta un nouveau coup au moral de Jaron. Elle se méfiait de lui ! Malheureusement, après les horreurs qu'il lui avait dites l'autre soir, il ne pouvait que comprendre sa méfiance, même si c'était cher payer des paroles prononcées dans le désarroi.

— Je t'en prie, Mariah, assieds-toi et écoute attentivement ce que je vais te dire.

Le moment qu'il appréhendait tant était arrivé. Après des années passées à cacher son passé, il allait, pour la première fois, révéler ce qu'il avait subi. Ce n'était pas facile, mais s'il voulait avoir un avenir avec Mariah il fallait en passer par là.

Au lieu de revenir s'asseoir près de lui devant la fenêtre, elle s'installa sur le bord du lit, face à lui.

— D'accord, je t'écoute.

Il prit une profonde inspiration.

— Tu avais raison de penser que mon père était la cause des cicatrices que j'ai dans le dos. Il avait un caractère violent, et je lui ai souvent servi d'exutoire. Il ne cherchait pas à savoir si j'avais fait une bêtise ou pas. J'étais là, à portée de main, ou plutôt, à portée de sa ceinture, et j'étais bien trop jeune pour me défendre.

— Oh… Quelle horreur ! Aucun enfant ne mérite pareil traitement.

— Je ne te raconte pas cela pour que tu aies pitié de moi. Je veux seulement que tu comprennes *pourquoi* j'ai passé ma vie à cacher tout cela.

— Continue, je t'écoute.

— Je t'ai dit que ma mère était morte.

— Oui, quand tu avais six ans, sans que tu saches ce qui s'était passé.

— Pas exactement. Je ne t'ai pas dit que je ne savais pas ce qui s'était passé, seulement qu'elle était partie de la maison et que je ne l'avais plus jamais vue.

Il baissa les yeux sur ses bottes et resta un long moment figé dans cette position. Finalement, il releva la tête.

— Mariah… ma mère n'est pas morte de mort naturelle. C'est le monstre qu'elle avait épousé qui l'a tuée.

— Oh non ! C'est abominable !

— Oui. Et personne n'a recherché son corps parce que ce bourreau a dit à tout le monde, moi y compris, qu'elle avait quitté le foyer conjugal. Je n'ai découvert ce qui s'était passé que bien plus tard, quand j'ai eu treize ans.

— Comment l'as-tu découvert ?

— Grâce à une crise de… de mon père, encore plus violente que les autres.

— Il t'a tout avoué ?

— Pas vraiment, mais pendant qu'il passait sa colère sur moi, comme à l'accoutumée, il a laissé échapper entre deux coups de ceinture qu'il ferait bien de me tuer et de se débarrasser de mon corps, exactement comme il l'avait fait avec ma mère.

Les yeux de Mariah étaient écarquillés d'horreur.

Cette réaction, qu'il avait bien prévue et pour laquelle il aurait donné tout l'or du monde afin qu'elle n'ait pas lieu, bouleversa Jaron et rendit encore plus difficile sa confession. Mais comment pourraient-ils avancer ensemble dans la vie s'il n'allait pas jusqu'au bout de sa confession ?

Il détourna le regard pour trouver le courage de poursuivre :

— J'ai compris à cet instant que ce n'était qu'une question de temps pour qu'il mette sa menace à exécution. Un jour ou l'autre, je disparaîtrais moi aussi sans laisser de traces, comme ma mère.

D'un geste de la main, il massa sa nuque rendue douloureuse par la tension.

— Je me suis alors décidé à aller le dénoncer à la police.

— Et c'est pour cela qu'il est en prison, n'est-ce pas ? Parce qu'il a tué ta mère…

— Oui.

Les larmes étaient montées aux yeux de Mariah. Il lui tendit un mouchoir et poursuivit :

— Au début, la police a cru qu'il s'agissait seulement d'un gosse qui en voulait à son père, comme cela arrive souvent à l'adolescence. Mais, après que je leur ai montré les cicatrices de mon dos, ils l'ont arrêté pour maltraitance envers un mineur.

— Tu as dû te sentir bien soulagé…

— Pas vraiment car je continuais à leur parler de la disparition de ma mère, mais ils ne prêtaient pas attention à ce que je disais. Ils étaient juste horrifiés par les marques que je leur avais montrées.

— Ils l'ont mis sous les verrous, à ce moment-là ?

— Oui. Ils ont été l'arrêter et l'ont amené au poste

de police où je me trouvais. Quand il m'a aperçu, il s'est complètement déchaîné.

— Qu'est-ce qu'il a fait ?

— Heureusement qu'il était menotté car je ne sais pas ce qui me serait arrivé ce jour-là.

Cette nouvelle évocation le plongea dans le souvenir de cette époque avec une violence extrême. Pour trouver la force de continuer, il fixa son attention sur une photo accrochée au mur. Deux ravissantes petites filles souriaient : Bria et Mariah. Mariah aux yeux d'émeraude, lumineuse et pleine de confiance dans la vie. Cela lui donna le courage de poursuivre :

— Il était comme fou de rage, complètement hors de lui. En me voyant, il s'est lancé dans une longue tirade dans laquelle il exprimait clairement ses regrets de ne pas m'avoir tué quand il en avait l'occasion, comme il l'avait fait avec ma mère.

Cette fois, le visage de Mariah ruisselait de larmes, mais pour lui le plus dur était dit. Les mots lui venaient plus facilement, désormais.

— Une enquête a été lancée, poursuivit-il. On n'a jamais retrouvé le corps de ma mère mais en revanche des preuves d'un autre meurtre qu'il avait commis quelque temps auparavant. Cette découverte, ajoutée aux mauvais traitements qu'il m'avait infligés, était largement suffisante pour qu'il soit condamné à la prison à vie.

— Quelle histoire horrible !

— Oui. Ce type est un meurtrier récidiviste.

Une fois ce mot abominable sorti de sa bouche, il tourna un visage inquiet vers Mariah. A son immense soulagement, au lieu d'y lire la méfiance comme cela lui était si souvent arrivé autrefois, il lut une compassion sincère. Elle se leva, vint s'asseoir à côté de lui et l'entoura de ses bras.

— C'est affreux que tu aies dû subir toutes ces épreuves !

A son tour, il l'enlaça et, pour la première fois depuis qu'elle avait quitté le Wild Maverick, il éprouva ce sentiment de plénitude qu'il connaissait seulement dans ses bras.

— Ne pleure pas, ma chérie. Tu vois bien que j'ai survécu.

— Mais pourquoi refusais-tu si obstinément de partager tout cela avec moi ?

Il la serra plus fort contre lui.

— Tu vas comprendre.

Mariah le regardait, pleine d'espoir. Dans un moment, plus rien ne le séparerait de l'amour de sa vie.

— Après l'arrestation de Simon, j'ai été placé dans des familles d'accueil, comme il est fait pour les enfants qui n'ont plus de proches pour prendre soin d'eux.

— C'était une bonne chose, non ?

— Cela aurait dû l'être… Malheureusement, quantité de gens refusaient d'accueillir le fils d'un meurtrier récidiviste. Quant à ceux qui m'ont ouvert leur porte, ils se comportaient comme si ma présence les mettait en danger.

— Mais pourquoi ?

— J'imagine qu'ils redoutaient que j'aie hérité des mêmes tendances que Simon. Ils voyaient en moi un meurtrier en puissance.

Mariah hocha lentement la tête.

— C'est pour cette raison que tu voulais garder ton passé secret ? demanda-t-elle. Tu pensais que j'aurais la même réaction ?

— Oui.

— Tu ne me faisais pas confiance ?

— Non. J'ai été trop souvent rejeté et regardé comme un monstre. C'est seulement quand j'ai été accueilli au Last Chance Ranch et que j'ai rencontré Hank Calvert que les choses ont changé. Enfin, on m'y acceptait pour ce que j'étais, moi, Jaron Lambert, un gosse en perdition, rien de plus.

— Je pensais que l'on n'envoyait là-bas que les jeunes qui avaient eu maille à partir avec la loi.

— C'est bien ça.

— Qu'est-ce qu'on te reprochait ?

— Eh bien… figure-toi que j'avais la déplorable habitude de m'enfuir de mes familles d'accueil quand j'en avais assez que l'on me regarde comme un futur meurtrier. Un moment arrivait toujours où je ne pouvais plus supporter qu'ils se méfient de moi comme si je me préparais à les assassiner dans leur sommeil. Alors je fuguais.

La réaction de Mariah ne se fit pas attendre.

— Mais c'était tout à fait malhonnête envers toi ! Tu n'as rien à voir avec les meurtres commis par ton père !

— Malhonnête ou pas, j'ai compris que si je voulais être traité comme tout le monde j'avais intérêt à me taire. A partir de ce jour-là, je n'ai plus jamais raconté ma vie à qui que ce soit.

En sentant Mariah se serrer contre lui, il l'embrassa tendrement.

— Tu vois, j'avais peur que tu me regardes toi aussi comme un futur meurtrier et je ne pouvais pas le supporter, avoua-t-il.

— Je comprends maintenant pourquoi tu résistais aussi obstinément à partager avec moi ton passé, mais j'ai toujours su que tu avais eu des problèmes avec la loi et cela ne m'a jamais tracassée.

— C'est vrai, mais tant de mésaventures m'ont amené à me construire une défense. J'étais persuadé que, comme mes différentes familles d'accueil, personne ne me ferait jamais confiance.

— Tu te trompais, Jaron.

— Pire encore. J'ai même vécu avec la hantise d'avoir hérité la folie meurtrière de mon père et je vivais avec la terreur qu'elle se manifeste un jour.

— Mais c'est complètement ridicule ! Il n'y a pas au monde un homme plus doux ni plus compatissant que toi.

— Merci de croire en moi, Mariah.

Il se racla la gorge et baissa les yeux.

— Pourtant, étant donné la façon dont je t'ai parlé l'autre jour, je ne le mérite guère, murmura-t-il.

Elle haussa les épaules.

— Tu étais bouleversé, voilà tout.

— Sans doute, mais ce n'était pas une raison pour te traiter comme je l'ai fait.

Ils restèrent un moment silencieux dans les bras l'un de l'autre, puis Mariah reprit la conversation :

— Finalement, tu es allé voir ton père ?

— Je suis allé voir Simon Collier.

— Oui, ton père.

— Non. Mon père adoptif.

Il avait parlé très lentement, comme pour se persuader lui-même que cet homme haïssable n'était pas son vrai père.

— S'il a tant insisté pour que j'aille le voir avant sa mort, c'est parce qu'il voulait soulager sa conscience. Il m'a d'abord demandé de lui pardonner pour les mauvais traitements qu'il m'a infligés. Ensuite, il m'a avoué que ma mère était déjà enceinte de moi quand ils se sont mariés et qu'il n'était pas mon père biologique.

— Mais, si tu ne le savais pas déjà, pourquoi ne t'es-tu jamais demandé pourquoi ton nom était différent du sien ?

— Etant donné la nature des délits qu'il avait commis et la répugnance des familles envers moi, le juge m'a autorisé à changer mon nom de famille contre celui de jeune fille de ma mère.

— Quel bonheur que cet homme ait pris la décision de t'avouer qu'il n'est pas ton père !

— En effet. Je peux même dire que cette confession change complètement le cours de ma vie.

— C'est vrai ? Tu te sens libéré ?

— Et comment ! Je sais à présent que je ne porte pas en moi les gènes de violence de Simon Collier et que je ne les transmettrai pas à mes futurs enfants.

Il fit passer Mariah sur ses genoux.

— Et maintenant que tu sais tout sur moi j'ai quelque chose à te demander.

— Ah… Et quoi ?

— Pourquoi m'as-tu choisi, moi, pour prendre ta virginité ?

— Tu ne devines pas ?

— J'espère que c'est parce que tu m'aimes.

En prononçant ces mots, il connaissait déjà la réponse, persuadé que c'était l'unique raison pour laquelle Mariah avait accepté de faire l'amour avec lui.

— Je ne dis pas que c'était la raison qui m'y a poussée, mais qu'est-ce que tu dirais si c'était le cas ?

— Eh bien, je serais l'homme le plus heureux du monde, tout simplement !

Il s'écarta un peu de Mariah pour contempler son visage rayonnant.

— Tu comprends, tout est bien plus facile quand on sait que la femme que vous aimez plus que tout vous aime aussi.

A nouveau, les yeux de Mariah s'étaient remplis de larmes.

— Tu m'aimes ? C'est vrai ?

— Mariah, je t'aime depuis que je te connais. Simplement, je ne voulais pas te faire porter le fardeau que je croyais peser sur mes épaules.

Avec un énorme soupir, elle se laissa aller contre lui.

— Jaron, si tu savais depuis combien de temps j'attends que tu me parles comme tu viens de le faire… Je t'aime, Jaron, je t'aime tant !

— Et moi aussi, je t'aime, mon amour, ma chérie, mon bonheur, ma raison de vivre. Oh non, mon cœur, ne pleure pas…

Sagement, il laissa ce trop-plein d'émotion se libérer, puis, lorsqu'elle fut un peu calmée, il lui tendit une nouvelle poignée de mouchoirs. Pendant qu'elle essuyait les traces de larmes sur ses joues, il sortit de la poche de son jean une petite boîte en velours noir. Il avait fait une halte à Waco sur le chemin du retour pour s'arrêter dans la meilleure bijouterie de la ville. Il espérait seulement que le bijou qu'il avait choisi plairait à Mariah.

Il installa cette dernière dans le fauteuil près de la fenêtre, s'agenouilla devant elle pour ouvrir la boîte qui contenait un diamant.

— Mariah, je sais que je ne te mérite pas, mais je t'aime et je te promets de passer le restant de mes jours à essayer de te rendre heureuse.

Une nouvelle vague de larmes brûlantes monta aux yeux de Mariah, mais tout à son bonheur elle ne fit aucun effort pour les retenir.

— Est-ce que tu acceptes de m'épouser ? lança-t-il, le cœur battant la chamade.

— A une condition.

— Laquelle ?

La question était de pure forme car il savait qu'il était prêt à accepter tout ce qu'elle lui demanderait pourvu qu'elle accepte de passer sa vie avec lui.

— Plus de secrets entre nous, Jaron, tu entends ? Jamais. Désormais, je veux que tout soit clair entre nous.

— Je suis mille fois d'accord là-dessus et je te promets de ne plus jamais rien te cacher.

Il sortit la bague de l'écrin.

— Et maintenant est-ce que tu veux bien faire de moi le plus heureux des hommes ? Veux-tu devenir ma femme ?

— Ouiiiiiiii ! s'écria-t-elle en se jetant à son cou.

Au moment où il lui passa la bague au doigt, il sentit qu'une même émotion leur serrait la gorge à tous les deux.

Et puis tout à coup Mariah se redressa, lumineuse, rayonnante.

— Jaron, je... j'ai quelque chose à t'avouer, moi aussi.

— Je t'écoute, mon amour.

— J'ai fait un test de grossesse ce matin.

Il retint son souffle.

— Et alors ?

Au lieu de répondre, elle chercha dans sa poche le bâtonnet qu'elle y avait rangé et le lui tendit.

Il sentit son cœur exploser de joie. Même si sa vie avait été en jeu, il aurait été incapable d'articuler deux mots de suite.

— Nous allons avoir un enfant, déclara Mariah.

Elle avait parlé sur un ton légèrement incertain, comme si elle redoutait un peu sa réaction.

— Mariah, rien ne pourrait me rendre plus heureux !

Comme un fou, il se mit à l'embrasser jusqu'à ce que le souffle leur manque.

— Mariah, en quelques minutes, tu viens de me donner tout ce que je pensais ne jamais avoir, et c'est… c'est tout simplement fabuleux !

Ils restèrent dans les bras l'un de l'autre jusqu'à ce que Mariah demande :

— Quelle date tu proposes, pour notre mariage ?

— Cet après-midi ! Qu'est-ce que tu en penses ?

— J'aimerais bien, répondit-elle en entrant dans son jeu, mais je crains fort qu'il n'y ait une période d'attente. Et je serais très étonnée que l'on change la loi sous prétexte que tu es pressé.

Ils éclatèrent de rire.

— La date qui te convient sera la mienne, ma chérie. Tu choisis, et je signe.

Un air coquin éclaira le visage de Mariah.

— J'ai une idée… Tu sais quoi ?

— Non.

— Allons au Wild Maverick et, dès que tu auras fini de me faire l'amour, nous commencerons à préparer notre mariage.

Le souffle tiède de Mariah au creux de son oreille réveilla la lave en fusion qui bouillait au fond de son cœur.

— J'adore tes idées !

Le sourire qu'elle lui adressa l'illumina jusqu'aux recoins les plus profonds de son âme.

— Allez, cow-boy, ramène-moi chez nous. Et vite !

Deux semaines plus tard, Jaron attendait, debout devant la cheminée de chez Sam et Bria. Impatient, il jeta un coup d'œil sur sa montre. Ses belles-sœurs avaient été formelles : le marié n'avait pas le droit de voir la mariée avant la cérémonie. Mariah avait passé la nuit dans la chambre où il lui avait fait sa demande, et cette nuit lui avait paru aussi longue qu'une éternité. Fort de cette expérience frustrante, il s'était juré que jamais plus, aussi longtemps qu'ils vivraient, il ne passerait une nuit loin d'elle.

— Tu te dégonfles, frangin ? demanda Nate.

— Quelle idée idiote ! répliqua Jaron en souriant. J'ai seulement hâte de commencer ma lune de miel.

— Normal ! J'étais dans le même état quand j'ai épousé Jessie. Qui aurait imaginé, quand nous courions les rodéos, que nous serions heureux de nous fixer auprès d'une femme et d'avoir une flopée de marmots ?

— Certainement pas moi, reconnut Jaron.

A ce moment-là, les premières notes de la Marche nuptiale s'élevèrent. Les yeux fixés sur la porte et le cœur battant, Jaron attendit que, Mariah à son bras, Sam traverse le salon pour le rejoindre auprès du pasteur. Dans quelques instants, la femme de ses rêves serait son épouse. Enfin.

Lorsque Bria franchit la porte pour venir se placer de l'autre côté de la cheminée, il la remarqua à peine tant il buvait des yeux le spectacle que lui offrait Mariah, radieuse dans sa longue robe blanche. Elle était absolument splendide. La gorge de Jaron se serra à la pensée qu'une femme aussi belle ait pu tomber amoureuse d'un cow-boy aux bottes couvertes de poussière comme lui.

— Tu n'auras pas de regrets ? lui demanda-t-il en lui prenant la main.

— Je t'attends depuis des années.

— Et j'ai attendu aussi longtemps que toi.

Il l'embrassa sur la joue.

— Il est grand temps de rendre tout cela officiel.

Une heure plus tard, debout devant le bar du salon, Jaron savourait un whisky avec ses frères, mais son regard ne quittait pas Mariah. Il avait encore du mal à croire à son bonheur.

Ryder fit des yeux le tour de leur petite assemblée.

— Bon, et maintenant que j'ai gagné le pari que nous avions fait sur la date du mariage de Jaron et Mariah et que nous faisons tous partie du club des mariés et heureux de l'être, sur quoi allons-nous parier ?

— Pourquoi pas sur le nombre d'enfants que nous aurons à nous tous ? suggéra T.J.

Lane secoua la tête.

— Non. Il nous faudrait attendre trop longtemps pour savoir qui a gagné. Trouvons autre chose.

Jaron posa son verre sur le bar. Puis, l'air sérieux, il regarda ses frères.

— Il y a quelques jours, Mariah et moi évoquions le Last Chance Ranch et le changement radical qu'il avait apporté dans nos vies.

Comme ses frères attendaient la suite sans un mot, il poursuivit :

— Si nous essayions de donner à d'autres gosses la même chance que celle que nous avons eue ?

— Continue, je t'écoute avec la plus grande attention, déclara Sam.

Lane approuva d'un signe de tête.

— Moi aussi. Tu as une idée ?

— Oui. Je pense que nous devrions acheter un terrain

et y construire le Hank Calvert Memorial Last Chance Ranch.

Un instant de silence suivit cette proposition, mais les réactions ne se firent pas attendre longtemps.

— Ton idée est géniale ! Nous avons déjà ici le conseil d'administration, s'exclama T.J.

— Et même notre psychologue attitré pour évaluer les besoins des gamins qui y viendraient.

— Je suis sûr que Hank approuverait totalement cette initiative, fit remarquer Sam.

— Si nous pouvons offrir à des gamins déboussolés ce que Hank nous a offert, je signe des deux mains, dit Nate.

— Dans ce cas, je considère la question comme réglée, conclut Jaron, aux anges. Dès que Mariah et moi serons rentrés de notre lune de miel, nous nous attellerons à ce projet.

Il avala une gorgée de whisky, puis, avec un sourire, ajouta :

— Et pourquoi ne pas parier sur le délai qu'il nous faudra pour construire le ranch et le rendre opérationnel ?

— Chouette idée ! répondirent ses frères en chœur.

— Donc, puisque tout le monde est d'accord, autant ne pas perdre de temps. Si mon adorable épouse est prête à me suivre, nous partons tout de suite pour notre lune de miel.

Il se dirigea vers Mariah.

— Madame Lambert, êtes-vous prête à m'accompagner ?

Mariah s'avança vers lui en souriant.

— J'ai cru que jamais tu ne me le demanderais !

Après un rapide au revoir, ils quittèrent la pièce pour regagner leur voiture toute neuve.

— Je suis ravie que nous ayons choisi Hawaï comme destination.

— Tu as une bonne raison ?

— Oui, une énorme bonne raison. Tout simplement, je crois que c'est la dernière fois d'ici pas mal de temps que je vais pouvoir porter un bikini.

— Tu ne crois pas que tu exagères un peu ? Quelques mois sont vite passés.

— Oh ! mais je veux toute une ribambelle de petits Lambert, dans les années qui viennent !

Jaron se tourna vers la femme qu'il aimait plus que tout.

— Je suis prêt à coopérer de mon mieux dans cette entreprise.

— Quelle chance ! C'est justement ce que je souhaite.

— Je t'aime, ma chérie.

— Et moi aussi, je t'aime, cow-boy.

Épilogue

Un an plus tard

En regardant autour de lui la grande salle de réception où avait lieu l'inauguration du Hank Calvert Memorial Last Chance Ranch, Jaron ne put retenir un sourire satisfait. Il n'aurait pu rêver meilleure participation à cette fête. Plusieurs hommes politiques avaient tenu à s'y montrer ainsi que la responsable du service des placements des enfants en difficulté dans des foyers d'accueil. Son équipe au grand complet l'avait accompagnée. Plusieurs journalistes se trouvaient aussi là, disposés à couvrir l'événement et à lui donner toute la publicité qu'il méritait.

Rien de tout cela ne le surprenait vraiment. Hank avait été un homme extrêmement respecté pour le changement qu'il avait opéré dans la vie de jeunes dont la plupart des gens pensaient qu'ils étaient perdus pour la société. Jaron espérait que le ranch que ses frères et lui-même étaient en train de lancer saurait s'inspirer de l'esprit que leur avait légué leur père adoptif.

— Eh bien, ma foi, j'ai l'impression que le ranch dont nous rêvions est en train de devenir réalité, déclara Sam.

Il tenait son dernier-né dans les bras et s'apprêtait à lui donner le biberon.

— Oui, approuva Jaron. Je pense que Hank serait heureux de notre initiative.

— C'est aussi mon avis, ajouta Lane en posant sur le sol son petit garçon qui se précipita en direction de sa mère. Je suis sûr qu'il serait fier de voir que des gamins à qui il a évité de passer leur vie derrière des barreaux de prison ou de se retrouver trop tôt au cimetière vont offrir à d'autres gosses en difficulté la même chance que celle qu'ils ont eue.

Nate tapota le dos de sa fille endormie dans ses bras mais qui venait de relever la tête, un peu inquiète de tous les bruits inhabituels qu'elle entendait autour d'elle. Rassurée, elle se rendormit aussitôt.

— Hank nous a toujours recommandé de faire quelque chose lorsque nous découvrions un besoin, dit-il à voix basse afin de ne pas déranger sa fille.

Un grognement de mécontentement de Ryder attira leur attention. Il s'efforçait d'essuyer le devant de sa chemise que sa petite fille venait de salir.

— Zut ! Je viens juste de me changer ! J'ai l'impression que l'odeur d'une chemise propre indispose ce bébé exactement comme sa grande sœur autrefois.

— C'est normal, fit remarquer T.J. Tous les bébés réagissent de cette manière. Heather me prépare toujours une chemise de rechange dans le sac. Pense à dire à Summer qu'elle en fasse autant.

— A ce compte-là, autant transporter ma garde-robe tout entière ! C'est déjà ma deuxième chemise de la soirée !

— Qu'est-ce que vous diriez, si vous aviez des jumeaux ? intervint Jaron. Avec deux bébés, garder une chemise propre, c'est tout simplement mission impossible.

Nate éclata de rire.

— Etant donné que tu as toujours prédit que nos enfants seraient des garçons pendant que Mariah jurait ses grands dieux que ce serait des filles, il n'est que justice que vous en ayez eu un de chaque !

— Notre famille s'est considérablement agrandie, au cours de ces dernières années, ajouta T.J. en regardant autour de lui.

— C'est le moins que l'on puisse dire ! renchérit Sam. A nous six, nous avons déjà dix enfants.

— Tous en dessous de quatre ans, précisa Lane.

Ryder se mit à rire.

— Pas mal pour une bande de champions de rodéo, plus habitués à discuter des diverses races de vaches que de la dent de lait qui vient de percer dans la gencive de son bébé !

Mariah s'approcha de Jaron.

— Est-ce que tu pourrais surveiller Alisa dans la poussette pendant que je vais changer Brett ?

— Pas de problème !

Il regarda Mariah soulever leur fils dans ses bras, puis déposa un baiser sur sa joue avant de murmurer à son oreille :

— Merci, ma chérie.

— Merci ?

— Oui, merci !

— Mais pourquoi ?

— Pour ne pas m'avoir laissé tomber quand tu avais toutes les bonnes raisons pour le faire.

Il plongea son regard dans les yeux de Mariah.

— Toi et les enfants, vous êtes tout mon univers. Je vous adore avec toutes les fibres de mon être.

— Tu sais que moi aussi, je t'aime tout autant ?

— Bien sûr.

Il jeta un coup d'œil autour de lui.

— Je crois avoir suffisamment fait acte de présence

ici. Si nous disparitions discrètement ? Tu installerais les enfants pour une bonne sieste, et ensuite je ferais longuement l'amour à leur mère.

— Excellente idée ! Si nous avons le courage de résister longtemps au sommeil !

Il grimaça.

— Effectivement, on ne peut pas dire que nous ayons beaucoup dormi, ces derniers temps.

— Et cela va sûrement durer encore une bonne quinzaine d'années, le prévint Mariah avec un sourire de femme heureuse.

Il la regarda s'éloigner pour aller changer Brett. Il se sentait béni des dieux. Sa femme était ravissante, ses enfants adorables, ses frères merveilleux. Et tout cela parce qu'il avait eu la chance d'être envoyé au Last Chance Ranch alors que tout le monde désespérait de lui.

Il jeta un regard amoureux en direction de Mariah, et une nouvelle fois un remerciement muet monta à ses lèvres d'homme comblé par la vie.

Retrouvez prochainement,
dans votre collection

PASSIONS

Le secret de Harper, de Charlene Sands - N°983

SÉRIE : SECRETS ET SCANDALES 1/2

Harper n'a pas le choix : prise dans la tourmente d'un scandale lié à une émission de télé-réalité, elle doit fuir au Texas. Alors qu'elle se cache incognito dans le chalet d'une amie, la voilà contrainte de cohabiter avec le frère de cette dernière. Aussitôt, entre Cade Tremaine et elle, le désir est palpable. Or Harper est forcée de lui résister, car il ignore tout de son identité secrète…

Fiancée à un play-boy, de Charlene Sands

SÉRIE : SECRETS ET SCANDALES 2/2

Si Gianna accepte de jouer le rôle de la fiancée de Gage Tremaine, c'est uniquement pour lui permettre de redorer son image auréolée de scandale. Mais, prise au jeu, elle finit par succomber à la séduction de cet homme durant une nuit de passion. Seulement alors, Gianna comprend qu'elle a commis l'erreur de tomber amoureuse de lui…

Par une nuit de tornade, de Joanne Rock - N°984

Lorsque Valencia rencontre Lorenzo autour d'un projet de refuge pour chevaux, elle est tout de suite attirée par l'homme d'affaires. Aussi, quand à la faveur d'une tornade ils se retrouvent coincés toute une nuit sous le même toit, cède-t-elle à la tentation entre ses bras. Hélas, au lendemain de leur folle étreinte, ils se quittent froidement, et Lorenzo rappelle à Valencia sa règle d'or : on ne mélange *jamais* travail et plaisir…

Une famille pour Keely, de Christine Rimmer

Toute sa vie, Daniel Bravo a fait face à de lourdes responsabilités. Mais, lorsqu'il se retrouve à devoir élever seul ses adorables jumeaux, il sait qu'il a besoin d'aide – et vite. Vient heureusement à la rescousse Keely, qui adore ses enfants… mais ne l'apprécie guère ! Parce qu'ils se supportent à peine, Daniel est le premier surpris par les sentiments qu'elle éveille en lui…

Le bébé de l'espoir, de Janice Maynard - N°985

Cammie est sous le choc lorsqu'elle croise Drake, deux ans après leur douloureuse rupture. Plus incroyable encore, voilà qu'ils découvrent ensemble un bébé abandonné ! Aussitôt, Cammie décide de s'occuper du nourrisson, tandis que Drake propose de les héberger chez lui. Une situation qui ne manque pas d'ironie : s'ils ont rompu, c'est justement parce que Drake ne voulait pas d'enfants dans sa vie…

Une héritière au défi, de Nancy Robards Thompson

Alors qu'elle pensait hériter de l'entreprise familiale, Maddie est sidérée d'apprendre qu'elle devra se battre pour décrocher le poste de P-DG ! Pire, son rival n'est autre que Zach McCarter, l'homme dont elle est secrètement amoureuse. Un défi de taille pour Maddie, qui doit rester professionnelle tout en travaillant en étroite collaboration avec Zach…

Le retour de son premier amour, de Joss Wood - N°986

SÉRIE : LES HÉRITIERS DE MOONLIGHT RIDGE 1/3

Molly est bouleversée. Quinze ans après son départ précipité, Mack Holloway est de retour à Moonlight Ridge, le complexe hôtelier de son père ! Devenue gérante du domaine, voilà Molly contrainte de collaborer avec son amour de jeunesse, qui l'a quittée sans la moindre explication, afin de donner un nouveau souffle à ce lieu chargé de souvenirs et qui les lie bien malgré eux…

Une idylle impossible, d'Anna DePalo

Mia Serenghetti doit à tout prix trouver un cavalier pour le grand gala de la saison. Son unique option ? L'arrogant Damian Musil, dont la famille est rivale de la sienne depuis toujours. Bientôt gagnée par un désir inattendu pour Damian, Mia est assaillie de scrupules : risquera-t-elle sa réputation et celle des Serenghetti pour explorer avec lui leur intense attirance ?

Un enfant de son rival, de Jules Bennett - N°987

Enceinte ? Eve sent une panique irrépressible la gagner. Cet enfant est celui de Graham Newport avec lequel elle a partagé une nuit inoubliable. Or, s'il est l'homme le plus parfait que la terre ait jamais porté, il est surtout l'héritier du clan ennemi de sa propre famille... Ne devrait-elle pas garder pour elle son tendre secret pour protéger le fruit de cet amour défendu ?

Un amour défendu, de Sarah M. Anderson

Josh Calhoun est de retour en ville... Et il vient de l'inviter à dîner. Bouleversée, Lucinda ne sait que lui répondre. Certes, Josh, dont elle était secrètement amoureuse au lycée, est encore plus séduisant que dans ses souvenirs. Mais elle n'a pas le droit d'être troublée par son charisme et son sourire étincelant. Car il n'est autre que le plus proche ami de son mari aujourd'hui disparu...

Un ennemi à charmer, d'Andrea Laurence - N°988

Georgia est abasourdie. Carson Newport, son patron, vient de lui demander de séduire Sutton Winchester, leur plus grand rival... Bien sûr, Georgia est toute dévouée à son entreprise, mais il est absolument hors de question qu'elle se prête à ce jeu mesquin ! C'est décidé : dès demain, elle démissionnera. Et tant pis si cela signifie ne plus jamais revoir Carson, l'homme qui fait battre son cœur en secret...

Envoyée par le destin, de Michelle Celmer

Jason est habitué à ce qu'on le confonde avec son frère jumeau. Or, quand une séduisante inconnue s'évanouit en l'apercevant, il comprend qu'il s'est passé quelque chose de grave. En effet, il apprend non seulement que son frère est récemment décédé, mais aussi que Holly était son épouse ! Plus incroyable encore, elle est la jeune maman d'adorables jumeaux...